Oetinger

Suzanne Collins, 1962 geboren, US-amerikanische Autorin, gelang bereits 2003 ein internationaler Bestseller mit »Gregor und die graue Prophezeiung«, dem Auftakt einer fünfteiligen Abenteuer-Reihe. 2009 erlebte sie mit der Veröffentlichung ihrer Trilogie »Die Tribute von Panem« erneut einen grandiosen Erfolg. Die bisher erschienenen Bände »Tödliche Spiele« und »Gefährliche Liebe« errangen die ersten Plätze der amerikanischen Beststellerlisten, u.a. von New York Times und Wall Street Journal. »Tödliche Spiele« wurde für den Deutschen Jugendliteraturpreis nominiert. Aus der Begründung der Jugendjury: „Brandaktuelle Fragen entflammen im Kopf des Lesers: Wie abhängig bin ich von der Mediengesellschaft? ... Wie erschreckend ähnlich ist die fiktive Gesellschaft Panems schon der unseren?"

Suzanne Collins

Die Tribute von

PANEM

Tödliche Spiele

Deutsch von Sylke Hachmeister und Peter Klöss

Verlag Friedrich Oetinger · Hamburg

Für James Proimos

© Verlag Friedrich Oetinger GmbH, Hamburg 2009
Alle Rechte für die deutschsprachige Ausgabe vorbehalten
© Suzanne Collins 2008
Die amerikanische Originalausgabe erschien bei Scholastic Inc.,
557 Broadway, New York, NY 10012, USA,
unter dem Titel »The Hunger Games«
Dieses Werk wurde vermittelt durch die
Literarische Agentur Thomas Schlück GmbH, 30827 Garbsen
Deutsch von Sylke Hachmeister und Peter Klöss
Einband von HAUPTMANN & KOMPANIE Werbeagentur,
München – Zürich, Hanna Hörl
Satz: Dörlemann Satz, Lemförde
Druck und Bindung: CPI – Clausen & Bosse, Leck
Printed in Germany 2010 / VII
ISBN 978-3-7891-3218-6

www.dietributevonpanem.de
www.oetinger.de

Teil 1
Die Tribute

1 Als ich aufwache, ist die andere Seite des Bettes kalt. Ich strecke die Finger aus und suche nach Prims Wärme, finde aber nur das raue Leinen auf der Matratze. Prim muss schlecht geträumt haben und zu Mutter geklettert sein. Natürlich. Heute ist der Tag der Ernte.

Ich stütze mich auf den Ellbogen. Das Licht im Schlafzimmer reicht aus, um die beiden zu sehen. Meine kleine Schwester Prim, auf der Seite zusammengekauert, eingesponnen in Mutters Körper, Wange an Wange. Im Schlaf sieht meine Mutter jünger aus, immer noch erschöpft, aber nicht so resigniert. Prims Gesicht ist frisch wie ein Regentropfen, so lieblich wie die Blume, nach der sie benannt wurde. Primrose, Primel. Meine Mutter war früher auch sehr schön. Zumindest hat man mir das erzählt.

Vor Prims Knien hockt der hässlichste Kater der Welt und hält Wache. Eingedrückte Nase, ein halbes Ohr weg, Augen von der Farbe eines fauligen Kürbisses. Prim hat ihn Butterblume genannt, sie beharrt darauf, dass das schlammgelbe Fell exakt so aussieht wie die leuchtende Blume. Der Kater hasst mich. Misstraut mir zumindest. Obwohl es Jahre her ist, erinnert er sich bestimmt immer noch daran, wie ich versucht habe, ihn in einem Kübel zu ertränken, als Prim ihn mit nach Hause brachte. Ein mageres Kätzchen, den Bauch voller Würmer, das

Fell ein Tummelplatz für Flöhe. Das Letzte, was ich damals brauchen konnte, war ein weiteres Maul, das gefüttert werden wollte. Doch Prim hat so lange gebettelt und geweint, dass wir ihn einfach behalten mussten. Es ging gut. Meine Mutter hat ihn von den Parasiten befreit und er ist der geborene Mäusejäger. Fängt gelegentlich sogar eine Ratte. Manchmal, wenn ich Wild ausnehme, werfe ich Butterblume die Innereien hin. Dafür faucht er mich nicht mehr an.

Innereien. Kein Gefauche. Näher werden wir uns nie kommen.

Ich schwinge die Beine aus dem Bett und schlüpfe in meine Jagdstiefel. Geschmeidiges Leder, das sich meinen Füßen angepasst hat. Ich ziehe die Hose an, ein Hemd, stopfe meinen langen dunklen Zopf unter eine Mütze und greife nach meiner Provianttasche. Auf dem Tisch, unter einer Holzschüssel, die ihn vor hungrigen Ratten (und Katzen) schützt, liegt ein perfekter kleiner Ziegenkäse, der in Basilikumblätter eingewickelt ist. Den hat Prim mir zum Erntetag geschenkt. Ich stecke den Käse vorsichtig in meine Provianttasche und schlüpfe hinaus.

In unserem Teil von Distrikt 12, genannt der Saum, wimmelt es um diese Zeit normalerweise von Kohlearbeitern, die sich auf den Weg zur Frühschicht machen. Männer und Frauen mit krummen Rücken und geschwollenen Fingerknöcheln, die es schon vor langer Zeit aufgegeben haben, den Kohlenstaub aus ihren brüchigen Nägeln zu schrubben, aus den Falten ihrer eingefallenen Gesichter. Doch heute sind die schwarzen Schlackestraßen leer. Die Fensterläden der gedrungenen grauen Häuser sind geschlossen. Die Ernte beginnt erst um zwei. Da darf man ruhig ausschlafen. Wenn man kann.

8

Unser Haus steht fast am Rand des Saums. Ich muss nur an ein paar Toren vorbei, um auf das verwahrloste Feld zu gelangen, das die Weide genannt wird. Vom Wald wird sie durch einen hohen Maschendrahtzaun mit Stacheldrahtrollen am oberen Ende getrennt, der den gesamten Distrikt 12 umgibt. Theoretisch soll er vierundzwanzig Stunden am Tag unter Strom stehen, um die Raubtiere abzuhalten, die im Wald leben – Rudel wilder Hunde, einsame Pumas und Bären – und früher unsere Straßen bedroht haben. Aber wir können schon von Glück reden, wenn wir abends zwei oder drei Stunden Strom haben, und deshalb kann man ihn normalerweise gefahrlos anfassen. Dennoch warte ich immer einen Augenblick ab und lausche auf das Summen, an dem ich höre, dass der Zaun unter Strom steht. Doch jetzt ist er stumm wie ein Stein. Im Schutz eines Gebüschs mache ich mich ganz flach und schlüpfe unter einem zwei Fuß breiten Stück hindurch, das seit Jahren frei liegt. Es gibt noch einige andere Schwachstellen im Zaun, aber die hier befindet sich so nah an unserem Haus, dass ich sie fast immer benutze, wenn ich in den Wald gehe.

Im Schutz der Bäume hole ich einen Bogen und einen Köcher mit Pfeilen aus einem hohlen Stamm. Ob unter Strom oder nicht, der Zaun hat die Fleischfresser erfolgreich von Distrikt 12 ferngehalten. Innerhalb des Waldes ziehen sie allerdings frei umher und dann muss man sich noch vor Giftschlangen in Acht nehmen, vor tollwütigen Tieren, kaum begehbaren Pfaden. Dafür gibt es Nahrung – vorausgesetzt, man weiß, wo sie zu finden ist. Mein Vater wusste es und er hat mir einiges beigebracht, bevor er durch eine Explosion in der Mine in Stücke gerissen wurde. Da war nichts mehr, was wir hätten begraben können. Ich war damals elf. Heute, fünf Jahre danach, wache ich immer noch davon auf, dass ich ihm zuschreie, er solle wegrennen.

Obwohl das Betreten des Waldes illegal ist und Wilderei die schwersten Strafen nach sich zieht, würden es mehr Leute wagen, wenn sie Waffen hätten. Die meisten sind nicht mutig genug, sich nur mit einem Messer bewaffnet hineinzutrauen. Mein Bogen hat Seltenheitswert, er wurde noch von meinem Vater angefertigt, zusammen mit ein paar anderen, die ich, sorgfältig in wasserdichte Hüllen gewickelt, sicher im Wald versteckt habe. Hätte mein Vater sie verkauft, hätte er viel Geld verdienen können, doch wenn die Beamten dahintergekommen wären, wäre er wegen Anzettelung eines Aufstands öffentlich hingerichtet worden. Die meisten Friedenswächter drücken gegenüber uns wenigen Jägern ein Auge zu, weil sie wie alle anderen nach frischem Fleisch gieren. Sie gehören sogar zu unseren besten Kunden. Aber sie würden nie zulassen, dass jemand den Saum mit Waffen versorgt.

Im Herbst schleichen sich ein paar Mutige in den Wald, um Äpfel zu pflücken. Aber stets in Sichtweite der Weide. Immer nah genug, um bei Gefahr schnell zurück in die Sicherheit von Distrikt 12 eilen zu können. »Distrikt 12. Wo man gefahrlos verhungern kann«, murmele ich. Dann schaue ich rasch über die Schulter. Sogar hier, am Ende der Welt, hat man Angst, man könnte belauscht werden.

Als ich jünger war, erschreckte ich meine Mutter zu Tode mit dem, was ich über Distrikt 12 sagte; über Panem und die Leute, die unser Land aus der fernen Stadt regieren, die das Kapitol genannt wird. Irgendwann begriff ich, dass uns das nur noch mehr Scherereien einbringen würde. Also lernte ich, meine Zunge zu hüten und eine gleichgültige Maske aufzusetzen, damit niemand meine wahren Gedanken lesen konnte. Lernte, in der Schule still meine Aufgaben zu machen. Auf dem Marktplatz nur höflich über Belangloses zu sprechen. Auf dem Hob, dem Schwarzmarkt, wo ich das meiste Geld verdiene, überhaupt nicht viel zu sagen und nur meinen Handel abzuschließen. Selbst zu Hause, wo ich weniger Rücksicht nehme, vermeide ich die heiklen Themen. Wie die Ernte oder die Lebensmittelknappheit oder die Hungerspiele. Prim könnte es mir ja nachplappern und was sollte dann aus uns werden?

Im Wald wartet der einzige Mensch, bei dem ich sein kann, wie ich bin. Gale. Ich spüre, wie sich meine Züge entspannen und ich schneller werde, während ich die Hügel hinauf zu unserem Ort klettere. Ein Felsvorsprung, der ein Tal überblickt und von einem Dickicht aus Beerensträuchern vor unerwünschten Blicken abgeschirmt ist. Als ich sehe, dass Gale auf mich wartet, muss ich lächeln. Er sagt, ich lächele niemals, außer im Wald.

»Hallo, Kätzchen«, sagt Gale. Eigentlich heiße ich Katniss, aber damals, als ich ihm zum ersten Mal meinen Namen sagte, habe ich ihn nur geflüstert. Und er hat Kätzchen verstanden. Als dann diese verrückte Wildkatze begann, mir in der Hoffnung auf Almosen durch den Wald zu folgen, wurde es Gales offizieller Spitzname für mich. Die Wildkatze musste ich schließlich töten, weil sie das Wild vertrieb. Ich bereute es fast, denn sie war keine schlechte Gesellschaft. Aber für ihr Fell habe ich einen guten Preis erzielt.

»Schau, was ich geschossen habe«, sagt Gale und hält einen Laib Brot in die Höhe, in dem ein Pfeil steckt, und ich muss lachen. Es ist echtes Brot aus der Bäckerei, keins von den flachen, festen Broten, die wir aus unseren Getreiderationen backen. Ich nehme es in die Hände, ziehe den Pfeil heraus und halte die Einstichstelle an meine Nase. Ich sauge den Duft ein und merke, wie mir das Wasser im Mund zusammenläuft. Feines Brot wie dieses gibt es nur zu besonderen Anlässen.

»Mmmh, noch warm«, sage ich. Er muss schon bei Tagesanbruch in der Bäckerei gewesen sein, um es zu tauschen. »Was hat dich das gekostet?«

»Nur ein Eichhörnchen. Ich glaub, der alte Mann war heute Morgen ein bisschen sentimental«, sagt Gale. »Er hat mir sogar Glück gewünscht.«

»Tja, heute rücken wir alle ein bisschen enger zusammen, nicht wahr?«, sage ich und verdrehe nicht einmal die Augen dabei. »Prim hat einen Käse für uns übrig gelassen.« Ich ziehe ihn hervor.

Als er die Leckerei sieht, hellt sich Gales Miene auf. »Danke, Prim. Das wird ein richtiges Festessen.« Plötzlich fällt er in den Kapitolakzent und macht Effie Trinket nach, die wahnsinnig gut gelaunte Frau, die jedes Jahr zur Ernte angereist kommt und die Namen verliest. »Fast hätte ich es vergessen! Fröhliche Hungerspiele!« Er zupft ein paar Brombeeren von den Büschen um uns herum. »Und möge das Glück …« Er wirft eine Brombeere in hohem Bogen in meine Richtung.

Ich fange sie mit dem Mund auf und lasse die feine Haut zwischen den Zähnen zerplatzen. Sofort breitet sich der süßsaure Geschmack auf meiner Zunge aus. »… *stets* mit euch sein!«, beende ich den Satz ebenso schwungvoll. Wir müssen uns darüber lustig machen; die Alternative wäre, vor Angst zu sterben.

»Vergiss es«, sagt er schroff.

Das Gespräch fühlt sich ganz falsch an. Weglaufen? Wie könnte ich Prim verlassen, die Einzige auf der Welt, von der ich genau weiß, dass ich sie liebe? Und Gale hängt auch sehr an seiner Familie. Wir können nicht weg. Weshalb also darüber reden? Und selbst wenn … selbst wenn … Wieso reden wir auf einmal davon, Kinder zu haben? Romantische Gefühle waren zwischen Gale und mir noch nie ein Thema. Als wir uns kennenlernten, war ich eine spindeldürre Zwölfjährige, und obwohl er nur zwei Jahre älter war, sah er schon aus wie ein Mann. Es hat lange gedauert, bis wir überhaupt Freunde wurden, uns nicht mehr über jeden Tausch in die Haare kriegten und einander halfen.

Außerdem wird Gale, wenn er Kinder haben will, mühelos eine Frau finden. Er sieht gut aus, er ist stark genug für die Arbeit in den Minen und er ist ein guter Jäger. An der Art, wie die Mädchen über ihn tuscheln, wenn er in der Schule an ihnen vorbeigeht, kann man erkennen, dass sie ihn begehren. Das macht mich eifersüchtig, aber nicht aus dem Grund, den man vielleicht annehmen könnte. Es ist schwer, einen guten Jagdgefährten zu finden.

»Was sollen wir machen?«, frage ich. »Wir können jagen, angeln oder sammeln gehen.«

»Lass uns am See angeln. Wir können die Angelruten auslegen und im Wald sammeln gehen. Irgendwas Schönes für heute Abend«, sagt er.

Heute Abend. Nach der Ernte sollen alle feiern. Viele Leute tun das auch, aus Erleichterung darüber, dass ihre Kinder ein weiteres Jahr verschont geblieben sind. Aber mindestens zwei

Familien werden die Fensterläden zumachen, die Türen verschließen und sich fragen, wie sie die leidvollen Wochen überleben sollen, die auf sie zukommen.

Wir haben Glück. An einem Tag wie diesem, da leichtere, wohlschmeckendere Beute im Überfluss vorhanden ist, beachten uns die Raubtiere nicht. Am späten Vormittag haben wir ein Dutzend Fische, einen Beutel Gemüse und – das Beste von allem – einen Eimer voll Erdbeeren. Das Erdbeerfeld habe ich vor zwei Jahren entdeckt, aber die Idee, ein Netz gegen die Tiere aufzuspannen, stammt von Gale.

Auf dem Heimweg machen wir einen Abstecher auf den Hob, der in einem verlassenen Lagerhaus abgehalten wird, wo früher Kohle aufbewahrt wurde. Als sie ein effizienteres System einführten, das die Kohle direkt von den Minen zu den Zügen transportiert, hat sich nach und nach der Schwarzmarkt hier breitgemacht. Die meisten Geschäfte sind am Erntetag um diese Uhrzeit schon geschlossen, doch auf dem Hob herrscht immer noch ein ziemlicher Betrieb. Mühelos tauschen wir sechs der Fische gegen gutes Brot und zwei weitere gegen Salz. Greasy Sae, die knochendürre alte Frau, die aus einem großen Kessel schalenweise heiße Suppe verkauft, nimmt uns die Hälfte des Gemüses ab und gibt uns dafür ein paar Brocken Paraffin. Anderswo könnten wir vielleicht ein bisschen mehr rausschlagen, aber wir bemühen uns um ein gutes Verhältnis zu Greasy Sae. Sie ist die Einzige, die uns regelmäßig wilden Hund abkauft. Wir jagen die Hunde nicht absichtlich, doch wenn man angegriffen wird und dabei einen oder zwei erwischt – nun ja, Fleisch ist Fleisch. »In meiner Suppe wird's zu Rindfleisch«, sagt Greasy Sae augenzwinkernd. Niemand im Saum würde

16

eine ordentliche Keule vom wilden Hund verschmähen, doch die Friedenswächter, die in den Hob kommen, können es sich leisten, etwas wählerischer zu sein.

Als wir unsere Geschäfte auf dem Markt abgeschlossen haben, gehen wir zum Haus des Bürgermeisters, um die Hälfte der Erdbeeren zu verkaufen, denn wir wissen, dass er besonders versessen darauf ist und unseren Preis bezahlen kann. Die Tochter des Bürgermeisters, Madge, öffnet die Hintertür. Sie ist in meinem Schuljahrgang. Von einer Bürgermeistertochter würde man erwarten, dass sie sich für etwas Besonderes hält, aber sie ist ganz in Ordnung. Sie bleibt einfach für sich. Wie ich. Da keine von uns beiden einer Clique angehört, sind wir in der Schule viel zusammen. Gemeinsam zu Mittag essen, in Versammlungen nebeneinandersitzen, Partnerinnen beim Schulsport. Wir reden kaum miteinander und das ist uns beiden nur recht.

Heute hat sie ihre triste Schuluniform gegen ein teures weißes Kleid getauscht und die blonden Haare mit einem rosa Band hochgebunden. Erntekleidung.

»Hübsches Kleid«, sagt Gale.

Madge wirft ihm einen Blick zu, um herauszufinden, ob das Kompliment ernst gemeint ist oder ironisch. Es ist wirklich ein schönes Kleid, aber an einem normalen Tag würde sie es nie tragen. Sie presst die Lippen zusammen, dann lächelt sie. »Na ja, falls ich die bin, die ins Kapitol muss, möchte ich doch hübsch aussehen, oder?«

Jetzt ist es an Gale, verwirrt zu sein. Meint sie das wirklich? Oder will sie sich mit ihm anlegen? Ich glaube, Letzteres.

»Du musst nicht ins Kapitol«, sagt Gale kühl. Sein Blick

bleibt an einer kleinen runden Brosche hängen, die sie sich ans Kleid gesteckt hat. Echtes Gold. Wunderschön gearbeitet. Davon könnte eine Familie ein paar Monate leben. »Wie viele Lose kannst du schon haben? Fünf? Ich hatte schon sechs, als ich zwölf war.«

»Sie kann doch nichts dafür«, sage ich.

»Nein, niemand kann etwas dafür. Ist halt nur so«, sagt Gale.

Madge sieht auf einmal verschlossen aus. Sie drückt mir das Geld für die Erdbeeren in die Hand. »Viel Glück, Katniss.«

»Dir auch«, sage ich und die Tür geht zu.

Schweigend gehen wir zum Saum. Es gefällt mir nicht, dass Gale Madge so angegangen hat, aber er hat natürlich recht. Das Erntesystem ist ungerecht, die Armen kommen am schlechtesten weg. Sobald man zwölf wird, kann man bei der Ernte ausgewählt werden. Mit zwölf bekommt man ein Los. Mit dreizehn zwei. Und immer so weiter bis achtzehn, dem Jahr, in dem man zum letzten Mal ausgewählt werden kann und der Name siebenmal in die Glaskugel wandert. Das gilt für jeden Bürger in den zwölf Distrikten im ganzen Land Panem.

Und jetzt kommt der Haken. Sagen wir, jemand ist arm und hungrig wie wir. Dann kann er seinen Namen noch öfter hinzufügen lassen, im Tausch gegen Tesserasteine. Jeder Tesserastein ist eine karge Jahresration Getreide und Öl für eine Person wert. Auch für seine Familienmitglieder kann man Tesserasteine erwerben. Als ich zwölf war, wanderte mein Name daher viermal in die Glaskugel. Einmal, weil ich musste, und dreimal im Tausch gegen Tesserasteine für Getreide und Öl für mich, Prim und meine Mutter. Und so ging es jedes Jahr. Da die Einträge angehäuft werden, ist mein Name jetzt, da ich sechzehn bin, zwanzigmal dabei. Gale ist achtzehn und hat seine fünfköpfige Familie sieben Jahre lang allein ernährt oder miternährt; sein Name ist sogar zweiundvierzigmal dabei.

Deshalb macht ihn jemand wie Madge, die nie einen Tesserastein brauchte, natürlich wütend. Für sie ist die Chance, dass ihr Name gezogen wird, sehr gering im Vergleich zu denen, die im Saum leben wie wir. Es ist nicht ausgeschlossen, aber unwahrscheinlich. Und obwohl die Regeln vom Kapitol festgelegt wurden und nicht von den Distrikten, schon gar nicht von Madges Familie, fällt es schwer, denen, die sich nicht für Tesserasteine melden müssen, nicht zu grollen.

Gale weiß, dass er mit seiner Wut auf Madge die Falsche trifft. Ich habe ihn an anderen Tagen tief im Wald darüber toben hören, dass die Tesserasteine nur ein weiteres Mittel sind, um in unserem Distrikt Elend zu schaffen. Ein Weg, um Hass zu schüren zwischen den hungernden Arbeitern des Saums und denjenigen, die im Allgemeinen ein sicheres Mittagessen vorgesetzt bekommen, und dafür zu sorgen, dass wir einander nie trauen werden. »Das Kapitol hat den Nutzen, wenn wir untereinander gespalten sind«, würde er vielleicht sagen, wenn nur meine Ohren es hören könnten. Wenn nicht Erntetag wäre. Wenn nicht ein Mädchen mit Goldbrosche und ohne Tesserasteine diese Bemerkung gemacht hätte, die für sie, da bin ich mir sicher, ganz harmlos war.

Im Gehen werfe ich einen flüchtigen Blick auf Gales Gesicht, das unter dem versteinerten Ausdruck immer noch glüht. Seine Wutausbrüche kommen mir sinnlos vor, wenn ich das auch nie sage. Nicht dass ich ihm nicht recht geben würde. Aber wozu soll es gut sein, mitten im Wald gegen das Kapitol anzubrüllen? Das ändert gar nichts. Dadurch wird das Leben nicht gerecht. Es macht uns nicht satt. Allenfalls verscheucht es das Wild in der Nähe. Trotzdem lasse ich ihn brüllen. Besser, er tut es im Wald als im Distrikt.

Gale und ich teilen unsere Beute, sodass jeder zwei Fische, ein paar Laibe gutes Brot, Gemüse, ein Viertel der Erdbeeren, Salz, Paraffin und ein bisschen Geld bekommt.

»Bis nachher auf dem Platz«, sage ich.

»Zieh dir was Hübsches an«, sagt er provozierend.

Meine Mutter und meine Schwester sind schon ausgehfertig, als ich nach Hause komme. Meine Mutter trägt ein schönes Kleid aus Apothekerzeiten. Prim steckt in meinem ersten Erntedress, einem Rock mit Rüschenbluse. Er ist ihr ein bisschen groß, aber meine Mutter hat ihn mit Nadeln festgesteckt. Trotzdem rutscht ihr die Bluse hinten immer wieder aus dem Rock.

Eine Wanne mit warmem Wasser wartet auf mich. Ich schrubbe den Dreck und Schweiß aus dem Wald ab und wasche mir die Haare. Zu meiner Überraschung hat meine Mutter eins von ihren hübschen Kleidern für mich herausgelegt. Ein zartblaues mit passenden Schuhen.

»Ist das wirklich für mich?«, frage ich. Allmählich weise ich nicht mehr alle ihre Angebote zurück. Eine Zeit lang war ich so wütend auf sie, dass sie gar nichts für mich tun durfte. Und das hier ist etwas Besonderes. Die Kleider aus ihrer Vergangenheit bedeuten ihr sehr viel.

»Ja. Komm, wir stecken dir auch das Haar hoch«, sagt sie. Ich erlaube ihr, dass sie es mit dem Handtuch trocken reibt und zu einem Zopf flicht. Ich erkenne mich fast gar nicht wieder in dem gebrochenen Spiegel, der an der Wand lehnt.

»Du siehst schön aus«, sagt Prim mit gedämpfter Stimme.

»Gar nicht wie ich selbst«, sage ich. Ich umarme sie, denn ich weiß, dass die nächsten Stunden schrecklich für sie sein werden. Ihre erste Ernte. Ihr droht kaum Gefahr, denn sie hat nur ein Los. Ich würde es nicht zulassen, dass sie einen Tesserastein nimmt. Aber sie macht sich Sorgen um mich. Dass das Undenkbare eintreten könnte.

Ich beschütze Prim, so gut ich nur kann, doch gegen die Ernte bin ich machtlos. Die Qual, die ich jedes Mal empfinde, wenn sie Kummer hat, wallt in meiner Brust auf und droht sich in meinem Gesicht zu spiegeln. Ich sehe, dass ihre Bluse hinten schon wieder aus dem Rock gerutscht ist, und zwinge mich, ruhig zu bleiben. »Schwänzchen rein, kleine Ente«, sage ich und stopfe die Bluse wieder hinein.

Prim kichert und macht leise: »Quak.«

»Selber quak«, sage ich und lache ein bisschen. Nur Prim kann mich so aus der Reserve locken. »Komm, lass uns etwas essen«, sage ich und gebe ihr einen kleinen Kuss auf den Kopf.

Fisch und Gemüse kochen schon im Topf, aber das ist fürs Abendessen. Wir beschließen, auch Erdbeeren und Bäckerbrot dafür aufzuheben. Damit es etwas Besonderes wird, sagen wir uns. Stattdessen trinken wir Milch von Prims Ziege Lady und essen das grobe Brot aus Tesserastein-Getreide, obwohl keiner besonderen Appetit hat.

Um ein Uhr machen wir uns auf den Weg zum Platz. Von der Anwesenheitspflicht ist nur ausgenommen, wer an der Schwelle zum Tod steht. Heute Abend werden Beamte herumgehen und kontrollieren, ob das bei den Fehlenden der Fall ist. Falls nicht, werden sie verhaftet.

Es ist wirklich traurig, dass die Ernte ausgerechnet auf dem Platz abgehalten wird – einem der wenigen Orte im Distrikt 12, die ganz schön sein können. Der Platz ist umgeben von Läden, und an Markttagen und besonders bei gutem Wetter hat man dort ein Gefühl wie Ferien. Aber heute herrscht trotz der leuchtenden Fahnen an den Häusern eine grimmige Atmosphäre. Die Kamerateams, die wie Bussarde auf den Dächern hocken, verstärken diesen Eindruck noch.

Schweigend betreten die Menschen der Reihe nach den Platz und tragen sich ein. Die Ernte ist nebenbei eine gute Gelegenheit für das Kapitol, über die Bevölkerung Buch zu führen. Die Zwölf- bis Achtzehnjährigen werden nach Alter in mit Seilen abgetrennte Areale gepfercht: die Ältesten ganz nach vorn, die Jüngeren, wie Prim, nach hinten. Die Angehörigen stellen sich rundherum auf und halten sich fest bei den Händen. Andere, die niemanden haben, der in Gefahr ist, oder denen es gleichgültig geworden ist, mischen sich unter die Menge und nehmen Wetten auf die Namen der beiden an, deren Namen gezogen werden. Es werden Wetten auf ihr Alter abgegeben, ob sie aus dem Saum oder von den Kaufleuten stammen, ob sie zusammenbrechen und weinen. Die meisten weisen die Gauner ab, aber ganz, ganz vorsichtig. Diese Leute sind nämlich oft auch Spitzel, und wer hätte nicht schon einmal gegen das Gesetz verstoßen? Ich könnte täglich erschossen werden, weil ich gejagt habe, aber der Appetit der Beamten schützt mich. Was nicht jeder von sich behaupten kann.

Sei's drum. Wenn wir zwischen Tod durch Verhungern oder

einer Kugel in den Kopf zu wählen hätten, dann wäre die Kugel viel schneller, darin sind Gale und ich uns einig.

Je mehr Leute eintreffen, desto enger und klaustrophobischer wird es. Der Platz ist ziemlich groß, aber nicht groß genug für alle achttausend Bewohner von Distrikt 12. Die Nachzügler werden in die angrenzenden Straßen geführt, wo sie das Ereignis auf Bildschirmen verfolgen können, denn es wird vom Staatsfernsehen live übertragen.

Ich stehe in einer Gruppe Sechzehnjähriger aus dem Saum. Wir nicken uns kurz zu und schauen dann zu der provisorischen Bühne, die vor dem Gerichtsgebäude aufgebaut worden ist. Darauf stehen drei Stühle, ein Podest sowie zwei große Glaskugeln, eine für die Jungen, eine für die Mädchen. Ich starre auf die Papierzettel in der Mädchenkugel. Auf zwanzig von ihnen steht in sorgfältiger Handschrift der Name Katniss Everdeen.

Je einen Stuhl besetzen Madges Vater, Bürgermeister Undersee, ein großer Mann mit schütterem Haar, und Effie Trinket, die Betreuerin von Distrikt 12, frisch eingetroffen aus dem Kapitol mit ihrem Furcht einflößenden weißen Grinsen, dem blassrosa Haar und dem grellgrünen Kostüm. Sie tuscheln miteinander und schauen besorgt auf den leeren Stuhl.

In dem Moment, als die Stadtuhr zwei schlägt, betritt der Bürgermeister das Podest und beginnt zu lesen. Jedes Jahr das Gleiche. Er erzählt aus der Geschichte von Panem, dem Land, das aus den Trümmern dessen erstand, was einst Nordamerika genannt wurde. Er zählt die Katastrophen auf, die Dürren, die Stürme, die Feuersbrünste, erzählt von dem anschwellenden Meer, das so viel Land geschluckt hat, und erinnert an den brutalen Krieg um die wenige verbliebene Nahrung. Das Ergebnis

23

war Panem mit einem strahlenden, von dreizehn Distrikten umgebenen Kapitol, das seinen Bürgern Frieden und Wohlstand brachte. Dann kamen die Dunklen Tage, der Aufstand der Distrikte gegen das Kapitol. Zwölf wurden besiegt, der dreizehnte ausgelöscht. Der Hochverratsvertrag brachte uns neue Gesetze, die den Frieden sichern sollten; und um uns alljährlich daran zu erinnern, dass die Dunklen Tage sich nie wiederholen dürfen, brachte er uns die Hungerspiele.

Die Regeln der Hungerspiele sind einfach. Zur Strafe für den Aufstand muss jeder der zwölf Distrikte ein Mädchen und einen Jungen für die Teilnahme stellen, die sogenannten Tribute. Diese vierundzwanzig Tribute werden in einer riesigen Freilichtarena eingesperrt, bei der es sich um jede Art von Gelände handeln kann, von glühender Wüste bis zu eisiger Ödnis. Über mehrere Wochen hinweg müssen die Konkurrenten einander bis auf den Tod bekämpfen. Der Tribut, der als letzter übrig bleibt, hat gewonnen.

Das Kapitol nimmt die Kinder aus unseren Distrikten fort und zwingt sie dazu, sich gegenseitig zu töten, während wir zusehen – und erinnert uns auf diese Weise daran, dass wir ihm auf Gedeih und Verderb ausgeliefert sind. Dass wir wenig Aussicht hätten, eine weitere Rebellion zu überleben. Wie sie es auch verpacken, die eigentliche Botschaft ist klar. »Seht, wir nehmen euch eure Kinder und opfern sie und ihr könnt nichts dagegen tun. Wenn ihr auch nur einen Finger hebt, werden wir euch bis auf den letzten Mann vernichten. So wie wir es mit Distrikt 13 gemacht haben.«

Damit es für uns erniedrigend und qualvoll zugleich ist, verlangt das Kapitol, dass wir die Hungerspiele wie ein Fest feiern, ein Sportereignis, bei dem sich die Distrikte miteinander messen. Den überlebenden Tribut erwartet zu Hause ein sorgloses Leben und sein Distrikt wird mit Preisen überhäuft, die weitgehend aus Lebensmitteln bestehen. Das ganze Jahr hindurch wird das Kapitol den Siegerdistrikt mit Getreide und Öl und sogar mit Leckereien wie Zucker überhäufen, während alle Übrigen gegen den Hunger kämpfen.

»Eine Zeit der Reue und des Dankes zugleich«, predigt der Bürgermeister.

Dann verliest er die Liste der letzten Gewinner aus Distrikt 12. In dreiundsiebzig Jahren waren es genau zwei. Nur einer von ihnen lebt noch. Haymitch Abernathy, ein dickbäuchiger Mann im mittleren Alter, der in diesem Augenblick erscheint, etwas Unverständliches schreit, auf die Bühne wankt und sich auf den dritten Stuhl fallen lässt. Er ist betrunken. Sehr. Die Menge antwortet mit höflichem Applaus, aber er ist verwirrt und versucht, Effie Trinket zu umarmen, was sie nur mit großer Mühe abwehren kann.

Der Bürgermeister schaut gequält drein. Da das Ganze im Fernsehen übertragen wird, ist Distrikt 12 in diesem Moment das Gespött von ganz Panem und er weiß es. Schnell versucht er, die Aufmerksamkeit zurück auf die Ernte zu lenken, indem er Effie Trinket vorstellt.

Gut gelaunt und lebhaft wie immer trabt Effie Trinket aufs Podest und sagt ihren Spruch auf: »Fröhliche Hungerspiele! Und möge das Glück *stets* mit euch sein!« Bei dem rosafarbenen Haar muss es sich um eine Perücke handeln, denn seit Haymitchs Umarmung ist ihre Lockenpracht leicht verrutscht. Sie lässt sich noch ein bisschen darüber aus, welche Ehre es sei, hier sein zu dürfen, obwohl jeder weiß, dass sie nur den Sprung in einen besseren Distrikt schaffen will, wo sie echte Sieger haben, keine Betrunkenen, die einen vor dem ganzen Land anpöbeln.

Durch die Menge hindurch erkenne ich Gale, der mit dem Anflug eines Lächelns meinen Blick erwidert. Dieser Teil der Ernte hat wenigstens einen gewissen Unterhaltungswert. Aber plötzlich denke ich an Gale und seine zweiundvierzig Namen in der großen Glaskugel und dass seine Chancen im Vergleich mit den meisten anderen Jungen nicht gut stehen. Und vielleicht denkt er das Gleiche über mich, denn seine Miene verdüstert sich und er wendet sich ab. »Aber da sind doch noch Tausende anderer Zettel«, möchte ich ihm zuflüstern.

Die Zeit der Ziehung ist gekommen. Effie Trinket sagt, was sie immer sagt: »Ladies first!«, und geht hinüber zu der Glaskugel mit den Mädchennamen. Sie greift hinein, taucht ihre Hand tief in die Kugel und zieht einen Zettel heraus. Die Menge hält den Atem an, man könnte eine Stecknadel fallen hören, und ich fühle mich elend und hoffe inbrünstig, dass es nicht mein Name ist, nicht mein Name, nicht mein Name.

Effie Trinket geht zurück zum Podest, streicht den Zettel glatt und verliest mit klarer Stimme den Namen. Es ist nicht mein Name.

Es ist Primrose Everdeen.

2 Einmal, als ich reglos in einem Baumversteck darauf
wartete, dass Wild vorbeikam, bin ich eingenickt.
Ich fiel drei Meter tief und landete auf dem Rücken. Es war, als
hätte der Aufprall das letzte bisschen Luft aus meiner Lunge
gepresst, und ich lag dort und kämpfte verzweifelt darum, ein-
zuatmen, auszuatmen, irgendwas zu tun.

Genau so geht es mir jetzt. Ich versuche mich daran zu erinnern, wie man atmet, bin unfähig zu sprechen, vollkommen fassungslos, während der Name in meinem Schädel herumspringt.
Jemand fasst mich am Arm, ein Junge aus dem Saum, vielleicht
war ich drauf und dran umzufallen und er hat mich aufgefan-
gen.

Es muss sich um einen Irrtum handeln. Das kann nicht wahr
sein. Prim war ein Zettel unter Tausenden! Die Wahrscheinlichkeit, dass sie gezogen würde, war so gering, dass ich mir überhaupt keine Sorgen um sie gemacht habe. Habe ich nicht alles
getan? Die Tesserasteine genommen und ihr verboten, dasselbe
zu tun? Ein Zettel. Ein Zettel unter Tausenden. Sie hatte so
gute Chancen. Aber es hat nichts genützt.

Irgendwo aus der Ferne höre ich die Menge unglücklich
flüstern, wie immer, wenn eine Zwölfjährige ausgewählt wird,
denn das findet keiner gerecht. Plötzlich sehe ich sie, alles Blut
ist aus ihrem Gesicht gewichen, sie hat die Hände zu Fäusten

geballt und geht mit steifen, kleinen Schritten zur Bühne, an mir vorbei. Ich sehe, dass ihre Bluse am Rücken aus dem Rock gerutscht ist und über den Rock hängt, und dieses Detail, die herausgerutschte Bluse, die aussieht wie ein Entenschwanz, bringt mich zurück in die Gegenwart.

»Prim!« Ein erstickter Schrei aus meiner Kehle, meine Muskeln werden wieder aktiv. »Prim!« Ich muss mir nicht erst einen Weg durch die Menge bahnen. Die anderen Kinder machen sofort Platz und räumen einen Durchgang zur Bühne. Genau in dem Augenblick, als sie die Stufen erklimmen will, bin ich bei ihr. Mit einer Armbewegung schiebe ich sie hinter mich.

»Ich gehe freiwillig!«, keuche ich. »Ich gehe freiwillig als Tribut!«

Auf der Bühne gibt es ein Durcheinander. Distrikt 12 hat seit Jahrzehnten keinen Freiwilligen mehr gehabt und das Protokoll ist nicht mehr allen präsent. Die Regel besagt, dass ein anderer Junge oder je nachdem ein anderes Mädchen vortreten und den Platz desjenigen einnehmen kann, dessen Name aus der Kugel gezogen wurde. In einigen Distrikten, in denen es eine große Ehre ist, die Ernte zu gewinnen, riskieren die Leute nur zu gern ihr Leben und es ist sehr schwierig, sich freiwillig zu melden. Aber in Distrikt 12, wo das Wort Tribut praktisch gleichbedeutend ist mit Leichnam, sind Freiwillige fast ausgestorben.

»Herrlich!«, sagt Effie Trinket. »Aber ich glaube, eigentlich müssten wir erst den Erntegewinner präsentieren und dann nach Freiwilligen fragen, und wenn sich einer meldet, dann … äh«, sagt sie unsicher und verstummt.

»Was spielt das für eine Rolle?«, sagt der Bürgermeister. Er

28

betrachtet mich mit gequältem Blick. Er kennt mich kaum, aber da ist eine schwache Erinnerung. Ich bin das Mädchen, das die Erdbeeren bringt. Das Mädchen, von dem seine Tochter vielleicht einmal erzählt hat. Das Mädchen, das vor fünf Jahren an Mutter und Schwester gedrängt dastand, als er ihr, dem ältesten Kind, eine Tapferkeitsmedaille überreichte. Eine Medaille für ihren Vater, der in den Minen verpufft war. Erinnert er sich daran? »Was spielt das für eine Rolle?«, wiederholt er schroff. »Lasst sie heraufkommen.«

Hinter mir schreit Prim hysterisch. Sie hat ihre dürren Arme wie einen Schraubstock um mich geschlungen. »Nein, Katniss! Nein! Du darfst nicht gehen!«

»Lass mich los, Prim«, sage ich barsch, weil ich sonst die Fassung verlieren würde, und ich will nicht weinen. Wenn sie heute Abend im Fernsehen die Wiederholung der Ernten zeigen, werden alle meine Tränen sehen und dann gelte ich als leichtes Ziel. Als Schwächling. Diese Genugtuung will ich ihnen nicht geben. »Lass mich los!«

Jemand zieht sie von meinem Rücken fort. Ich drehe mich um und sehe, dass Gale Prim hochgehoben hat, während sie um sich schlägt. »Rauf mit dir, Kätzchen«, sagt er und kämpft darum, seine Stimme fest klingen zu lassen, dann trägt er Prim zu meiner Mutter. Ich nehme allen Mut zusammen und erklimme die Stufen.

»Nun denn, bravo!«, sagt Effie Trinket überschwänglich. »Das ist der Geist der Spiele!« Sie freut sich, dass in ihrem Distrikt jetzt doch endlich mal was los ist. »Wie heißt du?«

Ich schlucke schwer. »Katniss Everdeen«, sage ich.

»Ich wette, das war deine Schwester. Wolltest dir von ihr

nicht die ganze Schau stehlen lassen, was? Los, Leute! Einen Riesenapplaus für unseren neuesten Tribut!«, trällert Effie Trinket.

Das muß man Distrikt 12 lassen, es klatscht nicht einer. Nicht einmal die mit den Wettscheinen in der Hand, denen sonst alles egal ist. Vielleicht, weil sie mich vom Hob kennen oder weil sie meinen Vater kannten oder weil sie Prim begegnet sind, die man einfach gernhaben muss. Anstatt mich beklatschen zu lassen, stehe ich also da und rühre mich nicht, während die Leute auf die einzig mögliche Weise Widerspruch äußern. Durch Schweigen. Was so viel heißt wie: Wir sind nicht einverstanden. Wir billigen es nicht. Das hier ist ganz falsch.

Dann geschieht etwas Unerwartetes. Zumindest habe ich es nicht erwartet, denn bisher hätte ich nie gedacht, dass ich für Distrikt 12 irgendeine Bedeutung hätte. Doch etwas hat sich verändert, seit ich vorgetreten bin und Prims Platz eingenommen habe, und jetzt sieht es so aus, als wäre ich auf einmal jemand Besonderes. Erst einer, dann noch einer, schließlich nahezu jeder in der Menge berührt mit den drei mittleren Fingern der linken Hand die Lippen und streckt sie mir entgegen. Eine alte und selten benutzte Geste in unserem Distrikt, die man noch gelegentlich auf Beerdigungen sieht. Sie drückt Dank und Bewunderung aus, Abschied von einem geliebten Menschen.

Jetzt muss ich wirklich fast weinen, doch glücklicherweise kommt in diesem Moment Haymitch über die Bühne gewankt, um mich zu beglückwünschen. »Seht sie an. Seht euch die hier an!«, brüllt er und legt mir einen Arm um die Schultern. Dafür, dass er so ein Wrack ist, hat er erstaunliche Kräfte. »Die gefällt mir!« Sein Atem stinkt nach Schnaps und er hat schon lange nicht mehr gebadet. »Viel ...« Er sucht eine Zeit lang nach dem richtigen Wort. »... Mumm!«, sagt er triumphierend und lässt mich los. »Mehr als ihr!«, fügt er hinzu und tapst nach vorn an den Bühnenrand. »Mehr als ihr!«, schreit er jetzt direkt in die Kamera.

Gilt das den Zuschauern oder ist er so betrunken, dass er sogar das Kapitol verhöhnt? Ich werde es nie erfahren, denn gerade als er den Mund öffnet, um weiterzureden, plumpst er von der Bühne und ist k.o.

Er ist widerlich, aber ich bin ihm dankbar. Da sich alle Kameras schadenfroh auf ihn richten, habe ich gerade genug Zeit, einen kleinen, erstickten Laut auszustoßen und mich zusammenzureißen. Ich falte die Hände hinter dem Rücken und schaue in die Ferne. Ich kann die Hügel sehen, die ich heute Morgen mit Gale bestiegen habe. Einen Augenblick lang sehne ich mich nach etwas ... Die Vorstellung, zusammen mit ihm den Distrikt zu verlassen ... sich im Wald durchzuschlagen ... Doch ich weiß, dass es richtig war, nicht fortzulaufen. Wer sonst hätte sich an Prims Stelle gemeldet?

Haymitch wird auf einer Trage fortgebracht und Effie Trinket versucht, die Show wieder in Gang zu bringen. »Was für ein aufregender Tag!«, flötet sie, während sie versucht, ihre Perücke gerade zu rücken, die eine bedenkliche Schlagseite nach rechts aufweist. »Aber es wird noch aufregender! Jetzt werden wir unseren Jungentribut auswählen!« In der Hoffnung, ihre Haarpracht unter Kontrolle zu bringen, legt sie eine Hand auf den Kopf, während sie zu der Glaskugel mit den Jungennamen hinübergeht und den ersten Zettel herausholt, den sie zu fassen bekommt. Sie eilt zurück zum Podest und mir bleibt nicht mal Zeit, Gale die Daumen zu drücken, als sie auch schon den Namen verliest. »Peeta Mellark.«

Peeta Mellark!

Oh nein, denke ich. *Nicht der.* Denn ich kenne den Namen, obwohl ich noch nie direkt mit seinem Träger gesprochen habe. Peeta Mellark.

Nein, heute ist das Glück wirklich nicht auf meiner Seite.

Ich sehe zu, wie er sich einen Weg zur Bühne bahnt. Mittelgroß, stämmiger Körperbau, aschblondes Haar, das ihm in Wellen in die Stirn fällt. Der Schreck steht ihm ins Gesicht geschrieben. Man sieht, wie er darum kämpft, gleichgültig zu bleiben, aber in seinen blauen Augen sehe ich die Angst, die ich von meiner Beute kenne. Trotzdem steigt er zielstrebig auf die Bühne und nimmt seinen Platz ein.

Effie Trinket erkundigt sich nach Freiwilligen, doch niemand tritt vor. Ich weiß, dass er zwei ältere Brüder hat, ich habe sie in der Bäckerei gesehen, aber der eine ist inzwischen wahrscheinlich zu alt, um sich freiwillig zu melden, und der andere will nicht. Das ist der Normalfall. Am Tag der Ernte reicht der Familiensinn bei den meisten Menschen nicht weit. Was ich getan habe, war radikal.

Wie jedes Jahr an dieser Stelle kommt der Bürgermeister seiner Pflicht nach und liest den langen, öden Hochverratsvertrag vor, aber ich höre überhaupt nicht hin.

Wieso er?, denke ich. Dann versuche ich mir einzureden, dass es egal ist. Peeta Mellark und ich sind nicht befreundet. Nicht mal Nachbarn. Wir reden nicht miteinander. Unsere einzige richtige Begegnung liegt Jahre zurück. Er hat es wahrscheinlich vergessen. Aber ich nicht und ich weiß, dass ich es nie vergessen werde …

Es war in der schlimmsten Zeit. Mein Vater war drei Monate zuvor bei dem Minenunfall getötet worden, im eisigsten Januar seit Menschengedenken. Die Dumpfheit nach seinem Verlust verzog sich und der Schmerz traf mich aus dem Nichts, mein Körper krümmte sich zusammen und wurde von Schluchzern geschüttelt. *Wo bist du?*, schrie es in mir. *Wohin bist du gegangen?* Natürlich bekam ich nie eine Antwort.

Der Distrikt hatte uns zum Ausgleich für seinen Tod einen kleinen Geldbetrag zugewiesen, genug, um einen Monat der Trauer zu überstehen. Danach wurde erwartet, dass meine Mutter sich eine Arbeit suchte. Aber das tat sie nicht. Sie tat gar nichts, sie saß nur auf dem Stuhl, noch häufiger kauerte sie in Decken gehüllt auf ihrem Bett, den Blick in die Ferne gerichtet. Ab und zu kam Bewegung in sie, sie stand auf, als hätte sie dringend etwas zu erledigen, nur um dann wieder in ihre Starre zu fallen. Prims Flehen schien sie nicht zu berühren.

Ich hatte entsetzliche Angst. Heute denke ich, dass meine Mutter in einer dunklen Welt der Trauer eingeschlossen war, aber damals wusste ich nur, dass ich nicht nur einen Vater verloren hatte, sondern auch eine Mutter. Mit elf Jahren, Prim war sieben, übernahm ich die Rolle des Familienoberhaupts. Ich hatte keine Wahl. Ich kaufte unser Essen auf dem Markt, kochte es, so gut ich konnte, und achtete darauf, dass Prim und ich einigermaßen anständig aussahen. Denn wenn bekannt geworden wäre, dass meine Mutter sich nicht mehr um uns kümmern konnte, dann hätte der Distrikt uns ihr weggenommen und ins Gemeindeheim gesteckt. Ich kannte den Anblick dieser Heimkinder aus der Schule. Die Traurigkeit, die Male, die wütende Hände auf ihren Gesichtern hinterlassen hatten, die Hoffnungslosigkeit, die ihre Schultern beugte. Davor musste ich Prim unbedingt bewahren. Die süße, kleine Prim, die weinte, wenn ich weinte, noch ehe sie wusste, warum; die meiner Mutter das Haar bürstete und flocht, bevor wir zur Schule aufbrachen; die noch immer jeden Abend den Rasierspiegel meines Vaters polierte, weil er den Kohlenstaub gehasst hatte, der sich auf alles im Saum legte. Im Gemeindeheim würde man sie zerquetschen wie eine Wanze. Deshalb verheimlichte ich unsere elende Lage.

Doch das Geld wurde knapp und langsam, aber sicher verhungerten wir. Man kann es nicht anders sagen. Wenn ich nur bis Mai durchhalten würde, redete ich mir ein, nur bis zum 8. Mai, dem Tag, an dem ich zwölf wurde, dann könnte ich mich für die Tesserasteine eintragen und das wertvolle Getreide und Öl bekommen, um uns zu ernähren. Nur, dass es bis dahin noch einige Wochen waren. Bis dahin konnten wir auch schon tot sein.

Hungertod ist kein ungewöhnliches Schicksal in Distrikt 12. Wer hätte die Opfer nicht gesehen? Ältere Leute, die nicht arbeiten können. Kinder aus Familien mit zu vielen hungrigen Mäulern. Verletzte aus den Minen. Sie streifen durch die Straßen. Und eines Tages sieht man sie reglos an einer Wand sitzen oder auf der Weide liegen, man hört das Wehklagen aus einem Haus und die Friedenswächter werden herbeigerufen, um die Leiche abzuholen. Offiziell ist nie Hunger die Todesursache. Immer ist es Grippe, Kälte, Lungenentzündung. Aber davon lässt sich niemand täuschen.

Am Nachmittag meiner Begegnung mit Peeta Mellark fiel

34

eiskalter Regen in Strömen. Ich war in der Stadt gewesen und hatte versucht, Prims abgewetzte Babysachen auf dem Markt zu verkaufen, aber es gab keine Abnehmer. Obwohl ich mit meinem Vater schon ein paarmal auf dem Hob gewesen war, traute ich mich nicht allein an diesen rauen, düsteren Ort. Die alte Jagdjacke meines Vaters war durchweicht vom Regen und ich fror bis auf die Knochen. Seit drei Tagen hatten wir nichts als heißes Wasser mit ein paar vertrockneten Pfefferminzblättern zu uns genommen, die ich ganz hinten in einem Küchenschrank gefunden hatte. Als der Markt schloss, zitterte ich so heftig, dass ich mein Bündel mit den Babysachen in eine Schlammpfütze fallen ließ. Ich hob es nicht auf, weil ich Angst hatte, ich könnte umkippen und nicht wieder hochkommen. Und sowieso wollte niemand die Kleider haben.

Ich konnte nicht nach Hause gehen. Zu Hause waren meine Mutter mit ihren toten Augen und meine kleine Schwester mit den eingefallenen Wangen und aufgesprungenen Lippen. Ich konnte nicht mit hoffnungsleeren Händen in diesen Raum zurück, in den Qualm des Feuers aus feuchten Ästen, die ich am Waldrand aufgelesen hatte, nachdem uns die Kohle ausgegangen war.

Allein stolperte ich durch eine matschige Gasse hinter den Läden, in denen die wohlhabenden Stadtbewohner einkaufen. Die Händler haben die Wohnungen über ihren Geschäften, sodass ich mich sozusagen in ihren Gärten befand. Ich erinnere mich an die Umrisse der Beete, die noch nicht für das Frühjahr bepflanzt waren, ein oder zwei Ziegen in einem Pferch, einen durchnässten Hund, der an einen Pflock gebunden war, resigniert im Dreck zusammengekauert.

In Distrikt 12 ist jede Art von Diebstahl verboten. Darauf steht der Tod. Aber mir kam in den Sinn, dass ich vielleicht in den Mülltonnen etwas finden könnte, und die Mülltonnen waren Freiwild. Vielleicht einen Knochen beim Metzger oder verfaultes Gemüse beim Lebensmittelhändler, etwas, das niemand essen wollte außer meiner verzweifelten Familie. Unglücklicherweise waren die Mülltonnen gerade geleert worden.

Als ich beim Bäcker vorbeikam, überwältigte mich der Geruch von frisch gebackenem Brot so sehr, dass mir schwindlig wurde. Die Backöfen befanden sich im hinteren Teil des Hauses und ein goldener Schein strömte durch die offene Küchentür. Gebannt von der Hitze und dem köstlichen Duft stand ich da, bis der Regen dazwischenkam, mit Eisfingern meinen Rücken entlangfuhr und mich ins Leben zurückzwang. Ich hob den Deckel der Bäckersmülltonne und fand sie unbarmherzig leer.

Plötzlich schrie mich jemand an. Ich sah auf und erkannte die Bäckersfrau. Ich solle weitergehen, ob sie die Friedenswächter rufen müsse und überhaupt sei sie es leid, wie diese Gören aus dem Saum ständig in ihrem Müll wühlten. Es waren hässliche Worte und ich konnte mich nicht verteidigen. Als ich vorsichtig den Deckel wieder schloss und zurückwich, sah ich ihn: einen blonden Jungen, der hinter dem Rücken seiner Mutter hervorspähte. Ich kannte ihn aus der Schule. Er war in meinem Jahrgang, aber ich wusste nicht, wie er hieß. Wie auch, er war ja immer mit den Stadtkindern zusammen. Seine Mutter ging grummelnd in die Backstube zurück, er aber muss mich beobachtet haben, wie ich um den Pferch herumging, in dem sie ihr Schwein hielten, und mich an die Rückseite eines alten Apfelbaums lehnte. Mir war auf einmal klar geworden, dass ich nichts mit nach Hause bringen konnte. Meine Knie gaben nach und ich rutschte am Stamm herunter bis zu den Wurzeln. Es war zu viel. Ich war zu krank und schwach und müde, unendlich müde. *Sollen sie doch die Friedenswächter rufen und uns ins Gemeindeheim bringen*, dachte ich. *Oder noch besser, lasst mich gleich hier im Regen sterben.*

Aus der Bäckerei drang Geklapper, ich hörte die Frau wieder schreien und dann einen Schlag. Ich fragte mich, was da vorging. Füße stapften durch den Matsch auf mich zu und ich dachte: *Das ist sie. Sie kommt, um mich mit dem Stock zu vertreiben.* Aber es war nicht sie. Es war der Junge. In den Armen trug er zwei große Laibe Brot, die ins Feuer gefallen sein mussten, denn die Kruste war schwarz verbrannt.

Seine Mutter kreischte: »Gib es den Schweinen, du Dummkopf! Warum nicht? Kein anständiger Mensch wird verbranntes Brot kaufen!«

Er begann, verbrannte Brotstücke abzureißen und sie in den Trog zu werfen, als die Klingel vorn im Bäckerladen ging und die Mutter verschwand, um einen Kunden zu bedienen.

Der Junge beachtete mich nicht, doch ich beobachtete ihn. Wegen des Brots, wegen der roten Strieme, die sich an seinem Wangenknochen abzeichnete. Womit hatte sie ihn geschlagen? Meine Eltern schlugen uns nie. Ich konnte mir das nicht mal vorstellen. Der Junge schaute kurz zurück zur Bäckerei, als wollte er nachsehen, ob die Luft rein war. Dann wandte er sich wieder dem Schwein zu und warf einen Laib Brot in meine Richtung. Der zweite folgte gleich danach, dann stapfte er zurück in die Bäckerei und schloss leise die Küchentür hinter sich.

Ungläubig starrte ich auf die Brotlaibe. Abgesehen von den verbrannten Stellen waren sie vollkommen in Ordnung. Sollten die etwa für mich sein? Mussten sie wohl. Schließlich lagen sie dort zu meinen Füßen. Bevor irgendwer mitbekam, was passiert war, stopfte ich mir die Laibe unter das Hemd, schlang die Jagdjacke fest um meinen Körper und lief schnell davon. Die Hitze des Brots brannte sich in meine Haut, aber ich drückte es nur noch fester, klammerte mich ans Leben.

Als ich zu Hause ankam, waren die Brote ein wenig abgekühlt, doch das Innere war noch warm. Als ich sie auf den Tisch fallen ließ, streckte Prim die Hände aus und wollte sich ein Stück herausreißen, aber ich sagte ihr, sie solle sich hinsetzen, zwang meine Mutter, zu uns an den Tisch zu kommen, und goss heißen Tee ein. Ich kratzte die schwarzen Stellen ab und schnitt das Brot in Scheiben. Wir aßen einen ganzen Laib, Scheibe für Scheibe. Es war gutes, herzhaftes Brot, gefüllt mit Rosinen und Nüssen.

Ich hängte meine Sachen zum Trocknen vors Feuer, krabbelte ins Bett und fiel in einen traumlosen Schlaf. Erst am nächsten Morgen kam mir der Gedanke, dass der Junge das Brot vielleicht absichtlich zu lange im Ofen gelassen hatte. Die Laibe ins Feuer geworfen hatte, obwohl er wusste, dass er dafür bestraft werden würde, und sie dann mir gegeben hatte. Ich verwarf den Gedanken. Bestimmt war es ein Missgeschick gewesen. Weshalb hätte er das tun sollen? Er kannte mich doch gar nicht. Trotzdem, allein dass er mir das Brot zugeworfen hatte, war ungeheuer freundlich gewesen und hätte ihm sicher eine Tracht Prügel eingebracht, wenn er dabei entdeckt worden wäre. Ich konnte mir sein Tun nicht erklären.

Zum Frühstück aßen wir Brotscheiben und gingen dann in die Schule. Es war, als wäre über Nacht der Frühling ausgebrochen. Warme milde Luft, flauschige Wolken. In der Schule kam ich im Flur an dem Jungen vorbei, seine Wange war geschwollen und er hatte ein blaues Auge. Er war mit seinen Freunden zusammen und ließ sich nicht anmerken, dass er mich kannte. Doch als ich am Nachmittag Prim abholte und mich auf den Heimweg machte, sah ich, dass er mich über den Schulhof hinweg ansah. Eine Sekunde lang trafen sich unsere Blicke, dann wandte er das Gesicht ab. Verlegen senkte ich den Blick und in diesem Augenblick sah ich ihn. Den ersten Löwenzahn des Jahres. In meinem Kopf klingelte es. Ich dachte an die Stunden, die ich mit meinem Vater im Wald verbracht hatte, und ich wusste, wie wir überleben würden.

Bis heute verschmelzen dieser Junge, Peeta Mellark, das Brot, das mir Hoffnung gab, und der Löwenzahn, der mich daran erinnerte, dass ich nicht verloren war, zu einer einzigen Erinnerung. Und mehr als einmal habe ich im Schulflur bemerkt, dass er den Blick auf mich gerichtet hatte, um dann schnell wieder wegzuschauen. Ich habe das Gefühl, ihm etwas zu schulden, und ich hasse es, Leuten etwas schuldig zu sein. Hätte ich ihm irgendwann mal gedankt, dann wäre ich jetzt vielleicht nicht so im Zwiespalt. Mehrmals habe ich daran gedacht, es zu tun, aber irgendwie hat sich nie die richtige Gelegenheit ergeben. Und nun wird sie sich auch nicht mehr ergeben. Denn wir werden in eine Arena gesperrt, um einander bis zum Tod zu bekämpfen. Wie sollte ich da ein Dankeschön anbringen? Es würde wohl nicht sehr aufrichtig klingen, wenn ich gleichzeitig versuchte, ihm die Kehle aufzuschlitzen.

Der Bürgermeister beendet die eintönige Lesung des Hoch-
verratsvertrags und gibt Peeta und mir ein Zeichen, uns die
Hand zu reichen. Seine Hände sind so fest und warm wie die
Brotlaibe damals. Peeta schaut mir direkt in die Augen und
drückt meine Hand auf eine Weise, dass es sich anfühlt wie ein
beruhigender Händedruck. Vielleicht ist es auch nur ein nervö-
ses Zucken.

Wir wenden uns wieder der Menge zu, während die Hymne
von Panem erschallt.

Na gut, denke ich. *Wir sind vierundzwanzig. Die Wahrscheinlichkeit ist groß, dass ein anderer ihn tötet, bevor ich es tue.*

Andererseits war auf die Wahrscheinlichkeit in letzter Zeit
nicht besonders viel Verlass.

3 Als der letzte Ton der Hymne verklingt, werden wir verhaftet. Nicht dass wir Handschellen angelegt bekämen oder so, doch eine Schar Friedenswächter nimmt uns in ihre Mitte und führt uns durch das Eingangstor ins Gerichtsgebäude. Möglich, dass früher einmal Tribute versucht haben zu fliehen. Ich habe es noch nie erlebt.

Im Gebäude werde ich in einen Raum geführt und allein gelassen. Es ist der prächtigste Raum, in dem ich je war, mit dicken, breiten Teppichen, einem Sofa und Stühlen, die mit Samt bezogen sind. Dass es Samt ist, weiß ich, weil meine Mutter ein Kleid mit einem Kragen aus diesem Stoff hat. Ich setze mich auf das Sofa und kann nicht anders, als mit den Fingern über den Stoff zu streichen. Es beruhigt mich, während ich versuche, mich auf die folgende Stunde vorzubereiten: So viel Zeit steht den Tributen zur Verfügung, um von ihren Lieben Abschied zu nehmen. Ich darf mich nicht gehen lassen, darf nicht mit verquollenen Augen und einer roten Nase hier heraustreten. Weinen kommt nicht infrage. Am Bahnhof werden weitere Kameras aufgebaut sein.

Zuerst erscheinen meine Schwester und meine Mutter. Ich strecke die Hände nach Prim aus und sie klettert auf meinen Schoß, legt die Arme um meinen Hals, den Kopf auf meine Schulter, wie früher, als sie noch ein Kleinkind war. Meine Mutter setzt sich neben mich und nimmt uns in die Arme. Ein paar Minuten lang sagen wir nichts. Dann liste ich alles auf, was sie erledigen müssen, jetzt, da ich es nicht mehr für sie erledigen kann.

Prim soll auf keinen Fall Tesserasteine nehmen. Wenn sie sparsam sind, können sie mit dem über die Runden kommen, was der Verkauf von Milch und Käse von Prims Ziege und das kleine Apothekergeschäft einbringen, das meine Mutter für die Leute aus dem Saum betreibt. Gale wird ihr die Kräuter besorgen, die sie nicht selbst zieht, aber sie muss sie ihm ganz genau beschreiben, weil er sich nicht so gut auskennt wie ich. Er wird ihnen auch Wild bringen – vor einem Jahr haben er und ich darüber eine Abmachung getroffen – und wahrscheinlich nichts dafür verlangen; sie sollten sich jedoch erkenntlich zeigen, mit Milch oder Arzneien.

Ich dränge Prim nicht, jagen zu lernen. Ich habe mehrmals versucht, es ihr beizubringen, und es war eine Katastrophe. Der Wald machte ihr Angst und immer, wenn ich ein Tier schoss, fing sie an zu weinen und redete davon, dass wir es heilen könnten, wenn wir es nur schnell genug nach Hause brächten. Aber auf ihre Ziege versteht sie sich, deshalb beschränke ich mich darauf.

Als ich mit den Anweisungen bezüglich Brennstoff, Tauschgeschäften und Schule fertig bin, wende ich mich meiner Mutter zu und packe sie hart am Arm. »Hör zu. Hörst du mir zu?« Sie nickt, erschrocken über meine Eindringlichkeit. Bestimmt weiß sie, was jetzt kommt. »Du kannst dich nicht wieder verkriechen«, sage ich.

Meine Mutter schaut zu Boden. »Ich weiß. Ich werde es nicht tun. Damals konnte ich nicht anders …«

»Diesmal wirst du anders können. Du kannst dich nicht ausklinken und Prim sich selbst überlassen. Ich werde nicht mehr da sein, um euer Überleben zu sichern. Ganz gleich, was passiert. Was immer du auf dem Bildschirm siehst. Du musst mir versprechen, dass du das durchstehst!« Meine Stimme ist zu einem Schrei geworden. In diesem Schrei liegt all die Wut, all die Angst, die ich damals empfand, als sie uns verlassen hat.

Sie befreit sich aus meinem Griff, jetzt ebenfalls wütend. »Ich war krank. Hätte ich die Arzneien gehabt, die ich jetzt habe, hätte ich mich selbst kuriert.«

Möglich, dass sie wirklich krank war. Ich habe gesehen, wie sie später Leute aus einem Zustand lähmender Trauer zurück ins Leben geführt hat. Vielleicht ist es tatsächlich eine Krankheit. Aber wir können sie uns nicht leisten.

»Dann nimm diese Arzneien. Und pass auf Prim auf!«, sage ich.

»Ich pass schon selbst auf mich auf, Katniss«, sagt Prim und umschließt mein Gesicht mit den Händen. »Aber du musst auch vorsichtig sein. Du bist so schnell und mutig. Vielleicht kannst du gewinnen.«

Ich kann nicht gewinnen. Das muss Prim tief in ihrem Innern wissen. Der Wettkampf wird meine Fähigkeiten bei Weitem übersteigen. Kinder aus wohlhabenderen Distrikten, in denen der Sieg eine enorme Ehre darstellt, die ihr ganzes Leben lang darauf gedrillt wurden. Jungen, die doppelt oder dreimal so schwer sind wie ich. Mädchen, die zwanzig verschiedene Arten kennen, jemanden mit dem Messer zu töten. Ja, es wird auch Leute wie mich geben. Leute, die aussortiert werden müssen, bevor der eigentliche Spaß losgeht.

»Vielleicht«, sage ich. Ich kann ja schlecht meiner Mutter sagen, sie solle durchhalten, wenn ich mich gleichzeitig selbst schon aufgegeben habe. Abgesehen davon liegt es nicht in meiner Natur, mich kampflos zu ergeben, selbst wenn die Hindernisse unüberwindlich scheinen. »Dann wären wir so reich wie Haymitch.«

»Mir ist es egal, ob wir reich sind. Ich möchte nur, dass du wieder nach Hause kommst. Du versuchst es, ja? Ganz, ganz doll?«, fragt Prim.

»Ganz, ganz doll. Ich schwöre es«, sage ich. Und ich weiß, wegen Prim werde ich es auch wirklich versuchen müssen.

Dann erscheint ein Friedenswächter in der Tür zum Zeichen, dass unsere Zeit vorüber ist, und wir umarmen uns so fest, dass es wehtut, und alles, was ich sagen kann, ist: »Ich hab euch lieb. Ich hab euch beide lieb.« Sie sagen, dass sie mich auch lieb haben, und dann müssen sie hinausgehen und die Tür wird geschlossen. Ich vergrabe den Kopf in einem der Samtkissen, als könnte ich dadurch alles ausblenden.

Noch jemand betritt den Raum, und als ich aufblicke, sehe ich zu meiner Überraschung den Bäcker, Peeta Mellarks Vater. Ich kann kaum glauben, dass er mich besuchen kommt. Immerhin werde ich schon bald versuchen, seinen Sohn zu töten. Aber wir kennen uns flüchtig und Prim kennt er sogar noch besser. Wenn sie auf dem Hob ihren Ziegenkäse verkauft, legt sie ihm immer zwei zurück und er gibt ihr dafür eine großzügige Menge Brot. Wenn wir mit ihm handeln, achten wir stets darauf, dass seine Frau, die Hexe, nicht in der Nähe ist, weil er dann sehr viel entgegenkommender ist. Ich bin mir sicher, dass er seinen Sohn niemals so geschlagen hätte, wie sie

44

es wegen des verbrannten Brots getan hat. Doch weshalb ist er gekommen?

Der Bäcker setzt sich verlegen auf die Kante eines Plüschstuhls. Ein großer, breitschultriger Mann mit Brandnarben von den vielen Jahren am Backofen. Er muss sich eben erst von seinem Sohn verabschiedet haben.

Er zieht eine weiße Pappschachtel aus der Jackentasche und reicht sie mir. Ich öffne sie und finde Plätzchen darin. Ein Luxus, den wir uns niemals leisten können.

»Danke«, sage ich. Der Bäcker ist auch unter angenehmeren Umständen kein gesprächiger Mensch, aber heute findet er gar keine Worte. »Ich habe heute Morgen Ihr Brot gegessen. Mein Freund Gale hat Ihnen ein Eichhörnchen dafür gegeben.« Er nickt, als würde er sich an das Eichhörnchen erinnern. »Kein guter Tausch für Sie«, sage ich. Er zuckt die Achseln, als wäre das vollkommen belanglos.

Dann fällt mir nichts mehr ein und deshalb sitzen wir schweigend da, bis ein Friedenswächter ihn zum Gehen auffordert. Er steht auf und räuspert sich. »Ich werde auf das kleine Mädchen aufpassen. Du kannst dich darauf verlassen, dass sie zu essen hat.«

Bei diesen Worten spüre ich, wie mir ein wenig leichter ums Herz wird. Mit mir treiben die Leute Handel, aber Prim haben sie aufrichtig gern. Vielleicht so gern, dass sie überlebt.

Mein nächster Besuch kommt ebenfalls unerwartet. Es ist Madge und sie kommt geradewegs auf mich zu. Sie ist nicht weinerlich und sie lenkt auch nicht ab, stattdessen liegt eine Dringlichkeit in ihrer Stimme, die mich überrascht. »Du darfst eine Sache aus diesem Distrikt in die Arena mitnehmen. Etwas, das dich an zu Hause erinnert. Möchtest du das hier tragen?« Sie hält mir die runde Goldbrosche hin, die sie an ihrem Kleid hatte. Ich habe vorher nicht besonders darauf geachtet, aber jetzt sehe ich, dass es ein kleiner fliegender Vogel ist.

»Deine Brosche?«, sage ich. Ein Andenken an meinen Distrikt zu tragen ist wohl das Letzte, was mir einfallen würde.

»Hier, ich stecke sie dir ans Kleid, einverstanden?« Madge wartet die Antwort nicht ab, sie beugt sich einfach vor und befestigt den Vogel an meinem Kleid. »Versprichst du mir, dass du ihn in der Arena tragen wirst, Katniss?«, fragt sie. »Versprichst du's mir?«

»Ja«, sage ich. Plätzchen. Eine Brosche. Was für Geschenke ich heute bekomme. Und da kommt schon das nächste. Madge drückt mir einen Kuss auf die Wange. Dann ist sie fort und ich sitze da und denke, dass Madge vielleicht die ganze Zeit über wirklich meine Freundin war.

Zu guter Letzt kommt auch Gale, und selbst wenn es keine romantischen Gefühle zwischen uns gibt, zögere ich doch nicht, ihm in die geöffneten Arme zu fallen. Sein Körper ist mir vertraut – die Art, wie er sich bewegt, der Geruch nach Holzrauch, sogar sein Herzklopfen kenne ich von den stillen Momenten einer Jagd –, aber es ist das erste Mal, dass ich ihn richtig spüre, schlank und muskulös.

»Hör zu«, sagt er. »An ein Messer zu kommen dürfte kein Problem sein, und wenn es irgend geht, musst du dir einen Bogen besorgen. Das ist deine größte Chance.«

»Bogen gibt es aber nicht immer«, sage ich und muss an das Jahr denken, als es nur schreckliche Streitkeulen mit Stacheln gab, mit denen die Tribute aufeinander eindreschen mussten, bis zum Tod.

»Dann mach dir einen«, sagt Gale. »Ein schwacher Bogen ist immer noch besser als keiner.«

Ich habe versucht, die Bogen meines Vaters nachzubauen, mit wenig Erfolg. Es ist nicht so einfach. Sogar ihm ist manchmal ein Bogen misslungen und er musste ihn wegwerfen.

»Ich weiß nicht mal, ob es da Holz gibt«, sage ich. In einem Jahr haben sie die Tribute in einer Landschaft ausgesetzt, in der es nur Geröll und Sand und Gestrüpp gab. Das fand ich besonders schrecklich. Viele der Kämpfer wurden von Giftschlangen gebissen oder vor Durst wahnsinnig.

»Holz gibt es fast immer«, sagt Gale. »Seit dem Jahr, in dem die Hälfte erfroren ist. Das war nämlich nicht unterhaltsam genug.«

Das stimmt. Einmal mussten wir den Spielern der Hungerspiele dabei zusehen, wie sie nachts reihenweise erfroren. Man konnte sie kaum sehen, denn sie hatten sich wie Bälle zusammengerollt und nirgendwo gab es Holz für Feuer, Fackeln oder Ähnliches. All diese stillen, unblutigen Tode wurden im Kapitol als wenig spannungsreich empfunden und seitdem hat es für gewöhnlich Holz gegeben, um Feuer zu machen.

»Ja, normalerweise gibt es welches«, sage ich.

»Es ist eine Jagd, Katniss. Und du bist die beste Jägerin, die ich kenne«, sagt Gale.

»Es ist keine Jagd. Die anderen sind bewaffnet. Sie können denken«, sage ich.

»Wie du. Aber du hast mehr Übung. Echte Übung«, sagt er. »Du weißt, wie man tötet.«

»Aber nicht Menschen«, sage ich.

»Was soll daran groß anders sein?«, sagt Gale grimmig.

Das Schlimme ist, dass es überhaupt nicht anders sein wird. Ich muss nur vergessen, dass es Menschen sind.

Allzu bald kommen die Friedenswächter zurück. Gale bittet um mehr Zeit, aber sie führen ihn fort und ich werde panisch. »Lass sie nicht verhungern!«, schreie ich und umklammere seine Hand.

»Ich verspreche es! Du weißt, ich werde sie nicht vergessen, Katniss, denk dran, ich …«, sagt er, aber sie reißen uns auseinander und schlagen die Tür zu und ich werde nie erfahren, woran ich denken soll.

Es ist eine kurze Fahrt vom Gerichtsgebäude zum Bahnhof. Ich habe noch nie in einem Auto gesessen. Und bin nur ganz selten in einem Wagen gefahren. Im Saum bewegt man sich zu Fuß fort.

Gut, dass ich nicht geweint habe. Im Bahnhof wimmelt es von Reportern mit ihren insektenartigen Kameras, die direkt auf mein Gesicht gerichtet sind. Aber ich habe genug Übung darin, alle Gefühle aus meinem Gesicht zu verbannen, und das tue ich auch jetzt. Ich betrachte mich in dem Fernseher an der Wand, der meine Ankunft live überträgt, und stelle befriedigt fest, dass ich fast gelangweilt aussehe.

Peeta Mellark dagegen hat offenbar geweint und versucht interessanterweise nicht, es zu verbergen. Ich frage mich sofort, ob dies seine Strategie in den Spielen sein wird. Schwach und ängstlich wirken, die anderen Tribute davon überzeugen, dass man keinerlei Konkurrenz darstellt, und sich dann als Kämpfer outen. Das hat vor sieben Jahren bei Johanna Mason gut funktioniert, einem Mädchen aus Distrikt 7. Sie spielte die Rolle der vertrottelten Memme so gut, dass niemand sie beachtete, bis nur noch eine Handvoll Kämpfer übrig war. Und dann zeigte sich, dass sie brutal töten konnte. Ganz schön clever, wie sie das anstellte. Für Peeta Mellark erscheint mir das allerdings nicht als geeignete Strategie, denn er ist der Sohn eines Bäckers. Die vielen Jahre, in denen er ausreichend zu essen hatte und Backtröge schleppte, haben ihn breitschultrig und stark gemacht. Da muss er schon verdammt viel weinen, um übersehen zu werden.

Ein paar Minuten lang müssen wir in der Tür des Zugs stehen, während die Kameras unser Bild verschlingen, dann dürfen wir hinein, und die Türen schließen sich barmherzig hinter uns. Sofort setzt sich der Zug in Bewegung.

Die Geschwindigkeit raubt mir anfangs den Atem. Natürlich bin ich noch nie mit dem Zug gefahren, denn Reisen zwischen den Distrikten sind außer zu offiziell genehmigten Arbeiten verboten. In unserem Fall heißt das hauptsächlich Kohle transportieren. Aber dies hier ist kein gewöhnlicher Kohlezug. Es ist einer der Hochgeschwindigkeitszüge mit einer Durchschnittsgeschwindigkeit von 380 Stundenkilometern. Unsere Reise ins Kapitol wird nicht mal einen Tag dauern.

In der Schule bekommen wir beigebracht, dass das Kapitol an einem Ort errichtet wurde, der einst die Rockies hieß. Distrikt 12 lag in den Appalachen, so wurde die Region genannt. Schon vor Jahrhunderten wurde hier Kohle gefördert. Weshalb unsere Bergleute heute umso tiefer graben müssen.

Irgendwie ist in der Schule alles auf die Kohle ausgerichtet. Neben Grundkenntnissen im Lesen und Rechnen ist unsere Bildung überwiegend kohleorientiert. Abgesehen von der wöchentlichen Vorlesung über die Geschichte von Panem, wo hauptsächlich darüber geschwafelt wird, was wir dem Kapitol verdanken. Ich weiß, dass sie nicht die ganze Geschichte erzählen, dass es mehr geben muss, einen authentischen Bericht über das, was während des Aufstands geschehen ist. Aber ich verschwende nicht viel Zeit, um darüber nachzudenken. Was immer die Wahrheit sein mag, ich kann nicht erkennen, wie sie mir dabei helfen sollte, Essen auf den Tisch zu bekommen.

Der Zug für die Tribute ist noch schicker als der Raum im Gerichtsgebäude. Jeder von uns bekommt ein eigenes Schlafabteil mit Ankleideraum und Bad mit fließend warmem und kaltem Wasser. Wenn wir zu Hause warmes Wasser haben wollen, müssen wir welches auf dem Herd kochen.

Es gibt Schubladen voll mit feiner Kleidung und Effie Trinket sagt, ich kann tun, was ich will, anziehen, was ich will, alles steht zu meiner Verfügung. Hauptsache, in einer Stunde bin ich fertig fürs Abendessen. Ich schäle mich aus dem Kleid meiner Mutter und stelle mich unter die heiße Dusche. Noch nie im Leben habe ich geduscht. Es ist, als würde man unter einem Sommerregen stehen, nur heißer. Ich ziehe eine dunkelgrüne Bluse und eine Hose an.

In letzter Minute fällt mir Madges kleine Goldbrosche ein. Zum ersten Mal schaue ich sie mir genauer an. Als hätte jemand erst einen kleinen goldenen Vogel gestaltet und dann einen Ring drum herum befestigt. Der Vogel ist nur an den Flügelspitzen mit dem Ring verbunden. Ich erkenne ihn sofort. Ein Spotttölpel.

Lustige Vögel und für das Kapitol so etwas wie ein Schlag ins

Gesicht. Zu Zeiten der Rebellion hatte das Kapitol eine Reihe gentechnisch veränderter Tiere gezüchtet, um sie als Waffen einzusetzen. Eines davon war ein Vogel namens Schnattertölpel, der ganze Unterhaltungen zwischen Menschen im Gedächtnis speichern und wiedergeben konnte. Sie waren ausschließlich männlich und fanden wie Brieftauben den Weg nach Hause. Sie wurden in den Gegenden ausgesetzt, wo sich die Feinde des Kapitols versteckt hielten. Wenn die Vögel die Worte aufgeschnappt hatten, sollten sie zu Sammelpunkten zurückfliegen, wo alles aufgezeichnet wurde. Es dauerte eine ganze Weile, bis die Leute herausfanden, was da vor sich ging und wie ihre privaten Unterhaltungen übertragen wurden. Dann allerdings fütterten die Rebellen die Vögel mit lauter Lügen und das Kapitol guckte dumm aus der Wäsche. Die Sammelpunkte wurden geschlossen und die Vögel zum Sterben in die Wildnis entlassen.

Nur dass sie nicht starben. Stattdessen paarten sich die Schnattertölpel mit weiblichen Spottdrosseln und schufen eine ganz neue Art, die sowohl Vogelgezwitscher als auch menschliche Melodien wiedergeben konnte. Diese Tiere hatten die Fähigkeit verloren, Wörter zu artikulieren, doch sie konnten immer noch eine Reihe menschlicher Laute nachahmen, vom hohen Geträller eines Kindes bis zur tiefen Stimme eines Mannes. Und sie konnten Lieder wiedergeben. Nicht nur ein paar Töne, sondern ganze Lieder mit mehreren Strophen, man musste nur die Geduld aufbringen und sie ihnen vorsingen – und die Stimme musste ihnen gefallen.

Die Spotttölpel waren die Lieblingsvögel meines Vaters. Wenn wir auf die Jagd gingen, pfiff oder sang er ihnen komplizierte Lieder vor und nach einer höflichen Pause sangen sie sie immer nach. Nicht jeder wird mit solchem Respekt behandelt. Aber wenn mein Vater sang, verstummten alle Vögel in der Gegend und lauschten. Seine Stimme war so schön, voll und klar und so lebendig, dass man zugleich lachen und weinen wollte. Nachdem er fort war, konnte ich mich nicht überwinden, in seine Fußstapfen zu treten. Trotzdem hat der kleine Vogel etwas Tröstliches. Als hätte ich ein Stück von meinem Vater dabei, das mich beschützt. Ich befestige die Brosche an meiner Bluse und mit dem dunkelgrünen Stoff als Hintergrund sieht es fast so aus, als würde der Spotttölpel zwischen Bäumen hindurchfliegen.

Effie Trinket kommt, um mich zum Abendessen abzuholen. Ich folge ihr durch den engen, schaukelnden Gang in einen Speisewagen mit glänzender Wandtäfelung. Das Geschirr auf dem Tisch ist hauchdünn. Peeta Mellark sitzt bereits da und wartet auf uns, der Platz neben ihm ist leer.

»Wo ist Haymitch?«, fragt Effie Trinket fröhlich.

»Als ich ihn das letzte Mal sah, wollte er ein Nickerchen machen«, antwortet Peeta.

»War ja auch ein anstrengender Tag«, sagt Effie Trinket. Ich glaube, sie ist erleichtert über Haymitchs Abwesenheit. Wer könnte es ihr verdenken?

Das Abendessen hat mehrere Gänge. Eine dicke Möhrensuppe, grüner Salat, Lammkoteletts mit Kartoffelpüree, Käse und Obst, Schokoladenkuchen. Die ganze Zeit ermahnt Effie Trinket uns, noch ein wenig Platz übrig zu lassen, weil noch mehr komme. Ich schlage mir trotzdem den Bauch voll, denn so gut und so reichlich habe ich noch nie gegessen. Außerdem ist es bestimmt nicht schlecht, wenn ich bis zu den Hungerspielen ein paar Pfunde zulege.

»Immerhin habt ihr beide anständige Manieren«, sagt Effie Trinket nach dem Hauptgang. »Das Paar vom letzten Jahr aß alles mit den Händen, wie die Wilden. Das hat meine Verdauung völlig durcheinandergebracht.«

Das Paar vom letzten Jahr waren zwei Kinder aus dem Saum, die nie, nicht einen Tag in ihrem Leben, genug zu essen gehabt hatten. Und wenn sie zu essen hatten, waren Tischmanieren mit Sicherheit das Letzte, woran sie dachten. Peeta ist Bäckersohn. Prim und ich haben von Mutter beigebracht bekommen, wie man anständig isst, und deshalb kann ich tatsächlich mit Messer und Gabel umgehen. Aber ich finde Effie Trinkets Kommentar so abscheulich, dass ich den Rest der Mahlzeit absichtlich mit den Händen verspeise. Dann wische ich mir die Hände an der Tischdecke ab. Da wird sie ein wenig schmallippig.

Jetzt, nachdem das Essen beendet ist, habe ich Mühe, es bei mir zu behalten. Peeta ist auch ein bisschen grün im Gesicht. Aber wenn ich Greasy Saes Mischung aus Mäusefleisch, Schweineinnereien und Baumrinde – eine Winterspezialität – runterkriege, dann werde ich hier auch keine Schwäche zeigen.

Wir wechseln in ein anderes Abteil, um die Zusammenfassung der Ernten in ganz Panem anzuschauen. Sie verteilen sie über den ganzen Tag, sodass es den Zuschauern möglich ist, alles live mitzuerleben, aber dazu sind sowieso nur die Bewohner des Kapitols in der Lage. Von ihnen muss ja auch keiner bei einer Ernte dabei sein.

Nacheinander sehen wir die anderen Ernten, hören die Namen, sehen Freiwillige vortreten oder, was häufiger ist, auch nicht. Wir betrachten die Gesichter der Kinder, die unsere Konkurrenten sein werden. Ein paar bleiben mir besonders im Gedächtnis. Ein riesenhafter Junge aus Distrikt 2, der nach vorn stürzt, um sich freiwillig zu melden. Ein Mädchen mit Fuchsgesicht und seidig glänzendem Haar aus Distrikt 5. Ein Junge mit verkrüppeltem Fuß aus Distrikt 10. Und, am ergreifendsten: ein zwölfjähriges Mädchen aus Distrikt 11. Ihre Haut und ihre Augen sind dunkelbraun, aber in Größe und Auftreten ist sie Prim sehr ähnlich. Doch als sie die Bühne erklimmt und nach Freiwilligen gefragt wird, ist nur der Wind zu hören, der durch die baufälligen Gebäude ringsum pfeift. Niemand ist bereit, ihren Platz einzunehmen.

Zuletzt wird Distrikt 12 gezeigt. Wie Prim ausgerufen wird und ich nach vorn renne und mich freiwillig melde. Die Verzweiflung in meiner Stimme ist unüberhörbar, während ich Prim hinter mich schiebe – als hätte ich Angst, sie würden mich nicht hören und Prim mitnehmen. Aber natürlich hören sie mich doch. Ich sehe, wie Gale Prim von mir wegzieht und wie ich auf die Bühne gehe. Die Kommentatoren sind unsicher, was sie dazu sagen sollen, dass die Zuschauer nicht applaudieren wollen. Der stille Gruß. Einer sagt, Distrikt 12 sei immer schon ein wenig rückständig gewesen, wobei lokale Bräuche durchaus auch ihren Charme haben könnten. Wie bestellt fällt Haymitch von der Bühne, woraufhin sie übertrieben stöhnen. Peetas Name wird gezogen und er nimmt schweigend seinen Platz ein. Wir reichen uns die Hände. Schnitt auf die Hymne und die Aufzeichnung ist zu Ende.

Effie Trinket ärgert sich über den Zustand ihrer Perücke.

»Euer Mentor muss noch viel über Moderation lernen. Und darüber, wie man sich im Fernsehen benimmt.«

Da lacht Peeta plötzlich auf. »Er war betrunken«, sagt er. »Er ist jedes Jahr betrunken.«

»Jeden Tag«, füge ich hinzu. Ich kann mir ein kleines Grinsen nicht verkneifen. Bei Effie Trinket klingt es so, als hätte Haymitch nur ein bisschen raue Manieren, die sich mit ein paar guten Tipps korrigieren ließen.

»Ja«, faucht Effie Trinket. »Merkwürdig, dass ihr beide das amüsant findet. Vergesst nicht, dass euer Mentor bei diesen Spielen eure Rettungsleine zur Welt ist. Er ist derjenige, der euch berät, eure Sponsoren organisiert und bestimmt, wann ihr eure Geschenke erhaltet. Haymitch kann für euch den Unterschied zwischen Leben und Tod bedeuten!«

Genau in diesem Moment kommt Haymitch ins Abteil getorkelt. »Hab ich das Abendessen verpasst?«, lallt er. Dann erbricht er sich auf den kostbaren Teppich und fällt mitten in die Sauerei.

»Lacht ihr nur!«, sagt Effie Trinket. In ihren spitzen Schuhen hüpft sie um den See aus Erbrochenem herum und flüchtet aus dem Waggon.

4 Ein paar Sekunden lang sehen Peeta und ich dabei
zu, wie unser Mentor versucht, sich aus dem ekel-
haften Schleim zu erheben, der aus seinem Bauch gekommen
ist. Von dem Gestank nach Erbrochenem und reinem Alkohol
kommt mir fast das Abendessen hoch. Wir tauschen einen Blick.
Von Haymitch ist wirklich nicht viel zu erwarten, aber in einem
hat Effie Trinket recht: Wenn wir erst mal in der Arena sind, ist
er alles, was wir haben. Wie auf ein Zeichen nehmen Peeta und
ich Haymitch bei den Armen und helfen ihm auf die Füße.

»Bin ich gestolpert?«, fragt Haymitch. »Das riecht aber übel.«
Er wischt sich mit der Hand über die Nase und beschmiert dabei sein Gesicht mit Erbrochenem.

»Wir bringen Sie in Ihr Abteil«, sagt Peeta. »Ein bisschen
sauber machen.«

Halb geleiten, halb tragen wir Haymitch in sein Abteil zurück. Da wir ihn schlecht auf der bestickten Bettdecke absetzen
können, hieven wir ihn in die Badewanne und stellen die Dusche an. Er merkt es kaum.

»Ist gut«, sagt Peeta zu mir. »Den Rest übernehme ich.«

Unwillkürlich bin ich ein bisschen dankbar, denn ich habe
nicht die geringste Lust, Haymitch auszuziehen, das Erbro-
chene aus seinem Brusthaar zu waschen und ihn ins Bett zu
verfrachten. Vielleicht versucht Peeta einen guten Eindruck zu

machen, damit er bei den Spielen Haymitchs Favorit ist. Aber so, wie es Haymitch jetzt geht, wird er sich morgen an gar nichts mehr erinnern können.

»In Ordnung«, sage ich. »Ich kann einem von den Kapitol-Leuten Bescheid sagen, damit er euch hilft.« Im Zug gibt es jede Menge davon. Sie kochen für uns. Sie bedienen uns. Sie bewachen uns. Es ist ihre Aufgabe, sich um uns zu kümmern.

»Nein. Ich will keinen von denen«, sagt Peeta.

Ich nicke und gehe in mein Abteil. Ich kann verstehen, wie Peeta fühlt. Ich kann den Anblick der Kapitol-Leute auch nicht ertragen. Aber wir könnten uns ein bisschen rächen, wenn wir ihnen Haymitch aufs Auge drücken würden. Deshalb grübele ich darüber nach, weshalb Peeta darauf besteht, sich persönlich um Haymitch zu kümmern, und plötzlich denke ich: *Weil er ein guter Mensch ist. Genau wie damals, als er mir das Brot geschenkt hat.*

Der Gedanke lässt mich erstarren. Ein guter Peeta Mellark ist für mich sehr viel gefährlicher als ein böser. Gute Menschen haben es an sich, dass sie sich bei mir einschleichen und einnisten. Das darf ich bei Peeta nicht zulassen. Nicht angesichts dessen, was uns bevorsteht. Ich beschließe, dem Bäckersohn ab sofort möglichst aus dem Weg zu gehen.

Als ich zurück in mein Abteil komme, legt der Zug einen Tankstopp ein. Schnell öffne ich das Fenster, werfe die Plätzchen, die Peetas Vater mir geschenkt hat, hinaus und knalle das Fenster zu. Schluss damit. Schluss mit den beiden.

Zu meinem Unglück zerplatzt die Schachtel mit den Plätzchen mitten in einer Ansammlung von Löwenzahn an den Gleisen. Nur ganz kurz sehe ich das Bild, denn der Zug setzt sich wieder in Bewegung, aber das genügt. Es genügt, um mich an den anderen Löwenzahn vor vielen Jahren auf dem Schulhof zu erinnern …

Ich hatte den Blick gerade von Peeta Mellarks zerschundenem Gesicht gewandt, als ich den Löwenzahn sah und plötzlich wusste, dass noch nicht alle Hoffnung verloren war. Vorsichtig pflückte ich ihn und lief nach Hause. Ich schnappte mir einen Eimer, nahm Prim bei der Hand und lief mit ihr zur Weide, wo es von dem gelbköpfigen Kraut nur so wimmelte. Nachdem wir es dort geerntet hatten, folgten wir dem Zaun noch über einen Kilometer, bis wir den Eimer mit Blättern, Stängeln und Blüten vom Löwenzahn gefüllt hatten. An diesem Abend stopften wir uns mit Löwenzahnsalat und dem Rest des Bäckerbrots voll.

»Was noch?«, fragte Prim. »Können wir noch etwas finden, das man essen kann?«

»Alles Mögliche«, versprach ich ihr. »Ich muss mich nur daran erinnern.«

Meine Mutter hatte aus der Apotheke ihrer Eltern ein altes Buch mitgebracht, mit Tintenzeichnungen von Pflanzen auf Pergamentseiten. In akkurater Handschrift wurden daneben die Namen, Fundstellen, Blütezeiten und medizinischen Verwendungsmöglichkeiten jeder einzelnen Pflanze angegeben. Mein Vater hatte eigene Anmerkungen hinzugefügt. Pflanzen zum Essen, nicht zum Heilen. Löwenzahn, Kermesbeeren, wilde Zwiebeln, Kiefern. Den Rest der Nacht grübelten Prim und ich über dem Buch.

Am nächsten Tag gingen wir nicht in die Schule. Eine Zeit lang beschränkten wir uns auf die Weide, aber schließlich nahm ich meinen Mut zusammen und kroch unter dem Zaun hindurch.

Es war das erste Mal, dass ich allein dort war, ohne dass die Waffen meines Vaters mich beschützten. Doch in einem hohlen Baum fand ich den kleinen Bogen und die Pfeile, die er für mich gemacht hatte. An diesem Tag habe ich mich wahrscheinlich kaum zwanzig Meter in den Wald hineingewagt. Die meiste Zeit saß ich hoch oben im Geäst einer alten Eiche und hoffte darauf, dass Wild vorbeikam. Nach mehreren Stunden hatte ich großes Glück und erwischte ein Kaninchen. Ich hatte schon einige Kaninchen geschossen, früher, unter Anleitung meines Vaters. Aber dieses hier hatte ich ganz allein erlegt.

Seit Monaten hatten wir kein Fleisch mehr gegessen. Der Anblick des Kaninchens schien in meiner Mutter etwas wachzurütteln. Sie raffte sich auf, zog dem Tier das Fell ab und bereitete aus dem Fleisch und Kräutern, die Prim gesammelt hatte, einen Eintopf. Dann wirkte sie verwirrt und ging zu Bett, aber als der Eintopf fertig war, nötigten wir sie, eine Schale davon zu essen.

Der Wald wurde unser Retter und jeden Tag ging ich ein wenig tiefer hinein. Anfangs war es mühsam, aber ich war entschlossen, uns zu ernähren. Ich stahl Eier aus Nestern, fing Fische in Netzen, konnte manchmal ein Eichhörnchen oder ein Kaninchen für den Eintopf schießen und sammelte die verschiedenen Pflanzen, die zu meinen Füßen aus dem Boden kamen. Mit Pflanzen ist das so eine Sache. Viele sind essbar, aber ein Bissen von der falschen Pflanze und man ist tot. Immer wieder verglich ich die Pflanzen, die ich erntete, mit den Abbildungen meines Vaters. Ich sorgte dafür, dass wir überlebten.

Anfangs floh ich beim leisesten Anzeichen von Gefahr, einem fernen Geheul, dem unerklärlichen Knacken eines Asts, zurück zum Zaun. Irgendwann wagte ich es, auf Bäume zu klettern, um den wilden Hunden zu entkommen; dann wurde es ihnen schnell langweilig und sie trabten weiter. Tiefer im Waldesinnern lebten Bären und Raubkatzen, die den rußigen Gestank unseres Distrikts vielleicht nicht mochten.

Am 8. Mai jenes Jahres ging ich ins Gerichtsgebäude, trug mich für meine Tesserasteine ein und zog meine erste Ladung Getreide und Öl in Prims Bollerwagen nach Hause. An jedem Achten eines Monats durfte ich wiederkommen. Natürlich konnte ich deshalb nicht aufhören, zu jagen und zu sammeln. Das Getreide reichte nicht zum Überleben und wir mussten ja auch noch andere Sachen kaufen, Seife und Milch und Garn. Was wir nicht auf andere Weise beschaffen konnten, tauschte ich auf dem Hob ein. Es war beängstigend, diesen Ort ohne meinen Vater an meiner Seite zu betreten, aber die Leute hatten ihn respektiert, also respektierten sie auch mich. Wild war Wild, egal, wer es geschossen hatte. Ich verkaufte auch an den Hintertüren der wohlhabenderen Kunden in der Stadt, wobei ich versuchte, mich daran zu erinnern, was mein Vater mir beigebracht hatte, und auch neue Tricks lernte. Der Metzger kaufte Kaninchen, aber keine Eichhörnchen. Der Bäcker mochte Eichhörnchen, nahm aber nur dann eins, wenn seine Frau nicht in der Nähe war. Der Oberste Friedenswächter liebte Truthahn. Der Bürgermeister aß für sein Leben gern Erdbeeren.

Eines Tages im Spätsommer spülte ich Geschirr in einem Tümpel, als mir die Pflanzen auffielen, die um mich herum wuchsen. Große Pflanzen mit Blättern wie Pfeilspitzen. Blüten mit drei weißen Blütenblättern. Ich kniete mich im Wasser hin, fuhr mit den Fingern in den weichen Schlamm und zog eine Handvoll Wurzeln heraus. Kleine bläuliche Knollen, die nicht viel hermachen, gekocht oder gebraten aber so gut schmecken wie Kartoffeln. »Katniss«, sagte ich laut. Katniss, Pfeilkraut – die Pflanze, nach der ich benannt bin. Ich hatte die Stimme meines Vaters im Ohr, wie er im Spaß sagte: »Solange du dich selbst findest, wirst du niemals hungern.« Stundenlang wühlte ich den Grund des Tümpels mit meinen Zehen und einem Stock auf und sammelte die Knollen ein, die an die Oberfläche geschwemmt wurden. An diesem Abend schwelgten wir in Fisch und Pfeilkrautknollen, bis wir alle, zum ersten Mal seit Monaten, satt waren.

Langsam kehrte meine Mutter zu uns zurück. Sie begann zu putzen und zu kochen und etwas von dem Essen, das ich mitbrachte, für den Winter einzumachen. Die Leute tauschten mit uns oder bezahlten sie für ihre Arzneien mit Geld. Eines Tages hörte ich meine Mutter singen.

Prim freute sich wahnsinnig, sie wiederzuhaben, ich jedoch blieb auf der Hut und rechnete ständig damit, dass sie wieder unerreichbar würde. Ich traute ihr nicht. Und ein kleiner, grimmiger Teil von mir hasste sie für ihre Schwäche, für die Vernachlässigung, für die Monate, als sie uns im Stich gelassen hatte. Prim verzieh ihr, aber ich hatte mich von meiner Mutter entfernt und eine Mauer errichtet, um mich davor zu schützen, dass ich sie brauchte. Zwischen uns wurde es nie mehr so wie vorher.

Und nun werde ich sterben und das nie mehr in Ordnung bringen können. Ich denke daran, wie ich sie heute im Gerichtsgebäude angeschrien habe. Aber ich habe ihr auch gesagt, dass ich sie lieb habe. Vielleicht kommt dadurch alles wieder ins Lot.

Eine Weile stehe ich da, starre aus dem Zugfenster und würde es am liebsten wieder öffnen, aber ich habe keine Ahnung, was bei so hoher Geschwindigkeit passieren würde. In der Ferne sehe ich die Lichter eines anderen Distrikts. 7? 10? Ich weiß es nicht. Ich denke an die Leute in den Häusern, die jetzt allmählich zu Bett gehen. Ich stelle mir unser Haus vor, mit den fest zugezogenen Läden. Was sie jetzt wohl machen, meine Mutter und Prim? Haben sie das Abendessen heruntergebracht? Die Fischsuppe und die Erdbeeren? Oder ist es unberührt auf ihren Tellern liegen geblieben? Haben sie sich in dem ramponierten alten Fernseher, der auf dem Tisch an der Wand steht, die Zusammenfassung der Tagesereignisse angeschaut? Bestimmt sind noch mehr Tränen geflossen. Bewahrt meine Mutter Haltung, ist sie stark für Prim? Oder driftet sie schon ab und lädt die Last der Welt auf den schwachen Schultern meiner Schwester ab?

Prim wird heute Nacht zweifellos bei meiner Mutter schlafen. Der Gedanke daran, wie Butterblume, der zerzauste alte Kater, sich aufs Bett legt und über Prim wacht, tröstet mich. Wenn sie weint, wird er sich in ihre Arme schleichen und sich dort zusammenrollen, damit sie sich beruhigt und einschläft. Jetzt bin ich unendlich froh, dass ich ihn nicht ertränkt habe.

Beim Gedanken an zu Hause wird mir schmerzlich bewusst, wie einsam ich bin. Dieser Tag war endlos. Haben Gale und ich heute Morgen wirklich noch Brombeeren gegessen? Es kommt mir vor, als wäre es eine Ewigkeit her. Wie ein langer Traum, der in einen Albtraum ausgeartet ist. Wenn ich schlafen gehe, wache ich vielleicht wieder in Distrikt 12 auf, wo ich hinge-höre.

Wahrscheinlich sind in den Schubladen jede Menge Nacht-hemden, aber ich ziehe nur Bluse und Hose aus und steige in Unterwäsche ins Bett. Die Laken sind aus weichem, seidigem Stoff. Eine dicke, kuschelige Bettdecke spendet sofort Wärme.

Wenn ich schon weinen muss, dann ist jetzt der richtige Zeit-punkt. Den Schaden, den die Tränen in meinem Gesicht an-richten, kann ich morgen früh abwaschen. Aber es kommen keine Tränen. Ich bin zu müde oder zu abgestumpft, um zu weinen. Ich spüre nur den Wunsch, woanders zu sein. Also lasse ich mich vom Zug ins Vergessen schaukeln.

Graues Licht sickert durch die Vorhänge, als ein Klopfen mich weckt. Ich höre Effie Trinkets Stimme, die sagt, ich solle aufstehen. »Auf, auf, auf! Das wird ein ganz, ganz großer Tag heute!« Einen Augenblick lang versuche ich mir vorzustellen, wie es im Kopf dieser Frau aussieht. Welche Gedanken füllen ihre wachen Stunden? Welche Träume kommen nachts zu ihr? Ich habe keine Ahnung.

Ich ziehe die grünen Sachen wieder an, weil sie noch nicht schmutzig sind, nur ein wenig verknittert nach der Nacht auf dem Fußboden. Meine Finger fahren den Kreis um den kleinen Spotttölpel nach und ich denke an den Wald und an meinen Vater und an meine Mutter und an Prim, wie sie aufwacht und mit alldem zurechtkommen muss. Ich habe mit der Flechtfrisur geschlafen, die meine Mutter mir für die Ernte gemacht hat, sie sieht noch passabel aus, also lasse ich sie so. Spielt sowieso keine Rolle. Es kann jetzt nicht mehr weit sein bis zum Kapitol. Und wenn wir die Stadt erst einmal erreicht haben, wird sowieso ein

Stylist bestimmen, welchen Look ich bei der Eröffnungsfeier heute Abend trage. Ich hoffe nur, er denkt nicht, nackte Haut wäre der letzte Schrei.

Als ich den Speisewagen betrete, hastet Effie Trinket mit einer Tasse schwarzem Kaffee an mir vorbei. Sie flucht leise vor sich hin. Haymitch sitzt mit rotem, aufgedunsenem Gesicht von der gestrigen Sauferei da und kichert vor sich hin. Peeta hat ein Brötchen in der Hand und wirkt peinlich berührt.

»Setz dich! Setz dich!«, sagt Haymitch und winkt mich herbei. Kaum sitze ich auf meinem Stuhl, bekomme ich eine riesige Platte mit Essen serviert. Eier, Schinken, haufenweise Bratkartoffeln. Eine Schale mit Obst steht in Eis, damit die Früchte schön kühl bleiben. Der Brötchenkorb vor mir könnte meine Familie eine Woche lang ernähren. Ein edles Glas mit Orangensaft steht auch da. Zumindest nehme ich an, dass es Orangensaft ist. Ich habe erst einmal eine Orange probiert, an Silvester, als mein Vater als besondere Leckerei eine mitbrachte. Eine Tasse Kaffee. Meine Mutter liebt Kaffee, den wir uns fast nie leisten konnten, aber ich finde, er schmeckt nur bitter und dünn. Und eine Tasse mit einem tiefbraunen Getränk, das ich noch nie gesehen habe.

»Das ist heiße Schokolade«, sagt Peeta. »Ist lecker.«

Ich trinke ein Schlückchen von der heißen, süßen, cremigen Flüssigkeit, und ein Schauer durchfährt mich. Obwohl das übrige Essen lockt, rühre ich es nicht an, bis ich die Tasse ausgetrunken habe. Dann schlinge ich so viel in mich hinein, wie ich bei mir behalten kann, was eine ordentliche Menge ist, und achte darauf, es mit den schweren Speisen nicht zu übertreiben. Meine Mutter hat mal zu mir gesagt, ich äße immer, als ob ich nie mehr etwas bekommen würde. Und ich habe gesagt: »Bekomme ich ja auch nicht, wenn ich es nicht selbst besorge.« Da fiel ihr nichts mehr ein.

Als ich kurz vorm Platzen bin, lehne ich mich zurück und betrachte meine Frühstücksgefährten. Peeta isst immer noch; er bricht Stücke von seinem Brötchen ab und tunkt sie in die heiße Schokolade. Haymitch hat seine Platte kaum angerührt, aber er kippt ein Glas mit rotem Saft hinunter, den er mit einer klaren Flüssigkeit aus einer Flasche verdünnt hat. Den Dünsten nach zu urteilen, ist es irgendein Alkohol. Ich kenne Haymitch nicht, aber ich habe ihn oft genug auf dem Hob gesehen, wo er händeweise Geld auf den Tresen der Frau warf, die klaren Schnaps verkauft. Wenn er so weitermacht, ist er weggetreten, ehe wir das Kapitol erreichen.

Ich merke, dass ich Haymitch verabscheue. Kein Wunder, dass die Tribute aus Distrikt 12 nie eine Chance hatten. Es liegt nicht nur daran, dass wir unterernährt und untrainiert sind. Einige unserer Tribute waren trotzdem stark genug, um erfolgreich zu sein. Aber wir bekommen selten Sponsoren und das liegt zum großen Teil an ihm. Die Reichen, die die Tribute unterstützen – entweder, weil sie auf sie wetten, oder schlicht, um sich hinterher damit brüsten zu können, dass sie auf einen Sieger gesetzt haben –, möchten nichts mit so einer heruntergekommenen Type wie Haymitch zu tun haben.

»Sie sollen uns also mit Rat und Tat zur Seite stehen«, sage ich zu Haymitch.

»Hier hast du einen Rat: Bleib am Leben«, sagt Haymitch und prustet los. Ich tausche einen Blick mit Peeta, doch dann fällt mir wieder ein, dass ich ja nichts mehr mit ihm zu tun habe. Die Härte in seinen Augen überrascht mich. Sonst wirkt er immer so sanft.

»Sehr witzig«, sagt Peeta. Urplötzlich schlägt er Haymitch das Glas aus der Hand. Es zerschellt auf dem Fußboden, die blutrote Flüssigkeit bahnt sich eine Spur zum hinteren Teil des Zuges. »Nur – wir können darüber gar nicht lachen.«

Haymitch überlegt einen Augenblick, dann verpasst er Peeta einen Kinnhaken, der ihn vom Stuhl schleudert. Als Haymitch sich wieder den Schnapsflaschen zuwenden will, stoße ich mein Messer in den Tisch, genau zwischen seiner Hand und der Flasche, und verfehle seine Finger nur um Haaresbreite. Ich bereite mich darauf vor, seinem Schlag auszuweichen, aber es kommt nichts. Stattdessen lehnt Haymitch sich zurück und schaut uns mit zusammengekniffenen Augen an.

»Was haben wir denn da?«, sagt er. »Hab ich dieses Jahr etwa zwei Kämpfer gekriegt?«

Peeta steht auf und klaubt etwas Eis unter der Obstschale hervor. Er will es auf die rote Schwellung an seinem Kinn drücken.

»Nein«, sagt Haymitch und hält ihn zurück. »Die Leute sollen den Bluterguss ruhig sehen. Dann denken sie, du wärst schon mit einem anderen Tribut aneinandergeraten, bevor es überhaupt in die Arena geht.«

»Das verstößt gegen die Regeln«, sagt Peeta.

»Nur wenn man sich erwischen lässt. Dieser Bluterguss bedeutet, dass du gekämpft hast, und wenn sie dich nicht erwischt haben, umso besser«, sagt Haymitch. Er wendet sich an mich. »Kannst du mit dem Messer da auch noch was anderes treffen als den Tisch?«

Pfeil und Bogen sind meine Waffen. Aber ich habe auch lange

Messerwerfen geübt. Manchmal, wenn ich ein Tier mit dem Pfeil nur verwundet habe, ist es besser, auch noch ein Messer hinterherzuwerfen, bevor ich mich ihm nähere. Wenn ich Haymitchs Interesse wecken will, dann ist jetzt die Gelegenheit, Eindruck zu schinden. Ich ziehe das Messer aus dem Tisch, halte es an der Klinge fest und werfe es an die gegenüberliegende Wand. Ich habe eigentlich nur gehofft, dass es stecken bleibt, aber es landet sogar genau zwischen zwei Paneelen und ich stehe da wie ein Ass.

»Stellt euch hierher, alle beide«, sagt Haymitch und deutet mit dem Kopf in die Mitte des Abteils. Wir gehorchen und er umkreist uns und stupst uns ab und zu an wie Tiere, prüft unsere Muskeln, untersucht unsere Gesichter. »Hm, so ganz hoffnungslose Fälle seid ihr nicht. Sieht so aus, als wärt ihr in Form. Und wenn die Stylisten euch erst mal in die Finger kriegen, werdet ihr schon ganz passabel aussehen.«

Peeta und ich hinterfragen das nicht. Die Hungerspiele sind kein Schönheitswettbewerb, aber die attraktivsten Tribute ziehen immer die meisten Sponsoren an.

»Na gut, ich mache einen Deal mit euch. Ihr mischt euch nicht in meine Sauferei ein und ich bleibe nüchtern genug, um euch zu helfen«, sagt Haymitch. »Aber ihr müsst genauestens befolgen, was ich euch sage.«

Das ist nicht nur ein Deal, es ist ein Riesenschritt nach vorn, denn vor zehn Minuten hatten wir noch überhaupt niemanden, der uns führt.

»Prima«, sagt Peeta.

»Dann helfen Sie uns«, sage ich. »In der Arena, vor dem Füllhorn, was ist da die beste Strategie, um …«

»Eins nach dem anderen. In ein paar Minuten fahren wir in den Bahnhof ein. Ihr werdet euren Stylisten übergeben. Es wird euch nicht gefallen, was sie mit euch veranstalten. Doch was es auch ist, lasst es über euch ergehen«, fährt Haymitch fort.

»Aber ...«, hebe ich an.

»Kein Aber. Lasst es über euch ergehen«, sagt Haymitch. Er nimmt die Schnapsflasche, die auf dem Tisch steht, und verlässt den Wagen. Als die Tür hinter ihm zuschlägt, wird es dunkel. Ein paar Lichter sind noch an, aber draußen sieht es aus, als wäre plötzlich wieder Nacht. Wir müssen in den Tunnel gefahren sein, der durchs Gebirge hinauf zum Kapitol führt. Die Berge bilden ein natürliches Hindernis zwischen dem Kapitol und den östlich gelegenen Distrikten. Außer durch die Tunnel ist es fast unmöglich, sich von Osten zu nähern. Dieser geografische Vorteil war einer der Hauptgründe dafür, dass die Distrikte den Krieg verloren haben und ich heute ein Tribut bin. Die Rebellen, die die Berge erklimmen mussten, waren leichte Ziele für die Luftwaffe des Kapitols.

Peeta Mellark und ich schweigen, während der Zug seine Fahrt fortsetzt. Der Tunnel ist endlos lang, ich muss an die Tonnen Gestein denken, die mich vom Himmel trennen, und meine Brust zieht sich zusammen. Ich hasse es, so in Stein eingeschlossen zu sein. Es erinnert mich an die Minen und an meinen Vater, wie er in der Falle saß, das Sonnenlicht in unerreichbarer Ferne, für immer in der Finsternis begraben.

Schließlich wird der Zug langsamer und plötzlich strömt gleißendes Licht ins Abteil. Wir können nicht anders, wir stürzen beide ans Fenster und schauen uns an, was wir nur aus dem Fernsehen kennen: das Kapitol, die Herrscherin über Panem. Die Kameras haben ihre Erhabenheit nicht übertrieben. Wenn überhaupt, dann haben sie die Pracht der in allen Farben leuchtenden Gebäude, die in den Himmel ragen, nicht ganz erfasst, die glänzenden Autos, die über die breiten Asphaltstraßen fahren, die eigentümlich gekleideten, wohlgenährten Leute mit wunderlichem Haar und bemalten Gesichtern. Alle Farben wirken künstlich – das Rosa zu satt, das Grün zu knallig und das Gelb schmerzt in den Augen wie die flachen harten Bonbons in dem kleinen Süßwarenladen in Distrikt 12, die wir uns nie leisten können.

Als die Leute den Zug mit den Tributen entdecken, zeigen sie aufgeregt auf uns. Ich trete vom Fenster weg, angewidert von ihrer Begeisterung, denn ich weiß, dass sie es nicht abwarten können, uns sterben zu sehen. Aber Peeta hält die Stellung, er winkt und lächelt der glotzenden Menge sogar zu. Er hört erst damit auf, als der Zug in den Bahnhof einfährt und sie uns nicht mehr sehen können.

Er merkt, wie ich ihn anstarre, und zuckt die Achseln. »Wer weiß?«, sagt er. »Vielleicht ist ein Reicher dabei.«

Ich hatte ihn falsch eingeschätzt. Seit der Ernte denke ich über sein Verhalten nach. Der freundliche Händedruck. Sein Vater, der mit Plätzchen auftaucht und verspricht, für Prim zu sorgen … Hat Peeta ihm das aufgetragen? Seine Tränen am Bahnhof. Wie bereitwillig er Haymitch gewaschen hat, um ihn dann heute Morgen zu provozieren, als die freundliche Tour nicht gewirkt hatte. Und nun das Winken am Fenster, um die Menge für sich einzunehmen, jetzt schon.

All das passt immer noch zusammen, aber ich spüre, dass ein

69

Plan in ihm heranreift. Er hat nicht akzeptiert, dass er sterben soll. Er kämpft bereits um sein Leben. Was auch bedeutet, dass der nette Peeta Mellark, der Junge, der mir einst das Brot geschenkt hat, darauf aus ist, mich zu töten.

5 *Riiiieeetsch!* Ich beiße die Zähne zusammen, als Venia, eine Frau mit blauen Haaren und goldenen Tattoos über den Augenbrauen, blitzschnell einen Stoffstreifen von meinem Bein zieht, um die Haare auszureißen. »Entschuldigung!«, flötet sie mit ihrem albernen Kapitolakzent. »Aber du hast überall Haare!«

Warum sprechen diese Leute mit so hoher Stimme? Warum machen sie beim Sprechen kaum den Mund auf? Warum geht ihre Stimme am Ende eines Satzes immer in die Höhe wie bei einer Frage? Komische Vokale, abgehackte Wörter und ein zischendes S ... Kein Wunder, dass sie immer nachgeäfft werden.

Venia bemüht sich, ein mitfühlendes Gesicht zu machen. »Aber ich habe eine gute Nachricht. Das hier ist der Letzte. Fertig?« Ich halte mich am Rand des Tisches fest, auf dem ich sitze, und nicke. Mit einem schmerzhaften Ruck wird der letzte Rest meiner Beinbehaarung ausgerissen.

Seit über drei Stunden bin ich jetzt schon im Erneuerungsstudio und habe meinen Stylisten immer noch nicht zu Gesicht bekommen. Anscheinend hat er kein Interesse, mich zu sehen, bevor Venia und die anderen Mitglieder meines Vorbereitungsteams nicht gewisse offensichtliche Probleme beseitigt

71

haben. Das heißt, meinen Körper mit einem körnigen Schaum abzuschrubben, der nicht nur den Dreck entfernt hat, sondern auch mindestens drei Schichten Haut, meine Fingernägel in gleichmäßige Form zu bringen und vor allem meinen Körper zu enthaaren. Beine, Arme, Achselhöhlen und Unterarme sind frei von Haaren, auch die Brauen sind gezupft und ich komme mir vor wie ein gerupfter Vogel, bereit für den Grill. Es gefällt mir nicht. Meine Haut fühlt sich wund und prickelnd und extrem verletzlich an. Aber ich habe mich an meinen Teil der Abmachung mit Haymitch gehalten und alles klaglos ertragen.

»Du hältst dich wacker«, sagt ein Typ namens Flavius. Er schüttelt seine orangefarbenen Korkenzieherlocken und bemalt seinen Mund mit einer frischen Schicht lila Lippenstift. »Wenn wir eins nicht leiden können, sind es Heulsusen. Cremt sie ein!«

Venia und Octavia, eine rundliche Frau, deren ganzer Körper in einem blassen Erbsgrün gefärbt ist, rubbeln mich mit einer Lotion ab, die im ersten Moment beißt, dann aber meine aufgeraute Haut beruhigt. Danach holen sie mich vom Tisch herunter und ziehen mir den dünnen Morgenrock aus, den ich anziehen durfte. Da stehe ich nun, splitternackt, während die drei mich umkreisen und mit Pinzetten die letzten Härchenreste beseitigen. Eigentlich müsste es mir peinlich sein, aber sie sind so andersartig, dass es mir so wenig ausmacht, als würde ein Trio seltsam gefärbter Vögel zu meinen Füßen picken.

Die drei treten zurück und bewundern ihr Werk. »Ausgezeichnet! Jetzt siehst du fast aus wie ein Mensch!«, sagt Flavius und alle lachen.

Ich zwinge meine Lippen zu einem Lächeln, um meine

72

Dankbarkeit zu zeigen. »Danke«, flöte ich. »In Distrikt 12 gibt es kaum Anlass, hübsch auszusehen.«

Das nimmt sie endgültig für mich ein. »Natürlich gibt es den nicht, arme Kleine!«, sagt Octavia und ringt betrübt die Hände.

»Aber keine Sorge«, sagt Venia. »Wenn Cinna erst mit dir fertig ist, wirst du absolut hinreißend aussehen!«

»Versprochen! Weißt du, ohne die Haare und den ganzen Dreck siehst du gar nicht mehr so schlimm aus!«, sagt Flavius aufmunternd. »Kommt, wir rufen Cinna!«

Sie eilen aus dem Raum. Es fällt schwer, mein Vorbereitungsteam zu hassen. Es sind solche Schwachköpfe. Aber ich weiß, dass sie mir auf ihre komische Art zu helfen versuchen.

Ich betrachte die kalten weißen Wände und den Fußboden und widerstehe dem Impuls, den Morgenrock aufzuheben. Dieser Cinna, mein Stylist, wird mir sowieso befehlen, ihn wieder auszuziehen. Deshalb fahre ich mit den Händen über meine Frisur, das Einzige an mir, was das Vorbereitungsteam unangetastet lassen sollte. Meine Finger streicheln den seidigen Zopf, den meine Mutter so sorgfältig arrangiert hat. Meine Mutter. Ich habe ihr blaues Kleid und die Schuhe auf dem Boden meines Zugabteils liegen lassen, ohne auch nur daran zu denken, sie aufzuheben, ein Stück von ihr zu behalten, ein Stück Heimat. Jetzt tut es mir leid.

Die Tür geht auf und ein junger Mann kommt herein; das muss Cinna sein. Ich bin verblüfft, wie normal er aussieht. Die meisten Stylisten, die im Fernsehen interviewt werden, sind so gefärbt, so schablonenhaft und schönheitschirurgisch verändert, dass sie einfach grotesk wirken. Aber Cinnas kurz geschnittene Haare haben offenbar noch ihr natürliches Braun. Er trägt ein schlichtes schwarzes Hemd und eine Hose. Das einzige Zugeständnis scheint der goldglitzernde Eyeliner zu sein, der mit leichter Hand aufgetragen wurde. Er betont die goldenen Flecken in seinen grünen Augen. Und trotz meiner Abscheu vor dem Kapitol und seinen scheußlichen Moden muss ich mir eingestehen, dass das sehr gut aussieht.

»Hallo, Katniss. Ich bin Cinna, dein Stylist«, sagt er mit ruhiger Stimme, die kaum affektiert klingt.

»Hallo«, erwidere ich vorsichtig.

»Warte einen Moment, ja?«, bittet er und geht um meinen nackten Körper herum. Er berührt mich nicht, nimmt mit seinen Blicken aber jeden Zentimeter wahr. Ich widerstehe dem Impuls, die Arme vor der Brust zu verschränken. »Wer hat dein Haar frisiert?«

»Meine Mutter«, sage ich.

»Sehr schön. Richtig klassisch. Und in fast perfekter Harmonie mit deinem Profil. Sie hat geschickte Hände«, sagt er.

Ich hatte eine extravagante Person erwartet, jemand Älteren, der verzweifelt versucht, jung auszusehen, jemanden, der mich betrachtet wie ein Stück Fleisch, das für die Schlachtplatte zubereitet werden soll. Cinna ist ganz und gar nicht so.

»Du bist neu, nicht wahr? Ich glaube nicht, dass ich dich schon mal gesehen habe«, sage ich. Die meisten Stylisten sind bekannt, Konstanten im dauernd wechselnden Reservoir der Tribute. Manche sind schon dabei, seit ich auf der Welt bin.

»Ja, dies ist mein erstes Jahr bei den Spielen«, sagt Cinna.

»Du hast Distrikt 12 abbekommen«, sage ich. Neulinge landen im Allgemeinen immer bei uns, dem unbeliebtesten Distrikt.

»Ich habe um Distrikt 12 gebeten«, sagt er ohne weitere Erklärung. »Zieh doch etwas über und wir plaudern ein bisschen.«

Während ich den Morgenrock überziehe, folge ich ihm durch eine Tür in einen Salon. Zwei rote Sofas stehen einander gegenüber, dazwischen ein niedriger Tisch. Drei Wände sind kahl, die vierte besteht vollständig aus Glas und bildet ein Fenster zur Stadt. Am Licht kann ich erkennen, dass es Nachmittag sein muss, auch wenn der Sonnenhimmel inzwischen mit Wolken bedeckt ist. Cinna bietet mir einen Platz auf einem der Sofas an und setzt sich mir gegenüber. Seitlich am Tisch betätigt er einen Knopf. Die Tischplatte springt auf und von unten wird eine zweite Tischfläche hochgefahren, auf der unser Mittagessen steht. Hühnchen und Orangenstücke in Sahnesoße auf einem Bett aus perlweißem Getreide, kleine grüne Erbsen und Zwiebeln, Brötchen in Blumenform und zum Nachtisch ein honigfarbener Pudding.

Ich versuche mir vorzustellen, wie ich diese Mahlzeit mit meinen Mitteln zu Hause zusammenstellen könnte. Hühner sind zu teuer, aber ich könnte stattdessen einen wilden Truthahn nehmen. Ich müsste noch einen zweiten Truthahn schießen, um ihn gegen eine Orange einzutauschen. Die Sahne müsste ich durch Ziegenmilch ersetzen. Erbsen könnten wir im Garten ziehen. Wilde Zwiebeln bekäme ich aus dem Wald. Das Getreide kenne ich nicht, unser Tesserazeug wird beim Kochen zu einer unansehnlichen braunen Pampe. Für ausgefallene Brötchen müsste ich dem Bäcker noch etwas zum Tausch bringen, vielleicht zwei oder drei Eichhörnchen. Was den Pudding angeht, so habe ich nicht die leiseste Ahnung, was darin ist. Tagelang Jagen und Sammeln nur für diese eine Mahlzeit, und selbst dann wäre es bloß ein armseliger Ersatz für das Original hier im Kapitol.

Ich frage mich, wie es sich wohl anfühlt, in einer Welt zu leben, wo das Essen auf Knopfdruck erscheint. Was würde ich in all den Stunden tun, die ich derzeit damit verbringe, den Wald auf der Suche nach Nahrung zu durchkämmen, wenn uns der Unterhalt so leichtfiele? Was tun sie den ganzen Tag, diese Leute im Kapitol, abgesehen davon, dass sie ihre Körper dekorieren und auf eine neue Lieferung Tribute warten, die zu ihrem Amüsement sterben sollen?

Ich schaue auf, Cinnas Blick ist auf mich gerichtet. »Wie verabscheuenswert wir dir vorkommen müssen«, sagt er.

Hat er das in meinem Gesicht gesehen oder meine Gedanken gelesen? Aber er hat recht. Der ganze miese Haufen ist verabscheuenswert.

»Sei's drum«, sagt Cinna. »Jetzt, Katniss, zu deinem Kleid für die Eröffnungsfeier. Meine Partnerin, Portia, ist die Stylistin für deinen Mittribut, Peeta. Und im Moment planen wir, euch komplementär einzukleiden«, sagt Cinna. »Wie du weißt, ist es üblich, das besondere Merkmal des Distrikts widerzuspiegeln.«

Bei der Eröffnungsfeier soll man etwas tragen, das an den wichtigsten Wirtschaftszweig des Distrikts erinnert. Distrikt 11: Landwirtschaft. Distrikt 4: Fischerei. Distrikt 3: Fabriken. Das bedeutet für Peeta und mich, die wir aus Distrikt 12 kommen, dass unsere Aufmachung irgendwie an Bergleute erinnern soll. Da die sackartigen Overalls der Bergarbeiter nicht besonders kleidsam sind, stecken sie unsere Tribute gewöhnlich in spärliche Kleider und Hüte mit Stirnlampe. In einem Jahr standen

76

unsere Tribute splitterfasernackt da, nur mit schwarzem Puder bedeckt, der den Kohlenstaub darstellen sollte. Es ist jedes Mal grauenvoll und trägt nicht dazu bei, die Gunst der Menge zu gewinnen. Ich mache mich auf das Schlimmste gefasst.

»Ich werde also in ein Bergarbeiteroutfit gesteckt?«, frage ich und hoffe, dass es nichts Unanständiges ist.

»Nicht ganz. Weißt du, Portia und ich finden, dass die Sache mit den Bergarbeitern ziemlich übertrieben wird. So würde sich niemand an dich erinnern. Aber wir beide halten es für unsere Aufgabe, die Tribute aus Distrikt 12 unvergesslich zu machen«, sagt Cinna.

Bestimmt muss ich nackt dastehen, denke ich.

»Das heißt, wir werden weniger die Kohleförderung in den Mittelpunkt stellen als vielmehr die Kohle selbst«, sagt Cinna.

Nackt und mit Kohlenstaub bedeckt, denke ich.

»Und was machen wir mit der Kohle? Wir verbrennen sie«, sagt Cinna. »Du hast doch keine Angst vor Feuer, Katniss, oder?« Er sieht meinen Gesichtsausdruck und grinst.

Ein paar Stunden später stecke ich in einem Kleid, das entweder das spektakulärste oder das tödlichste Kostüm der Eröffnungsfeier sein wird. Ich stecke vom Hals bis zu den Knöcheln in einem schlichten schwarzen Einteiler. Glänzende Lederschnürstiefel bis zu den Knien. Die Krönung aber ist der wallende Umhang aus orangefarbenen, gelben und roten Stoffstreifen und die dazu passende Kopfbedeckung. Cinna will sie im letzten Moment, kurz bevor unser Kampfwagen auf die Straße rollt, in Brand stecken.

»Natürlich keine echte Flamme, nur ein kleines künstliches Feuer, das Portia und ich erfunden haben. Dir kann gar nichts passieren«, sagt er. Aber ich bin mir nicht so sicher, ob ich nicht schon gut durchgebraten sein werde, wenn wir das Stadtzentrum erreichen.

Mein Gesicht ist relativ frei von Make-up, nur ein paar Highlights hier und da. Mein Haar wurde ausgebürstet und dann wie vorher geflochten. »Ich will, dass das Publikum dich wiedererkennt, wenn du in der Arena bist«, sagt Cinna versonnen. »Katniss – das Mädchen, das in Flammen stand.«

Da denke ich, dass sich hinter Cinnas Ruhe und unauffälligem Benehmen ein Wahnsinniger verbirgt.

Trotz der Entdeckung von Peetas wahrem Charakter heute Morgen bin ich irgendwie erleichtert, als er auftaucht, in der gleichen Aufmachung wie ich. Mit Feuer müsste er sich als Bäckersohn ja auskennen. Portia, seine Stylistin, und ihr Team begleiten ihn, und alle sind ganz aus dem Häuschen vor lauter Vorfreude auf unseren großartigen Auftritt. Außer Cinna. Er wirkt ein bisschen erschöpft, während er die Glückwünsche entgegennimmt.

Schnell werden wir hinunter ins Erdgeschoss des Erneuerungsstudios gebracht, das im Grunde nur ein großer Stall ist. Die Eröffnungsfeier wird gleich beginnen. Die Tribute werden paarweise in die Streitwagen gestellt, die von Gespannen aus je vier Pferden gezogen werden. Unsere sind kohlschwarz. Die Tiere sind so gut dressiert, dass niemand ihre Zügel halten muss. Cinna und Portia geleiten uns in den Wagen, wo sie sorgfältig unsere Körperhaltung und die Falten unserer Umhänge arrangieren, bevor sie wieder hinuntersteigen und sich beraten.

»Was hältst du davon?«, flüstere ich Peeta zu. »Von dem Feuer?«

»Wenn du meinen Umhang runterreißt, reiß ich deinen runter«, sagt er durch zusammengebissene Zähne.

»Abgemacht«, sage ich. Wenn wir sie schnell genug vom Leib bekommen, können wir die schlimmsten Verbrennungen vielleicht verhindern. Es ist auch so schrecklich genug. Ganz gleich, in welchem Zustand wir uns befinden, in die Arena werfen sie uns auf jeden Fall. »Ich weiß, wir haben Haymitch versprochen, immer zu tun, was sie sagen, aber das hier hat er bestimmt nicht bedacht.«

»Wo ist Haymitch überhaupt? Soll er uns nicht eigentlich vor solchen Sachen beschützen?«, fragt Peeta.

»Bei all dem Alkohol, den er intus hat, ist es wahrscheinlich nicht ratsam, wenn er sich in die Nähe von offenem Feuer wagt«, sage ich.

Und plötzlich lachen wir, alle beide. Ich glaube, wir sind beide so nervös wegen der Spiele und wie gelähmt bei der Aussicht, in menschliche Fackeln verwandelt zu werden, dass wir nicht vernünftig handeln können.

Die Eröffnungsmusik erklingt. Man hört sie gut, sie dröhnt durchs ganze Kapitol. Schwere Türen werden aufgeschoben und geben den Blick frei auf von Menschen gesäumte Straßen. Die Fahrt dauert rund zwanzig Minuten und endet am Zentralen Platz, wo sie uns empfangen, die Hymne abspielen und ins Trainingscenter bringen werden, das bis zum Beginn der Spiele unser Zuhause und Gefängnis sein wird.

Die Tribute aus Distrikt 1 fahren in einem Streitwagen hinaus, der von schneeweißen Pferden gezogen wird. Sie sehen wunderschön aus, mit silberner Farbe eingesprüht, in geschmackvollen, mit Juwelen besetzten Tuniken. Distrikt 1 stellt Luxuswaren für das Kapitol her. Man kann das Gebrüll der Menge hören. Distrikt 1 ist immer der Favorit.

Distrikt 2 geht in Position, um ihm zu folgen. Bald gelangen auch wir zum Tor und ich kann sehen, dass das Licht des verhangenen, zur Dämmerung neigenden Himmels grau wird. Als die Tribute aus Distrikt 11 hinausfahren, erscheint Cinna mit einer brennenden Fackel. »Los geht's«, sagt er, und bevor wir reagieren können, setzt er unsere Umhänge in Brand. Ich schnappe nach Luft und warte auf die Hitze, aber ich spüre nur ein leises Kitzeln. Cinna klettert auf den Wagen und entzündet unsere Kopfbedeckungen. Er seufzt erleichtert. »Es funktioniert.« Dann nimmt er sanft mein Kinn in die Hand. »Denkt dran, Kopf hoch. Lächeln. Sie werden euch lieben!«

Cinna springt vom Wagen und hat noch eine letzte Idee. Er ruft etwas zu uns herauf, doch die Musik übertönt ihn. Wieder schreit er und gestikuliert.

»Was sagt er?«, frage ich Peeta. Zum ersten Mal schaue ich ihn an und sehe, wie die falschen Flammen ihn erstrahlen lassen. Und ich muss genauso aussehen.

»Ich glaube, er hat gesagt, wir sollen uns bei den Händen fassen«, sagt Peeta. Er nimmt meine rechte Hand mit seiner linken und wir schauen zur Bestätigung zu Cinna hin. Er nickt und hält den Daumen nach oben und das ist das Letzte, was ich sehe, bevor wir in die Stadt hinausfahren.

Die anfängliche Panik, die die Menge bei unserem Erscheinen erfasst, verwandelt sich rasch in Jubel und »Distrikt 12!«-Rufe. Alle wenden sich uns zu und beachten die drei Wagen vor uns nicht weiter. Im ersten Moment bin ich wie erstarrt, aber dann erblicke ich uns auf einem großen Bildschirm und bin sprachlos, denn wir sehen einfach atemberaubend aus. In der einfallenden Dämmerung erleuchtet das Feuer unsere Gesichter. Wir sehen aus, als würden unsere wehenden Umhänge eine Schleppe aus Feuer hinter sich herziehen. Mit dem sparsamen Make-up, da hatte Cinna recht, sehen wir beide besser aus und sind doch sehr gut wiederzuerkennen.

Denkt dran, Kopf hoch. Lächeln. Sie werden euch lieben! Cinnas Stimme hallt in meinem Kopf. Ich recke das Kinn ein wenig höher, setze mein gewinnendstes Lächeln auf und winke mit meiner freien Hand. Jetzt bin ich froh, dass ich mich an Peeta festhalten kann, er ist so standhaft, wie ein Fels in der Brandung. Ich fasse so viel Zutrauen, dass ich der Menge sogar Küsschen zuwerfe. Die Leute vom Kapitol rasten total aus, sie überschütten uns mit Blumen, rufen unsere Namen, unsere Vornamen, die sie im Programm nachgelesen haben.

Die dröhnende Musik, der Jubel, die Bewunderung gehen mir ins Blut, ich kann meine Erregung nicht unterdrücken. Cinna hat mir einen großen Vorteil verschafft. Niemand wird mich vergessen. Weder mein Aussehen noch meinen Namen. Katniss. Das Mädchen, das in Flammen stand.

Zum ersten Mal spüre ich einen Hoffnungsschimmer in mir aufsteigen. Bestimmt wird sich ein Sponsor finden, der mich unterstützt! Und mit ein wenig zusätzlicher Hilfe, etwas Essen, der richtigen Waffe – wieso sollte ich die Spiele verloren geben?

Jemand wirft mir eine rote Rose zu. Ich fange sie auf, schnuppere leicht daran und werfe eine Kusshand in die grobe Richtung des Spenders. Hundert Hände gehen hoch, um meinen Kuss aufzufangen, als wäre er wirklich etwas Greifbares.

»Katniss! Katniss!« Von allen Seiten wird mein Name gerufen. Alle wollen sie meine Küsse.

Erst als wir auf den Zentralen Platz fahren, merke ich, dass ich Peeta fast das Blut abgeschnürt habe. So fest habe ich seine Hand gehalten. Während ich loslasse, schaue ich hinunter zu unseren verschränkten Fingern, aber er greift sofort wieder danach. »Nein, lass mich nicht los«, sagt er. Das Feuer flackert in seinen blauen Augen. »Bitte. Sonst falle ich noch um.«

»Na gut«, sage ich. Ich halte also weiter seine Hand, aber irgendwie kommt es mir komisch vor, wie Cinna uns miteinander verbunden hat. Irgendwie ist es nicht richtig, uns als Team zu präsentieren und uns dann in eine Arena zu sperren, damit wir uns gegenseitig umbringen.

Die zwölf Wagen füllen den Kreisverkehr des Zentralen Platzes. An den Fenstern der Häuser ringsum drängen sich die angesehensten Bürger des Kapitols. Die Pferde ziehen unseren Wagen genau vor die Residenz von Präsident Snow und wir bleiben stehen. Die Musik endet mit einem Tusch.

Der Präsident, ein kleiner, dünner Mann mit papierweißem Haar, heißt uns von einem Balkon hoch über uns willkommen. Es ist Tradition, während der Rede die Gesichter der Tribute einzublenden. Doch auf den Bildschirmen kann ich sehen, dass sie uns viel mehr Zeit widmen, als uns eigentlich zusteht. Je dunkler es wird, desto schwieriger wird es, den Blick von unseren Flammen abzuwenden. Als die Nationalhymne ertönt, versuchen sie einen schnellen Schwenk zu allen Tributpaaren, aber die Kamera bleibt auf den Distrikt-12-Wagen gerichtet, der ein letztes Mal den Zentralen Platz umkreist und dann im Trainingscenter verschwindet.

Kaum haben sich die Türen hinter uns geschlossen, da umringen uns auch schon die Vorbereitungsteams, deren Lobhudelei auf uns fast nicht zu verstehen ist. Als ich mich umschaue, sehe ich, dass viele der anderen Tribute uns böse Blicke zuwerfen, was meine Vermutung bestätigt, dass wir sie alle überstrahlt haben. Dann sind Cinna und Portia da und helfen uns vom Wagen herunter, wobei sie uns vorsichtig die brennenden Umhänge und Kopfbedeckungen abnehmen. Portia löscht sie mit einem Spray.

Ich merke, dass ich immer noch an Peeta klebe, und zwinge meine steifen Finger, sich zu öffnen. Wir massieren unsere Hände.

»Danke, dass du mich festgehalten hast. Ich war ganz schön wacklig auf den Beinen«, sagt Peeta.

»Davon war aber nichts zu sehen«, sage ich. »Das hat garantiert niemand bemerkt.«

»Ich bin sicher, die haben überhaupt nichts bemerkt außer dir. Du solltest öfter Flammen tragen«, sagt er. »Stehen dir gut.« Und dann lächelt er mich so süß und mit genau dem richtigen Tick Schüchternheit an, dass es mich unvermittelt warm durchströmt.

Eine Alarmglocke schrillt in meinem Kopf. *Sei doch nicht dumm. Peeta plant gerade, wie er dich töten kann*, sage ich mir. *Er versucht dich einzuwickeln, damit du eine leichte Beute bist. Je liebenswürdiger er ist, desto gefährlicher ist er.*

Und weil ich das auch kann, stelle ich mich auf Zehenspitzen und küsse ihn auf die Wange. Genau auf seinen Bluterguss.

6 Das Trainingscenter ist in einem turmartigen Gebäude untergebracht, das ausschließlich für die Tribute und ihre Teams errichtet wurde. Hier werden wir bis zum Beginn der eigentlichen Spiele wohnen. Jedem Distrikt steht eine ganze Etage zur Verfügung. Man betritt einfach einen Aufzug und drückt die Nummer des eigenen Distrikts. Kinderleicht zu merken.

Ich bin zweimal im Gerichtsgebäude von Distrikt 12 Aufzug gefahren. Einmal, um nach dem Tod meines Vaters die Medaille in Empfang zu nehmen, und dann gestern, um mich von Familie und Freunden zu verabschieden. Aber der Aufzug dort ist ein dunkles knarrendes Ding, das sich im Schneckentempo bewegt und in dem es nach saurer Milch riecht. Die Wände des Aufzugs hier sind aus Glas, sodass man sehen kann, wie die Leute im Erdgeschoss zu Ameisen schrumpfen, während man selbst in die Höhe schießt. Es ist ein tolles Gefühl und ich bin versucht, Effie Trinket zu fragen, ob wir noch mal fahren können, aber irgendwie kommt mir das kindisch vor.

Effie Trinkets Aufgaben sind mit unserer Ankunft am Bahnhof offenbar nicht beendet. Sie und Haymitch werden uns managen, bis es in die Arena geht. Das hat gewisse Vorteile, denn sie steht wenigstens pünktlich bereit, wenn wir irgendwohin müssen, während Haymitch, seit er im Zug eingewilligt hat, uns zu helfen, nicht mehr aufgetaucht ist. Wahrscheinlich liegt er irgendwo im Delirium. Effie Trinket hingegen scheint auf einem Höhenflug zu sein. Zum ersten Mal betreut sie ein Team, das bei der Eröffnungsfeier der unumstrittene Star war. Sie lobt unsere Kostüme und unseren Auftritt. Außerdem behauptet Effie Trinket, sie kenne jeden, der im Kapitol Rang und Namen hat, und habe uns den ganzen Tag in höchsten Tönen gelobt, um Sponsoren für uns zu gewinnen.

»Ich habe aber sehr geheimnisvoll getan«, sagt sie und blinzelt durch die halb geschlossenen Augen. »Haymitch hat mir nämlich nichts über eure Strategien erzählt. Trotzdem habe ich versucht, aus dem Material, das mir zur Verfügung stand, das Beste zu machen. Wie Katniss sich für ihre Schwester geopfert hat. Wie ihr beide erfolgreich dafür kämpft, die Barbarei in eurem Distrikt zu überwinden.«

Barbarei? Ziemliche Ironie, das aus dem Mund einer Frau zu hören, die uns darauf vorbereitet, abgeschlachtet zu werden. Und woran macht sie unseren Erfolg fest? An unseren Tischmanieren?

»Natürlich haben sie alle ihre Vorbehalte. Weil ihr aus dem Kohledistrikt kommt. Aber ich habe gesagt, und das war sehr klug von mir, ich habe gesagt: ›Wisst ihr, wenn man nur genug Druck auf die Kohle ausübt, werden daraus Perlen!‹« Effie strahlt uns derart an, dass wir nicht anders können, als sie begeistert für ihre Klugheit zu loben, auch wenn sie sich irrt.

Kohle verwandelt sich nicht in Perlen. Die wachsen in Muscheln. Wahrscheinlich meinte sie, dass Kohle sich in Diamanten verwandelt, obwohl auch das nicht stimmt. Ich habe gehört, dass es in Distrikt 1 eine Maschine gibt, die Grafit in Diamanten verwandeln kann. Aber in Distrikt 12 fördern wir keinen Grafit. Das war ein Teil der Aufgabe von Distrikt 13, bis er zerstört wurde.

Ich frage mich, ob die Leute, bei denen sie den ganzen Tag die Werbetrommel für uns gerührt hat, das wissen oder überhaupt wissen wollen.

»Leider kann ich keine Sponsorendeals für euch machen. Das kann nur Haymitch«, sagt sie finster. »Aber macht euch keine Sorgen, ich werde ihn an den Tisch kriegen, wenn nötig mit Waffengewalt.«

Effie Trinket hat zwar gewisse Schwächen, aber ihre Entschlossenheit muss ich bewundern.

Mein Quartier ist größer als unser ganzes Haus in Distrikt 12. Es ist ebenso vornehm eingerichtet wie der Waggon im Zug und verfügt dabei über so viele automatische Vorrichtungen, dass ich bestimmt nicht die Zeit haben werde, sie alle auszuprobieren. Allein die Dusche hat ein Bedienfeld mit mehr als hundert Wahlmöglichkeiten, bei denen man Temperatur, Wasserdruck, Seifen, Shampoos, Öle und Massageschwämme einstellen kann. Wenn man auf eine Matte steigt, schalten sich Heizlüfter ein, die den Körper trocken pusten. Anstatt mit den Knoten in meinem nassen Haar zu kämpfen, lege ich einfach die Hand auf einen Kasten, der einen Luftstrom über meine Kopfhaut aussendet und das Haar in kürzester Zeit entwirrt, scheitelt und trocknet. Wie ein glänzender Vorhang fließt es auf meine Schultern herab.

Den Wäscheschrank programmiere ich auf ein Outfit nach meinem Geschmack. Auf mein Kommando zoomen die Fenster die gewünschten Stadtteile heran und wieder weg. Ich brauche nur den Namen eines Gerichts von einer gigantischen Speisekarte in ein Sprachrohr zu flüstern und im Handumdrehen steht es heiß und dampfend vor mir. Ich gehe durch den Raum, esse Gänseleber und lockeres Brot, bis es an der Tür klopft. Effie ruft mich zum Abendessen.

Gut. Ich habe nämlich einen Bärenhunger.

Als wir das Speisezimmer betreten, stehen Peeta, Cinna und Portia auf einem Balkon und schauen auf das Kapitol hinab. Ich bin froh, die Stylisten zu sehen, besonders als ich höre, dass Haymitch auch dazustoßen wird. Eine Mahlzeit nur mit Effie und Haymitch würde in einer Katastrophe enden. Außerdem geht es heute Abend nicht nur ums Essen, sondern auch darum, eine Strategie zu entwerfen, und Cinna und Portia haben bereits bewiesen, wie wertvoll sie sind.

Ein stiller junger Mann in weißer Tunika reicht uns langstielige Gläser mit Wein. Erst will ich ablehnen, aber abgesehen von dem selbst gemachten Zeug, das meine Mutter uns bei Husten verabreicht, habe ich noch nie Wein getrunken, und wann werde ich je wieder die Gelegenheit dazu bekommen? Ich trinke ein Schlückchen der säuerlichen, herben Flüssigkeit und denke insgeheim, dass sie mit ein paar Löffeln Honig besser schmecken würde.

Haymitch erscheint just in dem Augenblick, als das Essen aufgetragen wird. Offenbar hat er auch einen Stylisten, denn er sieht sauber und gepflegt aus und wirkt so nüchtern, wie ich ihn noch nie gesehen habe. Zwar lehnt er den Wein nicht ab, aber als er anfängt, seine Suppe zu löffeln, wird mir bewusst, dass ich ihn zum ersten Mal essen sehe. Vielleicht wird er sich tatsächlich lange genug zusammenreißen, um uns eine Hilfe zu sein.

Cinna und Portia scheinen dazu beizutragen, dass Effie und Haymitch sich zivilisiert benehmen. Zumindest sprechen sie einander höflich an. Und was die Eröffnungsfeier angeht, so sind beide voll des Lobes für unsere Stylisten. Während sie gepflegt plaudern, konzentriere ich mich aufs Essen. Pilzsuppe, ein bitteres Gemüse mit erbsengroßen Tomaten, blutiges Roastbeef, hauchdünn geschnitten, Nudeln in einer grünen Soße, Käse, der auf der Zunge zergeht und mit süßen blauen Weintrauben serviert wird. Die Kellner, alles junge Leute in weißen Tuniken wie der, von dem wir den Wein haben, kommen und gehen wortlos und sorgen dafür, dass Teller und Gläser stets gefüllt sind.

Als ich mein Weinglas halb ausgetrunken habe, fühle ich mich leicht benebelt und steige lieber auf Wasser um. Ich mag das Gefühl nicht und hoffe, dass es bald nachlässt. Es ist mir ein Rätsel, wie Haymitch es aushält, ständig in diesem Zustand herumzulaufen.

Ich versuche mich auf das Gespräch zu konzentrieren, in dem es jetzt um unsere Interviewkostüme geht, als ein Mädchen eine umwerfend aussehende Torte auf den Tisch stellt und geschickt anzündet. Die Torte lodert auf, dann züngeln die Flammen eine Weile an den Rändern, bis sie schließlich erlöschen. Einen Moment lang bin ich im Zweifel. »Wodurch brennt das? Alkohol?«, frage ich und schaue zu dem Mädchen auf. »Das möchte ich auf gar keinen Fa... He! Dich kenne ich doch!«

Ich kann dem Gesicht des Mädchens weder einen Namen noch eine Zeit zuordnen. Aber ich bin mir sicher. Das dunkelrote Haar, die markanten Gesichtszüge, die porzellanweiße

Haut. Doch schon als ich die Worte ausspreche, habe ich Angst und Schuldgefühle, und obwohl ich nicht weiß, was es ist, spüre ich, dass ich eine schlechte Erinnerung mit ihr verbinde. Das Entsetzen, das über ihr Gesicht huscht, vergrößert meine Verwirrung und mein Unbehagen nur noch mehr. Sie schüttelt den Kopf und geht eilig davon.

Als ich ihr nachsehe, schauen die vier Erwachsenen mich an wie Falken.

»Mach dich nicht lächerlich, Katniss. Woher solltest du einen Avox kennen?«, blafft Effie mich an. »Allein der Gedanke.«

»Was ist ein Avox?«, frage ich dümmlich.

»Jemand, der ein Verbrechen begangen hat. Sie haben ihr die Zunge herausgeschnitten, deshalb kann sie nicht reden«, sagt Haymitch. »Wahrscheinlich ist sie irgendeine Verräterin. Ziemlich unwahrscheinlich, dass du sie kennst.«

»Und selbst wenn, du darfst mit keinem von ihnen sprechen, außer um Befehle zu erteilen«, sagt Effie. »Aber natürlich kennst du sie gar nicht.«

Doch, ich kenne sie. Und jetzt, da Haymitch das Wort *Verräterin* erwähnt hat, weiß ich auch, woher. Aber die allgemeine Missbilligung ist so deutlich, dass ich es niemals zugeben könnte. »Nein, ich glaube nicht, ich habe nur …«, stammele ich und der Wein macht es nicht besser.

Peeta schnippt mit den Fingern. »Delly Cartwright. Genau. Mir kam sie nämlich auch bekannt vor. Bis mir klar wurde, dass sie Delly aufs Haar gleicht.«

Delly Cartwright ist ein blassgesichtiges, pummeliges Mädchen mit gelblichem Haar, die unserer Kellnerin etwa so ähnlich sieht wie ein Käfer einem Schmetterling. Außerdem ist sie vielleicht der freundlichste Mensch auf der Welt – in der Schule lächelt sie dauernd alle an, sogar mich. Das rothaarige Mädchen habe ich noch nie lächeln gesehen. Aber ich nehme Peetas Vorlage dankbar auf. »Natürlich, an Delly hat sie mich erinnert. Wahrscheinlich wegen der Haare«, sage ich.

»Und auch wegen der Augen«, sagt Peeta.

Die Spannung am Tisch löst sich auf. »Nun ja. Wenn's nur das ist«, sagt Cinna. »Und die Torte enthält tatsächlich Schnaps, aber der Alkohol ist verbrannt. Ich habe sie extra zu Ehren eures feurigen Debüts bestellt.«

Wir essen die Torte und begeben uns dann in einen Salon, um im Fernsehen die Wiederholung der Eröffnungsfeier anzuschauen. Einige der anderen Paare sehen ganz hübsch aus, aber keines von ihnen kann uns das Wasser reichen. Sogar uns selbst entfährt ein Laut des Staunens bei unserer Ausfahrt aus dem Trainingscenter.

»Wer hatte die Idee mit dem Händchenhalten?«, fragt Haymitch.

»Cinna«, sagt Portia.

»Genau der richtige Touch Rebellion«, sagt Haymitch. »Sehr hübsch.«

Rebellion? Darüber muss ich einen Moment nachdenken. Aber als ich an die anderen Paare denke, jeder steif und für sich, einander weder berührend noch eines Blickes würdigend, als würde der Partnertribut gar nicht existieren, als hätten die Hungerspiele bereits begonnen, verstehe ich, was Haymitch meint. Wir haben uns nicht als Gegner, sondern als Freunde präsentiert, und das hat uns genauso herausgehoben wie die brennenden Kostüme.

»Morgen früh beginnt die erste Trainingseinheit. Beim Frühstück werde ich euch genau erklären, wie ihr sie angehen sollt«, sagt Haymitch zu Peeta und mir. »Und jetzt geht schlafen, während sich die Erwachsenen unterhalten.«

Peeta und ich gehen den Flur entlang. Als wir vor meiner Zimmertür ankommen, lehnt er sich gegen den Rahmen. Er versperrt mir nicht direkt den Weg, zwingt mich jedoch, ihn anzusehen. »Delly Cartwright, soso. Das wär was, hier ihrer Doppelgängerin zu begegnen.«

Er wartet auf eine Erklärung und ich bin versucht, ihm eine zu geben. Wir wissen beide, dass er mich gedeckt hat. Schon wieder bin ich ihm etwas schuldig. Wenn ich ihm die Wahrheit über das Mädchen sage, könnte ich etwas davon wettmachen. Was könnte es schaden? Selbst wenn er die Geschichte ausplaudern würde, wäre das nicht so schlimm. Ich war schließlich nur Zeuge. Und was Delly Cartwright angeht, so hat er schließlich genauso gelogen wie ich.

Ich merke, dass ich jemandem von dem Mädchen erzählen möchte. Jemandem, der mir helfen könnte, ihre Geschichte zu verstehen. Gale wäre erste Wahl, aber es ist unwahrscheinlich, dass ich Gale je wiedersehe. Ich überlege, ob es Peeta einen Vorteil verschaffen könnte, wenn ich es ihm erzähle, aber ich wüsste nicht, wie. Wenn ich ihn ins Vertrauen ziehe, denkt er vielleicht sogar, dass ich ihn als Freund betrachte.

Abgesehen davon macht mir der Gedanke an das Mädchen mit der verstümmelten Zunge Angst. Sie hat mich daran erinnert, warum ich hier bin. Nicht um Glitzerklamotten vorzuführen und Delikatessen zu verspeisen. Sondern um einen blutigen Tod zu sterben, während die Menge meinen Mörder anfeuert.

Verraten oder nicht verraten? Mein Hirn fühlt sich noch träge an vom Wein. Ich starre in den leeren Flur, als könnte ich dort die Lösung finden.

Peeta nutzt mein Zögern. »Warst du schon mal auf dem Dach?« Ich schüttele den Kopf. »Cinna hat es mir gezeigt. Du kannst praktisch über die ganze Stadt schauen. Nur der Wind ist ein bisschen laut.«

In Gedanken übersetze ich das mit: »Niemand wird unser Gespräch belauschen können.« Denn es fühlt sich so an, als ob sie uns hier überwachen. »Können wir da denn einfach raufgehen?«

»Aber ja, komm«, sagt Peeta. Ich folge ihm zu einer Treppe, die nach oben in einen kleinen kuppelförmigen Raum führt. Als wir durch eine Tür in die kühle, windige Abendluft hinaustreten, stockt mir der Atem bei der Aussicht. Das Kapitol blinkt wie ein riesiges Feld aus Glühwürmchen. In Distrikt 12 haben wir mal Strom und mal nicht, meist nur für ein paar Stunden am Tag. Oft verbringen wir die Abende bei Kerzenschein. Auf Strom verlassen kann man sich nur dann, wenn im Fernsehen die Spiele übertragen werden oder eine wichtige Mitteilung der Regierung kommt, bei der das Zuschauen obligatorisch ist. Aber hier wird nie Mangel an Strom herrschen. Niemals.

Peeta und ich gehen zu einer Brüstung am Rand des Dachs. Ich schaue geradewegs die Gebäudewand hinunter auf die Straße, auf der es von Menschen wimmelt. Man kann ihre Autos hören, gelegentlich einen Ruf und ein seltsames metallisches Geklingel. In Distrikt 12 würden um diese Uhrzeit alle ans Bett denken.

»Ich habe Cinna gefragt, warum sie uns hier herauflassen. Wäre doch möglich, dass manche Tribute sich entschließen könnten, runterzuspringen«, sagt Peeta.

»Und was hat er geantwortet?«, frage ich.

»Es geht nicht«, sagt Peeta. Er streckt die Hand in den scheinbar leeren Raum. Ein scharfes Sirren ertönt und er zuckt zurück. »Eine Art elektrisches Feld wirft dich zurück aufs Dach.«

»Immer um unsere Sicherheit besorgt«, sage ich. Obwohl Cinna Peeta das Dach gezeigt hat, frage ich mich, ob wir jetzt eigentlich hier oben sein dürften, so spät und ganz allein. Ich habe noch nie Tribute auf dem Dach des Trainingscenters gesehen. Das bedeutet allerdings nicht, dass wir nicht aufgenommen werden. »Glaubst du, sie beobachten uns?«

»Gut möglich«, sagt er. »Komm mit in den Garten.«

Auf der anderen Seite der Kuppel befindet sich ein Garten mit Blumenbeeten und Bäumen in Töpfen. An den Ästen hängen Hunderte Glockenspiele, von ihnen kommt das Geklingel, das ich gehört habe. Hier im Garten, in dieser windigen Nacht, reicht es aus, um zwei Menschen zu übertönen, die nicht gehört werden wollen. Peeta sieht mich erwartungsvoll an.

Ich tue so, als würde ich eine Blüte untersuchen. »Wir haben mal im Wald gejagt. Uns versteckt und auf die Lauer gelegt«, flüstere ich.

»Du und dein Vater?«, flüstert er zurück.

»Nein, mein Freund Gale. Plötzlich hörten alle Vögel schlagartig auf zu singen. Bis auf einen. Als hätte er einen Warnruf ausgestoßen. Und dann sahen wir sie. Ich bin mir sicher, dass es dasselbe Mädchen war. Ein Junge war bei ihr. Ihre Kleider waren zerlumpt. Sie hatten vor Schlafmangel dunkle Ringe unter den Augen. Sie rannten, als würde ihr Leben davon abhängen«, sage ich.

Einen Augenblick lang bin ich still, während ich mich daran erinnere, wie der Anblick dieses seltsamen Paars, das auf der Flucht durch den Wald war und eindeutig nicht aus Distrikt 12 kam, uns lähmte. Später fragten wir uns, ob wir den beiden hätten helfen können. Vielleicht. Vielleicht hätten wir sie verstecken können. Wenn wir schnell gehandelt hätten. Gale und ich waren überrascht, das schon, aber wir waren beide Jäger. Wir wissen, wie ein Tier aussieht, das in die Enge getrieben ist. Sobald wir sie sahen, wussten wir, dass die beiden in Schwierigkeiten waren. Trotzdem schauten wir nur zu.

»Das Hovercraft tauchte aus dem Nichts auf«, erzähle ich weiter. »Der Himmel war leer und im nächsten Augenblick war es da. Es machte kein Geräusch, doch sie sahen es. Ein Netz fiel auf das Mädchen und hievte es hinauf, schnell, so schnell wie ein Aufzug. Dann durchbohrten sie den Jungen mit einer Art Speer, der an einem Seil hing, und holten ihn ebenfalls an Bord. Aber ich bin sicher, dass er tot war. Wir hörten das Mädchen einmal schreien. Den Namen des Jungen, glaube ich. Dann war das Hovercraft fort. Spurlos verschwunden. Und die Vögel begannen wieder zu singen, als ob nichts geschehen wäre.«

»Haben die beiden euch gesehen?«, fragt Peeta.

»Ich weiß nicht. Wir lagen unter einem Felsvorsprung«, antworte ich. Aber ich weiß es doch. Es gab einen Augenblick, nach dem Vogelschrei und noch vor dem Hovercraft, da hat das Mädchen uns gesehen. Es starrte mich an und rief um Hilfe. Doch weder Gale noch ich haben geantwortet.

»Du zitterst«, sagt Peeta.

Der Wind und die Geschichte haben alle Wärme aus meinem Körper geblasen. Der Schrei des Mädchens. War es ihr letzter?

Peeta zieht seine Jacke aus und wickelt sie um meine Schultern. Erst weiche ich einen Schritt zurück, aber dann lasse ich ihn gewähren und beschließe, für den Moment beides anzunehmen, seine Jacke und seine Freundlichkeit. Das würde ein Freund doch tun, oder?

»Waren sie von hier?«, fragt er, während er einen Knopf an meinem Hals zuknöpft.

Ich nicke. Sie trugen Kapitolklamotten. Der Junge und das Mädchen.

»Was glaubst du, wohin sie wollten?«, fragt er.

»Das weiß ich nicht«, sage ich. Distrikt 12 ist sozusagen die Endstation. Hinter uns gibt es nur Wildnis. Wenn man die Ruinen von Distrikt 13 nicht mitzählt, in denen noch immer die Giftbomben schwelen. Ab und zu zeigen sie es im Fernsehen, um uns daran zu erinnern. »Und ich weiß auch nicht, warum sie abgehauen sind.« Haymitch hat die Avoxe als Verräter bezeichnet. Gegen wen richteten sie sich? Es kam nur das Kapitol infrage. Aber sie hatten hier doch alles. Kein Grund zu rebellieren.

»Ich würde auch abhauen«, platzt Peeta heraus. Dann schaut er sich nervös um. Er hat laut genug gesprochen, um die Glockenspiele zu übertönen. Er lacht. »Wenn sie mich ließen, würde ich jetzt nach Hause gehen. Aber das Essen ist erstklassig, das muss man zugeben.«

Jetzt ist er wieder in Deckung gegangen. Hätte man nur das gehört, man hätte es für die Worte eines verängstigten Tributs halten können und wäre nicht auf den Gedanken gekommen, dass hier jemand die ach so große Güte des Kapitols infrage stellt.

»Es wird kühl. Wir gehen besser rein«, sagt er. In der Kuppel ist es warm und hell. Er ist in Plauderstimmung. »Dein Freund Gale. Ist das der, der bei der Ernte deine Schwester weggetragen hat?«

»Ja. Kennst du ihn?«, frage ich.

»Kaum. Die Mädchen sprechen viel über ihn. Ich habe gedacht, er wäre dein Cousin oder so. Ihr helft einander«, sagt er.

»Nein, wir sind nicht verwandt«, sage ich.

Peeta nickt unergründlich. »Hat er sich von dir verabschiedet?«

»Ja«, sage ich, wobei ich ihn vorsichtig beobachte. »Dein Vater auch. Er hat mir Plätzchen mitgebracht.«

Peeta zieht die Augenbrauen hoch, als hörte er das zum ersten Mal. Aber nachdem ich gesehen habe, wie glatt er lügen kann, messe ich dem kein Gewicht bei. »Wirklich? Nun ja, er mag dich und deine Schwester. Ich glaube, er hätte gern eine Tochter und nicht das ganze Haus voller Jungs.«

Die Vorstellung, dass am Esstisch, am Backofen oder auch nur beiläufig bei Peeta zu Hause über mich gesprochen wurde, lässt mich zusammenfahren. Da kann die Mutter aber nicht im Zimmer gewesen sein.

»Er kannte deine Mutter aus der Kindheit«, sagt Peeta.

Noch eine Überraschung. Aber wahrscheinlich stimmt es. »Ach ja. Sie ist in der Stadt aufgewachsen«, sage ich. Es wäre unfreundlich zu sagen, dass sie den Bäcker nie erwähnt hat, außer um sein Brot zu loben.

Wir kommen vor meine Tür. Ich gebe ihm seine Jacke zurück. »Bis morgen.«

»Bis morgen«, sagt er und geht durch den Flur davon.

Als ich meine Tür öffne, hebt das rothaarige Mädchen gerade Einteiler und Stiefel vom Boden auf, wo ich sie vor dem Duschen liegen gelassen habe. Ich möchte mich dafür entschuldigen, dass ich sie vorhin vielleicht in Schwierigkeiten gebracht habe. Aber dann fällt mir ein, dass ich nicht mit ihr reden soll, es sei denn, um ihr Befehle zu erteilen.

»Oh, Entschuldigung«, sage ich. »Ich sollte sie ja Cinna zurückgeben. Tut mir leid. Kannst du sie ihm bringen?«

Sie weicht meinem Blick aus, nickt kurz und verschwindet schnell durch die Tür.

Ich hatte ihr gerade sagen wollen, dass es mir leidtut wegen des Abendessens. Aber ich weiß, dass mein Bedauern viel tiefer reicht. Dass ich mich schäme, weil ich damals nicht versucht habe, ihr zu helfen. Dass ich zuließ, dass das Kapitol den Jungen tötete und sie verstümmelte, und keinen Finger gerührt habe.

So wie ich mir die Spiele angeschaut habe.

Ich streife meine Schuhe ab und verkrieche mich in meinen Kleidern unter die Bettdecke. Ich zittere immer noch. Vielleicht erinnert sich das Mädchen gar nicht an mich. Doch, sie tut es, das weiß ich. Das Gesicht eines Menschen, der einmal die letzte Hoffnung war, vergisst man nicht. Ich ziehe mir die Decke über den Kopf, als könnte ich mich so vor dem rothaarigen Mädchen schützen, das nicht sprechen kann. Aber ich spüre, wie ihr Blick durch Wände und Türen und Bettzeug dringt.

Ich frage mich, ob es ihr wohl Spaß machen wird, mich sterben zu sehen.

7 Mein Schlaf ist voller verstörender Träume. Das Gesicht des rothaarigen Mädchens vermischt sich mit blutrünstigen Bildern früherer Hungerspiele, mit meiner in sich gekehrten und unerreichbaren Mutter, mit einer ausgezehrten, verängstigten Prim. Ich fahre hoch und schreie meinem Vater zu, er solle rennen, während die Mine in Millionen tödlicher Lichtpartikel explodiert.

Durch die Fenster dringt die Dämmerung. Die Atmosphäre im Kapitol ist neblig und unheimlich. Mein Kopf tut weh und ich muss mir nachts in die Wange gebissen haben. Mit der Zunge fahre ich über die Fleischfetzen und schmecke Blut.

Langsam schleppe ich mich aus dem Bett und in die Dusche. Willkürlich drücke ich irgendwelche Knöpfe auf dem Kontrollbrett und hüpfe plötzlich von einem Bein aufs andere, als abwechselnd eiskaltes und kochend heißes Wasser auf mich einschießt. Dann werde ich von zitronengelbem Schaum überschwemmt, den ich mit einer schweren borstigen Bürste wieder abschrubben muss. Was soll's. Immerhin fließt mein Blut wieder.

Als ich abgetrocknet und mit Lotion eingerieben bin, entdecke ich, dass am Schrank Kleider für mich hängen. Eine enge schwarze Hose, eine langärmlige burgunderrote Tunika und

Lederschuhe. Ich binde meine Haare hinten zu einem Zopf zusammen. Es ist das erste Mal seit dem Morgen der Ernte, dass ich mir ähnlich sehe. Keine schicken Frisuren und Kleider, kein Flammenumhang. Nur ich. In dieser Aufmachung könnte ich gleich in den Wald gehen. Ich werde ruhig.

Haymitch hat keine genaue Zeit genannt, wann wir uns zum Frühstück einfinden sollen, und niemand hat mich heute Morgen geweckt, aber ich bin hungrig, und deshalb gehe ich in den Speisesaal, wo es hoffentlich etwas zu essen gibt. Ich werde nicht enttäuscht. Der Tisch ist zwar leer, aber auf einem langen Bord daneben stehen mindestens zwanzig Gerichte. Ein junger Mann, ein Avox, steht bei den Brotbelägen in Position. Als ich frage, ob ich mir selbst nehmen darf, nickt er. Ich belade mir einen Teller mit Eiern, Würstchen, Pfannkuchen, die dick mit Orangenmarmelade bestrichen sind, und blasslila Melonenscheiben. Während ich mich vollstopfe, schaue ich zu, wie die Sonne über dem Kapitol aufgeht. Ich nehme einen zweiten Teller, diesmal Rindfleischragout mit Getreide. Zum Schluss lade ich mir einen Teller mit Brötchen auf und setze mich an den Tisch, breche Stückchen ab und tunke sie in heiße Schokolade, wie Peeta im Zug.

Meine Gedanken wandern zu meiner Mutter und Prim. Sie sind jetzt bestimmt schon aufgestanden. Meine Mutter macht den Frühstücksbrei. Prim melkt ihre Ziege und geht dann in die Schule. Vorgestern Morgen noch war ich zu Hause. Kann das stimmen? Ja, nur zwei Tage. Und wie leer fühlt sich das Haus jetzt an, sogar aus der Entfernung. Was haben sie gestern Abend zu meinem feurigen Eröffnungsauftritt bei den Spielen gesagt? Hat er ihnen Hoffnung gegeben oder hat es ihren Schrecken noch verstärkt, die vierundzwanzig Tribute versammelt zu sehen und zu wissen, dass nur einer von ihnen überleben darf?

Haymitch und Peeta kommen herein, wünschen mir einen guten Morgen, nehmen sich zu essen. Es ärgert mich, dass Peeta exakt das Gleiche anhat wie ich. Darüber muss ich mit Cinna sprechen. Dieses Zwillingsgehabe wird uns um die Ohren fliegen, sobald die Spiele beginnen. Natürlich wissen sie das selbst. Dann fällt mir ein, was Haymitch gesagt hat: Ich soll genau das tun, was die Stylisten sagen. Bei einem anderen als Cinna könnte ich mich darüber vielleicht hinwegsetzen. Aber nach dem Triumph von gestern Abend kann ich seine Entscheidungen kaum kritisieren.

Ich bin nervös wegen des Trainings. In den nächsten drei Tagen werden die Tribute gemeinsam üben. Am letzten Nachmittag erhalten alle die Gelegenheit, vor den Spielmachern ein Einzeltraining zu absolvieren. Bei der Vorstellung, den anderen Tributen Auge in Auge zu begegnen, wird mir mulmig. Ich drehe das Brötchen, das ich gerade aus dem Korb genommen habe, wieder und wieder in der Hand, aber der Appetit ist mir vergangen.

Als Haymitch diverse Portionen Ragout verspeist hat, schiebt er seinen Teller mit einem Seufzer von sich. Er zieht einen Flachmann aus der Tasche, nimmt einen großen Schluck und stützt einen Ellbogen auf den Tisch. »So, kommen wir zum Geschäftlichen. Training. Erstens: Wenn ihr wollt, trainiere ich euch getrennt. Entscheidet euch jetzt.«

»Warum sollten Sie uns getrennt trainieren?«, frage ich.

»Weil ihr zum Beispiel irgendwelche verborgenen Talente

habt, von denen der andere nichts erfahren soll«, sagt Haymitch.

Ich tausche einen Blick mit Peeta. »Ich habe keine verborgenen Talente«, sagt er. »Und was deins ist, weiß ich schon, nicht wahr? Schließlich habe ich genug Eichhörnchen von dir gegessen.«

Ich habe nie darüber nachgedacht, dass Peeta die Eichhörnchen gegessen haben könnte, die ich erlegt habe. Irgendwie habe ich mir immer vorgestellt, der Bäcker würde sie sich heimlich selbst in der Pfanne braten. Nicht aus Gier. Sondern weil Stadtfamilien gewöhnlich das teure Metzgerfleisch essen. Rind und Huhn und Pferd.

»Sie können uns zusammen trainieren«, teile ich Haymitch mit. Peeta nickt.

»In Ordnung, dann erzählt mir mal, was ihr so alles drauf habt«, sagt Haymitch.

»Ich kann gar nichts«, sagt Peeta. »Abgesehen von Brotbacken.«

»Tut mir leid, aber das zählt nicht. Katniss, du kannst mit einem Messer umgehen, das weiß ich bereits«, sagt Haymitch.

»Nicht besonders gut. Aber ich kann jagen«, sage ich. »Mit Pfeil und Bogen.«

»Und bist du eine gute Jägerin?«, fragt Haymitch.

Darüber muss ich nachdenken. Ich habe vier Jahre lang dafür gesorgt, dass Essen auf den Tisch kam. Das ist nicht wenig. Ich bin nicht so gut wie mein Vater, aber er hatte auch mehr Übung. Ich treffe genauer als Gale, aber hier hatte ich mehr Übung. Er ist genial im Umgang mit Fallen und Schlingen. »Ganz passabel.«

»Sie ist hervorragend«, sagt Peeta. »Mein Vater kauft ihre Eichhörnchen. Er sagt immer, dass die Pfeile nie den Körper durchbohren. Sie trifft jedes Mal ins Auge. Bei den Kaninchen, die sie dem Metzger verkauft, ist es das Gleiche. Sie kann sogar Rehe erlegen.«

Peetas Einschätzung meiner Fähigkeiten kommt völlig unerwartet. Erstens, dass er das überhaupt bemerkt hat. Zweitens, dass er mich so lobt. »Was soll das?«, frage ich ihn misstrauisch.

»Das frage ich dich! Wenn er dir helfen soll, dann muss er wissen, was du kannst. Stell dein Licht nicht unter den Scheffel«, sagt Peeta.

Ich weiß nicht, warum, aber das passt mir nicht. »Und was ist mit dir? Ich habe dich auf dem Markt gesehen. Du kannst zentnerschwere Mehlsäcke heben«, fahre ich ihn an. »Sag ihm das. Das ist nicht nichts.«

»Ja, und ganz bestimmt stehen haufenweise Mehlsäcke in der Arena, mit denen ich die Leute bewerfen kann. Das ist etwas völlig anderes, als wenn man mit einer Waffe umgehen kann, das weißt du genau«, blafft er zurück.

»Er kann ringen«, erzähle ich Haymitch. »Im letzten Jahr wurde er Zweiter beim Schulringen, hinter seinem Bruder.«

»Und wozu kann man das gebrauchen? Hast du schon mal gesehen, wie jemand einen anderen totgerungen hat?«, fragt Peeta angewidert.

»Es kommt fast immer zum Handgemenge. Du musst dir nur ein Messer beschaffen, dann hast du wenigstens eine Chance. Wenn ich überrumpelt werde, bin ich tot!« Meine Stimme wird wütend.

»Aber das wird nicht passieren! Du wirst irgendwo hoch oben in einem Baum leben, rohe Eichhörnchen essen und die Leute mit Pfeilen ins Visier nehmen. Weißt du was? Als meine Mutter sich von mir verabschieden kam, sagte sie, wie um mich aufzumuntern, dass Distrikt 12 vielleicht endlich mal wieder einen Gewinner stellen wird. Erst später begriff ich, dass sie nicht mich gemeint hat – sie meinte dich!«, platzt Peeta heraus.

»Nein, sie meinte dich«, sage ich abwehrend.

»Sie hat gesagt: ›Die wird überleben.‹ *Die*«, sagt Peeta.

Ich verstumme. Hat seine Mutter das wirklich über mich gesagt? Hat sie mich über ihrem Sohn eingestuft? Ich sehe die Kränkung in Peetas Blick und weiß, dass er nicht lügt.

Plötzlich bin ich wieder hinter der Bäckerei und kann die Kälte des Regens spüren, der über meinen Rücken rinnt, das Loch in meinem Bauch. Als ich wieder etwas sage, klinge ich wie eine Elfjährige: »Aber nur, weil jemand mir geholfen hat.«

Peetas Blick geht schnell zu dem Brötchen in meinen Händen und ich weiß, dass er sich auch an jenen Tag erinnert. Aber er zuckt nur die Achseln. »Die Leute werden dir in der Arena helfen. Sie werden sich überschlagen, um dich zu sponsern.«

»Nicht mehr als dich«, sage ich.

Peeta verdreht die Augen in Haymitchs Richtung. »Sie hat keine Ahnung, was für eine Ausstrahlung sie haben kann.« Sein Finger fährt an der Holzmaserung des Tisches entlang, während er meinem Blick ausweicht.

Was in aller Welt soll das bedeuten? Die Leute werden mir helfen? Als wir fast verhungert sind, hat mir keiner geholfen! Keiner außer Peeta. Erst als ich etwas zum Tauschen hatte, hat sich die Lage verändert. Ich bin hart im Handeln. Oder doch nicht? Was für eine Ausstrahlung habe ich? Wirke ich schwach und hilfsbedürftig? Will er damit andeuten, dass ich gute Geschäfte gemacht habe, weil die Leute Mitleid mit mir hatten? Ich versuche darüber nachzudenken, ob das stimmt. Sicher, ein paar Kaufleute waren vielleicht ein bisschen großzügig, aber das habe ich immer ihren langjährigen Beziehungen zu meinem Vater zugeschrieben. Und mein Wild ist erstklassig. Niemand hatte Mitleid mit mir!

Finster blicke ich auf das Brötchen. Ich bin mir sicher, dass er mich kränken wollte.

Nach einer Weile sagt Haymitch: »Tja, also. Tja, tja, tja. Wir können uns nicht darauf verlassen, dass es in der Arena Pfeil und Bogen geben wird, Katniss. Aber während deiner Einzelsitzung mit den Spielmachern solltest du ihnen zeigen, was du kannst. Bis dahin halte dich vom Bogenschießen fern. Bist du gut im Fallenstellen?«

»Ich kenne ein paar einfache Schlingen«, murmele ich.

»Das kann wichtig sein, um Essen zu beschaffen«, sagt Haymitch. »Und sie hat recht, Peeta, unterschätze niemals die Körperkraft in der Arena. Physische Kraft gibt sehr oft den Ausschlag für den einen oder anderen Spieler. Im Trainingscenter haben sie Gewichte, aber zeig vor den anderen Tributen nicht, wie viel du heben kannst. Der Plan ist für euch beide der gleiche. Ihr geht zum Gruppentraining. Eignet euch dort etwas an, das ihr noch nicht beherrscht. Einen Speer werfen. Eine Keule schwingen. Einen anständigen Knoten binden. Nur nicht zeigen, was ihr am besten könnt, bis zu den Einzelstunden. Habe ich mich klar ausgedrückt?«, fragt Haymitch.

Peeta und ich nicken.

104

»Noch ein Letztes. Ich möchte, dass ihr in der Öffentlichkeit die ganze Zeit beisammen seid«, sagt Haymitch. Wir wollen beide protestieren, aber Haymitch haut mit der Hand auf den Tisch. »Die ganze Zeit! Keine Diskussion! Ihr habt euch bereit erklärt zu tun, was ich sage! Ihr werdet zusammen sein und ihr werdet freundlich miteinander umgehen. Und jetzt raus hier. Um zehn erwartet euch Effie zum Training am Aufzug.«

Ich beiße mir auf die Lippe, gehe zurück in mein Zimmer und achte darauf, dass Peeta hört, wie ich die Tür zuschlage. Ich setze mich aufs Bett. Ich hasse Haymitch, ich hasse Peeta, ich hasse mich selbst dafür, dass ich diesen Tag im Regen vor so langer Zeit erwähnt habe.

Das ist doch ein Witz! Dass Peeta und ich so tun, als ob wir Freunde wären! Die Stärken des anderen anpreisen, ihn dazu bringen, dass er sich seiner Fähigkeiten bewusst wird. Und irgendwann müssen wir dann Schluss damit machen und akzeptieren, dass wir erbitterte Feinde sind. Was ich gern jetzt gleich erledigen würde, wäre da nicht Haymitchs dämliche Anweisung, dass wir beim Training zusammenbleiben sollen. Daran bin ich wohl selber schuld, weil ich ihm gesagt habe, er müsse uns nicht getrennt trainieren. Aber das sollte doch nicht heißen, dass ich alles mit Peeta zusammen machen will. Der sich übrigens eindeutig auch nicht mit mir zusammentun möchte.

Ich höre Peetas Stimme in meinem Kopf. *Sie hat keine Ahnung, was für eine Ausstrahlung sie haben kann.* Damit wollte er mich ganz offensichtlich erniedrigen. Oder? Doch ein kleiner Teil von mir fragt sich, ob es nicht vielleicht ein Kompliment sein sollte. Dass er meinte, ich sei irgendwie attraktiv. Eigenartig, dass ich ihm so aufgefallen bin. Dass er mich als Jägerin bemerkt hat. Umgekehrt war er mir anscheinend auch nicht so gleichgültig, wie ich gedacht hatte. Das Mehl. Das Ringen. Ich habe den Jungen mit dem Brot all die Jahre im Auge behalten. Es ist fast zehn. Ich putze mir die Zähne und kämme mich noch einmal. Meine Wut hat die Nervosität vor der Begegnung mit den anderen Tributen kurzzeitig verdrängt, doch jetzt spüre ich, wie die Angst wieder hochkommt. Als ich am Aufzug zu Effie und Peeta stoße, ertappe ich mich beim Nägelkauen. Ich lasse es sofort sein.

Die eigentlichen Trainingsräume befinden sich im Unterge-schoss unseres Gebäudes. Mit diesen Aufzügen dauert es we-niger als eine Minute. Die Türen öffnen sich auf eine riesige Turnhalle mit verschiedenen Waffen und Hindernisparcours. Obwohl es noch nicht ganz zehn Uhr ist, sind wir die Letzten. Die anderen Tribute sitzen in einem engen Kreis zusammen. Alle haben ein Stück Stoff mit ihrer Distriktnummer an der Kleidung festgesteckt. Während jemand mir die Nummer *12* an den Rücken heftet, schaue ich mich rasch um. Peeta und ich sind die Einzigen, die gleich angezogen sind.

Sobald wir uns in den Kreis begeben, tritt die Cheftraine-rin, eine große, athletische Frau namens Atala, vor und beginnt den Trainingsplan zu erläutern. Bei jeder Station stehen Fach-leute für die jeweilige Disziplin bereit. Wir können frei von einer Station zur nächsten wechseln, wie Haymitch es uns aufgetragen hat. An manchen Stationen werden Überlebensstrategien un-terrichtet, an anderen Kampftechniken. Es ist uns verboten, mit anderen Tributen Kampfübungen zu machen. Wenn wir mit einem Partner trainieren möchten, stehen Assistenten bereit.

Als Atala die Liste der einzelnen Stationen verliest, schaue ich unwillkürlich zu den anderen Tributen. Es ist das erste Mal, dass wir alle so zusammensitzen, auf dem Boden, in einfacher Kleidung. Das Herz rutscht mir in die Hose. Fast alle Jungs und mindestens die Hälfte der Mädchen sind größer als ich, obwohl viele der Tribute nie ausreichend zu essen bekommen haben. Man sieht es an ihren Knochen, ihrer Haut, den tief in den Höhlen liegenden Augen. Ich mag von Natur aus kleiner sein, aber alles in allem hat der Einfallsreichtum meiner Familie mir in dieser Hinsicht einen Vorteil verschafft. Ich halte mich aufrecht, und so dünn ich bin, ich bin auch stark. Fleisch und Pflanzen aus dem Wald in Verbindung mit der Anstrengung, die es brauchte, sie zu beschaffen, haben mir zu einem vergleichsweise gesunden Körper verholfen.

Die Ausnahme bilden die Kinder aus den wohlhabenderen Distrikten, die Freiwilligen, die ihr Leben lang auf diesen Augenblick hin ernährt und ausgebildet worden sind. Die Tribute aus den Distrikten 1, 2 und 4 sehen für gewöhnlich so aus. Eigentlich verstößt es gegen die Spielregeln, Tribute vorab zu trainieren, aber es passiert jedes Jahr aufs Neue. In Distrikt 12 nennen wir sie Karrieretribute oder einfach nur Karrieros. Und höchstwahrscheinlich wird einer von ihnen der Sieger sein.

Der leichte Vorteil, den ich beim Betreten des Trainingscenters hatte, mein feuriger Auftritt gestern Abend, scheint angesichts meiner Konkurrenz zu schwinden. Die anderen Tribute waren eifersüchtig auf uns, aber nicht, weil wir fantastisch waren, sondern weil unsere Stylisten fantastisch waren. Jetzt sehe ich nichts als Verachtung in den flüchtigen Blicken der Karrieretribute. Sie alle wiegen fünfundzwanzig bis fünfzig Kilo mehr als ich. Sie wirken überheblich und brutal. Als Atala uns entlässt, steuern sie direkt auf die tödlichsten Waffen in der Turnhalle zu und gehen spielend leicht damit um.

Was für ein Glück, dass ich schnell rennen kann, denke ich, als Peeta mich anstößt und ich zusammenzucke. Er steht immer noch neben mir, weil Haymitch es ja so will. Er sieht ganz ruhig aus. »Wo möchtest du anfangen?«

Ich betrachte die Karrieretribute, die zeigen, was sie drauf-haben, und es eindeutig darauf anlegen, die Konkurrenz einzu-schüchtern. Dann die anderen, die Unterernährten, die Unfä-higen, die zitternd ihre ersten Übungen mit einem Messer oder einer Axt absolvieren.

»Wir könnten Knotenbinden üben«, sage ich.

»Gute Idee«, sagt Peeta. Wir gehen hinüber zu einer verwais-ten Station und der Trainer scheint sich zu freuen, dass er end-lich Schüler hat. Offenbar steht Knotenbinden bei den Hun-gerspielen nicht so hoch im Kurs. Als er merkt, dass ich etwas von Schlingen verstehe, zeigt er uns eine einfache, höchst wirk-same Falle, die einen menschlichen Gegner an einem Bein von einem Baum baumeln lässt. Eine Stunde lang konzentrieren wir uns auf diese eine Kunst, bis wir beide sie beherrschen. Dann gehen wir weiter zur Tarnung. Peeta scheint es richtig Spaß zu machen, seine blasse Haut mit einem Gemisch aus Schlamm, Lehm und Beerensäften zu beschmieren und darauf zur Tar-nung Weinblätter und anderes Laub zu kleben. Der Trainer, der die Tarnstation leitet, ist begeistert von seinem Treiben.

»Ich bin doch für die Torten zuständig«, gesteht Peeta mir.

»Torten?«, frage ich. Ich schaue gerade besorgt einem Jun-gen aus Distrikt 2 zu, der einer Puppe aus fünfzehn Metern Entfernung einen Speer durchs Herz jagt. »Was für Torten?«

»Zu Hause. Die mit Glasur, für die Bäckerei«, sagt er.

Er meint die Torten in den Schaufenstern. Die schönen Torten mit Blumen und anderen Verzierungen aus Zuckerguss, die für Geburtstage und Neujahr. Wenn wir auf dem Platz sind, zerrt Prim mich immer dorthin, um sie zu bewundern, obwohl wir uns noch nie eine leisten konnten. Aber in Distrikt 12 gibt es so wenig Schönes, dass ich es ihr kaum verweigern kann.

Ich betrachte die Tarnzeichnung auf Peetas Arm eingehender. Das Muster, in dem sich Hell und Dunkel abwechseln, erinnert an Sonnenlicht, das im Wald durchs Laub fällt. Ich frage mich, woher er das kennt, denn ich bezweifele, dass er jemals hinter dem Zaun war. Ist es möglich, dass er das allein bei dem verwachsenen alten Apfelbaum im Hinterhof der Bäckerei abgeschaut hat? Irgendwie ärgert mich all das – seine Fähigkeiten, die unerreichbaren Torten, das Lob des Tarnexperten.

»Wie schön. Jetzt müsste man nur noch jemanden zu Tode verzieren können«, sage ich.

»Sei nicht so überheblich. Keiner weiß im Voraus, was uns in der Arena erwartet. Angenommen, es wäre eine riesige Torte …«, sagt Peeta.

»Angenommen, wir gehen weiter«, unterbreche ich ihn.

Die folgenden drei Tage verbringen Peeta und ich damit, still von Station zu Station zu wandern. Wir erlernen verschiedene Künste, Feuermachen, Messerwerfen, Hüttenbauen. Trotz Haymitchs Anweisung, sich nicht hervorzutun, ist Peeta im Kampf Mann gegen Mann überragend und ich bringe die Prüfung mit den essbaren Pflanzen hinter mich, ohne mit der Wimper zu zucken. Aber Bogenschießen und Gewichtheben meiden wir, das wollen wir uns fürs Privattraining aufheben.

Die Spielmacher haben sich am ersten Tag früh blicken lassen. Etwa zwanzig Männer und Frauen in tiefvioletten Gewändern. Sie setzen sich auf die erhöhten Tribünen rings um die Turnhalle. Manchmal gehen sie herum, schauen uns zu und machen sich Notizen, manchmal essen sie von dem endlosen Bankett, das für sie aufgetragen wurde, und beachten uns gar nicht. Aber es scheint, als behielten sie die Tribute aus Distrikt 12 im Auge. Mehrmals schaue ich auf und bemerke, wie einer von ihnen mich anstarrt. Und während wir essen, befragen sie auch die Trainer. Als wir zurückkommen, stehen sie beisammen.

Frühstück und Abendessen werden auf unserer Etage serviert, aber mittags essen wir alle gemeinsam in einem Speisesaal neben der Turnhalle. Das Essen steht auf Wagen rings an den Wänden und man bedient sich selbst. Die Karrieretribute versammeln sich meist mit rüpelhaftem Benehmen um einen Tisch, als wollten sie ihre Überlegenheit zur Schau stellen und beweisen, dass sie keine Angst voreinander haben und uns Übrigen keinerlei Beachtung schenken. Die meisten anderen Tribute sitzen allein da, wie verlorene Schafe. Keiner spricht uns an. Peeta und ich essen gemeinsam, und da Haymitch so viel Wert darauf legt, versuchen wir während des Essens ein freundliches Gespräch in Gang zu halten.

Es ist gar nicht so einfach, ein Thema zu finden. Über zu Hause zu sprechen ist schmerzlich. Über die Gegenwart zu sprechen ist unerträglich. Am ersten Tag leert Peeta unseren Brotkorb und macht mich darauf aufmerksam, dass neben dem feinen Brot aus dem Kapitol auch ein paar Brotsorten aus verschiedenen Distrikten hineingelegt wurden. Der mit Algen grün gefärbte, fischförmige Laib aus Distrikt 4. Das mit Kör-

110

nern bestreute Mondsichelbrötchen aus Distrikt 11. Obwohl es aus den gleichen Zutaten besteht, sieht es sehr viel appetitlicher aus als die hässlichen, unförmigen Dinger, die wir von zu Hause gewohnt sind.

»Das wär's«, sagt Peeta und schaufelt das Brot zurück in den Korb.

»Du kennst dich aber gut aus«, sage ich.

»Nur mit Brot«, sagt er. »Okay, und jetzt lach mal, als ob ich etwas Witziges gesagt hätte.«

Wir ringen uns ein überzeugendes Lachen ab und ignorieren die Blicke der anderen.

»So, jetzt werde ich nett lächeln und du redest«, sagt Peeta. Ganz schön anstrengend, Haymitchs Anweisung, freundlich zueinander zu sein. Denn seit ich meine Tür zugeknallt habe, ist die Stimmung zwischen uns frostig. Aber wir haben unsere Befehle.

»Habe ich dir schon erzählt, wie ich mal von einem Bären verfolgt worden bin?«, frage ich.

»Nein, klingt aber faszinierend«, sagt Peeta.

Ich versuche, Leben in mein Gesicht zu bringen, während ich mich an das Ereignis erinnere, eine wahre Geschichte, als ich einem Schwarzbären verrückterweise die Rechte an einem Bienenkorb streitig gemacht habe. Peeta lacht und stellt wie auf Kommando Fragen. Er kann das viel besser als ich.

Am zweiten Tag, als wir es mit Speerwerfen versuchen, flüstert er mir zu: »Sieht so aus, als hätten wir einen Schatten.«

Ich werfe meinen Speer, was mir gar nicht mal schlecht gelingt, solange ich nicht allzu weit werfen muss, und sehe das kleine Mädchen aus Distrikt 11, das ein Stück entfernt steht und uns zuschaut. Sie ist die Zwölfjährige, die mich von der Statur her so an Prim erinnert hat. Von Nahem sieht sie aus wie zehn. Sie hat glänzende dunkle Augen und samtbraune Haut und steht auf den Zehen, die Arme leicht abgespreizt, als wollte sie beim leisesten Geräusch wegfliegen. Unwillkürlich muss ich an einen Vogel denken.

Während Peeta wirft, nehme ich einen neuen Speer in die Hand. »Ich glaube, sie heißt Rue«, sagt er sanft.

Ich beiße mir auf die Lippe. Rue ist der Name einer kleinen gelben Blume, die bei uns auf der Weide wächst. Rue, Raute. Primrose, Primel. Keine von beiden wiegt mehr als fünfunddreißig Kilo.

»Was können wir dagegen tun?«, frage ich schroffer, als ich eigentlich wollte.

»Nichts«, erwidert er. »Nur ein bisschen Konversation machen.«

Seitdem ich weiß, dass sie hier ist, fällt es mir schwer, die Kleine zu ignorieren. Sie schleicht hinter uns her und begleitet uns zu verschiedenen Stationen. Wie ich kennt sie sich mit Pflanzen aus, sie klettert geschwind und ist zielsicher. Mit der Schleuder trifft sie jedes Mal. Aber was ist eine Schleuder gegen einen Hundertkilomann mit Schwert?

Beim Frühstück und beim Abendessen auf der Etage von Distrikt 12 quetschen Haymitch und Effie uns über jeden Augenblick des Tages aus. Was wir gemacht haben, wer uns zugeschaut hat, wie wir die anderen Tribute einschätzen. Cinna und Portia lassen sich nicht blicken, sodass keiner da ist, der etwas Vernünftiges beisteuern könnte. Immerhin streiten Haymitch und Effie sich nicht mehr. Ja, sie scheinen ein Herz und eine

Seele zu sein und wirken fest entschlossen, uns auf Höchstform zu trimmen. Mit endlosen Anweisungen, was wir beim Training zu tun und zu lassen haben. Peeta ist ganz geduldig, aber ich habe die Nase voll und werde mürrisch.

Als wir am zweiten Abend endlich ins Bett kommen, murmelt Peeta: »Jemand sollte Haymitch einen Drink besorgen.«

Ich gebe einen Laut von mir, halb Schnauben, halb Lachen. Dann habe ich mich wieder in der Gewalt. Es verwirrt mich zu sehr, auseinanderzuhalten, wann wir angeblich Freunde sind und wann nicht. Spätestens wenn es in die Arena geht, werde ich wissen, wie es steht. »Lass das. Lass uns nicht heucheln, wenn keiner in der Nähe ist.«

»In Ordnung, Katniss«, sagt er müde. Von nun an sprechen wir nur noch miteinander, wenn Leute dabei sind.

Am dritten Trainingstag werden wir nacheinander vom Mittagstisch zu unseren Einzelstunden vor den Spielmachern gerufen. Ein Distrikt nach dem anderen, erst der Junge, dann das Mädchen. Wie üblich ist Distrikt 12 als letzter vorgesehen. Wir anderen bleiben im Esszimmer, weil wir nicht wissen, wohin wir sonst gehen sollen. Wer fort ist, kommt nicht wieder. Je mehr sich der Raum leert, desto geringer wird der Druck, freundlich zu wirken. Als Rue aufgerufen wird, bleiben wir allein zurück. Wir sitzen still da, bis Peeta an der Reihe ist. Er steht auf.

»Denk dran, was Haymitch gesagt hat – dass du Gewichte werfen sollst.« Die Worte kommen ohne Erlaubnis aus meinem Mund.

»Danke. Ich werde dran denken«, sagt er. »Und du ... gut zielen.«

Ich nicke. Ich weiß nicht, warum ich überhaupt etwas gesagt

habe. Obwohl, falls ich ausscheide, dann soll wenigstens Peeta gewinnen. Es wäre besser für unseren Distrikt, für meine Mutter und Prim.

Nach etwa fünfzehn Minuten wird mein Name aufgerufen. Ich streiche mein Haar glatt, straffe die Schultern und gehe in die Turnhalle. Sofort merke ich, dass es nicht gut für mich aussieht. Sie sind schon zu lange hier, die Spielmacher. Haben dreiundzwanzig andere Vorführungen hinter sich. Und die meisten haben zu viel Wein getrunken. Sie wollen nur noch nach Hause.

Mir bleibt nichts anderes übrig, als alles so zu machen wie geplant. Ich gehe zum Bogenschießstand. Ah, die Waffen! Seit Tagen hat es mich gejuckt, sie in die Hände zu bekommen! Bogen aus Holz und Kunststoff und Metall und Materialien, die ich nicht kenne. Pfeile mit akkurat zugeschnittenen Federn. Ich wähle einen Bogen aus, spanne ihn probehalber und werfe mir den dazugehörigen Köcher mit Pfeilen über die Schulter. Es gibt einen Schießstand, aber er ist viel zu klein. Gewöhnliche Zielscheiben und menschliche Umrisse. Ich gehe in die Mitte der Turnhalle und wähle mein erstes Ziel aus. Die Puppe für den Messerkampf. Schon als ich die Sehne zurückziehe, merke ich, dass etwas nicht stimmt. Die Sehne ist straffer als die, die ich zu Hause benutze. Der Pfeil ist weniger biegsam. Ich verfehle die Puppe um mehrere Zentimeter und verliere das bisschen Aufmerksamkeit, das mir zuteilgeworden ist. Einen Augenblick lang fühle ich mich gedemütigt, dann gehe ich zurück zu den Zielscheiben am Bogenschießstand. Ich schieße Pfeil auf Pfeil ab, bis ich ein Gefühl für die neuen Waffen habe.

Dann gehe ich wieder in die Mitte der Turnhalle, nehme

meine alte Position ein und durchbohre die Puppe auf Höhe des Herzens. Anschließend durchtrenne ich das Seil, an dem der Sandsack fürs Boxen hängt. Der Sack fällt zu Boden und platzt auf. Sofort lasse ich mich vorwärts über die Schulter abrollen, lande auf einem Knie und schieße einen Pfeil in eine der Hängelampen hoch über dem Hallenboden. Ein Funkenschauer stiebt aus der Fassung.

Exzellenter Schuss. Ich wende mich den Spielmachern zu. Ein paar nicken beifällig, aber die meisten sind auf ein Spanferkel fixiert, das soeben aufgetragen wurde.

Plötzlich werde ich stinkwütend. Weil sie nicht einmal den Anstand besitzen, mir Aufmerksamkeit zu schenken, wo doch mein Leben auf dem Spiel steht. Weil mir ein totes Schwein die Schau stiehlt. Mein Herz beginnt zu hämmern, ich spüre, wie mein Gesicht brennt. Ohne nachzudenken, ziehe ich einen Pfeil aus dem Köcher und feuere ihn geradewegs auf den Tisch der Spielmacher ab. Ich höre Warnrufe, die Leute weichen zurück. Der Pfeil durchbohrt den Apfel im Maul des Schweins und nagelt ihn an die dahinterliegende Wand. Ungläubig starren sie mich an.

»Danke für Ihre Aufmerksamkeit«, sage ich. Dann wende ich mich ab und gehe geradewegs zum Ausgang, ohne auf ihre Erlaubnis zu warten.

8 Während ich auf den Aufzug zusteuere, werfe ich Bogen und Köcher rechts und links von mir. Ich eile an den glotzenden Avoxen vorbei, die die Aufzüge bewachen, und haue mit der Faust auf Knopf Nummer 12. Die Türen gleiten zu und ich sause nach oben. Ich schaffe es gerade noch bis zu meinem Stockwerk, bevor mir die Tränen über die Wangen laufen. Ich höre, wie die anderen im Salon nach mir rufen, aber ich fliehe durch den Flur in mein Zimmer, verriegele die Tür und werfe mich aufs Bett. Dann schluchze ich richtig los.

Jetzt habe ich es geschafft! Jetzt habe ich alles verdorben! Falls ich je den Hauch einer Chance gehabt haben sollte, so ist er dahin, seit ich diesen Pfeil auf die Spielmacher abgeschossen habe. Was werden sie jetzt mit mir machen? Mich verhaften? Mich exekutieren? Mir die Zunge herausschneiden und mich in einen Avox verwandeln, damit ich die zukünftigen Tribute von Panem bedienen kann? Was habe ich mir bloß dabei gedacht, auf die Spielmacher zu schießen? Wobei ich das natürlich nicht getan habe; ich habe auf diesen Apfel geschossen, weil ich so wütend darüber war, dass sie mich ignoriert haben. Ich hab nicht versucht, einen von ihnen zu töten. Sonst wären sie jetzt nämlich tot!

116

Aber was soll's? Ich hätte die Spiele sowieso nicht gewonnen. Wen interessiert es, was sie mit mir machen. Was mir wirklich Angst macht, ist der Gedanke daran, was sie meiner Mutter und Prim antun könnten; dass meine Familie leiden muss, weil ich so unbeherrscht war. Werden sie ihnen die wenige Habe wegnehmen oder meine Mutter ins Gefängnis stecken und Prim ins Gemeindeheim geben oder werden sie beide töten? Das würden sie doch nicht tun, oder? Aber warum nicht? Was kümmert es sie?

Ich hätte dableiben und mich entschuldigen sollen. Oder lachen, als ob es nichts als ein Spaß gewesen wäre. Dann hätten sie vielleicht Milde walten lassen. Stattdessen bin ich auf völlig respektlose Art davongestapft.

Haymitch und Effie klopfen an meine Tür. Ich brülle, sie sollen weggehen, und irgendwann tun sie es. Mindestens eine Stunde lang heule ich mich aus. Dann liege ich zusammengerollt auf dem Bett, streichle die Seidenlaken und betrachte den Sonnenuntergang über der Glitzerwelt des Kapitols.

Zuerst rechne ich jeden Moment damit, dass Wachen kommen und mich holen. Je mehr Zeit vergeht, desto unwahrscheinlicher wird es. Ich beruhige mich. Immerhin brauchen sie ein Mädchen als Tribut aus Distrikt 12, nicht wahr? Wenn die Spielmacher mich bestrafen wollen, dann können sie es öffentlich tun. Warten, bis ich in der Arena bin, und ausgehungerte Raubtiere auf mich hetzen. Und ich wette, dass ich dann weder Pfeil noch Bogen habe, um mich zu verteidigen.

Aber vorher werden sie mir so wenige Punkte geben, dass kein vernünftiger Mensch mich sponsern würde. Das wird heute Abend geschehen. Da das letzte Training nicht öffentlich ist, bewerten die Spielmacher jeden Spieler mit einer Punktzahl. So hat das Publikum einen Anhaltspunkt für die Wetten, die über die gesamte Dauer der Spiele fortgesetzt werden. Eine Zahl zwischen eins und zwölf, wobei eins miserabel und zwölf unerreichbar hoch ist, gibt die Chancen eines Tributs an.

Eine gute Bewertung ist keine Garantie für den Sieg des betreffenden Spielers. Man kann daran nur das Potenzial ablesen, das ein Tribut beim Training gezeigt hat. Oft gehen Tribute mit hoher Punktzahl aufgrund der Eigenheiten der Arena fast sofort unter. Vor ein paar Jahren hat ein Junge die Spiele gewonnen, der nur drei Punkte bekommen hatte. Die Bewertungen können aber ausschlaggebend sein, was die Chancen auf Sponsoring angeht. Ich hatte gehofft, meine Schießkünste könnten mir eine Sechs oder Sieben einbringen, obwohl ich nicht besonders kräftig bin. Jetzt bin ich sicher, dass ich die niedrigste Bewertung von allen vierundzwanzig bekomme. Wenn niemand mich sponsert, gehen meine Überlebenschancen gegen null.

Als Effie an die Tür klopft und mich zum Abendessen ruft, beschließe ich, dass ich ruhig hingehen kann. Die Bewertungen werden heute Abend im Fernsehen ausgestrahlt. Ich kann sowieso nicht ewig verbergen, was geschehen ist. Ich gehe ins Bad und wasche mir das Gesicht, aber danach ist es immer noch rot und fleckig.

Alle warten am Tisch, sogar Cinna und Portia. Mir wäre es lieber, die Stylisten wären nicht aufgetaucht, denn aus irgendeinem Grund widerstrebt es mir, sie zu enttäuschen. Es ist, als hätte ich ihre hervorragende Leistung bei der Eröffnungsfeier gedankenlos zunichtegemacht. Während ich meine Fischsuppe mit kleinen Schlucken löffele, schaue ich niemanden an. Der Salzgeschmack erinnert mich an meine Tränen.

Die Erwachsenen reden über den Wetterbericht und ich werfe Peeta einen Blick zu. Er zieht die Augenbrauen hoch. Fragend. *Was ist passiert?* Ich schüttele nur leicht den Kopf. Als der Hauptgang serviert wird, höre ich Haymitch sagen: »Okay, Schluss mit dem Small Talk. Wie schlecht wart ihr heute?«

Peeta platzt sofort los. »Ich weiß gar nicht, ob das eine Rolle gespielt hat. Als ich reinkam, hat mich niemand auch nur eines Blickes gewürdigt. Ich glaube, sie haben irgendein Trinklied gesungen. Also habe ich ein paar schwere Gegenstände durch die Gegend geworfen, bis sie mir sagten, dass ich gehen kann.«

Da geht es mir ein bisschen besser. Peeta hat zwar nicht die Spielmacher angegriffen, aber wenigstens hat man ihn auch provoziert.

»Und du, Süße?«, fragt Haymitch.

Dass Haymitch mich Süße nennt, macht mich so wütend, dass ich immerhin den Mund aufkriege. »Ich habe einen Pfeil auf die Spielmacher abgeschossen.«

Alle hören auf zu essen. »Du hast – was?« Das Grauen in Effies Stimme bestätigt meine schlimmsten Befürchtungen.

»Ich habe einen Pfeil auf sie abgeschossen. Also eigentlich nicht auf sie. In ihre Richtung. Es war genau wie bei Peeta, ich hab geschossen und sie haben überhaupt nicht auf mich geachtet und da habe ich … da habe ich eben den Kopf verloren und einen Apfel aus dem Maul ihres blöden Spanferkels geschossen!«, sage ich trotzig.

»Und was haben sie dazu gesagt?«, fragt Cinna vorsichtig.

»Nichts. Besser gesagt, ich weiß es nicht. Ich bin sofort gegangen«, sage ich.

»Ohne entlassen worden zu sein?«, keucht Effie.

»Ich habe mich selbst entlassen«, sage ich. Mir fällt das Versprechen ein, das ich Prim gegeben habe – dass ich wirklich versuchen würde zu gewinnen –, und ich fühle mich wie unter einem Berg Kohle begraben.

»Hm, so viel dazu«, sagt Haymitch. Dann schmiert er sich ein Brötchen.

»Glauben Sie, die werden mich verhaften?«, frage ich.

»Kaum. Wär zu schwer, dich in diesem Stadium noch zu ersetzen«, erwidert Haymitch.

»Was ist mit meiner Familie?«, frage ich. »Wird man sie bestrafen?«

»Glaub ich nicht. Würde nicht viel bringen. Dann müssten sie ja bekannt machen, was im Trainingscenter passiert ist, damit es irgendeine nennenswerte Wirkung auf die Bevölkerung hätte. Die Leute müssten erfahren, was du getan hast. Aber das geht nicht, weil es geheim ist, also wäre es vergebliche Mühe«, sagt Haymitch. »Wahrscheinlicher ist, dass sie dir das Leben in der Arena zur Hölle machen.«

»Na, das haben sie uns ja sowieso versprochen«, sagt Peeta.

»Allerdings«, sagt Haymitch. Und ich merke, dass das Unmögliche eingetroffen ist. Sie haben mich irgendwie aufgebaut. Haymitch nimmt sich ein Schweinekotelett mit den Fingern, was ihm ein Stirnrunzeln von Effie einbringt, und tunkt es in seinen Wein. Er reißt ein Stück Fleisch ab und kichert. »Und wie haben sie geguckt?«

Ich spüre, wie meine Mundwinkel sich nach oben verziehen. »Erschrocken. Entsetzt. Hm, und manche einfach lächerlich.« Ein Bild erscheint vor meinem inneren Auge. »Ein Mann ist rückwärts mitten in eine Schüssel mit Punsch gestolpert.«

Haymitch lacht schallend und wir alle stimmen ein. Selbst Effie kann ein Lächeln kaum unterdrücken. »Tja, geschieht ihnen recht. Es ist ihre Aufgabe, dir zuzuschauen. Nur weil du aus Distrikt 12 stammst, dürfen sie dich noch lange nicht ignorieren.« Dann huscht ihr Blick umher, als hätte sie etwas Frevlerisches gesagt. »Tut mir leid, aber so sehe ich das«, sagt sie zu niemand Bestimmtem.

»Ich werde eine sehr schlechte Punktzahl bekommen«, sage ich.

»Die Punkte sind nur interessant, wenn sie sehr hoch sind, auf niedrige oder mittlere Bewertungen achtet niemand. Die Leute können ja nicht wissen, ob du deine Talente nicht vielleicht verborgen hast, um absichtlich eine schlechte Wertung zu bekommen. Manche Tribute versuchen es mit dieser Strategie«, gibt Portia zu bedenken.

»Ich hoffe, so werden die Leute auch die Vier interpretieren, die ich wahrscheinlich kriege«, sagt Peeta. »Wenn überhaupt. Also wirklich, gibt es etwas weniger Beeindruckendes, als einem Menschen dabei zuzuschauen, wie er einen sauschweren Ball aufhebt und ihn ein paar Meter weit wirft? Einer wäre mir fast auf den Fuß gefallen.«

Ich grinse ihn an und merke, dass ich einen Riesenhunger habe. Ich schneide mir ein Stück Fleisch ab, tauche es in Kartoffelbrei und esse. Es ist alles in Ordnung. Meine Familie ist in Sicherheit. Also ist eigentlich kein Schaden entstanden.

Nach dem Abendessen gehen wir in den Salon, um uns im Fernsehen die Wertungen anzuschauen. Erst wird das Foto des jeweiligen Tributs gezeigt, dann wird darunter die Punktzahl eingeblendet. Die Karrieretribute bekommen natürlich alle acht bis zehn Punkte. Die meisten anderen Spieler erhalten im Durchschnitt fünf. Überraschenderweise erscheint bei der kleinen Rue eine Sieben. Ich weiß nicht, was sie den Preisrichtern vorgeführt hat, aber so winzig, wie sie ist, muss es beeindruckend gewesen sein.

Distrikt 12 kommt als letzter dran, wie üblich. Peeta kriegt eine Acht, sodass zumindest ein paar Spielmacher ihm zugeschaut haben müssen. Als mein Gesicht erscheint, grabe ich die Fingernägel in die Handflächen und mache mich auf das Schlimmste gefasst. Auf dem Bildschirm erscheint die Zahl Elf.

Elf!

Effie Trinket stößt einen schrillen Schrei aus und alle klopfen mir auf die Schulter und loben und beglückwünschen mich. Trotzdem erscheint es unwirklich.

»Das muss ein Irrtum sein. Wie … wie ist das möglich?«, frage ich Haymitch.

»Ich glaub, dein Temperament gefällt ihnen«, sagt er. »Sie müssen eine Show aufziehen. Da brauchen sie Spieler mit ein bisschen Feuer.«

»Katniss – das Mädchen, das in Flammen stand«, sagt Cinna und umarmt mich. »Aber warte nur, bis du das Kleid für die Interviews siehst.«

»Wieder Flammen?«, frage ich.

»So was in der Art«, sagt er verschmitzt.

122

Peeta und ich beglückwünschen einander, noch ein heikler Moment. Wir haben uns beide wacker geschlagen, aber was bedeutet das für den anderen? So schnell wie möglich flüchte ich in mein Zimmer und vergrabe mich unter der Decke. Der Stress dieses Tages, besonders das Weinen, hat mich ausgelaugt. Ich schlafe ein, für den Augenblick befreit, erleichtert und mit dem Bild einer leuchtenden Elf hinter den Lidern.

Am nächsten Morgen bleibe ich noch eine Weile liegen und sehe zu, wie die Sonne einen schönen Tag einläutet. Es ist Sonntag. Zu Hause ein freier Tag. Ich frage mich, ob Gale jetzt wohl im Wald ist. Normalerweise nutzen wir den Sonntag, um für die Woche vorzusorgen. Früh aufstehen, jagen und sammeln, dann auf dem Hob handeln. Ich denke an Gale und wie er ohne mich zurechtkommt. Wir hätten jeder allein jagen können, aber im Team waren wir besser. Besonders wenn wir größerer Beute nachstellten. Aber auch in den kleineren Dingen nahmen wir uns gegenseitig alle Last ab und so machte die anstrengende Aufgabe, meine Familie zu ernähren, oft sogar Spaß.

Als ich Gale zum ersten Mal im Wald begegnete, hatte ich mich schon etwa ein halbes Jahr auf eigene Faust durchgeschlagen. Es war ein Sonntag im Oktober, es war kühl und roch beißend nach Fäulnis und Tod. Morgens hatte ich den Eichhörnchen die Nüsse streitig gemacht und am Nachmittag, als es etwas wärmer wurde, watete ich durch flache Tümpel und erntete Pfeilkrautknollen. Das einzige Fleisch, das ich erbeutet hatte, war ein Eichhörnchen, das mir auf der Suche nach Eicheln praktisch vor die Füße gelaufen war, aber Tiere würden sich auch noch zeigen, wenn meine anderen Nahrungsquellen unter Schnee begraben wären. Ich war tiefer in den Wald vorgedrungen als sonst und beeilte mich nun, mitsamt meinen Jutesäcken nach Hause zu kommen, als ich fast in einen toten Hasen hineinlief. Er hing mit dem Genick in einer dünnen Drahtschlinge, einen knappen halben Meter über meinem Kopf. Fünfzehn Meter weiter baumelte noch einer. Ich erkannte die Schwippgalgenfallen, weil mein Vater auch solche benutzt hat. Wenn die Beute in die Falle tappt, wird sie in die Luft gerissen, außer Reichweite anderer hungriger Tiere. Ich hatte den ganzen Sommer über versucht, Fallen zu stellen, aber erfolglos. Deshalb konnte ich einfach nicht anders, ich ließ meine Säcke fallen und untersuchte diese hier. Ich fingerte gerade an dem Draht über einem der Hasen, als eine Stimme erschallte: »Das ist gefährlich.«

Ich sprang ein paar Meter zurück, als Gale hinter einem Baum auftauchte. Er musste mich die ganze Zeit über beobachtet haben. Er war erst vierzehn, aber eins achtzig groß und kam mir vor wie ein Erwachsener. Ich hatte ihn schon ein paarmal im Saum und in der Schule gesehen. Und noch einmal. Sein Vater war bei derselben Explosion ums Leben gekommen wie meiner. Im Januar war ich dabei, wie Gale im Gerichtsgebäude seine Tapferkeitsmedaille überreicht bekam, noch ein ältestes Kind ohne Vater. Ich erinnere mich an seine beiden kleinen Brüder, die sich an die Mutter klammerten, eine Frau, deren dicker Bauch ankündigte, dass sie in wenigen Tagen erneut niederkommen würde. »Wie heißt du?«, fragte er, während er näher kam und den Hasen aus der Falle löste. Drei weitere hingen an seinem Gürtel.

»Katniss«, sagte ich kaum hörbar.

124

»Also, Kätzchen, Diebstahl wird mit dem Tod bestraft, wusstest du das nicht?«, fragte er.

»Katniss«, sagte ich, diesmal lauter. »Ich wollte ihn gar nicht stehlen. Ich wollte mir nur deine Falle ansehen. Mit meinen fange ich nie was.«

Er sah mich finster an, nicht überzeugt. »Und wo hast du das Eichhörnchen her?«

»Geschossen.« Ich nahm den Bogen von der Schulter. Ich benutzte immer noch die kleine Version, die mein Vater für mich gemacht hatte, aber ab und zu hatte ich schon mit dem großen geübt. Im Frühjahr, so hoffte ich, würde ich größeres Wild erlegen können.

Gales Blick haftete an dem Bogen. »Darf ich mal sehen?«

Ich gab ihn ihm. »Aber denk dran, Diebstahl wird mit dem Tod bestraft.«

Das war das erste Mal, dass ich ihn lächeln sah. Er war nicht länger bedrohlich, sondern jemand, den man kennenlernen wollte. Doch es dauerte mehrere Monate, bis ich das Lächeln erwiderte.

Wir unterhielten uns übers Jagen. Ich sagte, ich könnte ihm vielleicht einen Bogen besorgen, wenn er etwas zum Tausch hätte. Nicht Essen. Ich wollte Wissen. Ich wollte selbst Fallen stellen können, die an nur einem Tag für einen Gürtel voll fetter Hasen sorgten. Er sagte, dass sich da was machen lasse. Im Lauf der Jahreszeiten teilten wir widerstrebend unser Wissen, unsere Waffen, unsere geheimen Orte, wo es jede Menge wilde Pflaumen oder Truthähne gab. Er lehrte mich Fallenstellen und Fischen. Ich zeigte ihm, welche Pflanzen man essen konnte, und gab ihm irgendwann einen unserer wertvollen Bogen. Und ohne dass einer von uns darüber gesprochen hätte, wurden wir eines Tages ein Team. Teilten Arbeit und Beute. Damit unsere beiden Familien zu essen hatten.

Gale gab mir ein Gefühl der Sicherheit, wie ich es seit dem Tod meines Vaters nicht gekannt hatte. Seine Kameradschaft trat an die Stelle der langen einsamen Stunden im Wald. Seit ich nicht mehr dauernd über die Schulter schauen musste, seit jemand mir Rückendeckung gab, konnte ich viel besser jagen. Aber Gale wurde viel mehr als mein Jagdgefährte. Er wurde mein Vertrauter, jemand, mit dem ich Gedanken teilte, die ich innerhalb des Zauns nie aussprechen konnte. Und er vertraute mir seine an. Mit Gale draußen im Wald … da war ich manchmal richtig glücklich.

Ich nenne ihn meinen Freund, doch im Lauf des letzten Jahres ist dieses Wort zu beliebig für das geworden, was Gale mir bedeutet. Plötzlich spüre ich eine stechende Sehnsucht in der Brust. Wenn er jetzt doch hier bei mir wäre! Aber natürlich will ich das nicht. Ich möchte nicht, dass er in der Arena ist, wo er in ein paar Tagen tot wäre. Aber … aber ich vermisse ihn sehr. Und ich hasse es, allein zu sein. Ob er mich auch vermisst? Bestimmt.

Ich denke an die Elf, die gestern Abend unter meinem Namen aufgeleuchtet ist. Ich weiß genau, was er sagen würde. »Na, da ist aber noch Luft nach oben.« Und dann würde er mich anlächeln und jetzt würde ich ohne Zögern zurücklächeln.

Ich kann nicht anders, ich muss das, was zwischen Gale und mir ist, mit dem vergleichen, was vermeintlich zwischen Peeta und mir ist. Über Gales Beweggründe mache ich mir nie Gedanken, während ich bei Peeta alles infrage stelle. Aber das ist kein besonders fairer Vergleich. Gale und ich haben uns zusammengetan, weil wir beide überleben mussten. Peeta und ich wissen, dass das Überleben des anderen den eigenen Tod bedeutet. Wie soll man das beiseiteschieben?

Effie klopft an die Tür und erinnert mich daran, dass ein weiterer »ganz, ganz großer Tag!« bevorsteht. Morgen Abend werden wir im Fernsehen interviewt. Das ganze Team wird alle Hände voll zu tun haben, um uns darauf vorzubereiten.

Ich stehe auf und dusche schnell, wobei ich diesmal mit mehr Bedacht auf die Knöpfe drücke, und gehe ins Esszimmer. Peeta, Effie und Haymitch drängen sich bereits um den Tisch und tuscheln. Das kommt mir eigenartig vor, aber der Hunger siegt über die Neugier und ich lade erst mal meinen Frühstücksteller voll, bevor ich mich zu ihnen setze.

Der Eintopf besteht heute aus Lammstücken und Backpflaumen. Perfekt auf einem Bett aus Wildreis. Ich habe mich schon halb durchgearbeitet, als mir auffällt, dass niemand etwas sagt. Ich trinke einen großen Schluck Orangensaft und wische mir den Mund ab. »Was ist los? Heute steht unser Coaching für die Interviews an, stimmt's?«

»Stimmt«, sagt Haymitch.

»Ihr müsst nicht auf mich warten. Ich kann gleichzeitig essen und zuhören«, sage ich.

»Hm, die Pläne haben sich geändert. Was unsere gegenwärtige Methode angeht, meine ich«, sagt Haymitch.

»Was soll das heißen?«, frage ich. Ich bin mir nicht sicher, was unsere gegenwärtige Methode ist. Vor den anderen Tributen mittelmäßig zu erscheinen ist alles, was ich von unserer Strategie noch weiß.

Haymitch zuckt die Achseln. »Peeta möchte von jetzt an Einzelcoaching.«

9 Verrat. Das ist das Erste, was ich empfinde, aber das ist lächerlich. Ein Verrat setzt voraus, dass vorher Vertrauen da war. Und Vertrauen war nicht Teil der Abmachung zwischen Peeta und mir. Wir sind Tribute. Aber der Junge, der einst Prügel riskierte, um mir Brot zu geben, der mich im Wagen gestützt hat, der mich in der Sache mit dem rothaarigen Avoxmädchen gedeckt hat, der dafür gesorgt hat, dass Haymitch von meinen Jagdkünsten erfuhr … War da etwas in mir, das nicht anders konnte, als ihm zu vertrauen?

Auch ich bin erleichtert, nicht länger heucheln zu müssen, wir wären Freunde. Die zarte Bindung, die wir törichterweise vielleicht zugelassen haben, ist offenbar durchtrennt worden. War auch höchste Zeit. In zwei Tagen beginnen die Spiele und Vertrauen wird dann nur noch eine Schwäche sein. Was auch zu Peetas Entschluss geführt haben mag – ich vermute, es hat damit zu tun, dass ich ihn im Training ausgestochen habe –, ich sollte dafür dankbar sein. Vielleicht hat er akzeptiert, dass es besser ist, so früh wie möglich anzuerkennen, dass wir Gegner sind.

»Gut«, sage ich. »Und wie geht's jetzt weiter?«

»Jeder von euch hat vier Stunden mit Effie für die Präsentation und vier mit mir für den Inhalt«, sagt Haymitch. »Du fängst mit Effie an, Katniss.«

Ich kann mir zwar erst nichts vorstellen, was Effie mir beibringen könnte und was vier Stunden dauert, aber sie beschäftigt mich dann doch bis zur letzten Minute. Wir gehen in mein Zimmer, wo sie mich in ein bodenlanges Kleid und hochhackige Schuhe steckt, andere, als ich während des eigentlichen Interviews tragen werde, und gibt mir Anweisungen, wie ich gehen soll. Die Schuhe sind das Schlimmste. Ich habe noch nie Schuhe mit Absätzen getragen und kann mich nicht daran gewöhnen, auf den Fußballen durch die Gegend zu staksen. Aber Effie läuft die ganze Zeit damit herum, und wenn sie das schafft, will ich es auch schaffen. Das Kleid wirft ein anderes Problem auf. Es wickelt sich immer wieder um meine Schuhe, sodass ich es instinktiv hochraffe, aber da stürzt sich Effie wie ein Falke auf mich, schlägt mir auf die Hände und brüllt: »Nicht über die Knöchel!« Irgendwann kann ich endlich einigermaßen laufen, aber es stehen immer noch richtig Sitzen, Körperhaltung – offenbar neige ich dazu, den Kopf einzuziehen –, Blickkontakt, Handbewegungen und Lächeln auf dem Programm. Beim Lächeln geht es hauptsächlich darum, mehr zu lächeln. Effie lässt mich hundert banale Sätze aufsagen, die mit einem Lächeln anfangen, mit einem Lächeln enden oder von einem Lächeln unterbrochen werden. Als wir zum Mittagessen gehen, zucken meine Wangenmuskeln, so überbeansprucht sind sie.

»Hm, ich habe mein Bestes gegeben«, sagt Effie und seufzt. »Denk dran, Katniss, die Zuschauer sollen dich mögen.«

»Aber du glaubst nicht daran?«, frage ich.

»Nicht, wenn du sie die ganze Zeit so wütend anstarrst. Warum hebst du dir das nicht für die Arena auf? Stell dir lieber vor, du wärst unter Freunden«, sagt Effie.

»Sie wetten darauf, wie lange ich überleben werde!«, platze ich heraus. »Das sind nicht meine Freunde!«

»Du musst einfach so tun als ob!«, blafft Effie mich an. Dann fasst sie sich und strahlt mich an. »So, siehst du? Ich lächele dich an, obwohl ich mich über dich ärgere.«

»Ja, sehr überzeugend«, sage ich. »Ich geh jetzt essen.« Ich schleudere meine Pumps weg und stampfe ins Esszimmer, wobei ich den Rock bis zu den Oberschenkeln hochziehe.

Peeta und Haymitch wirken gut gelaunt, deshalb gehe ich davon aus, dass die Inhaltssitzung gegenüber dem Vormittag mit Effie eine Steigerung bringen wird. Aber da habe ich mich gewaltig geirrt. Nach dem Mittagessen nimmt Haymitch mich mit in den Salon, führt mich zum Sofa und schaut mich dann eine Weile mit gerunzelter Stirn an.

»Was ist?«, frage ich schließlich.

»Ich überlege, was ich mit dir anstellen soll«, sagt er. »Wie wir dich präsentieren sollen. Liebreizend? Reserviert? Wild? Im Moment strahlst du wie ein Stern. Du hast freiwillig den Platz deiner Schwester eingenommen. Durch Cinna hast du unvergesslich ausgesehen. Du hast die höchste Trainingswertung. Die Leute sind fasziniert, aber keiner weiß, wer du bist. Der Eindruck, den du morgen machst, wird darüber entscheiden, wie viele Sponsoren ich dir besorgen kann«, erklärt Haymitch.

Da ich mein Leben lang die Interviews mit den Tributen angeschaut habe, weiß ich, dass da etwas dran ist. Egal, ob witzig, brutal oder exzentrisch – wer Eindruck auf die Menge macht, der hat ihr Wohlwollen.

»Wie geht Peeta vor? Oder darf ich das nicht fragen?«

»Einnehmend. Er hat einen natürlichen, selbstironischen Humor«, sagt Haymitch. »Wohingegen du, wenn du den Mund aufmachst, eher mürrisch und feindselig rüberkommst.«

»Stimmt gar nicht!«, sage ich.

»Bitte. Ich weiß nicht, wo du dieses fröhliche Lockenköpfchen auf dem Wagen hergeholt hast, aber ich habe es weder vorher noch nachher wiedergesehen«, sagt Haymitch.

»Dabei haben Sie mir so viele Anlässe gegeben, fröhlich zu sein«, entgegne ich.

»Aber mir musst du doch nicht gefallen. Ich werde dich nicht sponsern. Also tu so, als wär ich das Publikum«, sagt Haymitch. »Begeistere mich.«

»Na gut!«, fauche ich. Haymitch übernimmt die Rolle des Interviewers, und ich versuche, seine Fragen auf gewinnende Art zu beantworten. Aber es geht nicht. Ich bin zu sauer auf Haymitch wegen seiner Worte und weil ich jetzt auch noch Fragen beantworten soll. Dabei kann ich nur an eins denken, nämlich wie ungerecht die ganze Sache ist, diese Hungerspiele. Warum hüpfe ich herum wie ein dressierter Hund, bemüht, Leuten zu gefallen, die ich hasse? Je länger das Interview dauert, desto mehr scheint mein Zorn hochzukommen, bis ich ihm die Antworten regelrecht ins Gesicht spucke.

»Okay, das reicht«, sagt er. »Wir müssen einen anderen Dreh finden. Du bist nicht nur feindselig, ich weiß auch immer noch nichts über dich. Ich hab dir fünfzig Fragen gestellt und immer noch keinen Schimmer von deinem Leben, deiner Familie, davon, was dir wichtig ist. Sie wollen etwas über dich erfahren, Katniss.«

»Aber ich will das nicht! Die nehmen mir schon meine Zukunft! Sie sollen nicht auch noch das kriegen, was mir in der Vergangenheit wichtig war!«, sage ich.

»Dann lüg! Denk dir was aus!«, fordert Haymitch.

»Ich kann nicht gut lügen«, sage ich.

»Dann musst du's eben lernen, und zwar schnell. Du hast den Charme einer toten Nacktschnecke«, sagt Haymitch.

Aua. Das tut weh. Sogar Haymitch muss gemerkt haben, dass er zu grob war, denn seine Stimme wird weicher. »Ich hab da eine Idee. Versuch, auf bescheiden zu machen.«

»Bescheiden«, wiederhole ich.

»Dass du es einfach nicht fassen kannst, dass ein kleines Mädchen aus Distrikt 12 es so weit gebracht hat. Das alles ist mehr, als du dir je hättest träumen lassen. Erzähl von Cinnas Kleidern. Wie nett die Leute sind. Wie die Stadt dich verzaubert. Wenn du schon nicht über dich selbst reden willst, mach wenigstens den Zuschauern Komplimente. Dreh einfach den Spieß um, okay?! So, und nun zeig mal, was du kannst!«

Die nächsten Stunden sind quälend. Sofort ist klar, dass ich gar nichts kann. Ich bemühe mich, frech zu sein, aber dafür bin ich nicht arrogant genug. Für Wildheit bin ich offenbar zu »verletzlich«. Ich bin nicht geistreich. Nicht witzig oder sexy. Und auch nicht geheimnisvoll.

Am Ende der Sitzung bin ich niemand. Irgendwo bei geistreich hat Haymitch angefangen zu trinken und ein gemeiner Unterton hat sich in seine Stimme geschlichen. »Ich geb's auf, Süße. Beantworte einfach die Fragen und konzentrier dich darauf, dass die Zuschauer nicht mitbekommen, wie sehr du sie verachtest.«

An diesem Abend esse ich in meinem Zimmer und bestelle

mir eine unverschämte Menge Delikatessen. Ich überfresse mich daran und dann lasse ich meine Wut auf Haymitch, die Hungerspiele und überhaupt jedes Lebewesen im Kapitol raus, indem ich mit Geschirr um mich werfe. Als das Mädchen mit den roten Haaren hereinkommt, um mein Bett aufzuschlagen, und das Durcheinander sieht, werden ihre Augen groß. »Lass!«, schreie ich sie an. »Lass es, wie es ist!«

Sie hasse ich auch, sie mit den wissenden, vorwurfsvollen Augen, die mich Feigling, Monster, Marionette des Kapitols nennen, damals wie heute. Aus ihrer Sicht nimmt die Gerechtigkeit jetzt endlich ihren Lauf. Wenigstens wird mein Tod das Leben des Jungen im Wald ein wenig aufwiegen.

Aber anstatt aus dem Raum zu flüchten, schließt das Mädchen die Tür hinter sich und geht ins Bad. Sie kommt mit einem feuchten Lappen zurück und wischt mir sanft über das Gesicht. Dann wischt sie das Blut von meinen Händen, das von einem zerbrochenen Teller stammt. Warum tut sie das? Warum lasse ich das zu?

»Ich hätte versuchen müssen, euch zu retten«, flüstere ich.

Sie schüttelt den Kopf. Soll das heißen, wir haben gut daran getan, nur zuzuschauen? Dass sie mir vergeben hat?

»Nein, es war falsch«, sage ich.

Sie tippt sich mit dem Finger auf die Lippen und deutet dann auf meine Brust. Ich glaube, sie meint, dass ich dann auch als Avox geendet wäre. Höchstwahrscheinlich. Ein Avox oder tot.

In der folgenden Stunde helfe ich dem rothaarigen Mädchen, das Zimmer sauber zu machen. Als der ganze Müll beseitigt und das Essen aufgewischt ist, schlägt sie mein Bett auf. Ich krieche hinein wie ein fünfjähriges Kind und lasse mich von ihr zudecken. Dann geht sie. Ich möchte, dass sie dableibt, bis ich eingeschlafen bin. Dass sie da ist, wenn ich aufwache. Ich möchte den Schutz dieses Mädchens, obwohl sie meinen nie hatte.

Am nächsten Morgen ist es nicht das Mädchen, das sich über mich beugt, sondern die Mitglieder meines Vorbereitungsteams. Meine Stunden mit Effie und Haymitch sind Vergangenheit. Dieser Tag gehört Cinna. Er ist meine letzte Hoffnung. Vielleicht kann er mich so schön aussehen lassen, dass niemand darauf achtet, was aus meinem Mund kommt.

Bis in den späten Nachmittag arbeitet das Team an mir, verwandelt meine Haut in leuchtenden Satin, zeichnet Muster auf meine Arme, malt Flammenmotive auf meine zwanzig perfekt gefeilten Nägel. Dann nimmt sich Venia mein Haar vor, flicht rote Strähnen zu einem Muster, das an meinem linken Ohr beginnt, sich um meinen Kopf wickelt und dann in einem Zopf über meine rechte Schulter fällt. Sie überdecken mein Gesicht mit einer Schicht aus blassem Make-up und arbeiten meine Gesichtszüge dann wieder heraus. Riesige dunkle Augen, volle rote Lippen. Wimpern, die Funken sprühen, wenn ich blinzele. Schließlich bedecken sie meinen ganzen Körper mit einem Puder, der mich golden schimmern lässt.

Anschließend kommt Cinna mit etwas herein, das wohl mein Abendkleid ist, aber ich kann es nicht richtig sehen, weil es verhüllt ist. »Mach die Augen zu«, befiehlt er.

Ich fühle das Seidenfutter, als sie mir das Kleid über den nackten Körper streifen, und dann das Gewicht. Es muss zwanzig Kilo wiegen. Ich greife nach Octavias Hand, während ich blind in meine Schuhe steige, wobei ich erleichtert feststelle, dass sie mindestens fünf Zentimeter niedriger sind als das Paar, mit dem ich geübt habe. Jemand richtet und zupft herum. Dann Stille.

»Darf ich jetzt gucken?«, frage ich.

»Ja«, sagt Cinna. »Du darfst.«

Das Geschöpf, das vor mir in dem mannshohen Spiegel steht, kommt aus einer anderen Welt. Einer Welt, wo die Haut schimmert und die Augen blitzen und die Kleider aus Juwelen gemacht sind. Denn mein Kleid, oh, mein Kleid ist vollständig mit glitzernden, wertvollen Edelsteinen bedeckt, rot und gelb und weiß, und hier und da blau, um die Spitzen des Flammendesigns zu betonen. Schon bei der kleinsten Bewegung sieht es so aus, als wäre ich von Feuerzungen umgeben.

Ich bin nicht hübsch. Ich bin nicht schön. Ich bin strahlend wie die Sonne.

Eine Zeit lang starren mich alle an. »Oh, Cinna«, flüstere ich schließlich. »Danke.«

»Dreh dich für mich«, sagt er. Ich strecke die Arme aus und drehe mich im Kreis. Das Vorbereitungsteam kreischt vor Bewunderung.

Cinna schickt das Team weg und lässt mich in Kleid und Schuhen, die unendlich viel bequemer sind als die von Effie, umhergehen. Das Kleid fällt so, dass ich den Rock beim Gehen nicht anheben muss. Eine Sache weniger, um die ich mir Sorgen machen muss.

»Also dann, bereit fürs Interview?«, fragt Cinna. An seinem Gesichtsausdruck erkenne ich, dass er Bescheid weiß. Er hat mit Haymitch gesprochen und weiß, wie grässlich ich bin.

»Ich bin schrecklich. Haymitch hat mich eine tote Nacktschnecke genannt. Was wir auch versucht haben, ich hab's nicht hingekriegt. Ich kann einfach nicht so sein, wie er mich haben möchte«, sage ich.

Cinna denkt einen Augenblick nach. »Warum bist du nicht einfach du selbst?«, schlägt er vor.

»Ich selbst? Das bringt's auch nicht. Haymitch sagt, ich sei mürrisch und feindselig«, erwidere ich.

»Das stimmt, das bist du … wenn Haymitch in der Nähe ist«, sagt Cinna und grinst. »Ich sehe dich nicht so. Das Vorbereitungsteam betet dich an. Sogar die Spielmacher hast du für dich eingenommen. Und was die Bürger des Kapitols betrifft, also, die reden nur von dir. Niemand kann sich deinem Temperament entziehen.«

Mein Temperament. Das ist ein neuer Gedanke. Ich bin mir nicht ganz sicher, was es bedeutet, aber es soll wohl heißen, dass ich eine Kämpfernatur bin. Dass ich Mut habe. Und ich bin ja auch nicht immer nur unfreundlich. Okay, vielleicht schenke ich nicht gerade jedem mein Herz, der mir über den Weg läuft, vielleicht könnte ich ein bisschen öfter lächeln, aber manche Menschen sind mir doch wichtig.

Cinna nimmt meine eisigen Hände in seine warmen. »Wenn du auf die Fragen antwortest, dann stell dir vor, du würdest zu einem Freund in der Heimat sprechen. Wer ist dein bester Freund?«, fragt Cinna.

»Gale«, sage ich spontan. »Nur dass es sinnlos ist, Cinna. Gale würde ich so was nie erzählen. Er weiß das alles schon.«

»Und ich? Käme ich als Freund infrage?«, fragt Cinna.

Von allen, die ich getroffen habe, seit ich von zu Hause fort bin, ist Cinna mein absoluter Favorit. Ich mochte ihn vom ersten Augenblick an und bisher hat er mich nicht enttäuscht. »Ich glaube schon, aber ...«

»Ich werde mit den anderen Stylisten auf der Haupttribüne sitzen. Du kannst mich ansehen. Wenn du etwas gefragt wirst, schau zu mir und antworte so aufrichtig wie möglich«, sagt Cinna.

»Selbst wenn ich schreckliche Gedanken habe?«, frage ich. Denn das könnte tatsächlich passieren.

»Dann erst recht«, sagt Cinna. »Wirst du es versuchen?«

Ich nicke. Es ist ein Plan. Oder wenigstens ein Strohhalm, an den ich mich klammern kann.

Zu schnell wird es Zeit zum Aufbruch. Die Interviews finden auf einer Bühne statt, die vor dem Trainingscenter aufgebaut worden ist. Wenn ich erst mal aus meinem Zimmer gehe, ist es nur noch eine Frage von Minuten, bis ich vor der Menge stehe, vor den Kameras, vor ganz Panem.

Als Cinna die Türklinke drückt, halte ich ihn auf. »Cinna ...« Das Lampenfieber hat mich voll erwischt.

»Denk dran, sie lieben dich schon jetzt«, sagt er sanft. »Sei einfach du selbst.«

Am Aufzug treffen wir auf den Rest des Teams aus Distrikt 12. Portia und ihre Truppe haben sich mächtig ins Zeug gelegt. Peeta sieht bemerkenswert aus in seinem schwarzen Anzug mit Flammenakzenten. Wir passen gut zusammen, aber ich bin erleichtert, dass wir diesmal nicht identisch aussehen. Haymitch und Effie sind dem Anlass gemäß aufgedonnert. Ich gehe Haymitch aus dem Weg, doch Effies Komplimente nehme ich an. Effie mag anstrengend und unbedarft sein, aber sie ist nicht so destruktiv wie Haymitch.

138

Als sich der Aufzug öffnet, werden die anderen Tribute gerade aufgestellt, um auf die Bühne zu gehen. Während der Interviews sitzen alle vierundzwanzig in einem großen Bogen um die Bühnenmitte. Ich bin als Letzte dran beziehungsweise als Vorletzte, denn bei den Interviews kommt immer der weibliche Tribut eines jeden Distrikts vor dem männlichen an die Reihe. Ich wünschte, ich wäre die Erste und könnte die Sache schnell hinter mich bringen! So aber muss ich mir anhören, wie witzig, lustig, bescheiden, wild und charmant die anderen sind, bevor ich endlich an der Reihe bin. Außerdem wird es dem Publikum langweilig werden, genau wie den Spielmachern. Und diesmal kann ich schlecht einen Pfeil in die Menge schießen, damit sie sich mir zuwendet.

Kurz bevor wir auf die Bühne treten, taucht Haymitch hinter Peeta und mir auf und knurrt: »Denkt dran, ihr seid immer noch ein glückliches Paar. Also benehmt euch auch so.«

Wie bitte? Ich dachte, davon hätten wir uns verabschiedet, als Peeta um getrenntes Coaching gebeten hat. Aber das war wohl sozusagen etwas Privates, nicht für die Öffentlichkeit bestimmt. Sei's drum, für Zwischenmenschliches ist jetzt sowieso nicht mehr viel Gelegenheit, denn wir gehen bereits im Gänsemarsch zu unseren Plätzen und setzen uns.

Allein das Betreten der Bühne führt dazu, dass mein Atem schneller und flacher geht. Ich fühle den Puls in den Schläfen pochen. Die Erleichterung ist groß, als ich meinen Stuhl erreiche, denn ich habe Angst, dass ich wegen der Absätze oder der wackligen Knie stolpere. Obwohl es schon Abend wird, ist der Zentrale Platz heller erleuchtet als an einem Sommertag. Für die prominenten Gäste wurde eine erhöhte Tribüne errichtet, die

Stylisten besetzen die erste Reihe. Immer wenn die Menge auf ihre Kreationen reagiert, werden die Kameras auf sie schwenken. Ein großer Balkon vor einem Gebäude rechter Hand ist für die Spielmacher reserviert. Die meisten anderen Balkone sind von Fernsehteams besetzt. Aber der Zentrale Platz und die darauf zuführenden Hauptstraßen sind voller Menschen. Nur Stehplätze. In sämtlichen Häusern und Gemeindesälen des Landes sind die Fernseher eingeschaltet. Jeder Bürger Panems ist auf Empfang. Heute Nacht wird es keine Stromausfälle geben.

Caesar Flickerman, der Mann, der seit über vierzig Jahren die Interviews führt, springt auf die Bühne. Es ist ein bisschen beängstigend, denn seine Erscheinung hat sich in all der Zeit buchstäblich nicht verändert. Dasselbe Gesicht unter einer Schicht aus reinweißem Make-up. Dieselbe Frisur, nur jedes Jahr eine andere Farbe. Dasselbe Bühnenkostüm, mitternachtsblau und übersät mit Tausenden von winzigen elektrischen Lämpchen, die wie Sterne funkeln. Im Kapitol gibt es Chirurgen, die einen jünger und dünner erscheinen lassen. In Distrikt 12 ist es in gewisser Hinsicht eine Leistung, alt auszusehen, denn dort sterben viele Menschen früh. Wenn man dort einem älteren Menschen begegnet, möchte man ihn zu seiner Langlebigkeit beglückwünschen und nach dem Geheimnis seines Überlebens fragen. Ein dicker Mensch wird beneidet, weil er im Gegensatz zu den meisten von uns mehr als genug hat. Hier ist das anders. Falten sind unerwünscht. Ein runder Bauch ist kein Zeichen von Erfolg.

Dieses Jahr ist Caesars Haar taubenblau und seine Augenlider und Lippen sind im gleichen Farbton geschminkt. Er sieht grotesk aus, aber nicht so gruselig wie letztes Jahr, als die Farbe tiefrot war und man meinen konnte, er würde bluten. Caesar macht zum Einstieg ein paar Gags, dann kommt er zur Sache.

Das Mädchen aus Distrikt 1, das in seinem durchsichtigen goldenen Abendkleid aufreizend aussieht, geht zu Caesar ins Rampenlicht, um interviewt zu werden. Ihr Mentor hatte todsicher keine Mühe, ein Image für sie zu erfinden. Das wallende blonde Haar, die smaragdgrünen Augen und ihr groß gewachsener, üppiger Körper ... Sie ist eine richtige Sexbombe.

Jedes Interview dauert nur drei Minuten. Dann ertönt ein Signal und der nächste Tribut ist dran. Eins muss man Caesar lassen, er tut wirklich sein Bestes, um die Tribute zur Geltung zu bringen. Er ist freundlich, versucht die Nervösen zu beruhigen, lacht bei den müdesten Scherzen und kann eine schwache Antwort durch die Art, wie er darauf reagiert, unvergesslich machen.

Ich sitze da wie eine Dame, so wie Effie es mir gezeigt hat, während die Distrikte einer nach dem anderen drankommen. Jeder scheint irgendeine Rolle zu spielen. Der riesige Junge aus Distrikt 2 ist eine skrupellose Tötungsmaschine. Das fuchsgesichtige Mädchen aus Distrikt 5 ist durchtrieben und schwer zu fassen. Ich habe Cinna sofort gesehen, als er seinen Platz eingenommen hat, aber trotz seiner Anwesenheit bin ich verkrampft. 8, 9, 10. Der verkrüppelte Junge aus Distrikt 10 ist sehr still. Meine Hände schwitzen wie verrückt, doch das juwelenbesetzte Kleid saugt nichts auf, und als ich sie daran abwischen will, rutschen sie ab. 11.

Rue, die ein hauchzartes Kleid mit Flügeln trägt, flattert auf Caesar zu. Beim Anblick dieses elfengleichen Nichts von einem Tribut verstummt die Menge. Caesar ist sehr nett zu ihr, er gratuliert ihr zu der Sieben im Training, eine exzellente Bewertung für eine so kleine Person. Als er sie fragt, welches ihre größte Stärke in der Arena sein wird, zögert sie nicht. »Ich bin schwer zu fangen«, sagt sie mit bebender Stimme. »Und wenn sie mich nicht fangen können, können sie mich auch nicht töten. Also schreiben Sie mich nicht ab.«

»Nicht in einer Million Jahren«, sagt Caesar aufmunternd.

Thresh, der Junge aus Distrikt 11, hat die gleiche dunkle Haut wie Rue, aber hier hört die Ähnlichkeit auch schon auf. Er ist ein wahrer Riese, über eins neunzig groß und bärenstark, doch mir ist aufgefallen, dass er die Einladung der Karrieretribute, sich ihnen anzuschließen, ausgeschlagen hat. Stattdessen ist er fast die ganze Zeit über für sich geblieben, hat mit niemandem gesprochen und nur wenig Interesse am Training gezeigt. Trotzdem hat er eine Zehn erreicht und man kann sich unschwer vorstellen, dass er die Spielmacher beeindruckt hat. Er geht nicht auf Caesars Geplänkel ein, er antwortet mit Ja oder Nein oder sagt einfach gar nichts.

Wenn ich so groß wäre wie er, dann könnte ich so mürrisch und feindselig sein, wie ich wollte, das wäre vollkommen egal! Ich wette, die Hälfte der Sponsoren zieht ihn zumindest in Betracht. Wenn ich Geld hätte, würde ich selbst auf ihn setzen.

Dann wird Katniss Everdeen aufgerufen und wie im Traum stehe ich auf und gehe zur Bühnenmitte. Ich schüttele Caesars ausgestreckte Hand und er ist so taktvoll, seine Hand nicht sofort an seinem Anzug abzuwischen.

»Also, Katniss, vom Distrikt 12 ins Kapitol, das ist ja bestimmt eine ganz schöne Umstellung. Was hat dich am meisten beeindruckt, seit du hier bist?«, fragt er.

Was? Was hat er gesagt? Ich kann ihm nicht richtig folgen.

Mein Mund ist trocken wie Sägemehl. Verzweifelt suche ich in der Menge nach Cinna und lasse ihn nicht mehr aus den Augen. Ich stelle mir vor, die Worte kämen aus seinem Mund. »Was hat dich am meisten beeindruckt, seit du hier bist?« Ich zerbreche mir den Kopf auf der Suche nach etwas, worüber ich mich hier gefreut habe. *Sei ehrlich*, denke ich. *Sei ehrlich.*

»Der Lammeintopf«, presse ich hervor.

Caesar lacht und ich merke undeutlich, dass ein paar Zuschauer einstimmen.

»Der mit Backpflaumen?«, fragt Caesar. Ich nicke. »Oh, den esse ich immer tonnenweise.« Er legt die Hände auf seinen Bauch und dreht sich seitlich zum Publikum. »Das sieht man doch nicht, oder?« Die Zuschauer beschwichtigen ihn und applaudieren. Das ist es, was ich meinte. Caesar versucht den Leuten aus der Klemme zu helfen.

»Also, Katniss«, sagt er vertraulich. »Bei deinem Auftritt auf der Eröffnungsfeier ist mir das Herz stehen geblieben. Was hältst du persönlich von diesem Kostüm?«

Cinna hebt die Augenbraue. Sei ehrlich. »Sie meinen, nachdem ich meine Angst überwunden hatte, bei lebendigem Leib zu verbrennen?«, frage ich.

Großer Lacher. Ein echter, aus dem Publikum.

»Ja. Fang da an«, sagt Caesar.

Cinna, mein Freund, das muss ich dir sowieso mal sagen. »Ich hab gedacht, dass Cinna genial ist und dass es das umwerfendste Kostüm ist, das ich je gesehen habe, und ich konnte gar nicht glauben, dass ich es trug. Und ich kann auch nicht glauben, dass ich dies hier trage.« Ich hebe meinen Rock hoch und breite ihn aus. »Ich meine, schauen Sie sich das an!«

Während das Publikum Ah und Oh ruft, sehe ich, wie Cinna eine winzige Bewegung mit dem Finger macht. Ich weiß, was er sagen will. *Dreh dich für mich.*

Ich drehe mich einmal im Kreis und die Reaktion kommt sofort.

»Oh, mach das noch mal«, sagt Caesar, also hebe ich die Arme und drehe mich und drehe mich und lasse den Rock fliegen, bis das Kleid mich umzüngelt wie Flammen. Die Menge jubelt. Als ich stehen bleibe, greife ich nach Caesars Arm.

»Nicht aufhören!«, sagt er.

»Ich muss, mir ist schwindlig!« Ich kichere sogar, was ich vielleicht noch nie in meinem Leben getan habe. Aber das Lampenfieber und das Gedrehe zeigen ihre Wirkung.

Caesar legt beschützend den Arm um mich. »Keine Sorge, ich halte dich fest. Ich kann doch nicht zulassen, dass du in die Fußstapfen deines Mentors trittst.«

Großes Gejohle, während die Kameras Haymitch suchen, der mit seinem Hechtsprung von der Bühne Berühmtheit erlangt hat. Er winkt gutmütig ab und zeigt zurück auf mich.

»Keine Sorge«, versichert Caesar der Menge. »Bei mir ist sie in Sicherheit. So, jetzt zu deiner Trainingsbewertung. Elf! Verrat uns doch mal, was da drinnen passiert ist.«

Ich werfe den Spielmachern auf dem Balkon einen kurzen Blick zu und beiße mir auf die Lippe. »Ähm … ich kann nur sagen, dass es wohl eine Premiere gewesen sein dürfte.«

Die Kameras halten auf die Spielmacher, die kichern und nicken.

»Du spannst uns echt auf die Folter«, sagt Caesar, als ob er wirklich leiden würde. »Mehr Einzelheiten, wenn ich bitten darf.«

Ich wende mich zum Balkon. »Soll ich?«

Der Spielmacher, der in die Punschschale gefallen ist, ruft: »Um Gottes willen, nein.«

»Danke«, sage ich. »Tut mir leid. Meine Lippen sind versiegelt.«

»Dann lass uns zu dem Augenblick bei der Ernte zurückkehren, als der Name deiner Schwester ausgerufen wurde«, sagt Caesar. Er wirkt jetzt eher gedämpft. »Du hast dich freiwillig an ihrer statt gemeldet. Kannst du uns von ihr erzählen?«

Nein. Euch allen nicht. Aber Cinna vielleicht. Ich glaube nicht, dass ich mir die Traurigkeit auf seinem Gesicht nur einbilde. »Sie heißt Prim. Sie ist erst zwölf. Und ich liebe sie mehr als alles auf der Welt.«

Auf dem Zentralen Platz könnte man in diesem Moment eine Stecknadel fallen hören.

»Was hat sie hinterher zu dir gesagt?«, fragt Caesar.

Sei ehrlich. Sei ehrlich. Ich schlucke schwer. »Sie hat gesagt, ich soll unbedingt versuchen zu gewinnen.« Gebannt lauschen die Zuschauer auf jedes meiner Worte.

»Und was hast du geantwortet?«, hakt Caesar behutsam nach.

Aber statt Wärme spüre ich, wie eine eisige Starre meinen Körper überfällt. Meine Muskeln spannen sich an, wie beim Töten. Als ich spreche, klingt meine Stimme eine Oktave tiefer: »Ich habe es ihr geschworen.«

»Das glaube ich«, sagt Caesar und drückt mich. Das Signal

145

ertönt. »Tut mir leid, unsere Zeit ist um. Viel Glück, Katniss Everdeen, Tribut aus Distrikt 12.«

Der Applaus ertönt noch lange, nachdem ich mich gesetzt habe. Ich suche Cinna, um mich zu beruhigen. Er hält unauffällig die Daumen hoch.

Während des ersten Teils von Peetas Interview bin ich noch völlig benommen. Trotzdem bekomme ich mit, dass er die Zuschauer von Anfang an auf seiner Seite hat; ich höre sie lachen und jubeln. Er spielt mit dem Bäckersohnimage und vergleicht die Tribute mit dem Brot aus ihrem jeweiligen Distrikt. Dann erzählt er eine Anekdote über die Gefahren, die in den Duschen des Kapitols lauern. »Sagen Sie, dufte ich immer noch nach Rosen?«, fragt er Caesar und dann beschnüffeln sie sich gegenseitig und reißen das Publikum zu Begeisterungsstürmen hin. Ich gerate noch einmal ins Blickfeld, als Caesar ihn fragt, ob er zu Hause eine Freundin hat.

Peeta zögert, dann schüttelt er nicht sehr überzeugend den Kopf.

»Ein hübscher Junge wie du. Es muss ein besonderes Mädchen geben. Komm schon, wie heißt sie?«, sagt Caesar.

Peeta seufzt. »Ja, es gibt da dieses eine Mädchen. Ich bin schon in sie verliebt, seit ich denken kann. Aber ich bin mir ziemlich sicher, dass sie bis zur Ernte nicht mal wusste, dass es mich gibt.«

Sympathiebekundungen aus der Menge. Unerwiderte Liebe, das können sie nachempfinden.

»Hat sie einen anderen?«, fragt Caesar.

»Ich weiß nicht, aber viele Jungs stehen auf sie«, sagt Peeta.

»Soll ich dir sagen, was du tun musst? Du gewinnst und

kehrst nach Hause zurück. Dann kann sie dich nicht abblitzen lassen, was?«, sagt Caesar aufmunternd.

»Ich glaube, das wird nicht hinhauen. Gewinnen ... das funktioniert nicht in meinem Fall«, sagt Peeta.

»Wieso nicht?«, fragt Caesar verblüfft.

Peeta wird rot wie eine Tomate und fängt an zu stottern: »Weil ... weil ... Wir sind zusammen hier.«

Teil 2
Die Spiele

10 Einen Augenblick lang halten die Kameras auf Peetas bekümmerte Augen, während seine Worte auf mich wirken. Dann sehe ich mein Gesicht, der Mund halb geöffnet in einer Mischung aus Überraschung und Protest, riesengroß auf jedem Bildschirm, während mir klar wird: *Mich! Er meint mich!* Ich presse die Lippen zusammen, starre auf den Boden und hoffe, so die Gefühle zu verbergen, die in mir aufwallen.

»Oh, das ist wirklich verdammtes Pech«, sagt Caesar und er klingt ehrlich betrübt. Die Menge murmelt zustimmend, sogar ein paar entsetzte Rufe sind zu hören.

»Es ist nicht gut«, stimmt Peeta zu.

»Na, ich glaube, keiner kann es dir verdenken. Es dürfte schwer sein, sich nicht in diese junge Dame zu verlieben«, sagt Caesar. »Und sie hat nichts davon gewusst?«

Peeta schüttelt den Kopf. »Bis eben nicht.«

Ich erlaube mir einen kurzen Blick zum Bildschirm, nur so lange, um zu sehen, dass die Röte auf meinen Wangen unverkennbar ist.

»Würden Sie sie nicht auch zu gern noch einmal herholen, um ihre Erwiderung zu hören?«, fragt Caesar die Zuschauer. Die Menge schreit ihre Zustimmung. »Aber leider müssen wir uns an die Regeln halten und Katniss Everdeens Zeit ist vorbei.

Nun, ich wünsche dir alles Gute, Peeta Mellark, und ich denke, ich spreche für ganz Panem, wenn ich sage, unsere Herzen sind bei dir.«

Das Getöse der Menge ist ohrenbetäubend. Mit seiner Liebeserklärung an mich hat Peeta uns andere allesamt weggewischt. Als sich die Zuschauer endlich wieder beruhigt haben, bringt er ein leises »Danke« hervor und kehrt an seinen Platz zurück. Wir erheben uns für die Hymne. Um den erforderlichen Respekt zu bezeugen, muss ich den Kopf heben und so darf ich mit ansehen, wie alle Bildschirme Peeta und mich zeigen, durch wenige Schritte voneinander getrennt, die in den Köpfen der Zuschauer niemals überbrückt werden können. Ein tragisches Paar.

Aber ich weiß es besser.

Nach der Hymne gehen die Tribute im Gänsemarsch zurück ins Foyer des Trainingscenters und zu den Aufzügen. Ich sorge dafür, dass ich mit einem anderen Aufzug fahre als Peeta. Die Menge hält unser Gefolge von Stylisten, Mentoren und Anstandsdamen auf, sodass wir nur einander als Gesellschaft haben. Keiner sagt ein Wort. Mein Aufzug lädt nacheinander vier Tribute ab, dann bin ich allein und die Türen öffnen sich im zwölften Stock. Peeta ist gerade aus seinem Aufzug gekommen, da stürze ich mich schon auf ihn und schubse ihn kräftig gegen die Brust. Er verliert das Gleichgewicht und fällt gegen einen hässlichen Kübel mit künstlichen Blumen. Der Kübel kippt um und zerbricht in tausend Stücke. Peeta landet in den winzigen Scherben, sofort fließt Blut aus seinen Händen.

»Wofür war das denn?«, fragt er entgeistert.

»Dazu hattest du kein Recht! So was über mich zu sagen!«, schreie ich ihn an.

Die Aufzugtüren öffnen sich wieder und jetzt kommt die ganze Crew heraus, Effie, Haymitch, Cinna und Portia.

»Was ist hier los?«, fragt Effie mit leicht hysterischer Stimme. »Bist du gestürzt?«

»Ja, weil sie mich geschubst hat«, sagt Peeta, während Effie und Cinna ihm aufhelfen.

Haymitch wendet sich an mich. »Geschubst?«

»Das war Ihre Idee, oder? Dass ich vor dem ganzen Land dastehe wie eine Idiotin?«, erwidere ich.

»Es war meine Idee«, sagt Peeta und zuckt zusammen, als er sich die Keramiksplitter aus den Handflächen zieht. »Haymitch hat mir nur dabei geholfen.«

»Ja, Haymitch ist sehr hilfreich. Dir!«, sage ich.

»Du bist *wirklich* eine Idiotin«, sagt Haymitch empört. »Du denkst also, er hat dich gekränkt? Katniss, der Junge hat dir gerade zu etwas verholfen, das du allein nie und nimmer erreicht hättest.«

»Er hat mich schwach aussehen lassen!«, sage ich.

»Er hat dich begehrenswert aussehen lassen! Blicken wir den Tatsachen doch einmal ins Auge; was das angeht, kannst du jede Hilfe brauchen. Bis er sagte, dass er dich will, warst du so romantisch wie Dreck. Jetzt wollen sie dich alle. Alle reden nur von dir. Die beiden Liebenden aus Distrikt 12, die nicht zusammenkommen können!«, sagt Haymitch.

»Das sind wir aber nicht!«, sage ich.

Haymitch packt mich an den Schultern und drückt mich gegen die Wand. »Na und? Das hier ist alles nur eine riesige Show.

Es geht nur darum, wie du wahrgenommen wirst. Nach deinem Interview hätte ich über dich höchstens sagen können, dass du ganz nett bist, obwohl das an sich schon ein kleines Wunder war. Jetzt kann ich sagen, du bist eine Herzensbrecherin. Oh, oh, oh, was werden die Jungs zu Hause dir schmachtend zu Füßen sinken. Was meinst du, was dir mehr Sponsoren bringt?«

Von dem Weingestank aus seinem Mund wird mir übel. Ich schiebe seine Hände von meinen Schultern, trete einen Schritt zur Seite und versuche Klarheit in meine Gedanken zu bekommen.

Cinna kommt zu mir und legt einen Arm um mich. »Er hat recht, Katniss.«

Ich weiß nicht, was ich denken soll. »Sie hätten mich wenigstens vorher einweihen sollen, damit ich nicht so dumm dastehe.«

»Nein, deine Reaktion war genau richtig. Wenn du davon gewusst hättest, hätte es nicht echt ausgesehen«, sagt Portia.

»Sie macht sich nur Sorgen wegen ihres Freundes«, sagt Peeta schroff und wirft eine blutige Scherbe weg.

Beim Gedanken an Gale brennen meine Wangen erneut. »Ich habe keinen Freund.«

»Egal«, sagt Peeta. »Aber ich wette, er ist pfiffig genug, einen Bluff zu erkennen. Abgesehen davon hast *du* ja auch nicht gesagt, du würdest *mich* lieben. Also, was soll's?«

Ich lasse die Worte wirken. Mein Ärger verraucht. Einerseits denke ich, dass ich benutzt worden bin, andererseits sehe ich es als Chance. Haymitch hat recht. Ich habe mein Interview überlebt, aber was war ich da schon? Ein albernes Mädchen, das sich in einem glitzernden Kleid dreht. Kichernd. Nur einmal hatte ich wirklich etwas zu sagen, nämlich als ich von Prim erzählt habe. Verglichen mit Thresh und seiner ruhigen, gefährlichen Kraft bin ich ein Nichts. Ein albernes, funkelndes Nichts. Halt, nicht ganz, da ist ja immerhin noch die Elf aus dem Training.

Aber jetzt hat Peeta mich zum Objekt seiner Liebe gemacht. Und nicht nur seiner. Er hat gesagt, ich hätte viele Verehrer. Und wenn die Zuschauer wirklich denken, wir wären verliebt … Mir fällt ein, wie stark sie auf dieses Geständnis reagiert haben. Das tragische Liebespaar. Haymitch hat recht, im Kapitol gieren sie nach so was. Plötzlich mache ich mir Sorgen, ob ich richtig reagiert habe.

»Nachdem er gesagt hat, dass er mich liebt, habt ihr da gedacht, ich könnte auch in ihn verliebt sein?«, frage ich.

»Ich ja«, sagt Portia. »Die Art, wie du vermieden hast, in die Kameras zu schauen, das Erröten.«

Die anderen pflichten ihr bei.

»Du bist ein Glückskind, Süße. Die Sponsoren werden Schlange stehen für dich«, sagt Haymitch.

Jetzt schäme ich mich wegen meiner Reaktion. Ich zwinge mich dazu, es vor Peeta einzugestehen. »Entschuldige, dass ich dich geschubst habe.«

»Macht nichts«, sagt er achselzuckend. »Obwohl es eigentlich nicht statthaft ist.«

»Wie geht's deinen Händen?«, frage ich.

»Wird schon wieder«, sagt er.

In der Stille, die folgt, wehen köstliche Düfte aus dem Speiseraum zu uns herüber. »Kommt, lasst uns zu Abend essen«, sagt Haymitch. Wir folgen ihm und setzen uns an den Tisch. Aber Peeta blutet doch zu stark und Portia führt ihn hinaus, damit er behandelt wird. Wir anderen machen uns über die Rosenblüten-Cremesuppe her. Als wir fertig sind, kommen die beiden zurück. Peetas Hände sind verbunden. Jetzt habe ich natürlich ein schlechtes Gewissen. Morgen gehen wir in die Arena. Er hat mir einen Gefallen getan und ich habe ihm eine Verletzung eingebrockt. Muss ich ihm eigentlich immer etwas schuldig sein?

Nach dem Abendessen sehen wir uns im Salon die Wiederholung an. Ich finde mich aufgeputzt und oberflächlich, wie ich mich kichernd in meinem Kleid drehe, obwohl die anderen mir versichern, ich sei charmant. Peeta ist wirklich charmant und als verliebter Junge schließlich umwerfend. Und da bin ich, errötend und verwirrt, von Cinna schön gemacht, begehrenswert durch Peetas Geständnis, tragisch durch die Umstände und, nach allem, was man hört, unvergesslich.

Als die Hymne zu Ende ist und der Bildschirm sich verdunkelt, wird es still im Zimmer. Morgen bei Sonnenaufgang werden wir geweckt und für die Arena vorbereitet. Die eigentlichen Spiele beginnen erst um zehn, deshalb stehen viele Bewohner des Kapitols erst spät auf. Aber Peeta und ich müssen früh raus. Wir wissen nicht, wie weit es bis zu der Arena ist, die für die diesjährigen Spiele vorbereitet wurde.

Ich weiß nur, dass Haymitch und Effie uns nicht begleiten werden. Sie siedeln ins Hauptquartier der Spiele über, wo sie hoffentlich wie verrückt Sponsoren anwerben und eine Strategie ausarbeiten, wie und wann uns die Geschenke überreicht werden können. Cinna und Portia werden uns bis zu dem Punkt begleiten, an dem wir in die Arena geworfen werden. Doch vorher müssen wir uns noch endgültig voneinander verabschieden.

Effie nimmt uns beide bei der Hand und mit echten Tränen in den Augen wünscht sie uns alles Gute. Dankt uns dafür, dass wir die besten Tribute waren, die sie je sponsern durfte. Und dann, weil Effie eben Effie ist und offenbar nicht anders kann, als etwas Schreckliches zu sagen, fügt sie hinzu: »Es würde mich gar nicht wundern, wenn ich nächstes Jahr endlich einen annehmbaren Distrikt zugeteilt bekäme!«

Dann küsst sie uns auf die Wange und eilt hinaus, überwältigt von dem aufwühlenden Abschied oder vielleicht auch nur von der möglichen Beförderung.

Haymitch verschränkt die Arme und mustert uns.

»Noch einen letzten Tipp?«, fragt Peeta.

»Wenn der Gong ertönt, macht, dass ihr da wegkommt. Dem Gemetzel am Füllhorn seid ihr zwei nicht gewachsen. Haut einfach ab, legt so viel Strecke wie möglich zwischen euch und die anderen und sucht eine Wasserquelle. Kapiert?«

»Und danach?«, frage ich.

»Am Leben bleiben«, sagt Haymitch. Den gleichen Rat hat er uns schon im Zug gegeben, aber diesmal ist er nicht betrunken und er lacht auch nicht. Und wir nicken bloß. Was wäre dem noch hinzuzufügen?

Als ich in mein Zimmer gehe, bleibt Peeta noch, um sich mit Portia zu unterhalten. Zum Glück. Die merkwürdigen Abschiedsworte, die wir austauschen werden, können bis morgen warten. Meine Bettdecke ist aufgeschlagen, aber von dem rothaarigen Avoxmädchen ist nichts zu sehen. Ich wüsste gern ihren Namen. Ich hätte sie fragen sollen. Vielleicht hätte sie ihn aufschreiben können. Oder darstellen. Aber vielleicht hätte ihr das nur eine Strafe eingebracht.

Ich stelle mich unter die Dusche und schrubbe Goldfarbe, Make-up, den Duft der Schönheit von meinem Körper. Alles, was von den Bemühungen des Vorbereitungsteams übrig bleibt, sind die Flammen auf meinen Nägeln. Ich beschließe, sie zu behalten, als Erinnerung daran, wer ich für das Publikum bin. Katniss – das Mädchen, das in Flammen stand. Vielleicht gibt es mir etwas, woran ich mich in den kommenden Tagen festhalten kann.

Ich ziehe ein dickes, kuscheliges Nachthemd an und steige ins Bett. Nach ungefähr fünf Sekunden ist mir klar, dass ich nie und nimmer einschlafen werde. Dabei brauche ich unbedingt Schlaf, denn in der Arena wird jede Sekunde, die ich der Müdigkeit nachgebe, eine Einladung an den Tod sein.

Es nützt nichts. Eine Stunde, zwei, drei vergehen, aber meine Lider wollen einfach nicht schwer werden. Die ganze Zeit denke ich darüber nach, in welchem Gelände sie uns aussetzen werden. Wüste? Sumpf? Eisiges Ödland? Vor allem hoffe ich auf Bäume, die mir ein Versteck, Nahrung und Schutz bieten können. Bäume gibt es oft, denn karge Landschaften sind langweilig und die Spiele dann auch zu schnell vorbei. Aber wie wird das Klima sein? Welche geheimen Fallen haben die Spielmacher aufgebaut, damit keine Langeweile entsteht? Und dann sind da noch die anderen Tribute …

Je mehr ich einzuschlafen versuche, desto unmöglicher wird es. Schließlich bin ich so unruhig, dass ich nicht im Bett bleiben kann. Ich gehe auf und ab, mein Herz rast, mein Atem geht schnell. Mein Zimmer kommt mir vor wie eine Gefängniszelle. Wenn ich nicht bald an die frische Luft komme, werfe ich wieder Sachen durch die Gegend. Ich renne den Flur entlang bis zu der Tür zum Dach. Sie ist nicht nur unverschlossen, sondern sogar bloß angelehnt. Vielleicht hat jemand vergessen, sie zuzumachen, aber das ist egal. Das Energiefeld rings ums Dach verhindert jeden verzweifelten Fluchtversuch. Und ich will ja gar nicht fliehen, nur meine Lunge mit Luft füllen. Ich will den Himmel sehen und den Mond, in der letzten Nacht, in der niemand mich jagt.

Das Dach ist nachts nicht beleuchtet, doch als ich mit nackten Füßen die Steinplatten betrete, sehe ich sofort seine Silhouette, schwarz gegen die nie verlöschenden Lichter des Kapitols. Unten auf den Straßen ist noch einiges los, Musik und Gesang und Autohupen; von alldem habe ich durch die dicken Fensterscheiben in meinem Zimmer nichts mitbekommen. Ich könnte wieder zurückhuschen, ohne mich zu erkennen zu geben; bei dem Lärm würde er mich nicht hören. Aber die Nachtluft ist so mild, dass ich es nicht ertrage, in meinen stickigen Käfig zurückzukehren. Und was macht es schon aus? Ob wir miteinander reden oder nicht?

Meine Füße bewegen sich geräuschlos über die Platten. Als ich nur noch einen Meter hinter ihm bin, sage ich: »Du solltest ein bisschen schlafen.«

Er zuckt zusammen, dreht sich aber nicht um. Ich sehe, wie er leise den Kopf schüttelt. »Ich wollte die Party nicht versäumen. Immerhin gilt sie uns.«

Ich stelle mich neben ihn und lehne mich über das Geländer. Die breiten Straßen sind voller tanzender Menschen. Ich versuche, die winzigen Gestalten genauer zu betrachten. »Sind die verkleidet, oder was?«

»Wie soll man das erkennen?«, antwortet Peeta. »Bei den

verrückten Sachen, die sie hier tragen. Konntest du auch nicht schlafen?«

»Konnte die Gedanken nicht abstellen«, sage ich.

»Hast du an deine Familie gedacht?«, fragt er.

»Nein«, gebe ich ein bisschen schuldbewusst zu. »Ich muss die ganze Zeit an morgen denken. Was natürlich sinnlos ist.« Im Licht von unten kann ich jetzt sein Gesicht sehen, wie unbeholfen er die bandagierten Hände hält. »Tut mir wirklich leid wegen deiner Hände.«

»Spielt keine Rolle, Katniss«, sagt er. »Ich war sowieso nie ein Anwärter auf den Sieg bei diesen Spielen.«

»So darfst du nicht denken«, sage ich.

»Und warum nicht? Es ist die Wahrheit. Ich kann nur hoffen, dass ich mich nicht blamiere, und …« Er zögert.

»Und was?«, sage ich.

»Ich weiß nicht, wie ich es ausdrücken soll. Nur … Ich möchte als ich selbst sterben. Verstehst du, was ich meine?«, fragt er. Ich schüttele den Kopf. Als was sollte er sonst sterben, wenn nicht als er selbst? »Ich möchte nicht, dass sie mich da drin verändern. Mich in eine Art Monster verwandeln, das ich nicht bin.«

Ich beiße mir auf die Lippe, weil ich mich so klein fühle. Während ich darüber nachgrübele, ob es wohl Bäume geben wird, kämpft Peeta darum, seine Identität zu wahren. Sein reines Ich. »Heißt das, du wirst niemanden töten?«, frage ich.

»Nein, wenn die Zeit kommt, werde ich sicherlich töten wie die anderen auch. Ich kann nicht kampflos untergehen. Ich wünsche mir nur, mir würde etwas einfallen, wie … wie ich dem Kapitol zeigen kann, dass sie mich nicht besitzen. Dass ich mehr bin als eine Figur in ihren Spielen«, sagt Peeta.

»Aber das bist du nicht«, erwidere ich. »Keiner von uns. So funktionieren die Spiele.«

»Okay, aber abgesehen von dem System bist da immer noch du, bin da ich«, beharrt er. »Begreifst du das nicht?«

»Ein bisschen. Nur … Sei nicht beleidigt, aber wen kümmert das, Peeta?«, sage ich.

»Mich. Ich meine, was soll mich jetzt sonst noch kümmern?«, fragt er aufgebracht. Er starrt mich mit seinen blauen Augen an, er will eine Antwort.

Ich weiche einen Schritt zurück. »Kümmere dich um das, was Haymitch gesagt hat. Dass wir am Leben bleiben sollen.«

Peeta lächelt mich traurig und spöttisch an. »Okay. Danke für den Tipp, Süße.«

Es ist wie ein Schlag ins Gesicht. Dass er Haymitchs herablassenden Kosenamen benutzt. »Hör zu, wenn du die letzten Stunden deines Lebens damit verbringen möchtest, einen edlen Tod in der Arena zu planen, bitte sehr, das musst du selber wissen. Ich für meinen Teil möchte meine in Distrikt 12 verbringen.«

»Würde mich nicht überraschen, wenn's so wäre«, sagt Peeta. »Grüß meine Mutter, wenn du es nach Hause schaffst, ja?«

»Kannst dich drauf verlassen«, sage ich. Dann drehe ich mich um und gehe hinein.

Den Rest der Nacht verbringe ich in einem mehr oder weniger tiefen Halbschlaf, während ich mir überlege, was für beißende Bemerkungen ich Peeta Mellark morgen an den Kopf werfen werde. Peeta Mellark. Wir werden sehen, ob er auch noch so hochmütig ist, wenn es um Leben oder Tod geht. Wahrscheinlich wird er sich in einen dieser rasenden Tribute verwandeln, die versuchen, das Herz der Leute zu essen, die sie getötet haben. Vor ein paar Jahren hat es mal so einen Jungen aus Distrikt 6 gegeben, Titus hieß er. Er war vollkommen durchgeknallt und die Spielmacher mussten ihn mit Elektroschockwaffen betäuben, um die Körper der Spieler zu bergen, die er getötet hatte – er hätte sie sonst aufgegessen. In der Arena gibt es zwar keine Regeln, aber Kannibalismus kommt bei den Zuschauern im Kapitol nicht besonders gut an, also haben sie versucht, ihn zu unterbinden. Es wurde gemutmaßt, dass die Lawine, die Titus schließlich ausschaltete, eigens ausgelöst worden war, damit nicht womöglich ein Wahnsinniger als Sieger übrig blieb.

Am nächsten Morgen sehe ich Peeta nicht. Cinna kommt vor Morgengrauen zu mir, gibt mir ein schlichtes Hemd, das ich anziehen soll, und führt mich aufs Dach. Das endgültige Ankleiden und die Vorbereitung finden in den Katakomben unter der Arena statt. Ein Hovercraft taucht aus dem Nichts auf, wie damals in den Wäldern, als ich zusah, wie das rothaarige Mädchen gefangen wurde, und eine Leiter wird heruntergelassen. Ich platziere Hände und Füße auf den unteren Sprossen und komme mir sofort vor, als wäre ich festgefroren. Eine Art Strom lässt mich an der Leiter haften, während ich sicher nach oben befördert werde.

Ich erwarte, dass die Leiter mich dort freigibt, aber ich klebe weiter fest. Eine Frau in einem weißen Kittel kommt mit einer Spritze in der Hand auf mich zu. »Das ist nur dein Aufspürer. Je besser du stillhältst, desto effektiver kann ich ihn einsetzen«, sagt sie.

Stillhalten? Ich bin still wie eine Statue. Aber das bewahrt mich nicht davor, den stechenden Schmerz zu spüren, als die Nadel das Aufspürgerät aus Metall tief unter die Haut an der Innenseite meines Unterarms einsetzt. Jetzt können die Spielmacher mich jederzeit in der Arena aufspüren. Wollen wohl keinen Tribut verlieren.

Sobald der Aufspürer an seinem Platz ist, lässt die Leiter mich frei. Die Frau verschwindet und Cinna wird vom Dach heraufgeholt. Ein Avoxjunge kommt herein und führt uns in einen Raum, wo ein Frühstück vorbereitet ist. Trotz der Spannung im Bauch esse ich, so viel ich kann, obwohl keine der köstlichen Speisen irgendeinen Eindruck hinterlässt. Ich bin so nervös, dass ich ebenso gut Kohlenstaub essen könnte. Das Einzige, was mich überhaupt berühren kann, ist die Aussicht aus dem Fenster, während wir über die Stadt und die Wildnis hinwegsegeln. So sehen es die Vögel. Nur dass sie frei und sicher sind. Genau das Gegenteil von mir.

Der Flug dauert etwa eine halbe Stunde, als die Fenster verdunkelt werden: Offenbar nähern wir uns der Arena. Das Hovercraft landet und Cinna und ich gehen zurück zur Leiter, die diesmal durch eine Röhre in den Untergrund führt, in die Katakomben, die unter der Arena liegen. Wir folgen den Hinweisschildern bis zu meinem Ziel, einer Kammer für meine Vorbereitung. Die offizielle Bezeichnung lautet »Startraum«. In den Distrikten aber heißt sie nur »der Pferch«. Wo die Tiere darauf warten, zur Schlachtbank geführt zu werden.

Alles ist brandneu, ich bin der erste und einzige Tribut, der diesen Startraum je benutzen wird. Die Arenen sind historische Orte, die nach den Spielen erhalten bleiben. Beliebte Ausflugs- und Urlaubsziele für die Bewohner des Kapitols. Bleiben Sie einen Monat, sehen Sie sich die Spiele noch einmal an, machen Sie eine Tour durch die Katakomben, besuchen Sie die Schauplätze des Todes! Sie können sogar an Wiederaufführungen teilnehmen.

Das Essen soll hervorragend sein, heißt es.

Ich gebe mir alle Mühe, das Frühstück bei mir zu behalten, während ich dusche und mir die Zähne putze. Cinna flicht mein Haar zu dem üblichen schlichten Zopf, der mir auf den Rücken fällt. Dann werden die Kleider gebracht, für jeden Tribut die gleichen. Was mein Äußeres angeht, so hat Cinna diesmal nichts zu sagen, er weiß nicht mal, was sich in dem Bündel befindet; aber er hilft mir, die Unterwäsche, eine schlichte gelbbraune Hose, eine hellgrüne Bluse, einen derben braunen Gürtel und eine dünne schwarze Kapuzenjacke, die mir bis auf die Schenkel fällt, anzuziehen. »Das Jackenfutter soll die Körperwärme speichern. Stell dich auf kalte Nächte ein«, sagt er.

Die Stiefel, die ich über die eng anliegenden Socken streife, sind besser als erhofft. Aus weichem Leder, ähnlich wie meine eigenen zu Hause. Diese haben allerdings eine dünne flexible Gummisohle mit Profil. Gut zum Rennen.

Als ich denke, ich bin fertig, zieht Cinna die Brosche mit dem goldenen Spotttölpel aus der Tasche. Die hatte ich total vergessen.

»Woher hast du die?«, frage ich.

»Von den grünen Sachen, die du im Zug anhattest«, sagt er. Jetzt erinnere ich mich, dass ich sie vom Kleid meiner Mutter abgenommen und an meine Bluse gesteckt hatte. »Sie ist nur knapp durch die Prüfkommission gekommen. Manch einer hat vermutet, sie könnte als Waffe benutzt werden, was ein unfairer Vorteil gewesen wäre. Aber dann haben sie sie doch durchgehen lassen«, erzählt Cinna. »Dafür haben sie den Ring des Mädchens aus Distrikt 1 einkassiert. Wenn man den Schmuckstein drehte, kam ein Dorn zum Vorschein. Vergiftet. Sie hat behauptet, sie hätte nicht gewusst, dass der Ring manipuliert worden ist, und es gab keine Möglichkeit, ihr das Gegenteil zu beweisen. Auf jeden Fall hat sie ihr Andenken verloren. So, du bist startklar. Geh ein bisschen herum. Schau mal, ob sich alles bequem anfühlt.«

Ich gehe, laufe im Kreis, schwenke die Arme hin und her. »Alles prima. Passt wie angegossen.«

»Dann bleibt uns jetzt nur noch, auf den Aufruf zu warten«, sagt Cinna. »Oder möchtest du vielleicht noch etwas essen?«

Ich lehne das Essen ab, nehme aber gern ein Glas Wasser an, das ich in kleinen Schlucken trinke, während wir auf dem Sofa warten. Da ich nicht an meinen Fingernägeln oder Lippen kauen möchte, nage ich an meiner Wange. Sie ist immer noch nicht ganz verheilt von neulich. Sofort habe ich Blutgeschmack im Mund.

Die Nervosität verwandelt sich nach und nach in Schrecken, als ich mir vorstelle, was auf mich zukommt. In einer Stunde kann ich schon tot sein, mausetot. Wenn's denn so lange dauert. Meine Finger tasten nach der kleinen harten Beule an meinem Unterarm, wo die Frau das Aufspürgerät eingesetzt hat. Ich drücke drauf, obwohl es wehtut. So fest drücke ich, dass sich ein kleiner Bluterguss bildet.

»Möchtest du reden, Katniss?«, fragt Cinna.

Ich schüttele den Kopf, strecke dann aber die Hand nach ihm aus. Cinna nimmt sie in seine Hände. Und so sitzen wir da, bis eine angenehme Frauenstimme verkündet, dass es Zeit für den Start sei.

Während ich immer noch Cinnas Hand halte, gehe ich hinüber und stelle mich auf die runde Metallplatte. »Vergiss nicht, was Haymitch gesagt hat. Wegrennen, Wasser finden. Alles andere ergibt sich dann«, sagt er. Ich nicke. »Und denk dran: Ich darf nicht wetten, aber wenn, dann würde ich mein Geld auf dich setzen.«

»Ehrlich?«, flüstere ich.

»Ehrlich«, sagt Cinna. Er beugt sich herab und küsst mich auf die Stirn. »Viel Glück, Mädchen in Flammen.« Dann senkt sich ein Glaszylinder über mich, trennt unsere Hände, schneidet ihn von mir ab. Er tippt sich mit den Fingern unters Kinn. Kopf hoch.

Ich hebe das Kinn und stehe so gerade da wie möglich. Langsam bewegt sich der Zylinder aufwärts. Etwa fünfzehn Sekunden lang bin ich in Dunkelheit gehüllt, dann spüre ich, wie die Metallscheibe mich oben aus dem Zylinder herausstößt, ins Freie. Einen Augenblick lang bin ich vom hellen Sonnenlicht geblendet und bemerke nur einen starken Wind mit dem hoffnungsfrohen Duft von Kiefern.

Dann erschallt aus allen Richtungen die dröhnende Stimme des legendären Moderators Claudius Templesmith.

»Meine Damen und Herren, die vierundsiebzigsten Hungerspiele haben begonnen!«

11 Sechzig Sekunden. So lange müssen wir auf unseren Metallscheiben stehen bleiben, bis ein Gong uns freilässt. Geht jemand vorher hinunter, reißen Landminen ihm die Beine ab. Sechzig Sekunden, um den Ring der Tribute zu betrachten, die alle in gleicher Entfernung vom Füllhorn stehen, einem riesigen goldenen Horn mit gebogenem Ende, dessen Öffnung mindestens sechs Meter groß ist und von allem Möglichen überquillt, was uns hier in der Arena das Überleben sichern wird. Nahrungsmittel, Wasserkanister, Waffen, Medikamente, Kleidung, Feueranzünder. Rings um das Füllhorn verstreut liegen noch mehr Vorräte, deren Wert immer mehr abnimmt, je weiter sie vom Horn entfernt sind. Nur ein paar Schritte von meinen Füßen entfernt liegt zum Beispiel eine ein mal ein Meter große Plastikplane. Bei einem Platzregen wäre sie bestimmt hilfreich. Aber in der Öffnung des Füllhorns erkenne ich ein zusammengerolltes Zelt, das mich bei so ziemlich jedem Wetter schützen würde. Vorausgesetzt, ich hätte den Mumm, hinzugehen und mit den anderen dreiundzwanzig Tributen darum zu kämpfen. Was ich nicht tun soll, wie mir eingeschärft wurde.

Wir befinden uns in flachem, offenem Gelände. Eine Ebene aus festgestampfter Erde. Hinter den Tributen, die mir gegen-

überstehen, kann ich nichts erkennen, was einen steil abfallenden Hang oder gar eine Klippe vermuten ließe. Rechts von mir
liegt ein See. Links und hinter mir lichter Kiefernwald. Haymitch würde wollen, dass ich dorthin renne. Sofort.

Ich habe seine Anweisungen im Ohr: »Haut einfach ab, legt
so viel Strecke wie möglich zwischen euch und die anderen und
sucht eine Wasserquelle.«

Aber es ist verlockend, verdammt verlockend, all die Gaben
zu sehen, die dort auf mich warten. Und ich weiß, wenn ich sie
nicht bekomme, wird ein anderer sie bekommen. Dass die Karrieretribute, die das Anfangsgemetzel überleben, die meisten
dieser überlebenswichtigen Sachen unter sich aufteilen werden.
Etwas sticht mir ins Auge. Dort, auf einem Berg zusammenge-
rollter Decken, liegt ein silberner Köcher mit Pfeilen und ein
schon besehnter Bogen, der nur darauf wartet, benutzt zu werden. *Der gehört mir*, denke ich. *Der ist für mich bestimmt.*

Ich bin schnell. Ich kann schneller rennen als die anderen
Mädchen in meiner Schule, nur im Langstreckenlauf sind ein
paar von ihnen besser. Aber für diese vierzig Meter bin ich wie
geschaffen. Ich weiß, dass ich ihn kriegen kann, ich weiß, dass
ich zuerst da sein kann, aber die Frage, die sich danach stellt,
lautet: Wie schnell komme ich wieder weg? Bis ich den Decken-
berg hochgeklettert bin und die Waffen eingesammelt habe,
werden andere beim Horn angekommen sein. Ein oder zwei
könnte ich vielleicht erledigen, aber wenn dann immer noch ein
Dutzend in unmittelbarer Nähe übrig ist, könnten sie mich mit
Speeren und Keulen niederstrecken. Oder mit ihren mächtigen
Fäusten.

Allerdings wäre ich ja nicht das einzige Ziel. Viele der anderen Tribute würden mich kleines Mädchen wahrscheinlich links liegen lassen, selbst wenn ich im Training eine Elf erreicht habe, um gefährlichere Gegner auszuschalten.

Haymitch hat mich noch nie rennen sehen. Vielleicht hätte er mir sonst geraten, es zu versuchen. Mir die Waffe zu schnappen. Genau die Waffe, die mich vielleicht retten kann. Und ich sehe nur einen einzigen Bogen in dem Haufen. Die Minute muss fast um sein, mir ist klar, dass ich mich jetzt für eine Strategie entscheiden muss. Ich stelle die Füße in Startposition, aber nicht, um in die umliegenden Wälder zu fliehen, sondern um zum Haufen zu rennen, zum Bogen. Plötzlich bemerke ich Peeta, etwa fünf Tribute weiter rechts, ziemlich weit weg, doch ich merke trotzdem, dass er mich ansieht, und es kommt mir vor, als würde er den Kopf schütteln. Aber die Sonne blendet mich, und während ich darüber nachdenke, ertönt der Gong.

Und ich hab sie verpasst! Ich hab meine Chance verpasst! Wegen dieser paar vergeudeten Sekunden, in denen ich mich nicht entschließen konnte, ob ich zum Horn rennen sollte oder nicht. Ich scharre unschlüssig mit den Füßen, weiß nicht, welche Richtung mein Hirn für die beste hält, dann stürme ich los, schnappe mir die Plastikplane und einen Laib Brot. Die Ausbeute ist so gering und ich bin so wütend auf Peeta, weil er mich abgelenkt hat, dass ich zwanzig Meter weitersprinte zu einem knallorangefarbenen Rucksack, der alles Mögliche enthalten könnte. Ich würde es nicht ertragen, praktisch mit leeren Händen loszuziehen.

Ein Junge, ich glaube, aus Distrikt 9, erreicht den Rucksack zur gleichen Zeit wie ich, wir zerren eine Weile daran, plötzlich fängt er an zu husten und bespritzt mein Gesicht mit Blut. Ich taumele zurück, angeekelt von dem warmen, klebrigen Zeug. Da gleitet der Junge zu Boden und ich sehe das Messer in seinem Rücken. Einige der anderen Tribute haben das Füllhorn erreicht und schwärmen zum Angriff aus. Zehn Meter entfernt ist das Mädchen aus Distrikt 2 und rennt genau auf mich zu, ein halbes Dutzend Messer in einer Hand. Ich habe sie beim Training werfen gesehen. Sie trifft immer. Und ich bin ihr nächstes Ziel.

Die allgemeine Angst, die ich empfinde, verdichtet sich zur unmittelbaren Angst vor diesem Mädchen, diesem Raubtier, das mich in Sekundenschnelle töten könnte. Adrenalin schießt durch meinen Körper, ich werfe mir den Rucksack über die Schulter und renne, so schnell ich kann, auf den Wald zu. Ich höre, wie das Messer auf mich zusaust, und ziehe instinktiv den Rucksack hoch, um meinen Kopf zu schützen. Die Klinge bohrt sich in den Rucksack. Ich streife auch den anderen Träger über und laufe Richtung Bäume. Irgendwie weiß ich, dass das Mädchen mich nicht verfolgen wird. Dass es sie zurück zum Füllhorn zieht, bevor die guten Sachen weg sind. Ich muss grinsen. *Danke für das Messer*, denke ich.

Am Waldrand schaue ich einen Augenblick lang zurück, um die Lage zu sondieren. Rund um das Füllhorn hacken etwa ein Dutzend Tribute aufeinander ein. Ein paar liegen schon tot am Boden. Diejenigen, die die Flucht ergriffen haben, verschwinden gerade zwischen den Bäumen oder in dem Nichts auf der anderen Seite. Ich renne weiter, bis der Wald mich vor den anderen Tributen verbirgt, dann falle ich in einen leichten Trab, den ich bestimmt eine Weile durchhalten kann. In den nächsten

Stunden wechsele ich zwischen Dauerlauf und Gehen, um so viel Strecke wie möglich zwischen mich und meine Gegner zu legen. Beim Kampf mit dem Jungen aus Distrikt 9 habe ich das Brot verloren, dafür konnte ich mir die Plastikplane in den Ärmel stopfen. Im Gehen falte ich sie ordentlich zusammen und verstaue sie in einer Tasche. Dann ziehe ich das Messer aus dem Rucksack heraus – ein gutes Messer mit langer scharfer Klinge, am Griff gezackt, sodass ich es gut zum Sägen benutzen kann – und stecke es in den Gürtel. Noch wage ich nicht, anzuhalten und den Inhalt des Rucksacks zu untersuchen. Ich laufe einfach weiter und bleibe nur stehen, um mich nach möglichen Verfolgern umzuschauen.

Ich kann lange durchhalten. Das habe ich in den Wäldern gelernt. Aber ich werde Wasser brauchen. Das war Haymitchs zweite Anweisung, und da ich die erste irgendwie verpatzt habe, halte ich jetzt die Augen offen. Ohne Erfolg.

Der Wald verändert sich und die Kiefern wechseln sich jetzt mit verschiedenen anderen Baumarten ab, von denen ich manche kenne, andere noch nie gesehen habe. Plötzlich höre ich ein Geräusch und ziehe mein Messer, um mich, wenn nötig, zu verteidigen, doch ich habe nur ein Kaninchen aufgeschreckt. »Schön, dich zu sehen«, flüstere ich. Wo ein Kaninchen ist, könnten Hunderte sein, die nur darauf warten, in meine Fallen zu gehen.

Das Gelände fällt leicht ab. Das mag ich nicht besonders. In Tälern fühle ich mich gefangen. Ich möchte hoch oben sein, wie in den Hügeln rund um Distrikt 12, wo ich sehen kann, wenn Feinde im Anmarsch sind. Doch ich habe keine Wahl, ich muss weiter.

Seltsam, aber mir geht es eigentlich nicht schlecht. Die Tage, an denen ich mich vollgefressen habe, machen sich bezahlt. Meinem Durchhaltevermögen hat es nicht geschadet, dass ich so wenig geschlafen habe. Und in den Wäldern zu sein ist wie ein Jungbrunnen. Ich freue mich über die Einsamkeit, obwohl sie eine Illusion ist, denn wahrscheinlich kann man mich in diesem Augenblick auf dem Bildschirm sehen. Nicht die ganze Zeit, aber ab und zu. Am ersten Tag gibt es so viele Tode anzuschauen, dass ein Tribut, der durch die Wälder wandert, nicht besonders viel hermacht. Aber ich werde häufig genug gezeigt, damit die Leute wissen, dass ich am Leben bin, unverletzt und in Bewegung. Am Eröffnungstag, wenn die ersten Verluste einlaufen, geht es bei den Wetten immer besonders hoch her. Aber das ist kein Vergleich damit, was los ist, wenn das Feld auf eine Handvoll Spieler zusammengeschrumpft ist.

Es ist später Nachmittag, als ich die Kanonen höre. Jeder Schuss steht für einen toten Tribut. Offenbar ist das Töten am Füllhorn endlich zu Ende. Die Leichen des Gemetzels werden erst dann eingesammelt, wenn die Mörder weg sind. Am Eröffnungstag feuern sie die Kanonen sogar erst dann ab, wenn die ersten Kämpfe allesamt vorüber sind, weil sie kaum den Überblick über die Todesfälle behalten können. Keuchend genehmige ich mir eine Pause, während ich die Schüsse zähle. Eins … zwei … drei … und noch einer und noch einer bis elf. Elf Tote insgesamt. Noch dreizehn sind im Spiel. Mit den Fingernägeln kratze ich das getrocknete Blut ab, das der tote Junge aus Distrikt 9 mir ins Gesicht gehustet hat. Er ist tot, mit Sicherheit. Ich frage mich, was mit Peeta ist. Hat er den Tag überstanden? In ein paar Stunden werde ich es wissen. Wenn sie die Gesichter

172

der Toten an den Himmel projizieren, damit wir anderen sie sehen können.

Plötzlich überwältigt mich der Gedanke, Peeta könnte schon verloren sein; verblutet, abgeholt und auf dem Weg zurück ins Kapitol, um gesäubert, angekleidet und in einer schlichten Holzkiste zurück nach Distrikt 12 geschickt zu werden. Nicht mehr hier. Auf dem Weg nach Hause. Ich versuche mich zu erinnern, ob ich ihn gesehen habe, als es losging. Aber das letzte Bild, das ich heraufbeschwören kann, ist der kopfschüttelnde Peeta, während der Gong ertönt.

Vielleicht ist es besser, wenn er schon tot ist. Er hatte kein Vertrauen in seinen Sieg. Und ich muss mich am Ende nicht der unerfreulichen Aufgabe stellen, ihn zu töten. Vielleicht ist es besser, wenn er für immer fort ist.

Erschöpft sinke ich neben meinem Rucksack zusammen. Bevor es Nacht wird, muss ich ihn sowieso durchforsten. Damit ich weiß, womit ich arbeiten kann. Als ich die Riemen löse, merke ich, dass er solide verarbeitet ist, nur die Farbe ist ungünstig. Das Orange wird in der Dunkelheit regelrecht leuchten. Ich werde versuchen daran zu denken, dass ich ihn morgen als Erstes tarne.

Ich öffne den Rucksack. Was ich in diesem Augenblick am liebsten hätte, ist Wasser. Als Haymitch sagte, wir sollten als Erstes Wasser suchen, hatte er seine Gründe. Ohne Wasser werde ich nicht lange durchhalten. Ein paar Tage kann ich mit den unangenehmen Begleiterscheinungen des Austrocknens funktionieren, aber dann werde ich hilflos und in einer Woche bin ich tot, maximal. Vorsichtig hole ich die Vorräte heraus. Ein dünner schwarzer Schlafsack, der die Körperwärme speichert.

Eine Packung Kräcker. Eine Packung getrocknete Rindfleisch-streifen. Eine Flasche Jod. Eine Schachtel Streichhölzer. Eine kleine Rolle Draht. Eine Sonnenbrille. Und eine Zweiliterfla-sche für Wasser, ohne einen Tropfen darin.

Kein Wasser. Welche Mühe hätte es sie gekostet, die Fla-sche zu füllen? Ich spüre die Trockenheit in der Kehle und im Mund, meine aufgesprungenen Lippen. Ich war den ganzen Tag auf den Beinen. Es war heiß und ich habe viel geschwitzt. Das kenne ich von zu Hause, aber da sind immer Bäche, aus denen ich trinken kann, oder Schnee, den ich schmelzen kann, wenn nötig.

Während ich die Sachen wieder in den Rucksack packe, kommt mir ein schrecklicher Gedanke. Der See. Den ich gesehen habe, als ich auf den Gong wartete. Wenn der nun die einzige Was-serquelle in der Arena wäre? Auf diese Weise hätten sie die Ga-rantie, dass sie uns in Kämpfe verwickeln. Der See ist einen ganzen Tagesmarsch von da entfernt, wo ich jetzt sitze, ein sehr beschwerlicher Marsch, wenn man nichts zu trinken hat. Und selbst wenn ich ihn erreiche, wird er garantiert streng von den Karrieretributen bewacht. Ich gerate schon fast in Panik, als mir das Kaninchen einfällt, das ich vorhin aufgescheucht habe. Das muss doch auch trinken. Ich muss nur herausfinden, wo.

Die Dämmerung bricht an und ich fühle mich unbehaglich. Die Bäume stehen nicht dicht genug, um Deckung zu bie-ten. Die Schicht aus Kiefernnadeln, die meine Schritte dämpft, macht es auch schwerer, Tierspuren zu entdecken. Doch ich muss die Wildwechsel finden, damit sie mich zum Wasser füh-ren. Und es geht immer noch bergab, tiefer und tiefer hinein in ein Tal, das endlos scheint.

Hungrig bin ich auch, aber ich wage es nicht, meinen wertvollen Vorrat an Kräckern und Rindfleisch anzubrechen. Stattdessen nehme ich mein Messer und mache mich an einer Kiefer zu schaffen, schneide die äußere Rinde weg und kratze ein wenig von der weicheren inneren ab. Im Weitergehen kaue ich langsam auf der Rinde. Nach einer Woche mit den erlesensten Speisen der Welt fällt es nicht gerade leicht, das hinunterzuschlucken. Aber ich habe in meinem Leben schon so viel Kiefer gegessen. Daran werde ich mich schnell gewöhnen.

Eine Stunde später ist klar, dass ich einen Platz zum Kampieren brauche. Die Geschöpfe der Nacht kommen hervor. Gelegentlich höre ich es heulen oder jaulen – der erste Hinweis darauf, dass ich mit natürlichen Räubern um die Kaninchen konkurriere. Ob ich ebenfalls als Nahrungsquelle betrachtet werde, lässt sich jetzt noch nicht sagen. Gut möglich, dass in diesem Moment schon eine ganze Reihe von Tieren hinter mir herschleicht.

Aber fürs Erste stehen meine Mittribute ganz oben auf der Liste. Bestimmt werden viele die ganze Nacht hindurch weiterjagen. Diejenigen, die am Füllhorn gekämpft haben, besitzen nun Lebensmittel, jede Menge Wasser aus dem See, Fackeln oder Taschenlampen sowie Waffen, die sie unbedingt benutzen wollen. Ich kann nur hoffen, dass ich weit und schnell genug gelaufen bin, um aus ihrer Reichweite zu sein.

Bevor ich mich niederlasse, stelle ich im Gestrüpp mit meinem Draht zwei Schwippgalgenfallen. Es ist riskant, Fallen zu stellen, das ist mir klar, aber Nahrung wird schnell knapp werden. Und wenn ich weiterziehe, kann ich keine Fallen stellen. Trotzdem gehe ich noch fünf Minuten, bevor ich mein Lager herrichte.

Sorgfältig suche ich mir einen Baum aus. Eine Weide, nicht allzu groß, dafür umgeben von anderen Weiden, die mit ihren langen, herabhängenden Ästen Deckung geben. Ich erklettere den Baum, indem ich auf die stärkeren Äste nahe dem Stamm trete, und finde eine stabile Astgabel als Bettstatt. Nach einigem Hin und Her liegt mein Schlafsack in einer relativ bequemen Position. Bevor ich hineinschlüpfe, stecke ich den Rucksack ans Fußende. Vorsichtshalber ziehe ich meinen Gürtel heraus, binde ihn um Ast und Schlafsack und schließe ihn um meine Taille. So falle ich nicht runter, falls ich mich im Schlaf umdrehe. Ich bin klein genug, um mir das obere Ende des Schlafsacks über den Kopf zu legen, aber ich ziehe mir auch die Kapuze über. Mit Einbruch der Nacht wird es schnell kühl. Es war zwar riskant, aber ich weiß jetzt, dass es die richtige Entscheidung war, den Rucksack zu nehmen. Der Schlafsack, der meine Körperwärme speichert, ist von unschätzbarem Wert. Ich bin mir sicher, dass es in diesem Augenblick die größte Sorge vieler Tribute ist, sich warm zu halten, während ich möglicherweise sogar ein paar Stunden Schlaf bekomme. Wenn ich nur nicht so durstig wäre …

Die Nacht ist noch jung, als ich die Hymne höre, die die Zusammenfassung der Todesfälle ankündigt. Durch die Äste erkenne ich das Wappen des Kapitols, das am Himmel zu schweben scheint. In Wirklichkeit schaue ich wieder auf einen Bildschirm, einen riesigen diesmal, den eins ihrer Hovercrafts herbeigeschafft hat. Die Hymne verklingt, der Himmel verfinstert sich einen Augenblick lang. Zu Hause bekämen wir jede Tötung in allen Einzelheiten gezeigt, hier jedoch nicht, weil das den überlebenden Tributen einen unfairen Vorteil verschaffen könnte. Wenn ich mir zum Beispiel den Bogen gekrallt und einen Gegner erschossen hätte, wäre mein Geheimnis allen bekannt. Nein, hier in der Arena sehen wir nur dieselben Fotos wie damals bei den Trainingswertungen. Schlichte Porträts. Nur dass sie anstelle der Punktezahlen jetzt die Distriktzahlen zeigen. Ich atme tief durch, während die Gesichter der elf toten Tribute gezeigt werden, und zähle sie einen nach dem anderen an den Fingern ab.

Als Erstes erscheint das Mädchen aus Distrikt 3. Das bedeutet, dass die Karrieretribute aus den Distrikten 1 und 2 alle überlebt haben. Wie zu erwarten. Dann der Junge aus Distrikt 4. Mit dem hatte ich nicht gerechnet, normalerweise schaffen es alle Karrieretribute über den ersten Tag. Der Junge aus Distrikt 5 … Das fuchsgesichtige Mädchen hat es offenbar geschafft. Beide Tribute aus 6 und 7. Der Junge aus 8. Beide aus 9. Ja, da ist der Junge, mit dem ich um den Rucksack gekämpft habe. Ich habe keine Finger mehr übrig, jetzt fehlt nur noch ein toter Tribut. Ist es Peeta? Nein, es ist das Mädchen aus Distrikt 10. Das war's. Das Wappen des Kapitols erscheint erneut, unterlegt mit einer Schlussfanfare. Dunkelheit und Geräusche des Waldes übernehmen wieder.

Ich bin erleichtert, dass Peeta lebt. Wieder sage ich mir, wenn ich getötet werde und er gewinnt, werden meine Mutter und Prim am meisten davon haben. Damit versuche ich die widersprüchlichen Gefühle zu erklären, die aufkommen, wenn ich an Peeta denke. Die Dankbarkeit dafür, dass er mir einen Vorteil verschafft hat, als er beim Interview seine Liebe zu mir gestand. Die Wut angesichts seiner Überlegenheit auf dem Dach. Das Grauen darüber, dass wir uns in dieser Arena jeden Moment Auge in Auge gegenüberstehen können.

Elf tot, aber keiner aus Distrikt 12. Ich versuche, mir die anderen Überlebenden ins Gedächtnis zu rufen. Fünf Karriere-tribute. Fuchsgesicht. Thresh und Rue. Rue ... Sie hat es also immerhin über den ersten Tag geschafft. Ich kann nicht anders, als mich darüber zu freuen. Das macht zehn. Die anderen drei finde ich morgen heraus. Jetzt, wo es dunkel ist, ich so weit gelaufen und in diesem Baum eingebettet bin, jetzt muss ich versuchen auszuruhen.

Zwei Tage lang habe ich kaum geschlafen und dann war da noch die lange Reise in die Arena. Langsam erlaube ich meinen Muskeln zu entspannen. Meinen Augen, zuzufallen. Mein letz-ter Gedanke ist: Ein Glück, dass ich nicht schnarche ...

Knacks! Das Geräusch eines brechenden Astes weckt mich. Wie lange habe ich geschlafen? Vier Stunden? Fünf? Meine Na-senspitze ist eiskalt. *Knacks! Knacks!* Was ist da los? Das ist nicht das Geräusch eines Asts, der unter dem Fuß eines Menschen bricht, sondern das harte Knacken, das jemand verursacht, der von einem Baum heruntersteigt. *Knacks! Knacks!* Es dürfte ein paar Hundert Meter rechts von mir sein. Langsam, lautlos drehe ich mich in diese Richtung. Ein paar Minuten lang ist da nichts als Schwärze und Geräusche. Dann sehe ich einen Funken und ein kleines Feuer leuchtet auf. Zwei Hände, die sich über dem Feuer wärmen, mehr kann ich nicht erkennen.

Ich muss mir auf die Lippe beißen, damit ich dem Feuerma-cher nicht sämtliche Schimpfwörter an den Kopf werfe, die ich kenne. Was denkt der sich? Ein Feuer in der Abenddämmerung, das wäre vertretbar gewesen. Zu dem Zeitpunkt wären diejeni-gen, die am Füllhorn gekämpft haben, mit ihrer überlegenen Körperkraft und den üppigen Vorräten noch nicht nah genug gewesen, um den Flammenschein zu sehen. Aber jetzt, da sie wahrscheinlich schon seit Stunden auf der Suche nach Opfern den Wald durchkämmen – da könnte man genauso gut eine Fahne schwenken und rufen: »Hier bin ich!«

Und ich liege hier, nur einen Steinwurf entfernt vom größten Schwachkopf der Spiele. Festgeschnallt in einem Baum. Und wage nicht zu fliehen, weil mein Standort in diesem Augenblick jedem interessierten Killer verkündet wird. Ich weiß natürlich, dass es hier draußen kalt ist und nicht jeder einen Schlafsack hat. Aber dann beißt man eben die Zähne zusammen und hält durch bis zum Morgengrauen!

Die nächsten Stunden liege ich grübelnd in meinem Schlafsack und denke tatsächlich, dass ich von meinem Baum hinuntersteigen und meinen neuen Nachbarn problemlos ausschalten könnte. Mein erster Impuls war zu fliehen, nicht zu kämpfen. Aber offenbar ist dieser Mensch lebensmüde. Dumme Leute sind gefährlich. Und wahrscheinlich besitzt der hier keine nennenswerten Waffen, während ich ein exzellentes Messer mein Eigen nenne.

Der Himmel ist immer noch dunkel, doch ich spüre die ersten Anzeichen der Morgendämmerung. Jetzt denke ich allmählich, dass wir – damit meine ich den Menschen, dessen Tod ich gerade plane, und mich – vielleicht wirklich unbemerkt geblieben sind. Aber dann höre ich sie. Mehrere Fußpaare, die losrennen. Die Feuermacherin muss eingenickt sein. Sie sind über ihr, bevor sie fliehen kann. Ich weiß jetzt, dass es ein Mädchen ist, ich höre es an ihrem Flehen und dann an dem gequälten Schrei. Dann höre ich Gelächter und Beglückwünschungen von verschiedenen Stimmen. Jemand ruft: »Zwölf erledigt und noch elf vor uns!«, was mit zustimmendem Gejohle beantwortet wird.

Sie kämpfen also in einer Meute. Was mich nicht besonders überrascht. In den frühen Phasen der Spiele bilden sich oft Bündnisse. Die Starken schließen sich zusammen und jagen die Schwachen, und wenn die Spannungen zu groß werden, fallen sie übereinander her. Es ist nicht schwer zu erraten, aus wem dieses Bündnis besteht. Es werden die verbliebenen Karrieretribute aus den Distrikten 1, 2 und 4 sein. Zwei Jungen und drei Mädchen. Die immer gemeinsam zu Mittag gegessen haben.

Eine Weile durchsuchen sie das Mädchen nach Vorräten. An ihren Bemerkungen höre ich, dass sie nichts Brauchbares gefunden haben. Ich frage mich, ob Rue das Opfer ist, verwerfe den Gedanken aber gleich wieder. Sie ist zu schlau, um in der Nacht ein Feuer zu machen.

»Lasst uns abhauen, dann können sie die Leiche holen, bevor sie anfängt zu stinken.« Ich bin mir fast sicher, dass das der brutale Junge aus Distrikt 2 ist. Ich höre zustimmendes Gemurmel und merke dann zu meinem Entsetzen, dass die Meute in meine Richtung kommt. Sie wissen nicht, dass ich hier bin. Woher sollten sie? Und ich bin in der Baumgruppe gut getarnt. Zumindest solange die Sonne noch nicht aufgegangen ist. Dann wird mich mein schwarzer Schlafsack nämlich nicht mehr tarnen, sondern zum Problem werden. Wenn sie einfach weitergehen, sind sie gleich vorbei.

Aber die Karrieretribute bleiben zehn Meter entfernt auf der Lichtung stehen. Sie haben Taschenlampen, Fackeln. Durch das Geäst sehe ich hier einen Arm, da einen Stiefel. Ich erstarre und wage nicht zu atmen. Haben sie mich entdeckt? Nein, noch nicht. An ihrer Unterhaltung merke ich, dass sie mit den Gedanken woanders sind.

»Wieso hören wir nicht langsam mal die Kanone?«

»Stimmt. Was sollte sie davon abhalten, sie jetzt gleich abzuholen?«

»Es sei denn, sie ist nicht tot.«

»Sie ist tot. Ich habe sie höchstpersönlich abgestochen.«

»Und wo bleibt dann die Kanone?«

»Einer von uns sollte zurückgehen. Nachgucken, ob die Sache auch wirklich erledigt ist.«

»Ja, ich hab keine Lust, sie zweimal aufzuspüren.«

»Ich hab doch gesagt, dass sie tot ist!«

Sie streiten sich, bis eine Stimme die anderen verstummen lässt: »Wir verlieren hier nur Zeit! Ich gehe zurück und erledige sie und dann nichts wie weiter!«

Ich falle fast vom Baum. Die Stimme gehört Peeta.

12 Wie gut, dass ich mich festgeschnallt habe. Ich bin von der Astgabel gerutscht und hänge jetzt bäuchlings über dem Boden, gehalten nur von meinem Gürtel und einer Hand, während ich mich mit den Füßen am Stamm abstütze und das Gepäck im Schlafsack umklammere. Es hat bestimmt ein bisschen geraschelt, als ich gefallen bin, aber die Karrieros sind so sehr mit Streiten beschäftigt, dass sie nichts mitbekommen haben.

»Dann geh halt, Loverboy«, sagt der Junge aus Distrikt 2, »und überzeug dich selbst.«

Jetzt erhasche ich im Licht einer Fackel einen Blick auf Peeta, der zurück zu dem Mädchen am Feuer geht. Sein Gesicht ist voller Blutergüsse, um einen Arm hat er einen blutigen Verband und seinem Gang hört man an, dass er ein bisschen hinkt. Ich denke daran, wie er den Kopf geschüttelt und mir zu verstehen gegeben hat, ich solle mich nicht an dem Kampf um die Vorräte beteiligen; dabei hat er die ganze Zeit, von Anfang an, geplant, sich selbst ins Getümmel zu stürzen. Genau das Gegenteil von dem, was Haymitch uns eingeschärft hat.

Okay, ich kann's verstehen. All die Vorräte, das war schon verlockend. Aber das hier … Das ist etwas anderes. Gemeinsame Sache mit der Wolfsmeute der Karrieros zu machen, um uns andere zur Strecke zu bringen. Niemand aus Distrikt 12 käme auf den Gedanken, so etwas zu tun! Karrieretribute sind über die Maßen brutal, arrogant und besser genährt, aber nur, weil sie die Schoßhündchen des Kapitols sind. Abgrundtief gehasst von allen außer ihren eigenen Distrikten. Ich kann mir vorstellen, was sie jetzt zu Hause über Peeta reden. Und der wagt es, mir etwas von Selbstachtung zu erzählen!

Offensichtlich hat der ach so edle Junge auf dem Dach nur wieder ein Spielchen mit mir gespielt. Aber damit ist jetzt Schluss. Ich werde am Nachthimmel ungeduldig nach Hinweisen auf seinen Tod Ausschau halten, wenn ich ihn nicht höchstpersönlich erledige.

Die Karrieretribute sind still, bis er außer Hörweite ist, dann unterhalten sie sich gedämpft.

»Warum töten wir ihn nicht jetzt gleich und bringen es hinter uns?«

»Lass ihn mitkommen. Was kann es schaden? Außerdem kann er gut mit dem Messer umgehen.«

Ach ja? Das ist mir neu. Wirklich eine Menge interessanter Dinge, die ich da heute über meinen Freund Peeta erfahre.

»Abgesehen davon haben wir mit ihm die besten Chancen, sie zu finden.«

Es dauert einen Moment, bis ich begreife, dass mit »sie« ich gemeint bin.

»Was? Du glaubst doch nicht im Ernst, dass sie auf die Herz-und-Schmerz-Geschichte reingefallen ist?«

»Warum nicht? Mir schien sie ein ziemliches Dummchen zu sein. Wenn ich daran denke, wie sie sich in diesem Kleid gedreht hat, könnte ich loskotzen.«

»Ich wüsste gern, wie sie an ihre Elf gekommen ist.«

»Ich wette, Loverboy weiß es.«

Sie verstummen, als Peeta zurückkommt.

»Und, war sie tot?«, fragt der Junge aus Distrikt 2.

»Nein. Aber jetzt ist sie es«, sagt Peeta. In diesem Augenblick ertönt die Kanone. »Können wir weiter?«

Die Meute der Karrieros setzt sich im Laufschritt in Bewegung, gerade als der Morgen anbricht und Vogelgezwitscher die Luft erfüllt. Obwohl meine Muskeln vor Anspannung zittern, bleibe ich noch eine Weile in meiner misslichen Position, dann hieve ich mich zurück auf meinen Ast. Ich muss runter von dem Baum, weg von hier, aber einen Augenblick lang liege ich noch da und verdaue, was ich gehört habe. Nicht nur dass Peeta sich den Karrieros angeschlossen hat, er hilft ihnen auch, mich zu finden. Das einfältige Mädchen, das man wegen seiner Elf ernst nehmen muss. Weil sie mit Pfeil und Bogen umgehen kann. Was Peeta besser weiß als jeder andere.

Aber er hat es ihnen noch nicht verraten. Behält er diese Information für sich, weil er weiß, dass sie das Einzige ist, was ihn am Leben hält? Tut er für das Publikum immer noch so, als würde er mich lieben? Was hat er vor?

Plötzlich verstummen die Vögel. Dann stößt einer einen schrillen Warnschrei aus. Einen einzigen Ton. Den gleichen, den Gale und ich damals hörten, als das rothaarige Avoxmädchen gefangen wurde. Hoch über dem tödlichen Lagerfeuer erscheint ein Hovercraft. Eine Apparatur mit großen Metallzähnen wird heruntergelassen. Langsam, sanft wird das tote Tributmädchen in das Hovercraft gehoben. Dann verschwindet es. Die Vögel fangen wieder an zu singen.

»Los jetzt!«, flüstere ich mir selbst zu. Ich schäle mich aus dem Schlafsack, rolle ihn auf und verstaue ihn im Rucksack. Ich atme tief durch. Solange ich von Dunkelheit, Schlafsack und Weidengeäst verborgen war, hatten die Kameras wahrscheinlich Mühe, mich zu zeigen. Aber jetzt machen sie mich bestimmt ausfindig. Und dann zeigen sie in Großaufnahme, wie ich auf den Boden springe.

Die Zuschauer sind garantiert begeistert. Sie wussten ja, dass ich auf dem Baum war, dass ich das Gespräch der Karrieros belauscht und entdeckt habe, dass Peeta gemeinsame Sache mit ihnen macht. Bevor ich mich entscheide, wie ich mich dem Publikum präsentieren will, gehe ich am besten meine Möglichkeiten durch. Perplex? Nein. Konfus oder ängstlich? Auf gar keinen Fall.

Nein, ich muss der Konkurrenz um eine Nasenlänge voraus sein.

Deshalb bleibe ich, als ich aus dem Gebüsch hinaus in die Morgendämmerung schlüpfe, einen Augenblick stehen, damit die Kameras mich zeigen können. Dann lege ich den Kopf ein wenig schief und lächele wissend. Da, bitte! Sollen sie sich den Kopf zerbrechen, was das bedeutet.

Ich will gerade los, als mir die Fallen in den Sinn kommen. Vielleicht ist es unklug, danach zu sehen, wenn die anderen so nah sind. Aber ich muss einfach. Bin wohl zu viele Jahre auf der Jagd gewesen. Und der mögliche Braten lockt. Ich werde mit einem schönen Kaninchen belohnt. Im Nu habe ich das Tier gesäubert und ausgenommen und verstecke Kopf, Läufe, Schwanz, Fell und Innereien unter einem Haufen Blätter. Jetzt hätte ich gern ein Feuer – ein rohes Kaninchen zu essen kann

Hasenpest auslösen, wie ich am eigenen Leib erfahren habe –
da fällt mir das tote Tributmädchen ein. Ich renne zu ihrem
Lager zurück. Und wirklich, die Glut ihres Feuers ist noch heiß.
Ich zerlege das Kaninchen, schnitze mir aus einem Ast einen
Spieß zurecht und halte ihn über die Glut.

Jetzt freue ich mich über die Kameras. Die Sponsoren sollen sehen, dass ich jagen kann, dass ich gute Chancen habe,
weil ich mich nicht einfach aus Hunger in die Falle locken lasse.
Während das Kaninchen brät, zermahle ich ein Stück verkohl-
ten Ast und tarne den orangefarbenen Rucksack mit der Asche.
Das Schwarz tönt ihn ab, doch eine Schlammschicht wäre
sicher noch besser. Aber für Schlamm bräuchte ich natürlich
Wasser …

Ich schultere meine Ausrüstung, nehme den Spieß, scharre
ein wenig Erde über die Kohlen und gehe in die entgegengesetzte Richtung wie die Karrieros. Im Gehen esse ich die
Hälfte des Kaninchens und wickle die Reste für später in meine
Plastikplane ein. Das Fleisch beendet das Grummeln in meinem Bauch, aber es stillt nicht meinen Durst. Wasser hat jetzt
oberste Priorität.

Während ich wandere, habe ich das deutliche Gefühl, dass ich
immer noch auf dem Bildschirm im Kapitol bin. Also bemühe
ich mich, meine Gefühle zu verbergen. Claudius Templesmith
und seine Gastkommentatoren überschlagen sich bestimmt mit
Analysen von Peetas Verhalten und meiner Reaktion. Was hat
das alles zu bedeuten? Hat Peeta sein wahres Gesicht gezeigt?
Wie beeinflusst das die Wettchancen? Werden wir Sponsoren
verlieren? *Haben* wir überhaupt Sponsoren? Ja, ich bin sicher,
dass wir welche haben oder zumindest hatten.

Natürlich hat Peeta die Geschichte von dem tragischen Liebespaar jetzt durchkreuzt. Oder doch nicht? Da er über mich nicht gesprochen hat, können wir vielleicht immer noch einen kleinen Vorteil daraus ziehen. Wenn ich jetzt so tue, als würde ich mich amüsieren, denken die Leute vielleicht, wir hätten das alles gemeinsam ausgeheckt.

Die Sonne steigt am Himmel empor und selbst durch das Laubdach erscheint sie überaus hell. Ich creme meine Lippen mit Kaninchenfett ein und versuche, nicht zu hecheln, aber es bringt nichts. Erst ein Tag, und ich trockne zunehmend aus. Ich versuche mich an alles zu erinnern, was ich über das Auffinden von Wasser weiß. Es läuft bergab, deshalb ist es nicht dumm, wenn ich weiter talwärts laufe. Wenn ich nur einen Wildwechsel entdecken würde oder eine Stelle, wo die Pflanzen besonders grün wachsen, wäre das eine große Hilfe. Aber alles scheint unverändert. Das leicht abfallende Gelände, die Vögel, die Gleichförmigkeit der Bäume.

Je weiter der Tag voranschreitet, desto mehr wird mir bewusst, dass ich ein Problem habe. Das bisschen Urin, das ich ausscheide, ist dunkelbraun, mein Kopf tut weh und auf meiner Zunge breitet sich ein trockener Fleck aus, der nicht feucht werden will. Die Sonne sticht mir in den Augen, deshalb hole ich die Sonnenbrille heraus; aber als ich sie aufsetze, sehe ich verschwommen und ich stopfe sie zurück in den Rucksack.

Am späten Nachmittag glaube ich, Abhilfe gefunden zu haben. Ich entdecke eine Gruppe von Beerensträuchern und renne hin, um die Früchte abzustreifen und den süßen Saft herauszusaugen. Erst als ich sie schon an die Lippen halte, sehe ich genauer hin. Die Beeren, die ich für Blaubeeren gehalten hatte, haben eine etwas andere Form, und als ich sie auseinanderbreche, sind sie blutrot. Ich erkenne die Beeren nicht, vielleicht sind sie essbar, aber ich vermute eher einen miesen Trick der Spielmacher. Die Pflanzenexpertin im Trainingscenter hat uns ja auch extra eingeschärft, keine Beeren zu essen, solange wir nicht hundertprozentig sicher sein können, dass sie ungiftig sind. Das wusste ich zwar schon, doch jetzt bin ich so durstig, dass ich es nur aufgrund dieser Mahnung über mich bringe, sie wegzuwerfen.

Erschöpfung macht sich breit, doch es ist nicht die übliche Müdigkeit, die auf eine lange Wanderung folgt. Häufig muss ich anhalten und ausruhen, obwohl ich weiß, dass ich das Heilmittel gegen den Durst, der mich plagt, nur finde, wenn ich weitersuche. Ich probiere eine neue Taktik aus und klettere auf einen Baum, so hoch ich es in meinem wackligen Zustand wage, um nach Anzeichen von Wasser zu suchen. Aber so weit ich in alle Richtungen sehen kann, überall erstreckt sich derselbe erbarmungslose Wald.

Ich beschließe, bis zum Einbruch der Nacht weiterzumachen, und laufe, bis ich über meine eigenen Füße stolpere.

Erschöpft schleppe ich mich auf einen Baum und binde mich fest an. Obwohl ich keinen Appetit habe, sauge ich an einem Kaninchenknochen, damit mein Mund etwas zu tun hat. Die Nacht bricht herein, die Hymne erklingt und hoch oben am Himmel sehe ich das Bild des Mädchens, das offenbar aus Distrikt 8 stammte. Und dem Peeta den Rest gegeben hat.

Mein brennender Durst ist drängender als die Angst vor der Meute der Karrieros. Abgesehen davon sind sie in die andere Richtung gegangen und werden jetzt auch ausruhen müssen.

In Anbetracht des Wassermangels mussten sie vielleicht sogar zurück zum See, um ihre Vorräte aufzufüllen.

Möglicherweise wird auch mir nichts anderes übrig bleiben.

Der Morgen beginnt mit Schmerzen. Mein Kopf pocht mit jedem Herzschlag. Einfachste Bewegungen jagen stechende Schmerzen durch meine Gelenke. Ich falle eher vom Baum, als dass ich springe. Ich brauche mehrere Minuten, um meine Sachen zusammenzusuchen. Im tiefsten Innern weiß ich, dass das falsch ist, dass ich besser aufpassen, mich schneller bewegen müsste. Aber mein Verstand ist wie benebelt, es fällt mir schwer, zu überlegen. Ich lehne mich an den Baumstamm, fahre mir mit dem Finger vorsichtig über die Zunge, die sich anfühlt wie Sandpapier, während ich meine Möglichkeiten abwäge. Wie kann ich an Wasser kommen?

Zum See zurückgehen. Kommt nicht infrage. Das würde ich nie schaffen.

Auf Regen hoffen. Keine Wolke am Himmel.

Die Augen offen halten. Ja, das ist meine einzige Chance. Aber dann kommt mir ein anderer Gedanke und die Woge der Wut, die darauf folgt, bringt mich zur Besinnung.

Haymitch! Er könnte mir Wasser schicken! Ein Knopfdruck und in wenigen Augenblicken würde es mir mit einem silbernen Fallschirm geliefert. Ich muss Sponsoren haben, wenigstens einen oder zwei, die sich einen halben Liter Wasser für mich leisten können. Es ist teuer, ja, aber diese Leute haben Geld wie Heu. Und sie haben auf mich gesetzt. Vielleicht merkt Haymitch nicht, wie dringend ich es brauche. So laut ich mich traue, sage ich: »Wasser.« Hoffnungsfroh warte ich darauf, dass ein Fallschirm vom Himmel fällt. Aber nichts geschieht.

Da stimmt was nicht. Habe ich mich getäuscht und ich habe gar keine Sponsoren? Oder hat Peetas Verhalten sie zögerlich werden lassen? Nein, das glaube ich nicht. Da draußen ist jemand, der mir Wasser kaufen will, aber Haymitch weigert sich, es durchzulassen. Als mein Mentor hat er die Kontrolle über die Geschenke meiner Sponsoren. Ich weiß, dass er mich nicht ausstehen kann. Er hat keinen Hehl daraus gemacht. Aber würde er mich auch sterben lassen? Verdursten? Das kann er doch nicht machen, oder? Wenn ein Mentor seine Tribute schlecht behandelt, wird er von den Zuschauern zur Rechenschaft gezogen, von den Leuten zu Hause in Distrikt 12. Nicht mal Haymitch würde das riskieren, oder? Über meine Handelspartner auf dem Hob kann man sagen, was man will, aber ich glaube nicht, dass sie ihn dort willkommen heißen würden, wenn er mich auf diese Art sterben ließe. Wo sollte er dann seinen Schnaps herbekommen? Also … was ist los? Lässt er mich leiden, weil ich nicht auf ihn gehört habe? Lenkt er alle Sponsoren auf Peeta? Ist er einfach nur zu besoffen, um mitzukriegen, was vor sich geht? Irgendwie glaube ich das nicht und ich glaube auch nicht, dass er versucht, mich vorsätzlich sterben zu lassen. Auf seine persönliche, unangenehme Art hat er nämlich aufrichtig versucht, mich auf das hier vorzubereiten. Aber was ist dann los?

Ich vergrabe das Gesicht in den Händen. Gefahr, dass ich losheule, besteht keine; selbst wenn es mir das Leben retten könnte, würde ich keine Träne hervorbringen. Was treibt Haymitch bloß? Wut, Hass und Verdächtigungen zum Trotz flüstert eine leise Stimme in meinem Hinterkopf eine Antwort:

Vielleicht schickt er dir eine Botschaft, sagt sie. Eine Botschaft. Und was könnte sie besagen? Plötzlich weiß ich es. Es gibt nur einen vernünftigen Grund, weshalb Haymitch mir Wasser vorenthalten würde. Weil er weiß, dass ich es fast gefunden habe.

Ich beiße die Zähne zusammen und rappele mich auf. Das Gewicht meines Rucksacks scheint sich verdreifacht zu haben. Ich finde einen abgebrochenen Ast, der sich als Wanderstab eignet, und laufe los. Die Sonne brennt noch sengender herunter als an den ersten beiden Tagen. Ich fühle mich wie ein altes Stück Leder, das in der Hitze verdorrt und rissig wird. Jeder Schritt kostet Mühe, aber ich halte nicht an. Ich setze mich nicht. Wenn ich mich hinsetzen würde, wäre es gut möglich, dass ich nicht mehr aufstehen kann, dass ich mich nicht mal mehr an meine Aufgabe erinnere.

Eine leichte Beute bin ich! Jeder Tribut, selbst die winzige Rue, könnte mich jetzt erledigen, mich zu Boden stoßen und mit meinem eigenen Messer töten und ich könnte mich praktisch nicht dagegen wehren. Doch wenn irgendwer in meinem Teil des Waldes sein sollte, beachtet er mich nicht. Die Wahrheit ist, dass es mir vorkommt, als wäre ich eine Million Meilen von jeder Menschenseele entfernt.

Aber nicht allein. Nein, mit Sicherheit ist in diesem Augenblick eine Kamera auf mich gerichtet. Ich denke daran, wie ich in den letzten Jahren Tribute verhungern, erfrieren, verbluten und verdursten gesehen habe. Solange nicht irgendwo ein ordentlicher Kampf entbrennt, zeigen sie mich.

Ich denke an Prim. Wahrscheinlich schaut sie mir nicht live zu, aber in der Schule werden wohl während des Mittagessens Zusammenfassungen gezeigt. Um ihretwillen versuche ich so wenig verzweifelt wie möglich auszusehen.

Am Nachmittag weiß ich dennoch, dass das Ende nah ist.

Meine Beine schlackern und mein Herz schlägt zu schnell. Ich vergesse, was ich vorhabe. Mehrfach bin ich gestrauchelt und wieder auf die Beine gekommen, aber als jetzt der Stock unter mir wegrutscht, stürze ich und komme nicht mehr hoch. Ich wehre mich nicht, als meine Augen zufallen.

Ich habe Haymitch falsch eingeschätzt. Er hat überhaupt nicht die Absicht, mir zu helfen.

Das ist okay, denke ich. *Ist gar nicht schlecht hier.* Es ist nicht mehr so heiß, was bedeutet, dass der Abend naht. Ein schwacher süßer Duft, der mich an Blumen erinnert. Meine Finger gleiten über den weichen Boden und streifen leicht über das Gras. *Das ist ein guter Platz zum Sterben*, denke ich.

Meine Fingerspitzen zeichnen kleine Wirbel in die kühle, glitschige Erde. *Ich liebe Schlamm*, denke ich. Wie oft habe ich mithilfe seiner weichen, lesbaren Oberfläche Wild aufgespürt. Hilft auch gegen Bienenstiche, der Schlamm. Schlamm. Schlamm! Ich reiße die Augen auf und grabe meine Finger in die Erde. Es ist Schlamm! Meine Nase reckt sich in die Luft. Und das sind Blumen! Seerosen!

Jetzt krieche ich durch den Schlamm und schleppe mich zu dem Duft. Fünf Meter von der Stelle entfernt, an der ich zusammengebrochen bin, krieche ich durch Pflanzengestrüpp in einen Teich. Darauf schwimmen gelb blühende Pflanzen, meine schönen Seerosen.

Am liebsten würde ich das Gesicht ins Wasser tauchen und so viel in mich hineinlaufen lassen, wie ich kann. Aber ich kann mich gerade noch beherrschen. Mit zitternden Händen ziehe ich meine Flasche heraus und fülle sie mit Wasser. Dann gebe ich so viele Jodtropfen hinein, wie meiner Erinnerung nach nötig sind, um es zu reinigen. Die halbe Stunde, die ich warten muss, ist quälend, aber ich reiße mich am Riemen. Zumindest kommt es mir wie eine halbe Stunde vor; länger halte ich es auf keinen Fall aus.

Langsam, ganz ruhig, sage ich mir. Ich nehme einen Schluck und zwinge mich zu warten. Dann noch einen. In den nächsten Stunden trinke ich die ganze Zweiliterflasche aus. Dann noch eine. Ich fülle noch eine dritte, bevor ich mich auf einen Baum zurückziehe, wo ich weiternippe, an meinem Kaninchen nage und mir sogar einen meiner kostbaren Kräcker genehmige. Als die Hymne ertönt, geht es mir merklich besser. Keine Gesichter heute Abend, keine toten Tribute heute. Morgen werde ich hierbleiben, ausruhen, den Rucksack mit Schlamm tarnen, ein paar von den kleinen Fischen fangen, die ich beim Trinken gesehen habe, die Wurzeln der Seerosen ausgraben und eine schöne Mahlzeit zubereiten. Ich kuschele mich in meinen Schlafsack und klammere mich an meine Wasserflasche, als hinge mein Leben daran – und so ist es ja auch.

Ein paar Stunden später reißt mich lärmendes Getrampel aus dem Schlaf. Fassungslos schaue ich mich um. Es dämmert noch nicht, aber meine scharfen Augen können es sehen.

Wäre auch kaum möglich, die Feuerwand zu übersehen, die da auf mich zugerollt kommt.

13 Mein erster Impuls ist, von meinem Baum hinunterzuklettern, aber ich bin ja festgeschnallt. Irgendwie schaffen meine Finger es, die Schnalle zu lösen, und ich falle mitsamt Schlafsack zu Boden. Zum Packen bleibt keine Zeit. Zum Glück sind Rucksack und Wasserflasche schon im Schlafsack. Ich packe den Gürtel ein, lade meinen Krempel auf die Schulter und ergreife die Flucht.

Die Welt hat sich in Flammen und Rauch verwandelt. Brennende Äste brechen von den Bäumen ab und fallen mir in einem Funkenregen vor die Füße. Mir bleibt nur, den anderen zu folgen, die durch den Wald davonjagen: Kaninchen und Rehe und sogar ein Rudel wilder Hunde. Ich vertraue ihrem Orientierungssinn, sie haben den besseren Instinkt. Aber sie sind auch viel schneller und fliegen anmutig durchs Unterholz, während meine Füße an Wurzeln und heruntergefallenen Ästen hängen bleiben. Ich habe keine Chance, mit den Tieren Schritt zu halten.

Die Hitze ist grauenhaft, aber noch schlimmer als die Hitze ist der Qualm, der mich jeden Augenblick zu ersticken droht. Ich ziehe mein T-Shirt hoch bis über die Nase, zum Glück ist es verschwitzt und bietet einen dünnen Schutz. Und ich renne schwer atmend weiter, während der Schlafsack gegen meinen

Rücken schlägt und mein Gesicht von Ästen zerkratzt wird, die ohne Vorwarnung aus dem grauen Dunst auftauchen, denn mir bleibt keine andere Wahl, als zu rennen.

Das hier ist nicht das Lagerfeuer eines Tributs, das außer Kontrolle geraten ist, kein Zufall. Die näher kommenden Flammen sind von unnatürlicher Höhe und Gleichförmigkeit, und das verrät, dass sie menschengemacht sind, maschinengemacht, von den Spielmachern gemacht. War wohl zu ruhig heute. Keine Todesfälle, vielleicht nicht mal ein Kampf. Den Zuschauern im Kapitol könnte langweilig werden, sie könnten auf die Idee kommen, diese Spiele seien fad. Und das dürfen die Spiele auf gar keinen Fall werden.

Es ist nicht schwer zu erkennen, worauf die Spielmacher abzielen. Auf der einen Seite ist da die Meute der Karrieretribute, auf der anderen Seite sind wir Übrigen, über die ganze Arena verteilte Einzelkämpfer. Dieses Feuer soll uns herausspülen und zusammenführen. Es ist vielleicht nicht die originellste Erfindung, die ich je gesehen habe, aber sie ist sehr, sehr wirkungsvoll.

Ich springe über einen brennenden Stamm. Nicht hoch genug. Ein Zipfel meiner Jacke fängt Feuer und ich muss anhalten, sie mir vom Leib reißen und die Flammen austreten. Ich wage nicht, die verbrannte und noch schwelende Jacke zurückzulassen, sondern stopfe sie trotz des Risikos in meinen Schlafsack. Ich kann nur hoffen, dass der Sauerstoffmangel die Glut, die vielleicht noch nicht ganz gelöscht ist, erstickt. Was ich auf dem Rücken trage, ist alles, was ich habe, und es ist wenig genug, um zu überleben.

Innerhalb weniger Minuten sind meine Kehle und meine

Nase glühend heiß. Gleich darauf muss ich husten und meine Lunge fühlt sich an wie gekocht. Was bisher nur unangenehm war, ist jetzt die reinste Qual und jeder Atemzug jagt einen sengenden Schmerz durch meine Brust. Ich kann mich gerade noch unter einen Steinvorsprung flüchten, als ich mich übergeben muss und mein karges Abendbrot und das Wasser verliere, das noch in meinem Magen war. Auf Händen und Knien würge ich, bis nichts mehr da ist, das ich erbrechen könnte.

Mir ist klar, dass ich weitermuss, aber ich zittere, mir ist schwindlig und ich schnappe nach Luft. Ich genehmige mir einen Löffel voll Wasser, um meinen Mund auszuspülen und auszuspucken, dann nehme ich ein paar Schlucke aus der Flasche. *Du hast eine Minute,* sage ich mir. *Eine Minute zum Ausruhen.* Ich nutze die Zeit, um meine Vorräte in Ordnung zu bringen, rolle den Schlafsack zusammen und stopfe alles irgendwie in den Rucksack. Die Minute ist um. Ich weiß, dass ich jetzt weitermuss, aber der Rauch hat meine Gedanken benebelt. Die leichtfüßigen Tiere, die mir die Richtung gewiesen haben, haben mich abgehängt. In diesem Teil des Waldes bin ich noch nicht gewesen, bisher gab es keine nennenswerten Felsen wie den, hinter dem ich jetzt Schutz suche. Wohin wollen mich die Spielmacher lenken? Zurück zum See? Zu einem ganz neuen Terrain voller neuer Gefahren? Ich hatte an meinem Teich gerade ein paar Stunden Ruhe gefunden, als die Attacke begann. Gäbe es eine Möglichkeit, parallel zum Feuer zu laufen und den Weg zurück zu finden, dorthin oder zu irgendeiner anderen Wasserquelle? Die Feuerwand muss irgendwo zu Ende sein und sie wird nicht unendlich lange brennen. Nicht weil die Spielmacher sie nicht weiter anheizen könnten, sondern weil es dann schon wieder heißen könnte, die Spiele seien langweilig. Wenn ich hinter die Feuerlinie gelangen könnte, würde ich den Karrieretributen nicht über den Weg laufen. Ich habe mich gerade entschlossen, es zu versuchen und das Feuer zu umgehen, auch wenn das viele Kilometer Umweg in einem weiten Bogen zurück bedeutet, als einen halben Meter von meinem Kopf entfernt der erste Feuerball in den Fels einschlägt. Ich springe unter meinem Vorsprung hervor, angetrieben von neuer Angst.

Das Spiel hat eine überraschende Wendung genommen. Das Feuer war nur dazu da, uns aufzuscheuchen, jetzt soll den Zuschauern richtig etwas geboten werden. Als ich das nächste Zischen höre, verschwende ich keine Zeit damit, mich umzuschauen, ich werfe mich einfach flach auf den Boden. Der Feuerball trifft einen Baum zu meiner Linken und setzt ihn in Flammen. Wenn ich mich jetzt nicht bewege, bin ich tot. Ich bin kaum wieder auf den Füßen, als ein dritter Feuerball an der Stelle aufkommt, wo ich eben noch gelegen habe, und hinter mir eine Feuersäule emporschlagen lässt. Die Zeit hat jetzt keine Bedeutung mehr, ich versuche nur noch verzweifelt, den Angriffen auszuweichen. Ich kann nicht erkennen, woher sie kommen, aber ein Hovercraft ist es nicht. Dafür sind die Winkel nicht steil genug. Wahrscheinlich haben sie den ganzen Waldabschnitt mit Präzisionsgeschützen bestückt, die in Bäumen oder Felsen versteckt sind. Irgendwo in einem kühlen, makellosen Raum sitzt ein Spielmacher vor einer Kontrollkonsole und spielt an den Knöpfen, die mein Leben binnen einer Sekunde beenden könnten. Ein Volltreffer genügt.

Der unbestimmte Plan, zu meinem Teich zurückzukehren,

wird buchstäblich weggefegt, während ich Haken schlage, weg-tauche und springe, um den Feuerbällen auszuweichen. Sie sind nicht größer als Äpfel, aber beim Aufprall setzen sie enorme Kräfte frei. Meine Sinne sind aufs Äußerste geschärft, denn jetzt geht es nur noch ums blanke Überleben. Keine Zeit, darüber nachzudenken, ob eine Bewegung richtig ist. Sobald es zischt, heißt es handeln oder sterben.

Etwas treibt mich allerdings vorwärts. Von den vielen Hun-gerspielen, bei denen ich im Lauf der Zeit zugeschaut habe, weiß ich, dass bestimmte Bereiche der Arena für bestimmte Attacken präpariert sind. Wenn es mir gelingt, aus diesem Ab-schnitt zu entkommen, kann ich es außer Reichweite der Ge-schütze schaffen. Vielleicht lande ich dann geradewegs in einer Schlangengrube, aber darüber kann ich mir jetzt keine Gedan-ken machen.

Wie lange ich herumrenne und den Feuerbällen ausweiche, weiß ich nicht, doch irgendwann lässt der Angriff nach. Und das ist gut, denn ich muss mich schon wieder übergeben. Dies-mal verbrennt mir eine ätzende Substanz die Kehle und gelangt in meine Nase. Von Krämpfen geschüttelt, muss ich stehen blei-ben, während mein Körper versucht, die Giftstoffe loszuwer-den, die ich während der Attacke geschluckt habe. Ich warte auf das nächste Zischen, das Signal zum Wegrennen. Es kommt nicht. Die Anstrengung beim Würgen hat mir Tränen in die brennenden Augen getrieben. Meine Kleider sind schweißnass. Durch den Gestank von Qualm und Erbrochenem hindurch nehme ich den Geruch von versengtem Haar wahr. Ich taste mit einer Hand nach meinem Zopf und stelle fest, dass ein Feuerball mindestens fünfzehn Zentimeter davon versengt hat.

Verkohlte Haarsträhnen zerbröseln zwischen meinen Fingern. Fasziniert von der Verwandlung, starre ich darauf, als ich das Zischen wieder höre.

Ich reagiere, aber diesmal nicht schnell genug. Der Feuerball streift meine rechte Wade und schlägt neben mir im Boden ein. Beim Anblick meines brennenden Hosenbeins raste ich völlig aus. Ich winde mich auf Händen und Füßen, krabble rückwärts, versuche kreischend, dem Horror zu entkommen. Als ich wieder halbwegs bei Verstand bin, wälze ich das Bein auf dem Boden hin und her und ersticke die Flammen. Ohne nachzudenken, reiße ich mit bloßen Händen den Rest des glimmenden Stoffs ab.

Ich sitze auf dem Boden, ein paar Meter von der Stichflamme entfernt, die der Feuerball ausgelöst hat. In der Wade spüre ich einen brüllenden Schmerz, meine Hände sind mit roten Quaddeln übersät. Ich zittere so sehr, dass ich mich nicht bewegen kann. Falls die Spielmacher mich erledigen wollen, ist jetzt der richtige Zeitpunkt.

Ich höre wieder Cinnas Stimme, die Bilder von üppigen Stoffen und funkelnden Edelsteinen hervorruft: »Katniss – das Mädchen, das in Flammen stand.« Darüber lachen die Spielmacher in diesem Augenblick bestimmt herzlich. Vielleicht haben Cinnas wunderschöne Kostüme sie überhaupt erst auf die Idee dieser besonderen Folter für mich gebracht. Das konnte er nicht vorhersehen und bestimmt tut es ihm weh, denn ich glaube, dass er mich wirklich gernhat. Trotzdem, vielleicht wäre es sicherer gewesen, wenn ich mich splitternackt auf dem Wagen präsentiert hätte.

Die Attacke ist vorbei. Die Spielmacher wollen nicht, dass ich sterbe. Jedenfalls noch nicht jetzt. Jeder weiß, dass sie uns nach dem Eröffnungsgong in wenigen Sekunden töten könnten. Aber der eigentliche Spaß bei den Hungerspielen liegt darin, zuzuschauen, wie sich die Tribute gegenseitig umbringen. Ab und zu töten sie einen Tribut, um die anderen daran zu erinnern, dass sie es können. Doch meistens bringen sie uns dazu, einander Auge in Auge gegenüberzustehen. Wenn ich jetzt nicht mehr beschossen werde, heißt das also, dass zumindest ein anderer Tribut ganz in der Nähe ist.

Wenn ich könnte, würde ich auf einem Baum Deckung suchen, aber der Rauch ist noch immer dicht genug, um mich zu töten. Ich raffe mich auf und schleppe mich von der Feuerwand weg, die den Himmel erleuchtet. Sie scheint mich nicht mehr zu verfolgen, abgesehen von den stinkenden schwarzen Wolken.

Langsam erscheint ein anderes Licht, Tageslicht. Rauchwirbel fangen die Sonnenstrahlen ein. Die Sicht ist schlecht, vielleicht fünfzehn Meter in jede Richtung. Es wäre ein Leichtes für einen Tribut, sich hier vor mir zu verstecken. Eigentlich müsste ich mein Messer ziehen, aber ich bezweifele, dass ich imstande wäre, es lange zu halten. Der Schmerz in meinen Händen ist jedoch kein Vergleich zu dem in meiner Wade. Ich hasse Verbrennungen, habe sie schon immer gehasst, selbst die kleinen, die man sich einhandelt, wenn man ein Brot aus dem Backofen holt. Es war schon immer der schlimmste Schmerz für mich, aber so etwas habe ich noch nicht erlebt.

Ich bin so erschöpft, dass ich den Tümpel erst bemerke, als ich knöcheltief darin stehe. Er wird von einer Quelle gespeist, die einer Felsspalte entspringt, und ist herrlich kühl. Ich tauche die Hände in das seichte Wasser und verspüre sofort Linderung. Hat meine Mutter das nicht auch immer gesagt? Dass kaltes Wasser das beste Mittel bei Verbrennungen ist? Weil es die Hitze herauszieht? Allerdings meinte sie kleinere Verbrennungen und würde das wohl bei meinen Händen empfehlen. Aber was ist mit der Wade? Obwohl ich noch nicht den Mut hatte, sie mir anzuschauen, vermute ich, dass diese Wunde von ganz anderem Kaliber ist.

Eine Weile liege ich auf dem Bauch am Rand des Tümpels, lasse meine Hände im Wasser baumeln, betrachte die kleinen Flammen auf meinen Fingernägeln, die langsam abbröckeln. Gut so. Feuer habe ich für dieses Leben genug gehabt.

Ich wasche Blut und Asche von meinem Gesicht. Dann versuche ich mir alles in Erinnerung zu rufen, was ich über Verbrennungen weiß. Im Saum kommen sie häufig vor, schließlich kochen und heizen wir mit Kohle. Dazu noch die Minenunfälle ... Einmal kam eine Familie mit einem bewusstlosen jungen Mann zu uns und flehte meine Mutter an, ihm zu helfen. Der Distriktarzt, der für die Behandlung der Minenarbeiter zuständig war, hatte ihn aufgegeben und der Familie gesagt, sie solle ihn zum Sterben mit nach Hause nehmen. Aber sie wollten sich nicht damit abfinden. Nun lag er also bewusstlos auf unserem Küchentisch. Ich erhaschte einen Blick auf die klaffende Wunde am Oberschenkel, verkohltes Fleisch, bis auf den Knochen verbrannt, dann rannte ich aus dem Haus. Ich lief in den Wald und jagte den ganzen Tag, verfolgt von dem grauenhaften Bein, Erinnerungen an den Tod meines Vaters. Komischerweise blieb Prim, die normalerweise vor ihrem eigenen Schatten davonläuft, da und half. Zum Heiler wird man geboren, nicht gemacht, sagt meine Mutter. Sie taten ihr Bestes, doch der junge Mann starb, wie der Arzt gesagt hatte.

Mein Bein müsste behandelt werden, aber ich kann immer noch nicht hinsehen. Wenn es nun so schlimm ist wie bei dem Mann und ich den Knochen sehe? Dann fällt mir ein, dass meine Mutter einmal gesagt hat, bei sehr schlimmen Verbrennungen empfinde man häufig gar keinen Schmerz, weil die Nerven zerstört seien. Dadurch ermutigt, setze ich mich auf und schwinge das Bein nach vorn.

Beim Anblick meiner Wade kippe ich fast um. Das Fleisch ist leuchtend rot und mit Brandblasen übersät. Ich zwinge mich, tief und langsam zu atmen, denn ich bin mir fast sicher, dass die Kameras auf mein Gesicht halten. Ich darf bei dieser Verletzung keine Schwäche zeigen. Nicht, wenn ich Hilfe will. Mitleid bringt einem keine Hilfe. Bewunderung, weil man nicht aufgibt, das bringt Hilfe. Ich schneide die Reste des Hosenbeins auf Höhe des Knies ab und untersuche die Wunde genauer. Die verbrannte Stelle ist etwa handtellergroß. Nirgendwo ist die Haut schwarz. Kann nicht schaden, die Wunde ins Wasser zu halten, überlege ich. Vorsichtig strecke ich das Bein in den Tümpel, wobei ich den Fuß auf einem Stein ablege, damit das Leder des Stiefels nicht so sehr durchweicht. Ich seufze, denn es bringt ein wenig Linderung. Ich weiß, dass es Kräuter gibt, die den Heilungsprozess beschleunigen, aber ich kann mich nicht daran erinnern, welche es waren. Wahrscheinlich werde ich es mit Wasser und Zeit schaffen müssen.

Soll ich weitergehen? Der Rauch verzieht sich langsam, ist allerdings immer noch so dicht, dass er gefährlich sein könnte. Aber wenn ich mich weiter vom Feuer entferne, werde ich dann nicht geradewegs den Karrieros vor die Waffen laufen? Abgesehen davon meldet sich jedes Mal, wenn ich das Bein aus dem Wasser hebe, der Schmerz so heftig zurück, dass ich es wieder hineingleiten lassen muss. Meinen Händen geht es besser. Sie ertragen es, wenn ich sie kurz aus dem Tümpel ziehe. So kann ich langsam mein Gepäck ordnen. Zunächst fülle ich meine Flasche mit Wasser aus dem Tümpel, präpariere es, und als genug Zeit vergangen ist, beginne ich meinem Körper wieder Wasser zuzuführen. Nach einer Weile zwinge ich mich, an einem Kräcker zu knabbern, was meinen Magen wieder in Ordnung bringt. Ich rolle den Schlafsack auseinander. Bis auf ein paar schwarze Flecken ist er einigermaßen unversehrt. Die Jacke hat mehr abbekommen. Sie stinkt und ist versengt und eine mindestens dreißig Zentimeter lange Stelle am Rücken ist nicht mehr zu reparieren. Ich schneide die zerstörte Stelle heraus, sodass mir die Jacke nur mehr bis über die Rippen reicht. Dafür ist die Kapuze noch intakt und das ist eindeutig besser als nichts.

Trotz des Schmerzes gewinnt die Müdigkeit die Oberhand. Ich würde gern zu einem Baum gehen und ausruhen, nur dass ich da zu leicht zu entdecken wäre. Außerdem kann ich mir nicht vorstellen, den Tümpel zu verlassen. Ich lege meine Sachen ordentlich zurecht, setze mir sogar den Rucksack auf, aber wie es aussieht, kann ich nicht fort. Ich entdecke Wasserpflanzen mit essbaren Wurzeln und bereite mit dem letzten Stück Kaninchen eine kleine Mahlzeit. Trinke Wasser in kleinen Schlucken. Betrachte die Sonne, die in langsamem Bogen über den Himmel wandert. Wo sollte ich auch hin, wo wäre ich sicherer als hier? Ich lehne mich gegen den Rucksack, überwältigt von der Müdigkeit. *Sollen die Karrieros mich doch finden, wenn sie wol-*

len, denke ich, bevor ich mich in eine Starre gleiten lasse. *Sollen sie mich doch finden.*

Und sie finden mich tatsächlich. Zum Glück bin ich schon abmarschbereit, denn als ich die Schritte höre, habe ich weniger als eine Minute Vorsprung. Der Abend dämmert bereits. Ich bin kaum wach, da bin ich auch schon auf den Beinen, renne quer durch den Tümpel und flüchte ins Unterholz. Das Bein behindert mich, aber ich merke, dass meine Verfolger auch nicht mehr so schnell sind wie vor dem Feuer. Ich höre sie husten und einander mit kratzigen Stimmen rufen.

Trotzdem kommen sie näher, wie eine Meute wilder Hunde, und deshalb tue ich das, was ich in solchen Situationen immer schon getan habe. Ich suche mir einen hohen Baum und beginne hinaufzuklettern. Rennen ist schon schmerzhaft, aber Klettern ist eine Qual, denn es erfordert nicht nur Kraft, sondern auch den direkten Kontakt meiner Hände mit der Baumrinde. Aber ich bin schnell, und als sie meinen Baum erreichen, bin ich schon gut sechs Meter über ihnen. Einen Augenblick halten wir inne und mustern einander. Hoffentlich können sie mein Herzklopfen nicht hören.

Das könnte es gewesen sein, denke ich. Welche Chance habe ich gegen sie? Alle sechs sind da, die fünf Karrieros und Peeta, und mein einziger Trost ist, dass sie auch ziemlich mitgenommen aussehen. Trotzdem, da sind ja noch ihre Waffen. Und ihre Gesichter, wie sie mich angrinsen und die Zähne fletschen, über sich die sichere Beute. Es scheint hoffnungslos. Doch dann wird mir etwas bewusst. Sie sind vielleicht größer und stärker als ich, aber sie sind auch schwerer. Es hatte seinen Grund, dass immer ich und nicht Gale die höchsten Früchte gepflückt und die entlegensten Vogelnester ausgeräubert habe. Ich wiege mindestens fünfundzwanzig, dreißig Kilo weniger als die leichtesten der Karrieros.

Jetzt lächele ich. »Wie geht's denn so?«, rufe ich fröhlich hinunter.

Das verblüfft sie, aber ich weiß, dass die Zuschauer begeistert sein werden.

»Ganz gut«, sagt der Junge aus Distrikt 2. »Und selbst?«

»War ein bisschen warm für meinen Geschmack«, sage ich. Ich kann das Gelächter vom Kapitol fast hören. »Hier oben ist die Luft besser. Warum kommt ihr nicht hoch?«

»Kannst du haben«, sagt der Junge.

»Nimm das hier, Cato«, sagt das Mädchen aus Distrikt 1 und reicht ihm den silbernen Bogen samt Köcher. Mein Bogen! Meine Pfeile! Allein der Anblick macht mich so wütend, dass ich schreien könnte; ich ärgere mich über mich selbst und diesen Verräter von Peeta, weil er mich davon abgehalten hat, sie zu bekommen. Ich versuche, Blickkontakt zu ihm herzustellen, aber er schaut mich absichtlich nicht an, während er sein Messer am Hemdsaum abputzt.

»Nein«, sagt Cato und schiebt den Bogen weg. »Mit dem Schwert geht's besser.« Ich kann die Waffe sehen, eine kurze, schwere Klinge an seinem Gürtel.

Ich warte ab, bis Cato sich in den Baum gezogen hat, und klettere dann weiter hinauf. Gale sagt immer, die Art, wie ich noch die dünnsten Äste emporhusche, erinnere ihn an ein Eichhörnchen. Zum Teil liegt es daran, dass ich so leicht bin, zum Teil ist es Übung. Man muss wissen, wohin man Hände und Füße setzt. Ich bin noch einmal fünf Meter höher, als ich ein

Knacken höre und nach unten schaue. Cato rudert wild mit den Armen und kracht mitsamt dem Ast herunter. Als er aufschlägt, hoffe ich, dass er sich das Genick gebrochen hat, aber er steht schon wieder auf den Füßen und flucht wie der Teufel.

Das Mädchen mit den Pfeilen, Glimmer nennen sie sie – in Distrikt 1 geben sie ihren Kindern wirklich lächerliche Namen –, diese Glimmer also versucht jetzt ihr Glück, doch als die Äste auch unter ihrem Gewicht brechen, ist sie so schlau, es aufzugeben. Ich befinde mich gut zwanzig Meter über dem Boden. Nun will sie mich abschießen, aber man merkt sofort, dass sie nicht mit dem Bogen umgehen kann. Einer der Pfeile bleibt nicht weit von mir im Baum stecken und ich ziehe ihn heraus. Herausfordernd schwenke ich ihn über ihrem Kopf, als wäre das der einzige Grund, weshalb ich ihn mir geschnappt habe. Dabei bin ich entschlossen, ihn zu benutzen, falls sich die Gelegenheit bietet. Hätte ich diese silbernen Waffen in meinen Händen, ich könnte sie alle töten, einen nach dem anderen.

Die Karrieros scharen sich unten zusammen. Ich kann hören, wie sie verschwörerisch miteinander tuscheln. Sie sind wütend darüber, dass ich sie wie Deppen dastehen lasse. Aber die Dämmerung bricht schon herein und damit bleibt ihnen keine Zeit für weitere Attacken. Schließlich höre ich Peeta barsch sagen: »Ach, lasst sie einfach da oben. Sie kann ja nirgendwohin. Wir nehmen sie uns morgen vor.«

Wo er recht hat, hat er recht. Ich kann nirgendwohin. Die Linderung, die das Wasser mir verschafft hat, ist vorüber und ich spüre die Verbrennungen jetzt mit voller Wucht. Ich lasse mich in eine Astgabel hinabrutschen und treffe schwerfällig die Vorbereitungen zum Schlafen. Ziehe die Jacke an. Rolle den

Schlafsack aus. Schnalle mich mit dem Gürtel an und versuche, nicht zu stöhnen. Die Hitze im Schlafsack ist zu viel für mein Bein. Ich schneide einen Schlitz in den Stoff und lasse die Wade heraushängen. Träufele Wasser auf die Wunde, auf meine Hände.

Das war's mit meiner Tapferkeit. Ich bin geschwächt von Schmerz und Hunger, trotzdem kann ich mich nicht dazu aufraffen, etwas zu essen. Selbst wenn ich die Nacht überstehe, was wird der Morgen bringen? Ich starre ins Blattwerk und versuche, mich zum Ausruhen zu zwingen, aber die Brandwunden verhindern es. Vögel lassen sich für die Nacht nieder, singen ihren Jungen Schlaflieder vor. Die Geschöpfe der Nacht kommen heraus. Eine Eule ruft. Der Geruch eines Stinktiers dringt undeutlich durch den Qualm. Vom Nachbarbaum starren mich die Augen eines Tiers an, eines Opossums vielleicht, in denen sich der Schein von den Fackeln der Karrieros fängt. Plötzlich stütze ich mich auf den Ellbogen. Das sind nicht die Augen eines Opossums, dazu kenne ich ihren glasigen Widerschein zu gut. Die Augen gehören überhaupt nicht zu einem Tier. Im letzten Dämmerlicht erkenne ich sie, wie sie mich still durch das Geäst hindurch ansieht.

Rue.

Wie lange ist sie schon dort? Wahrscheinlich die ganze Zeit über. Still und unbeachtet, während unter ihr das Treiben seinen Lauf nahm. Vielleicht hat sie ihren Baum erst kurz vor mir erklommen, als sie hörte, dass die Meute nah war.

Eine Weile starren wir uns an. Dann, ohne dass auch nur ein Blatt raschelt, schiebt sich ihre kleine Hand nach vorn und deutet auf eine Stelle über meinem Kopf.

207

14 Mein Blick folgt der Richtung, in die ihr Finger zeigt, hinauf ins Blätterdach. Zuerst habe ich keine Ahnung, was sie meint, dann mache ich im Dämmerlicht fünf Meter über mir vage eine Form aus. Aber … was ist das? Irgendein Tier? Es hat die Größe eines Waschbären, hängt jedoch von einem dünnen Ast herunter und schwingt ganz leicht hin und her. Es muss etwas anderes sein. Aus den vertrauten Abendgeräuschen des Waldes hören meine Ohren ein leises Summen heraus. Jetzt weiß ich, was es ist. Ein Wespennest.

Angst schießt durch meinen Körper, doch ich bin klug genug, mich ruhig zu verhalten. Schließlich weiß ich nicht, welche Art von Wespen hier lebt. Es könnte der gewöhnliche Lass-uns-in-Ruhe-dann-lassen-wir-dich-auch-in-Ruhe-Typ sein. Aber wir sind hier bei den Hungerspielen und da ist gar nichts gewöhnlich. Wahrscheinlicher ist deshalb, dass es sich um eine Mutation des Kapitols handelt – Jägerwespen. Wie die Schnattertölpel sind diese Wespen im Labor entstanden und ihre Nester wurden während des Krieges strategisch um die Distrikte herum platziert wie Landminen. Sie sind größer als gewöhnliche Wespen und haben einen auffälligen goldenen Körper; ihr Stich ruft eine pflaumengroße Schwellung hervor. Die meisten Menschen können nur wenige Stiche aushalten. Manche sterben sofort.

Falls man überlebt, bekommt man von dem Gift Halluzinationen, die manch einen in den Wahnsinn getrieben haben. Und noch etwas: Diese Wespen jagen jeden, der ihr Nest stört, und versuchen ihn zu töten. Daher ihr Name: Jägerwespen.

Nach dem Krieg wurden die Nester um das Kapitol herum zerstört, doch die Nester rings um die Distrikte ließ man, wo sie waren. Noch ein kaum verhohlener Hinweis auf unsere Schwäche, nehme ich an, wie die Hungerspiele. Ein Grund mehr, innerhalb des Zauns um Distrikt 12 zu bleiben. Wenn Gale und ich auf ein Jägerwespennest gestoßen sind, haben wir immer sofort kehrtgemacht und sind in die entgegengesetzte Richtung gegangen.

Ist es also das, was da über mir hängt? Ich blicke zurück zu Rue, aber sie ist mit ihrem Baum verschmolzen.

Angesichts der Umstände ist es wahrscheinlich einerlei, um was für eine Wespenart es sich handelt. Ich bin verwundet und sitze in der Falle. Die Dunkelheit hat mir eine kurze Atempause verschafft, aber bis zum Sonnenaufgang werden die Karrieros einen Plan ausgeheckt haben, wie sie mich töten können. Nachdem ich sie so dumm habe dastehen lassen, bleibt ihnen keine andere Wahl. Dieses Nest könnte meine letzte Chance sein. Wenn ich es schaffe, das Nest auf die Karrieros fallen zu lassen, kann ich vielleicht entkommen. Aber ich riskiere dabei mein eigenes Leben.

Natürlich werde ich nie nahe genug an das Nest herankommen, um es abzuschneiden. Ich werde den Ast am Stamm absägen müssen, die Sägeklinge meines Messers müsste dafür ausreichen. Aber was ist mit meinen Händen? Und wird das Vibrieren beim Sägen den Schwarm nicht aufscheuchen? Und wenn die Karrieros erkennen, was ich vorhabe, und sich in ihr Lager zurückziehen? Dann wäre alles umsonst.

Mir wird klar, dass es nur eine gute Gelegenheit gibt, unbemerkt zu sägen, nämlich wenn die Hymne gespielt wird. Was jeden Moment passieren kann. Ich schäle mich also aus dem Schlafsack, kontrolliere, ob mein Messer sicher im Gürtel steckt, und klettere den Baum hinauf. Das an sich ist schon riskant, weil die Äste selbst für mich gefährlich dünn werden, aber ich schaffe es. Als ich den Ast erreiche, an dem das Nest hängt, wird das Summen lauter. Für Jägerwespen ist es allerdings eigentümlich gedämpft. *Der Rauch*, überlege ich. *Er hat sie betäubt*. Das war übrigens auch die Methode, mit der die Rebellen die Wespen bekämpft haben.

Das Wappen des Kapitols erscheint über mir und die Hymne ertönt. *Jetzt oder nie*, denke ich und beginne zu sägen. Die Brandblasen an meiner rechten Hand platzen auf, als ich ungeschickt das Messer vor und zurück zerre. Als ich einen Rhythmus gefunden habe, muss ich mich weniger anstrengen, aber die Arbeit übersteigt fast immer noch meine Kräfte. Ich beiße die Zähne zusammen und säge weiter, schaue ab und zu in den Himmel und stelle fest, dass es heute keine Toten gegeben hat. Das ist nicht weiter schlimm. Die Zuschauer werden zufrieden sein, dass ich verletzt auf einem Baum gefangen bin und unter mir die Meute wartet. Aber als die Hymne verklingt, habe ich erst drei Viertel des Astes durchgesägt, der Himmel verdunkelt sich und ich muss die Arbeit unterbrechen.

Was jetzt? Ich könnte den Rest wahrscheinlich nach Gefühl erledigen, aber das wäre vielleicht nicht so schlau. Wenn die Wespen noch zu benommen sind oder ihr Nest auf dem Weg nach unten im Geäst hängen bleibt, während ich zu entkommen versuche, dann könnte alles umsonst gewesen sein. Besser, überlege ich, wenn ich im Morgengrauen erneut hinaufklettere und das Nest dann auf meine Feinde fallen lasse.

Im matten Schein der Fackeln der Karrieretribute hangele ich mich zurück zu meiner Astgabel und finde dort die schönste Überraschung meines Lebens vor: Auf meinem Schlafsack liegt eine kleine Plastikdose, sie hängt an einem silbernen Fallschirm. Mein erstes Sponsorengeschenk! Haymitch muss es während der Hymne geschickt haben. Die Dose hat problemlos auf meiner Handfläche Platz. Was mag es sein? Bestimmt kein Essen. Ich schraube den Deckel ab und erkenne am Geruch, dass es eine Arznei ist. Vorsichtig tippe ich auf die Salbe. Das Pochen in meiner Fingerspitze verschwindet.

»Oh, Haymitch«, flüstere ich. »Danke.« Er hat mich nicht im Stich gelassen. Ich stehe nicht ganz allein da. Der Preis für diese Arznei muss astronomisch sein. Wahrscheinlich haben sogar mehrere Sponsoren zusammengelegt, um dieses winzige Töpfchen zu erstehen. Für mich ist es unbezahlbar.

Ich tauche zwei Finger in das Gefäß und streiche die Salbe vorsichtig auf meine Wade. Die Wirkung ist fast märchenhaft, der Schmerz verschwindet augenblicklich, zurück bleibt nur ein angenehm kühlendes Gefühl. Das hier ist keine Kräutermixtur, wie meine Mutter sie herstellt, das ist ein Hightech-Medikament aus den Labors des Kapitols. Nachdem die Wade versorgt ist, schmiere ich auch meine Hände dünn ein. Ich wickle das Töpfchen in den Fallschirm und verstaue es sicher in meinem Rucksack. Jetzt, da der Schmerz nachgelassen hat, bleibt mir nur, mich wieder in den Schlafsack zu legen und einzuschlafen.

Ein Vogel, der nur ein, zwei Meter von mir entfernt hockt, gibt mir Bescheid, dass ein neuer Tag anbricht. Im grauen Morgenlicht untersuche ich meine Hände. Die Salbe hat die entzündeten roten Flecken in zartes Babyrosa verwandelt. Mein Bein fühlt sich immer noch flammend heiß an, aber die Verbrennung war auch viel tiefer. Ich trage noch einmal die Salbe auf und packe leise meine Sachen zusammen. Was auch geschieht, ich werde rennen müssen, so schnell ich kann. Ich zwinge mich, einen Kräcker und einen Streifen Rindfleisch zu essen und ein paar Tassen Wasser zu trinken. Gestern habe ich fast nichts im Magen behalten und ich spüre bereits die Auswirkungen des Hungers.

Unter mir auf dem Boden schläft die Meute der Karrieros, einschließlich Peeta. Glimmer lehnt am Baumstamm, sie sollte wohl Wache halten, aber offenbar hat die Müdigkeit sie überwältigt.

Blinzelnd versuche ich den Nachbarbaum auszumachen, aber ich kann keine Rue erkennen. Da sie mich gewarnt hat, finde ich es nur fair, sie auch zu warnen. Und sollte ich heute sterben, dann wünsche ich mir, dass Rue gewinnt. Selbst wenn es meiner Familie eine Extraration Essen einbrächte, ist mir die Vorstellung von Peeta als Sieger unerträglich.

Ich flüstere Rues Namen und da sehe ich ihre Augen, groß und aufmerksam. Sie deutet wieder auf das Nest. Ich halte mein Messer hoch und mache eine Sägebewegung. Sie nickt und verschwindet. In einem Baum in der Nähe raschelt es. Dann das gleiche Geräusch ein bisschen weiter weg. Ich begreife, dass sie von Baum zu Baum springt. Ich muss mich beherrschen, nicht laut aufzulachen. War es das, was sie den Spielmachern gezeigt hat? Ich stelle mir vor, wie sie über die Trainingsgeräte hüpft, ohne den Boden zu berühren. Sie hätte mindestens eine Zehn verdient.

Im Osten zeigen sich rosa Streifen am Himmel. Ich kann es mir nicht leisten, länger zu warten. Verglichen mit der Qual gestern Abend, ist das Klettern heute das reinste Vergnügen. Als ich den Ast mit dem Nest erreiche, setze ich das Messer in der Kerbe von gestern Abend an und will es schon über das Holz ziehen, als ich eine Bewegung bemerke. Dort, auf dem Nest. Der leuchtend goldene Schimmer einer Jägerwespe, die träge über die dünne graue Nestwand krabbelt. Sie ist noch etwas benommen, keine Frage, aber sie ist wach und das bedeutet, dass die anderen auch gleich herauskommen werden. Schweiß bricht mir an den Handflächen aus und dringt durch die Salbe. Ich versuche, sie am T-Shirt abzuwischen. Wenn ich den Ast nicht in den nächsten Sekunden durchgesägt bekomme, könnte der ganze Schwarm auftauchen und mich angreifen.

Ich darf nicht länger warten. Ich atme tief durch, nehme das Messer fest in die Hand und drücke, so fest ich kann. *Hin, her, hin, her!* Die Jägerwespen beginnen zu summen, ich höre, wie sie herauskommen. *Hin, her, hin, her!* Ein stechender Schmerz schießt durch mein Knie: Eine muss mich gefunden haben, ich weiß, dass die anderen nicht lange auf sich warten lassen werden. *Hin, her, hin, her!* Als das Messer den Ast durchtrennt, stoße ich ihn, so weit ich kann, von mir fort. Er bricht durch die unteren Äste, bleibt ab und zu hängen, windet sich aber wieder frei und kracht mit einem dumpfen Geräusch auf den Boden. Das Nest platzt auf wie ein rohes Ei und ein wütender Schwarm Jägerwespen hebt ab.

Ich spüre einen zweiten Stich auf der Wange, einen dritten am Hals. Fast sofort wird mir schwummrig. Mit einem Arm klammere ich mich an den Baumstamm, während ich die mit Widerhaken besetzten Stacheln aus der Haut ziehe. Glücklicherweise haben mich nur diese drei Jägerwespen bemerkt, bevor ihr Nest hinuntergefallen ist. Die übrigen suchen den Feind auf dem Boden.

Es ist das reinste Chaos. Als die Karrieros aufwachen, befinden sie sich mitten in einer Jägerwespenattacke. Peeta und ein paar andere sind so schlau, alles liegen zu lassen und Reißaus zu nehmen. »Zum See! Zum See!«, höre ich sie rufen. Er muss ganz in der Nähe sein, wenn sie glauben, ihn vor den wütenden Insekten zu erreichen und sich ins Wasser retten zu können. Glimmer und das Mädchen aus Distrikt 4 haben weniger Glück. Noch ehe sie außer Sichtweite sind, werden sie mehrmals gestochen. Glimmer hat offenbar den Verstand verloren, sie kreischt und versucht, mit dem Bogen nach den Wespen zu schlagen, was sinnlos ist. Sie fleht die anderen an, ihr zu helfen, aber natürlich kommt keiner zurück. Das Mädchen aus Distrikt 4 taumelt davon, doch ich würde nicht darauf wetten, dass sie es bis zum See schafft. Ich sehe, wie Glimmer hinfällt und ein paar Minuten lang hysterisch zuckt. Dann rührt sie sich nicht mehr.

Das Nest ist nur noch eine leere Hülle. Die Wespen haben sich an die Verfolgung gemacht und sind verschwunden. Ich glaube nicht, dass sie zurückkommen, aber ich gehe kein Risiko ein. So schnell ich kann, klettere ich vom Baum hinunter und renne davon, weg vom See. Das Wespengift trübt meine Sinne, aber ich finde den Weg zurück zu meinem eigenen kleinen Tümpel und springe hinein, nur für den Fall, dass doch noch ein paar Wespen hinter mir her sind. Nach etwa fünf Minuten schleppe ich mich auf die Felsen. Was die Wirkung der Jägerwespenstiche angeht, so haben die Leute nicht übertrieben. Nur dass der Stich an meinem Knie eher die Größe einer Orange hat als die einer Pflaume. Eine übel riechende Flüssigkeit sickert aus den Stellen, wo ich die Stacheln herausgezogen habe.

Die Schwellung. Der Schmerz. Das eitrige Zeug. Glimmers letzte Zuckungen. Ganz schön viel, was ich verdauen muss, bevor die Sonne über den Horizont gestiegen ist. Ich will mir gar nicht vorstellen, wie Glimmer jetzt aussieht. Der Körper entstellt. Die geschwollenen Finger, die den Bogen umklammern …

Der Bogen! Irgendwo in meinem benebelten Hirn zähle ich eins und eins zusammen, springe auf die Füße und taumele zwischen den Bäumen hindurch zurück zu Glimmer. Der Bogen. Die Pfeile. Ich muss sie haben. Ich habe noch keine Kanone gehört, also liegt Glimmer vielleicht in einer Art Koma und ihr Herz kämpft noch gegen das Wespengift. Aber wenn es erst einmal aufgehört hat zu schlagen und der Schuss ihren Tod verkündet, wird ein Hovercraft ihren Körper bergen und mit ihm den einzigen Bogen und Köcher, den ich bei diesen Spielen gesehen habe. Und ich lasse mir die Waffen nicht noch einmal durch die Lappen gehen.

In dem Augenblick, als ich bei Glimmer bin, wird die Kanone abgefeuert. Die Jägerwespen sind verschwunden. Das Mädchen, das beim Interview in ihrem goldenen Kleid so atemberaubend schön ausgesehen hat, ist nicht wiederzuerkennen.

Ihre Gesichtszüge ausgelöscht, ihre Gliedmaßen auf das Dreifache angeschwollen. Die Schwellungen rings um die Stiche sind aufgeplatzt, eine ekelhafte grüne Flüssigkeit tritt aus. Um an den Bogen zu kommen, muss ich mehrere ihrer Finger, oder was einmal ihre Finger waren, mit einem Stein brechen. Der Köcher mit den Pfeilen liegt unter ihrem Rücken. Ich ziehe an einem Arm, um sie auf die Seite zu drehen, aber das Fleisch zerfällt in meinen Händen und ich falle hintenüber.

Ist das Wirklichkeit oder sind das schon die Halluzinationen? Ich kneife die Augen fest zu, versuche durch den Mund zu atmen und verbiete mir jeden Anflug von Übelkeit. Das Frühstück muss drinbleiben, es können Tage vergehen, bis ich wieder auf die Jagd gehen kann. Ein zweiter Kanonenschuss ertönt, ich schätze, dass in diesem Augenblick das Mädchen aus Distrikt 4 gestorben ist. Die Vögel verstummen, einer stößt den Warnschrei aus, also ist ein Hovercraft im Anflug. Wirr, wie ich bin, denke ich, dass es Glimmer holen kommt, dabei bin ich noch im Bild und kämpfe immer noch um die Pfeile. Ich gehe wieder auf die Knie, die Bäume um mich herum drehen sich im Kreis. Mitten am Himmel erblicke ich das Hovercraft. Ich werfe mich über Glimmers Körper, als wollte ich ihn beschützen, aber dann sehe ich, dass es das Mädchen aus Distrikt 4 ist, das in die Luft gehoben wird und entschwindet.

»Los jetzt!«, befehle ich mir. Ich beiße die Zähne zusammen, grabe meine Hände unter Glimmers Körper, bekomme etwas zu fassen, das ihr Brustkorb sein muss, und drehe sie gewaltsam auf den Bauch. Jetzt hyperventiliere ich, ich kann nichts dagegen tun, es ist so ein Albtraum und die Wirklichkeit entgleitet mir. Ich zerre an dem silbernen Köcher, doch er hängt irgendwo fest, an ihrem Schulterblatt oder so, aber schließlich reiße ich ihn los. Ich habe den Köcher gerade umklammert, als ich die Schritte höre, viele Schritte, die durchs Unterholz brechen: Die Karrieretribute sind zurück. Sie sind zurückgekommen, um mich zu töten oder um ihre Waffen zu holen oder beides.

Aber es ist zu spät, um wegzurennen. Ich ziehe einen der glitschigen Pfeile aus dem Köcher und versuche ihn in die Sehne einzulegen, aber statt einer Sehne sehe ich drei und der Gestank aus den Stichen ist so widerwärtig, dass ich es nicht schaffe. *Ich schaff's nicht. Ich schaff's nicht.*

Hilflos hocke ich da, als der erste Jäger durch die Bäume bricht, mit erhobenem Speer, wurfbereit. Der Schock auf Peetas Gesicht ist mir unerklärlich. Ich warte auf den Wurf. Aber er lässt den Arm sinken.

»Was machst du denn noch hier?«, faucht er mich an. Verständnislos starre ich ihn an, während Wasser von einem Stich unter seinem Ohr tropft. Sein ganzer Körper glitzert, als hätte er in Tau gebadet. »Bist du wahnsinnig?« Jetzt stößt er mich mit dem Schaft des Speers an. »Steh auf! Steh auf!« Ich erhebe mich, aber er stößt mich immer noch. *Was ist? Was ist los?* Er stößt mich unsanft weg. »Renn!«, schreit er. »Renn!«

Hinter ihm bricht sich Cato einen Weg durchs Gebüsch. Er ist ebenfalls tropfnass und hat einen üblen Stich unter dem Auge. Ich sehe sein Schwert im Sonnenlicht aufblitzen und tue, was Peeta gesagt hat. Halte Bogen und Köcher fest umklammert und renne los, pralle gegen Bäume, die aus dem Nichts auftauchen, stolpere und falle, während ich versuche, das Gleichgewicht zu halten. An meinem Tümpel vorbei und in unbekannte Wälder.

Die Welt beginnt sich auf alarmierende Weise zu krümmen. Ein Schmetterling bläht sich auf, bis er so groß ist wie ein Haus, und zerplatzt in eine Million Sterne. Bäume verwandeln sich in Blut und spritzen über meine Stiefel. Ameisen kriechen aus den Blasen an meinen Händen und lassen sich nicht abschütteln. Sie krabbeln an meinen Armen hoch, an meinem Hals. Jemand schreit, ein langer, schriller Schrei, ohne Atempause. Verschwommen denke ich, dass er von mir stammen könnte. Ich taumele und falle in eine kleine Grube mit winzigen orangefarbenen Blasen, die summen wie das Jägerwespennest. Ich ziehe die Knie ans Kinn und warte auf den Tod.

Elend und orientierungslos kann ich nur an eins denken: *Peeta Mellark hat mir das Leben gerettet.*

Dann bohren sich die Ameisen in meine Augen und ich verliere das Bewusstsein.

15 Ich versinke in einem Albtraum und jedes Mal, wenn ich daraus erwache, stelle ich fest, dass noch größerer Schrecken mich erwartet. Alles, wovor ich mich am meisten fürchte, und alles, was ich am meisten für andere fürchte, erscheint mir so detailgetreu vor Augen, dass ich überzeugt bin, es wäre Wirklichkeit. Jedes Mal, wenn ich aufwache, denke ich: *Endlich ist es vorbei*, aber es ist nicht vorbei. Es ist nur der Anfang eines neuen Kapitels der Tortur. Auf wie viele Arten sehe ich Prim sterben, durchlebe ich die letzten Sekunden meines Vaters wieder, spüre ich, wie mein Körper auseinandergerissen wird? Das ist die Natur des Jägerwespengifts; es wurde systematisch immer weiter gezüchtet, bis es genau an der Stelle im Gehirn wirkte, wo die Angst sitzt.

Als ich schließlich wieder zu mir komme, liege ich nur still da und warte auf den nächsten Ansturm der Bilder. Aber irgendwann wird mir klar, dass das Gift endlich meinen Körper verlassen und ihn als kraftloses Wrack zurückgelassen hat. Ich liege immer noch so da wie vorher, zusammengekauert wie ein Baby im Mutterleib. Ich taste nach meinen Augen und stelle fest, dass sie unversehrt sind, es hat keine Ameisen gegeben. Allein der Versuch, meine Glieder zu strecken, kostet mich enorme Anstrengung. So viele Stellen meines Körpers schmerzen, dass ich sie mir gar nicht einzeln ansehe. Ganz, ganz langsam schaffe ich es, mich aufzusetzen. Ich befinde mich in einer flachen Grube, die keineswegs mit summenden orangefarbenen Blasen gefüllt ist, wie ich sie in meinem Wahn gesehen habe, sondern mit alten, vertrockneten Blättern. Meine Kleidung ist klamm, aber ich weiß nicht, ob von Tümpelwasser, Tau, Regen oder Schweiß. Lange Zeit kann ich nichts tun, als kleine Schlucke aus meiner Flasche zu trinken und einem Käfer zuzuschauen, der seitlich an einem Heckenkirschenstrauch emporkrabbelt.

Wie lange war ich bewusstlos? Als ich den Verstand verloren habe, war es Morgen. Jetzt ist es Nachmittag. Aber die Steifheit in meinen Gelenken legt nahe, dass mehr als ein Tag vergangen ist, vielleicht sogar zwei. Wenn dem so ist, dann habe ich keinen Überblick, welche Tribute den Angriff der Jägerwespen überlebt haben. Glimmer und das Mädchen aus Distrikt 4 jedenfalls nicht. Aber da waren ja noch der Junge aus Distrikt 1, die beiden Tribute aus Distrikt 2 und Peeta. Sind sie an den Stichen gestorben? Falls sie überlebt haben, müssen die letzten Tage für sie genauso grauenvoll gewesen sein wie für mich. Und was ist mit Rue? Sie ist so klein, es bräuchte nicht viel Gift, um sie zu töten. Andererseits ... Sie hatte einen ordentlichen Vorsprung, die Jägerwespen hätten sie erst einmal einholen müssen.

Ein widerwärtiger, fauliger Geschmack erfüllt meinen Mund und das Wasser kann ihn kaum vertreiben. Ich schleppe mich zu der Heckenkirsche und pflücke eine Blüte. Vorsichtig ziehe ich die Staubblätter hervor und lasse mir den Nektartropfen auf die Zunge fallen. Die Süße verbreitet sich im Mund, läuft die Kehle hinunter und wärmt meine Adern mit Erinnerungen an den Sommer, an meinen Heimatwald und an Gale, der neben mir sitzt. Aus irgendeinem Grund muss ich an unser Gespräch an jenem letzten Morgen denken.

»Wir könnten es tun, weißt du.«

»Was?«

»Den Distrikt verlassen. Davonlaufen. Im Wald leben. Wir beide könnten es schaffen, du und ich zusammen.«

Plötzlich denke ich nicht mehr an Gale, sondern an Peeta und ... Peeta! *Er hat mir das Leben gerettet!*, denke ich. Bei unserer letzten Begegnung hätte ich nicht sagen können, was Wirklichkeit war und was Halluzination. Aber wenn er mir das Leben gerettet hat, und mein Gefühl sagt mir, dass es so war, dann frage ich mich, warum. Zieht er einfach die Loverboy-Geschichte durch, mit der er im Interview begonnen hat? Oder wollte er mich wirklich beschützen? Und wenn ja, warum hat er sich dann zuerst mit den Karrieretributen zusammengetan? Das ist völlig unlogisch.

Kurz überlege ich, was Gale wohl von alldem halten mag, aber dann schiebe ich das von mir fort. Aus irgendeinem Grund ist für Gale und Peeta in meinen Gedanken nicht gleichzeitig Platz.

Lieber konzentriere ich mich auf das einzig Positive, das passiert ist, seit ich in der Arena gelandet bin. Ich habe Pfeil und Bogen! Ein volles Dutzend Pfeile, wenn man den einen, den ich aus dem Baumstamm gezogen habe, mitzählt. Nirgends ist eine Spur von dem widerlichen grünen Schleim zu sehen, der aus Glimmers Körper quoll, weshalb ich annehme, dass diese Erinnerung nicht der Wirklichkeit entspricht. Dafür findet sich jede Menge getrocknetes Blut an den Pfeilen. Sauber machen kann ich sie später, erst einmal schieße ich für eine Weile Pfeile in einen Baumstamm in der Nähe. Sie ähneln mehr den Waffen im Trainingscenter als denen zu Hause, aber was soll's? Ich komme schon damit zurecht.

Die Waffen verändern meine Einstellung gegenüber den Spielen völlig. Ich weiß, dass ich harte Gegner habe. Aber jetzt bin ich nicht mehr nur Beute, die davonrennt oder sich versteckt oder ihr Heil in Verzweiflungstaten sucht. Wenn Cato jetzt durchs Gebüsch herangestürzt käme, würde ich nicht fliehen. Ich würde schießen. Ich merke, dass ich mich auf diesen Augenblick regelrecht freue.

Aber erst einmal muss ich wieder zu Kräften kommen. Ich bin wieder kurz vorm Austrocknen und mein Wasservorrat ist gefährlich knapp. Das kleine Fettpolster, das ich mir in der Vorbereitungszeit im Kapitol zugelegt hatte, ist dahin und mit ihm noch ein paar weitere Pfunde. Ich glaube, meine Hüftknochen und Rippen stehen noch mehr hervor als in den schrecklichen Monaten nach dem Tod meines Vaters. Und dann sind da noch die lästigen Wunden – Verbrennungen, Schnittwunden und Blutergüsse von Zusammenstößen mit Bäumen, Jägerwespenstiche, die noch immer so entzündet und geschwollen sind wie vorher. Die Verbrennungen behandele ich mit der Salbe und trage auch ein bisschen davon auf die Stiche auf, doch die Wirkung ist gleich null. Meine Mutter kannte eine Behandlungsmethode, irgendein Kraut, das das Gift herauszog, aber sie musste es nur selten anwenden und ich erinnere mich nicht an den Namen, geschweige denn daran, wie es aussah.

Zuerst Wasser, überlege ich. *Jagen kann ich jetzt unterwegs.* Die Richtung, aus der ich gekommen bin, lässt sich leicht anhand der Spur der Zerstörung ausfindig machen, die mein rasender Körper im Grün hinterlassen hat. Also gehe ich in die entgegengesetzte Richtung in der Hoffnung, dass meine Gegner noch immer in der surrealen Welt des Jägerwespengifts gefangen sind.

Besonders schnell komme ich nicht vorwärts, abrupte Bewegungen machen meine Gelenke nicht mit. Ich falle in den langsamen Jägergang, als würde ich Wild verfolgen. Nach ein paar Minuten erspähe ich ein Kaninchen und erlege meine erste Beute mit Pfeil und Bogen. Kein Schuss durchs Auge wie sonst, aber ich rege mich nicht darüber auf. Nach einer guten Stunde finde ich einen seichten, breiten Bach, der für meine Bedürfnisse völlig genügt. Die Sonne brennt heiß und unerbittlich, deshalb ziehe ich mich in der Zeit, in der das Jod wirkt, bis auf die Unterwäsche aus und wate in den schwachen Strom. Ich bin von Kopf bis Fuß verdreckt. Erst versuche ich, mich zu bespritzen, aber dann lege ich mich einfach ein paar Minuten lang ins Wasser, damit es Ruß und Blut und die Haut fortwäscht, die sich an den Verbrennungen schält. Nachdem ich meine Kleider ausgewaschen und zum Trocknen über die Büsche gehängt habe, setze ich mich eine Weile ans Ufer in die Sonne und kämme mit den Fingern mein Haar. Mein Appetit kommt zurück und ich esse einen Kräcker und einen Streifen Rindfleisch. Mit einer Handvoll Moos reibe ich das Blut von meinen silbernen Waffen.

Erfrischt verarzte ich noch einmal meine Verbrennungen, flechte meinen Zopf neu und steige in meine feuchten Kleider, die in der Sonne rasch trocknen werden. Es scheint mir am vernünftigsten, dem Bach gegen die Fließrichtung zu folgen. Ich gehe nun bergan, was mir lieber ist, und der Bachlauf dient ja nicht nur mir, sondern auch allem möglichen Wild als Trinkwasserquelle. Mühelos erlege ich einen Vogel, bei dem es sich um einen wilden Truthahn oder etwas in der Art handeln muss. Jedenfalls erscheint er mir ziemlich essbar. Am späten Nachmittag beschließe ich, ein kleines Feuer zu machen und das Fleisch zu braten. In der Dämmerung wird der Rauch nicht so auffallen und bei Einbruch der Nacht kann ich das Feuer wieder löschen. Ich nehme das Wild aus und sehe mir den Vogel besonders aufmerksam an, aber ich kann nichts Verdächtiges an ihm entdecken. In gerupftem Zustand ist er nicht größer als ein Huhn, aber er ist drall und fest. Gerade als ich den ersten Teil auf die Glut lege, knackt ein Zweig.

Mit einer einzigen Bewegung drehe ich mich um und lege Pfeil und Bogen an. Niemand da. Oder wenigstens kann ich niemanden sehen. Dann entdecke ich hinter einem Baumstamm die Spitze eines Kinderschuhs. Ich lasse die Schultern sinken und grinse. Sie bewegt sich durch den Wald wie ein Schatten, das muss man ihr lassen. Wie sonst hätte sie mir folgen können? Die Worte kommen aus meinem Mund, bevor ich sie aufhalten kann.

»Warum sollen sie die Einzigen sein, die Bündnisse eingehen können?«, sage ich.

Zuerst kommt keine Antwort. Dann späht Rue mit einem Auge langsam hinter dem Stamm hervor. »Ich soll deine Verbündete sein?«

»Warum nicht? Du hast mich vor diesen Jägerwespen gerettet. Du bist schlau genug, um immer noch am Leben zu sein. Und offenbar kann ich dich sowieso nicht abschütteln«, sage ich. Sie blinzelt mich an und versucht sich zu entscheiden.

»Hast du Hunger?« Ich sehe, wie sie tief Luft holt und ihr Blick zum Fleisch schießt. »Dann komm, ich hab heute zwei Tiere erlegt.«

Zaghaft tritt Rue ins Freie. »Ich kann deine Stiche verarzten.«

»Tatsächlich?«, sage ich. »Und wie?«

Sie kramt in dem Bündel, das sie dabeihat, und holt ein Büschel Blätter heraus. Ich bin fast sicher, dass es die gleichen sind, die meine Mutter benutzt. »Wo hast du die gefunden?«

»Hier in der Nähe. Wir nehmen sie immer mit, wenn wir in den Obstgärten arbeiten. Dort gibt es noch viele Nester«, sagt Rue. »Und hier gibt es auch viele.«

»Das stimmt. Du bist Distrikt 11. Landwirtschaft«, sage ich. »Obstgärten, hm? Deshalb kannst du also durch die Bäume fliegen, als ob du Flügel hättest.« Rue lächelt. Offenbar habe ich eine der wenigen Sachen angesprochen, auf die sie stolz ist. »Na, dann los. Verarzte mich.«

Ich setze mich neben das Feuer und krempele mein Hosenbein bis zu dem Stich am Knie hoch. Zu meiner Überraschung nimmt Rue die Blätter in den Mund und kaut darauf herum. Meine Mutter hätte das anders gemacht, aber hier haben wir ja auch nicht viele Möglichkeiten. Nach etwa einer Minute presst Rue eine klebrige grüne Masse aus zerkauten Blättern und Speichel auf mein Knie.

»Ohhh.« Der Laut entfährt mir, ehe ich ihn aufhalten kann. Es ist, als würden die Blätter den Schmerz geradewegs aus dem Stich herausziehen.

Rue kichert. »Sei froh, dass du so schlau warst, die Stacheln zu entfernen, sonst würd's dir jetzt viel schlechter gehen.«

225

»Mach das am Hals! An der Wange!«, bettele ich fast.

Rue stopft sich wieder eine Handvoll Blätter in den Mund und schon bald lache ich, weil die Linderung so guttut. Da sehe ich eine Brandwunde über die ganz Länge von Rues Unterarm. »Dagegen hab ich was.« Ich lege meine Waffen hin und reibe ihren Arm mit der Brandsalbe ein.

»Du hast gute Sponsoren«, sagt sie sehnsüchtig.

»Hast du schon was bekommen?«, frage ich. Sie schüttelt den Kopf. »Kommt schon noch. Wirst sehen. Je näher es dem Ende zu geht, desto mehr Leute werden merken, wie clever du bist.« Ich drehe das Fleisch.

»Das war kein Scherz, dass du mich als Verbündete willst?«, fragt sie.

»Nein, das meine ich ernst«, antworte ich. Fast kann ich Haymitch aufstöhnen hören, dass ich mich mit diesem zerbrechlichen Kind verbünde. Aber ich will sie. Denn sie ist eine Überlebende und ich vertraue ihr und – ja, warum es nicht zugeben? Sie erinnert mich an Prim.

»Gut«, sagt sie und hält mir die Hand hin. Ich schlage ein. »Abgemacht.«

Natürlich kann diese Abmachung nur für eine bestimmte Dauer gelten, aber keiner von uns erwähnt das.

Rue steuert ein großes Büschel stärkehaltige Wurzeln zur Mahlzeit bei. Über dem Feuer geröstet, haben sie den scharf-süßen Geschmack von Pastinaken. Rue kennt auch den Vogel, irgendein Wildtier, das sie in ihrem Heimatdistrikt Grusling nennen. Manchmal, erzählt sie, verirrt sich eine Schar in den Obstgarten und dann bekommen sie eine anständige Mahlzeit auf den Tisch. Eine Zeit lang sagen wir nichts und schlagen uns nur die Bäuche voll. Der Grusling besitzt köstliches Fleisch, das Fett tropft einem vom Kinn, wenn man hineinbeißt.

»Oh«, sagt Rue und seufzt. »Ich hab noch nie ein ganzes Bein für mich allein gehabt.«

Das glaube ich gern. Ich schätze, sie bekommt kaum Fleisch zu Gesicht. »Nimm auch das andere«, sage ich.

»Wirklich?«, fragt sie.

»Nimm, so viel du willst. Jetzt, da ich Pfeil und Bogen habe, kann ich mehr besorgen. Und ich habe Fallen. Ich kann dir zeigen, wie man sie stellt«, sage ich. Rue betrachtet noch immer unentschlossen das Bein des Vogels. »Nun nimm schon«, sage ich und drücke ihr die Keule in die Hand. »Es hält sich sowieso nur ein paar Tage und wir haben den ganzen Vogel und noch das Kaninchen.« Sobald sie das Bein in der Hand hält, siegt ihr Hunger und sie verschlingt einen riesigen Bissen.

»Ich hätte gedacht, ihr in Distrikt 11 habt ein bisschen mehr zu essen als wir. Weil ihr doch Nahrungsmittel anbaut«, sage ich.

Rues Augen weiten sich. »Oh nein, wir dürfen von der Ernte nichts essen.«

»Werdet ihr dann verhaftet oder was?«, frage ich.

»Man wird ausgepeitscht und die anderen müssen alle zuschauen«, sagt Rue. »Da ist der Bürgermeister sehr streng.«

Aus ihrem Blick schließe ich, dass das nicht so selten vorkommt. Bei uns in Distrikt 12 gibt es kaum öffentliche Auspeitschungen. Streng genommen könnten Gale und ich jeden Tag ausgepeitscht werden, weil wir im Wald wildern – na ja, ganz streng genommen könnte es uns auch noch viel schlimmer ergehen. Aber die Beamten kaufen ja alle unser Fleisch und abgesehen davon scheint unser Bürgermeister, Madges Vater, wenig Gefallen an solchen Spektakeln zu finden. Vielleicht hat es ja auch Vorteile, wenn man der am wenigsten angesehene, ärmste, am meisten verspottete Distrikt des Landes ist. Zum Beispiel den, dass man vom Kapitol ignoriert wird, solange man nur die Kohlequoten erfüllt.

»Bekommt ihr denn so viel Kohle, wie ihr wollt?«, fragt Rue.

»Nein«, antworte ich. »Nur, was wir kaufen plus die Krümel, die wir mit den Schuhen ins Haus tragen.«

»Während der Ernte bekommen wir ein bisschen mehr zu essen, damit die Leute länger durchhalten«, sagt Rue.

»Musst du denn nicht zur Schule?«, frage ich.

»Nicht während der Ernte. Dann arbeiten alle«, sagt Rue.

Es ist interessant, etwas über ihr Leben zu erfahren. Wir haben ja kaum Kontakt zu den Leuten außerhalb unseres Distrikts. Ich frage mich, ob die Spielmacher unsere Unterhaltung wohl ausblenden. Auch wenn die Informationen harmlos erscheinen, die Leute in den einzelnen Distrikten sollen nichts über die anderen erfahren.

Rue schlägt vor, unsere Lebensmittel auszubreiten, damit wir planen können. Sie hat meine ja schon größtenteils gesehen, aber ich lege noch die letzten paar Kräcker und Rindfleischstreifen auf den Stapel. Sie hat eine ansehnliche Sammlung von Wurzeln, Nüssen, Gemüse und sogar Beeren angelegt.

Ich drehe eine unbekannte Beere zwischen den Fingern. »Bist du dir sicher, dass man die essen kann?«

»Oh ja, die haben wir zu Hause auch. Die esse ich schon seit Tagen«, sagt sie und steckt sich rasch eine Handvoll in den Mund. Zögernd beiße ich in eine Beere und sie schmeckt so lecker wie unsere Brombeeren. Ich bin immer mehr davon überzeugt, dass es eine gute Entscheidung war, Rue zur Verbündeten zu nehmen. Wir teilen unsere Vorräte untereinander, damit wir, falls wir getrennt werden, beide ein paar Tage damit auskommen. Außer dem Essen besitzt Rue noch einen kleinen Lederbeutel für Wasser, eine selbst gemachte Zwille und ein Extrapaar Socken. Und sie hat eine scharfe Steinscherbe, die sie als Messer benutzt. »Das ist nicht viel, ich weiß«, sagt sie, als wäre es ihr unangenehm, »aber ich musste so schnell wie möglich vom Füllhorn weg.«

»Daran hast du gut getan«, sage ich. Als ich meine Vorräte ausbreite und sie die Sonnenbrille sieht, verschlägt es ihr fast den Atem.

»Woher hast du die denn?«, fragt sie.

»Aus meinem Rucksack. Ich konnte sie noch gar nicht verwenden. Sie hält die Sonne nicht ab und erschwert die Sicht eher«, sage ich achselzuckend.

»Die ist nicht für tagsüber, die ist für nachts«, ruft Rue. »Manchmal, wenn wir auch nachts ernten, geben sie denen von uns, die ganz hoch in die Bäume hinaufklettern, dort, wo die Fackeln nicht hinreichen, solche Brillen. Einmal hat ein Junge, Martin, versucht, seine zu behalten, und sie in der Hose versteckt. Sie haben ihn auf der Stelle getötet.«

»Sie haben einen Jungen getötet, weil er so eine Brille geklaut hat?«, frage ich.

»Ja, dabei wussten alle, dass von ihm keine Gefahr ausging. Martin war nicht ganz richtig im Kopf. Er war wie ein Dreijähriger. Er wollte mit der Brille nur spielen«, sagt Rue.

Als ich das höre, kommt mir Distrikt 12 vor wie ein sicherer Hafen. Ab und zu fallen die Leute zwar vor Hunger um, aber ich kann mir nicht vorstellen, dass die Friedenswächter ein zurückgebliebenes Kind töten würden. Bei uns gibt es ein kleines Mädchen, eine von Greasy Saes Enkelinnen, die immer auf dem Hob herumläuft. Sie ist auch nicht ganz richtig im Kopf, aber sie wird wie eine Art Haustier behandelt. Die Leute werfen ihr Essensreste und andere Sachen hin.

»Und wozu kann man die gebrauchen?«, frage ich Rue und greife nach der Brille.

»Damit kann man bei völliger Dunkelheit sehen«, sagt Rue. »Setz sie mal heute Abend auf, wenn die Sonne untergeht.«

Ich gebe Rue ein paar Streichhölzer ab und sie versorgt mich mit ausreichend Blättern für den Fall, dass meine Stiche sich wieder entzünden. Wir löschen das Feuer und gehen weiter stromaufwärts, bis es fast Nacht ist.

»Wo schläfst du?«, frage ich sie. »Auf den Bäumen?« Sie nickt. »Nur mit der Jacke?«

Rue hält das Ersatzpaar Socken in die Höhe. »Die nehme ich für die Hände.«

Ich denke daran, wie kalt die Nächte gewesen sind. »Du kannst mit in meinen Schlafsack, wenn du möchtest. Da passen wir problemlos beide rein.« Ihre Miene hellt sich auf. Das ist mehr, als sie gehofft hatte.

Wir suchen uns eine Astgabel hoch oben in einem Baum aus und haben es uns gerade gemütlich gemacht, als die Hymne erklingt. Keine Toten heute.

»Rue, ich bin erst heute wieder zu mir gekommen. Wie viele Nächte habe ich verpasst?« Die Hymne müsste unsere Worte eigentlich übertönen, aber ich flüstere trotzdem. Ich bin sogar so vorsichtig, die Lippen hinter den Händen zu verbergen. Ich möchte nicht, dass die Zuschauer erfahren, was ich ihr über Peeta erzählen will. Rue macht es mir nach.

»Zwei«, sagt sie. »Die Mädchen aus Distrikt 1 und 4 sind tot. Jetzt sind wir noch zu zehnt.«

»Es ist etwas Komisches passiert. Zumindest glaube ich, dass es passiert ist. Es kann aber auch sein, dass ich es mir durch das Jägerwespengift eingebildet habe«, sage ich. »Kennst du den Jungen aus meinem Distrikt? Peeta? Ich glaube, er hat mir das Leben gerettet. Aber er war mit den Karrieros zusammen.«

»Jetzt ist er nicht mehr mit ihnen zusammen«, sagt sie. »Ich habe ihr Basislager am See ausspioniert. Sie haben es dorthin geschafft, bevor sie unter den Stichen zusammengebrochen sind. Aber er ist nicht da. Vielleicht musste er fliehen, nachdem er dich gerettet hat.«

Darauf sage ich nichts. Sollte Peeta mir tatsächlich das Leben gerettet haben, dann stehe ich schon wieder in seiner Schuld. Eine Schuld, die ich nicht zurückzahlen kann. »Wenn er es getan hat, dann war das wahrscheinlich nur Teil seiner Show. Damit die Leute denken, er wäre in mich verliebt, weißt du?«

»Ach«, sagt Rue nachdenklich. »Ich glaube nicht, dass das Show war.«

»Doch, natürlich«, sage ich. »Er hat das alles mit unserem Mentor ausgetüftelt.« Die Hymne endet und der Himmel verdüstert sich. »Lass uns die Brille ausprobieren.« Ich ziehe sie hervor und setze sie auf. Rue hat die Wahrheit gesagt. Ich kann alles sehen, die Blätter am Baum ebenso wie ein Stinktier, das gut fünfzehn Meter entfernt durchs Gebüsch streift. Wenn ich wollte, könnte ich es von hier aus töten. Jeden könnte ich töten.

»Ich frage mich, ob die anderen auch so eine haben«, sage ich.

»Die Karrieros haben zwei. Aber in ihrem Lager am See haben sie sowieso alles«, sagt Rue. »Und sie sind unheimlich stark.«

»Wir sind auch stark«, sage ich. »Nur auf andere Weise.«

»Du bist stark. Du kannst schießen«, sagt sie. »Aber was kann ich schon?«

»Du kannst dich ernähren. Können die das?«, frage ich.

»Sie müssen es nicht. Sie haben jede Menge Vorräte«, sagt Rue.

»Nehmen wir mal an, sie hätten keine. Nehmen wir an, die Vorräte wären weg. Wie lange könnten sie durchhalten?«, sage ich. »Es heißt nicht umsonst ›Hungerspiele‹, oder?«

»Aber Katniss, sie haben keinen Hunger«, sagt Rue.

»Nein, haben sie nicht. Das ist das Problem«, stimme ich zu. Und zum ersten Mal habe ich einen Plan. Einen Plan, der nicht nur darauf abzielt, zu fliehen oder möglichst jede Begegnung zu vermeiden. Einen Angriffsplan. »Ich finde, das sollten wir ändern, Rue.«

16

Rue hat sich entschlossen, mir voll und ganz zu vertrauen. Das merke ich daran, dass sie sich sofort an mich kuschelt und einschläft, als die Hymne verklingt. Auch ich hege, was sie betrifft, keinerlei Zweifel und treffe keine besonderen Vorsichtsmaßnahmen. Hätte sie meinen Tod gewollt, dann hätte sie nur aus dem Baum verschwinden müssen, ohne mir das Jägerwespennest zu zeigen. Was insgeheim an mir nagt, ist das Offensichtliche: Wir können nicht beide die Spiele gewinnen. Aber da die Chancen bis jetzt für keine von uns gut stehen, kann ich diesen Gedanken verdrängen.

Sowieso bin ich ganz mit der Frage beschäftigt, was ich mit den Vorräten der Karrieros anstellen soll. Irgendwie müssen Rue und ich einen Weg finden, ihre Lebensmittel zu vernichten. Ich bin mir ziemlich sicher, dass es für sie ungleich härter wird, wenn sie sich selbst ernähren müssen. Traditionell ist es die Strategie der Karrieretribute, sich frühzeitig sämtliche Essensvorräte zu sichern und sie als Grundlage zu nutzen. Wenn überhaupt einmal Tribute aus anderen Distrikten gesiegt haben, dann in den Jahren, in denen die Karrieros nicht gut genug auf ihre Vorräte aufgepasst haben: Einmal wurden sie von abscheulichen Reptilien gefressen, ein andermal von einer Flutwelle der Spielmacher fortgespült. Eigentlich ist es für die Karrieretribute ein Nachteil, dass sie immer genug zu essen hatten, denn so wissen sie nicht, was Hunger ist. Im Gegensatz zu Rue und mir.

Aber ich bin zu erschöpft, um heute Nacht noch einen Plan auszuarbeiten. Meine heilenden Wunden, mein Hirn, das vom Gift noch immer ein wenig benebelt ist, und Rues Wärme neben mir, ihr Kopf, der sich an meine Schulter schmiegt, geben mir ein Gefühl der Sicherheit. Zum ersten Mal merke ich, wie einsam ich in der Arena gewesen bin. Wie tröstlich die Anwesenheit eines anderen Menschen sein kann. Ich ergebe mich der Müdigkeit, entschlossen, morgen den Spieß umzudrehen. Ab morgen werden sich die Karrieros in Acht nehmen müssen.

Der Knall reißt mich schlagartig aus dem Schlaf. Am Himmel zeigen sich helle Streifen, die Vögel zwitschern schon. Rue hockt mir gegenüber auf einem Ast und hält etwas in den Händen. Wir warten, ob noch mehr Schüsse ertönen, aber es kommen keine.

»Was glaubst du, wer das war?« Unwillkürlich denke ich an Peeta.

»Ich weiß nicht. Es kann jeder gewesen sein«, sagt Rue. »Heute Abend werden wir es erfahren.«

»Wer ist denn noch dabei?«, frage ich.

»Der Junge aus Distrikt 1. Beide Tribute aus 2. Der Junge aus 3. Thresh und ich. Und du und Peeta«, sagt Rue. »Das macht acht. Warte, dann ist da noch der Junge aus 10, der mit dem lahmen Bein. Mit ihm sind's neun.«

Einer fehlt noch, aber wir kommen beide nicht darauf, wer.

»Wie der hier wohl gestorben ist«, sagt Rue.

»Keine Ahnung«, sage ich. »Aber es ist gut für uns. Ein Tod hält die Leute eine Weile bei der Stange. Vielleicht haben wir noch genug Zeit, um etwas zu unternehmen, bevor die Spielmacher beschließen, dass die Sache zu lahm wird. Was hast du da in den Händen?«

»Frühstück«, sagt Rue. Sie streckt die Hände aus, zwei Eier sind darin.

»Was sind das für welche?«, frage ich.

»Ich weiß nicht. In der Richtung ist ein Sumpfgelände. Irgendein Wasservogel«, sagt sie.

Es wäre zu schön, wenn wir sie kochen könnten, aber ein Feuer ist uns zu riskant. Ich tippe, dass der Tribut, der heute gestorben ist, ein Opfer der Karrieros geworden ist. Das bedeutet, dass sie sich genug erholt haben, um wieder im Spiel zu sein. Wir saugen die Eier aus, essen einen Kaninchenschenkel und ein paar Beeren. Ein Frühstück, das überall schmecken würde.

»Bist du bereit?«, frage ich und schultere meinen Rucksack.

»Bereit wofür?«, fragt Rue zurück, aber an der Art, wie sie aufspringt, sehe ich, dass sie alles mitmachen würde, was ich vorschlage.

»Heute sind die Lebensmittelvorräte der Karrieros dran«, sage ich.

»Echt? Und wie?« Ihre Augen leuchten aufgeregt. Darin ist sie das genaue Gegenteil von Prim, für die Abenteuer eine Qual sind.

»Ich hab keinen blassen Schimmer. Wir überlegen uns einen Plan, während wir jagen«, sage ich.

Doch zum Jagen kommen wir kaum, weil ich zu sehr damit

beschäftigt bin, jede noch so kleine Information über das Lager der Karrieros aus Rue herauszuquetschen. Sie hat es nur kurz ausspioniert, aber sie ist eine gute Beobachterin. Sie haben ihr Lager am See aufgeschlagen. Das Versteck mit den Vorräten ist rund dreißig Meter vom Lager entfernt. Tagsüber lassen sie einen Tribut, den Jungen aus Distrikt 3, als Wache zurück.

»Den Jungen aus Distrikt 3?«, frage ich. »Der macht bei denen mit?«

»Ja, er bleibt die ganze Zeit im Lager. Er ist auch gestochen worden, als die Jägerwespen sie bis zum See verfolgt haben«, sagt Rue. »Wahrscheinlich lassen sie ihn unter der Bedingung am Leben, dass er ihnen als Wache dient. Aber er ist nicht besonders kräftig.«

»Was hat er für Waffen?«, frage ich.

»Ich hab nicht viele gesehen. Einen Speer. Damit mag er vielleicht ein paar von uns anderen fernhalten, aber Thresh könnte ihn leicht töten«, sagt Rue.

»Und das Essen liegt einfach so da, unter freiem Himmel?«, frage ich. Sie nickt. »Irgendetwas ist da faul.«

»Ich weiß. Nur kann ich dir nicht genau sagen, was«, sagt Rue. »Aber angenommen, du schaffst es zu den Lebensmitteln, Katniss, wie willst du sie vernichten?«

»Verbrennen. Im See versenken. Benzin drübergießen.« Ich knuffe Rue in den Bauch, wie ich es mit Prim machen würde. »Aufessen!« Sie kichert. »Keine Sorge. Ich lass mir schon was einfallen. Dinge zu zerstören ist viel leichter, als sie zu erschaffen.«

Eine Weile graben wir Wurzeln aus, sammeln Beeren und Gemüse, ersinnen mit gedämpften Stimmen Strategien. Und ich lerne Rue kennen, das älteste von sechs Kindern, das sich schützend vor seine Geschwister stellt, das den Jüngeren die eigene Ration gibt und auf den Wiesen nach Essen sucht, in einem Distrikt, in dem die Friedenswächter weit weniger nachsichtig sind als bei uns. Rue, die auf die Frage, was sie am meisten auf der Welt liebt, antwortet: »Musik.«

»Musik?«, frage ich. Musik steht in unserer Welt, was den praktischen Nutzen angeht, für mich irgendwo zwischen Haarbändern und Regenbogen. Ein Regenbogen sagt wenigstens noch etwas über das Wetter aus. »Hast du viel Zeit dafür?«

»Zu Hause singen wir. Und bei der Arbeit auch. Deshalb gefällt mir deine Brosche«, sagt sie und deutet auf den Spotttölpel, den ich schon wieder ganz vergessen hatte.

»Habt ihr Spotttölpel?«, frage ich.

»Oh ja. Sie sind meine besten Freunde. Wir können stundenlang singen. Sie überbringen Botschaften für mich«, sagt sie.

»Was soll das heißen?«, frage ich.

»Ich klettere meist am höchsten in die Bäume, deshalb sehe ich als Erste die Fahne, die den Feierabend anzeigt. Dann singe ich eine bestimmte Melodie«, sagt Rue. Sie öffnet den Mund und singt mit zarter, klarer Stimme eine Folge von vier Tönen. »Und die Spotttölpel tragen sie durch den Obstgarten. So weiß jeder, dass es Zeit ist, aufzuhören«, fährt sie fort. »Wenn man ihren Nestern zu nahe kommt, können sie allerdings auch ganz schön gefährlich werden. Aber das kann man ihnen nicht vorwerfen.«

Ich löse die Brosche und halte sie ihr hin. »Hier, nimm. Für dich hat sie mehr Bedeutung als für mich.«

»Oh nein«, sagt Rue und schließt meine Finger wieder über der Brosche. »Ich sehe sie gern an dir. Ihretwegen habe ich beschlossen, dass ich dir vertrauen kann. Und außerdem habe ich das hier.« Sie kramt ein aus Grasfasern geflochtenes Halsband unter dem Hemd hervor. Daran hängt ein grob geschnitzter Holzstern. Vielleicht ist es auch eine Blume. »Ein Talisman.«

»Na, bisher hat er ja geholfen«, sage ich und stecke mir die Brosche wieder ans Hemd. »Dann bleib am besten dabei.«

Gegen Mittag haben wir einen Plan ausgearbeitet. Am frühen Nachmittag sind wir bereit, ihn in die Tat umzusetzen. Ich helfe Rue dabei, das Holz für die ersten beiden Lagerfeuer zu sammeln und aufzuschichten, das dritte kann sie allein schaffen. Wir beschließen, uns hinterher dort zu treffen, wo wir zum ersten Mal zusammen gegessen haben. Der Bach dürfte mir helfen, die Stelle wiederzufinden. Bevor ich aufbreche, stelle ich sicher, dass Rue ausreichend mit Essen und Streichhölzern versorgt ist. Ich bestehe sogar darauf, dass sie meinen Schlafsack nimmt, falls wir uns nicht vor Einbruch der Nacht wiedertreffen.

»Und was ist mit dir? Wirst du nicht frieren?«, fragt sie.

»Ich kann ja einen Schlafsack von den Karrieros mitgehen lassen. Stehlen ist hier nicht verboten«, sage ich grinsend.

In letzter Minute möchte Rue mir noch das Spotttölpelsignal beibringen, mit dem sie zu Hause den Feierabend einläutet. »Vielleicht funktioniert es nicht. Aber wenn du die Spotttölpel singen hörst, dann weißt du, dass mit mir alles in Ordnung ist und ich nur nicht sofort kommen kann.«

»Gibt es hier denn Spotttölpel?«, frage ich.

»Hast du sie nicht gesehen? Sie haben ihre Nester überall«, sagt sie. Ich muss zugeben, dass ich sie nicht bemerkt habe.

»Also dann. Wenn alles läuft wie geplant, sehen wir uns zum Abendessen wieder«, sage ich.

Ohne Vorwarnung schlingt Rue die Arme um mich. Ich zögere kurz, dann drücke ich sie auch.

»Sei vorsichtig«, ermahnt sie mich.

»Du auch«, sage ich, dann drehe ich mich um und gehe in Richtung Bach. Ich mache mir Sorgen. Dass Rue getötet werden könnte, dass Rue nicht getötet wird und wir beide als Letzte übrig bleiben, dass ich Rue allein lasse, dass ich Prim allein zu Hause gelassen habe. Nein, Prim hat meine Mutter und Gale und einen Bäcker, der versprochen hat, dass sie nicht hungern wird. Rue hat nur mich.

Ich folge dem Bach stromabwärts bis zu der Stelle, wo ich nach der Jägerwespenattacke losgegangen bin. Ich muss aufpassen, denn ich merke, dass meine Gedanken um lauter offene Fragen kreisen, von denen die meisten mit Peeta zu tun haben. Hat die Kanone, die heute früh abgefeuert wurde, seinen Tod verkündet? Und wenn ja, wie ist er gestorben? Durch die Hand eines Karrieros? Aus Rache, weil er mich am Leben gelassen hat? Ich versuche mich wieder an den Moment zu erinnern, als ich mich über Glimmers Körper beugte und Peeta zwischen den Bäumen auftauchte. Doch schon die Tatsache, dass er in meiner Erinnerung glitzert, lässt mich an dem Geschehenen zweifeln.

Ich kann gestern nur langsam vorangekommen sein, denn schon nach wenigen Stunden erreiche ich die flache Stelle, wo ich gebadet habe. Ich mache Rast, um meinen Wasservorrat aufzufüllen, und trage eine neue Schlammschicht auf meinen Rucksack auf. Wie oft ich das auch mache, er scheint unbedingt wieder orangefarben werden zu wollen.

Die Nähe zum Lager der Karrieros schärft meine Sinne, und je näher ich ihnen komme, desto mehr bin ich auf der Hut; ich bleibe häufig stehen und lausche auf ungewöhnliche Geräusche, während ich schon einen Pfeil in die Sehne eingelegt habe. Tribute sehe ich keine, aber mir fällt einiges auf, was Rue erwähnt hat. Stellen, an denen die süßen Beeren wachsen. Ein Strauch mit den Blättern, die meine Stiche geheilt haben. Haufenweise Jägerwespennester in der Nähe des Baums, auf dem ich gefangen saß. Und hier und da blitzt ein schwarz-weißer Spotttölpelflügel zwischen den Ästen hoch über mir auf.

Als ich zu dem Baum mit dem verlassenen Wespennest darunter komme, lege ich eine Pause ein, um Mut zu sammeln. Rue hat mir genau beschrieben, wie ich von hier aus zum besten Spähposten beim See komme. *Denk dran*, befehle ich mir. *Jetzt bist du der Jäger, nicht sie.* Ich fasse den Bogen fester und gehe weiter. Ich erreiche das Dickicht, das Rue erwähnt hat, und wieder muss ich ihre Klugheit bewundern. Das Dickicht befindet sich direkt am Waldrand, aber das buschartige Blattwerk ist bis zum Boden so dicht, dass ich das Lager der Karrieros mühelos beobachten kann, ohne selbst gesehen zu werden. Zwischen uns erstreckt sich die ebene Fläche, wo die Spiele begonnen haben.

Ich sehe vier Tribute. Den Jungen aus Distrikt 1, Cato und das Mädchen aus Distrikt 3 sowie einen dürren, aschfahlen Jungen. Das muss der Junge aus Distrikt 3 sein. Während unseres Aufenthalts im Kapitol hat er keinen bleibenden Eindruck bei mir hinterlassen. Ich kann mich an fast nichts erinnern, weder an sein Kostüm noch an seine Trainingsbewertung noch an sein Interview. Auch jetzt, wie er dasitzt und an einer Plastikdose herumfummelt, führt die Anwesenheit seiner großen, dominanten Gefährten dazu, dass man ihn fast übersieht. Aber irgendwas muss er doch gehabt haben, sonst hätten sie ihn bestimmt nicht am Leben gelassen. Doch wenn ich ihn so sehe, vergrößert das nur mein Unbehagen darüber, dass die Karrieros ihn als Wache einsetzen, dass sie ihm überhaupt erlauben, weiterzuleben.

Wie es aussieht, müssen sich die vier Tribute immer noch vom Angriff der Jägerwespen erholen. Selbst von meinem Versteck aus kann ich die geschwollenen Beulen an ihren Körpern sehen. Offenbar waren sie nicht so schlau, die Stacheln herauszuziehen, oder wenn, dann wussten sie nichts von den Blättern, mit denen man die Stiche heilen kann. Die Arzneien aus dem Füllhorn scheinen nicht geholfen zu haben.

Das Füllhorn steht noch immer an seinem Platz, aber es ist leer. Fast alle Vorräte in Kisten, Jutesäcken und Plastiktonnen sind fein säuberlich zu einer Pyramide aufgestapelt, die verdächtig weit vom Lager entfernt aufragt. Rings um die Pyramide liegen hier und da weitere Vorräte, fast als sollte die ursprüngliche Anordnung zu Beginn der Spiele, mit dem Füllhorn in der Mitte, kopiert werden. Die Pyramide selbst wird von einem Netz bedeckt, das aber höchstens Vögel fernhalten könnte.

Die ganze Anlage ist äußerst verwirrend. Die Entfernung zum Lager, das Netz und die Anwesenheit des Jungen aus Distrikt 3. Eins ist sicher: Diese Vorräte zu zerstören wird nicht so einfach, wie es aussieht. Irgendetwas stimmt da nicht und ich tue gut daran, in meinem Versteck zu bleiben, bis ich herausgefunden habe, was. Ich vermute, dass in der Pyramide eine Bombe oder so was versteckt ist. Ich male mir Fallgruben aus, herunterstürzende Netze, eine Schnur, die einen vergifteten Pfeil auslöst, wenn sie zerrissen wird. Es gibt unendlich viele Möglichkeiten.

Während ich die verschiedenen Alternativen abwäge, höre ich Cato rufen. Er deutet auf den Wald in der Ferne und ich muss mich nicht umdrehen, um zu wissen, dass Rue das erste Feuer angezündet hat. Wir haben extra viel grünes Holz gesammelt, damit man den Qualm auch schön sieht. Sofort greifen die Karrieros zu den Waffen.

Ein heftiger Streit bricht aus. Es geht darum, ob der Junge aus Distrikt 3 bleiben oder sie begleiten soll.

»Er kommt mit. Wir brauchen ihn im Wald und hier gibt es für ihn sowieso nichts mehr zu tun. An die Vorräte kommt keiner ran«, sagt Cato.

»Und was ist mit unserem Loverboy?«, fragt der Junge aus Distrikt 1.

»Den kannst du vergessen, habe ich dir doch gesagt. Ich weiß, wo ich ihn getroffen habe. Ein Wunder, dass er noch nicht verblutet ist. Jedenfalls ist er bestimmt nicht in der Verfassung, um uns zu überfallen«, sagt Cato.

Peeta liegt also schwer verletzt irgendwo draußen im Wald. Aber weshalb er die Karrieros verraten hat, weiß ich immer noch nicht.

»Vorwärts«, sagt Cato. Er drückt dem Jungen aus Distrikt 3 einen Speer in die Hand und sie machen sich auf den Weg zum Feuer. Das Letzte, was ich höre, als sie im Wald verschwinden, ist Catos Stimme: »Wenn wir sie finden, mache ich sie auf meine Weise kalt. Dass mir da keiner in die Quere kommt.«

Ich bin mir ziemlich sicher, dass er nicht Rue meint. Schließlich hat sie kein Jägerwespennest auf ihn herunterfallen lassen.

Eine halbe Stunde bleibe ich, wo ich bin, und überlege, wie ich mit den Vorräten verfahren soll. Mit Pfeil und Bogen habe ich den Vorteil, Entfernungen überwinden zu können. Ich könnte mühelos einen brennenden Pfeil in die Pyramide schießen – ich bin zielsicher genug, um durch eine der Öffnungen im Netz zu treffen –, aber es ist nicht gesagt, dass sie Feuer fangen würde. Wahrscheinlich würde nur der Pfeil selbst verbrennen, und was dann? Ich hätte nichts erreicht und zugleich zu viel über mich preisgegeben: dass ich hier war, dass ich eine Komplizin habe, dass ich gut mit Pfeil und Bogen umgehen kann.

Mir bleibt keine Wahl. Ich muss näher heran und herausfinden, wie die Vorräte genau geschützt sind. Ich will gerade meine Deckung verlassen, als ich eine Bewegung bemerke. Ein paar Hundert Meter rechts von mir sehe ich jemanden aus dem Wald kommen. Einen Augenblick lang denke ich, es ist Rue, aber dann erkenne ich Fuchsgesicht, die sich da auf die Ebene schleicht – sie ist es, die uns heute Morgen nicht mehr einfiel. Als sie beschließt, dass die Luft rein ist, rennt sie mit kleinen schnellen Schritten zu der Pyramide. Kurz bevor sie die Vorräte erreicht, die rings um die Pyramide verstreut liegen, bleibt sie stehen, untersucht den Boden und setzt den Fuß vorsichtig auf. Dann nähert sie sich der Pyramide mit einem merkwürdigen Tanz aus kleinen Hüpfern. Mal bleibt sie leicht schwankend auf einem Fuß stehen, mal riskiert sie ein paar Schritte hintereinander. Einmal springt sie hoch über ein kleines Fass und landet auf den Zehenspitzen. Aber sie hat sich ein bisschen verrechnet und der Schwung reißt sie nach vorn. Als ihre Hände den Boden berühren, stößt sie einen schrillen Schrei aus, doch nichts geschieht. Im Nu ist sie wieder auf den Beinen und macht weiter, bis sie den Haufen mit den Vorräten erreicht hat.

Ich hatte also recht mit der Sprengfalle, aber ganz offensichtlich ist die Sache komplexer, als ich dachte. Auch was das Mädchen betrifft, lag ich richtig. Wie gerissen muss sie sein, wenn sie diesen Pfad zu den Lebensmitteln entdeckt hat und in der Lage ist, ihm so geschickt zu folgen? Sie greift in verschiedene Behälter und beginnt ihren Rucksack zu füllen: Kräcker aus einer Kiste, ein paar Äpfel aus einem Jutesack, der an einem Seil neben einer Tonne herunterhängt. Aber immer nur eine Handvoll, damit nicht auffällt, dass etwas fehlt. Um keinen zu Verdacht erregen. Anschließend vollführt sie ihren kleinen Tanz zurück und huscht unversehrt wieder in den Wald.

Ich merke, wie ich wütend mit den Zähnen knirsche. Fuchsgesicht hat bestätigt, was ich mir schon gedacht hatte. Was für eine Falle ist das, die so viel Geschick erfordert? Die so viele Auslöser besitzt? Warum hat Fuchsgesicht so aufgeschrien, als ihre Hand den Boden berührte? Man hätte meinen können … Langsam dämmert es mir … Man hätte meinen können, der ganze Boden würde explodieren.

»Da sind Minen drin«, flüstere ich. Das erklärt alles. Warum die Karrieros ihre Vorräte unbewacht zurücklassen, warum sich Fuchsgesicht so verhalten hat, die Rolle des Jungen aus Distrikt 3, wo es Fabriken gibt, in denen Fernseher und Autos hergestellt werden und – Sprengstoff. Aber woher hat er die Minen? Aus dem Füllhorn kaum, denn derartige Waffen stellen die

Spielmacher normalerweise nicht zur Verfügung. Sie sehen es lieber, wenn die Tribute selbst Hand anlegen. Ich verlasse mein Versteck zwischen den Sträuchern und husche zu einer der runden Metallplatten, die uns am ersten Tag in die Arena befördert haben. Der Boden rundherum ist aufgegraben und dann wieder festgestampft worden. Die Minen sind nach den sechzig Sekunden, die wir auf den Scheiben stehen bleiben mussten, deaktiviert worden, aber der Junge aus Distrikt 3 muss sie irgendwie wieder scharf gemacht haben. Ich habe noch nie erlebt, dass jemand in den Spielen das getan hätte. Ich wette, das war auch für die Spielmacher ein Schock.

Hut ab vor dem Jungen aus Distrikt 3, weil er ihnen ein Schnippchen geschlagen hat, aber was soll ich jetzt machen? Ich kann mich nicht in dieses Gewirr begeben, ohne selbst in die Luft zu fliegen. Einen brennenden Pfeil hineinzuschießen ist lächerlicher denn je. Die Minen werden durch Kontakt ausgelöst. Der geringste Druck genügt. In einem Jahr hat ein Mädchen ihr Andenken, einen kleinen Holzball, fallen gelassen, während sie auf der Scheibe stand, und danach hat man ihre Überreste buchstäblich vom Boden aufkratzen müssen.

Mein Arm ist wieder so weit in Ordnung, dass ich vielleicht ein paar Steine in den Kreis werfen und etwas auslösen könnte, aber was? Eine Mine? Das könnte zu einer Kettenreaktion führen. Oder? Oder hat der Junge aus Distrikt 3 die Minen so platziert, dass sie sich nicht gegenseitig auslösen? Damit der Eindringling getötet wird, die Vorräte jedoch unversehrt bleiben. Außerdem würde eine Mine genügen, um mir die Karrieros todsicher wieder auf den Hals zu hetzen. Und überhaupt, was bilde ich mir eigentlich ein? Das Netz ist eindeutig dazu da, einen solchen Angriff abzuwehren. Abgesehen davon müsste ich mindestens dreißig Steine auf einmal in den Kreis werfen, um eine Kettenreaktion auszulösen, die alles zerstört.

Ich schaue zurück zum Wald. Der Rauch von Rues zweitem Feuer schwebt gen Himmel. Jetzt werden die Karrieros wahrscheinlich Verdacht schöpfen, dass es sich um einen Trick handelt. Die Zeit wird knapp.

Es gibt eine Lösung, ich weiß, dass es sie gibt, wenn ich nur ganz scharf nachdenke. Ich starre auf die Pyramide, die Tonne, die Kisten, die zu schwer sind, um sie mit einem Pfeil umzustürzen. Vielleicht enthält einer der Behälter Speiseöl und eine Zeit lang wälze ich wieder die Idee mit dem brennenden Pfeil, bis mir klar wird, dass ich auf diese Weise alle zwölf Pfeile verlieren könnte, ohne einen Treffer in einem Ölfass zu landen, denn ich müsste ja aufs Geratewohl schießen. Naiv überlege ich, ob ich einfach Fuchsgesichts Schritten folgen könnte, um an der Pyramide eine Lösung zu finden, wie sie sich zerstören ließe, als mein Blick an dem Sack Äpfel hängen bleibt. Das Seil könnte ich mit einem Schuss durchtrennen, habe ich nicht genau das im Trainingscenter getan? Der Sack ist zwar groß, aber vielleicht reicht er trotzdem nur für eine einzige Explosion. Wenn ich nur die Äpfel daraus befreien könnte …

Jetzt weiß ich, was zu tun ist. Ich gehe bis auf Schussweite heran und gestehe mir drei Pfeile für die Aufgabe zu. Sorgfältig überprüfe ich meinen Stand, vergesse den Rest der Welt und ziele so sorgfältig wie möglich. Der erste Pfeil trifft den Sack im oberen Teil und reißt seitlich einen Schlitz in den Stoff. Der zweite erweitert den Schlitz zu einem klaffenden Loch. Ich sehe einen Apfel herauskullern und schieße den dritten Pfeil ab,

246

der den abgerissenen Stofffetzen erwischt und aus dem Sack reißt.

Einen Augenblick lang scheint die Welt wie erstarrt. Dann ergießen sich die Äpfel über den Boden und ich werde rückwärts in die Luft geschleudert.

17 Der Aufprall auf dem festgestampften Boden der Ebene nimmt mir den Atem. Mein Rucksack federt den Schlag kaum ab. Zum Glück hat sich der Köcher in der Armbeuge verfangen, was sowohl meine Schulter schützt als auch ihn selbst, und meinen Bogen lasse ich sowieso nicht los. Der Erdboden wird noch immer von Explosionen erschüttert. Ich kann sie nicht hören. Fürs Erste kann ich gar nichts hören. Aber die Äpfel müssen genug Minen ausgelöst haben, dass die umherfliegenden Trümmer die anderen Minen zur Explosion bringen. Ich schütze mein Gesicht mit den Armen vor den teilweise brennenden Brocken, die auf mich herabregnen. Scharfer Rauch hängt in der Luft – nicht gerade günstig für jemanden, der nach Luft ringt.

Nach gut einer Minute kommt die Erde zur Ruhe. Ich drehe mich auf die Seite und empfinde beim Anblick der schwelenden Ruine, die bis eben noch die Pyramide war, einen Moment der Genugtuung. Unwahrscheinlich, dass die Karrieros darin noch irgendetwas Brauchbares finden können.

Nichts wie weg hier, denke ich. *Sie werden auf schnellstem Weg herkommen.* Doch als ich mich aufrappele, merke ich, dass es nicht so leicht ist, zu fliehen, wie ich dachte. Mir ist schwindlig. So sehr, dass die Bäume sich im Kreis um mich drehen und

248

die Erde sich in Wellen unter meinen Füßen bewegt. Ich mache ein paar Schritte und lande irgendwie auf allen vieren. Ich warte ein paar Minuten, damit es vorbeigeht, doch es geht nicht vorbei.

Ich werde panisch. Ich kann hier nicht bleiben. Ich muss fliehen. Aber ich kann weder gehen noch hören. Ich lege die Hand auf mein linkes Ohr, das der Explosion zugewandt war. Sie ist blutverschmiert. Bin ich durch den Knall taub geworden? Die Vorstellung jagt mir Angst ein. Als Jägerin bin ich auf meine Ohren genauso angewiesen wie auf meine Augen, manchmal sogar noch mehr. Aber ich darf meine Angst nicht zeigen. Bestimmt bin ich jetzt live auf jedem Bildschirm in Panem zu sehen, hundertprozentig.

Keine Blutspuren, sage ich mir, ziehe die Kapuze über den Kopf und verknote mit meinen unwilligen Fingern irgendwie die Schnur unterm Kinn. Die Kapuze müsste das Blut aufsaugen. Gehen kann ich nicht, aber vielleicht kriechen? Vorsichtig bewege ich mich vorwärts. Ja, wenn ich sehr langsam mache, geht es. Die meisten Gebiete im Wald bieten nur unzureichenden Schutz. Meine einzige Hoffnung ist, dass ich es zurück zu Rues Dickicht schaffe und mich dort verstecken kann. Ich darf mich hier draußen nicht auf Händen und Knien erwischen lassen. Nicht nur dass ich dann sterben muss. Cato wird dafür sorgen, dass es ein langer und qualvoller Tod ist. Der Gedanke, dass Prim das mit ansehen muss, ist so unerträglich, dass ich mich beharrlich zu meinem Versteck weiterkämpfe.

Da gibt es eine weitere Explosion und ich liege auf der Nase. Eine einzelne Mine, die durch herunterfallende Trümmer ausgelöst wurde. Zwei weitere folgen. Es erinnert mich daran, wenn Prim und ich zu Hause Popcorn machen und wie dann die letzten Körner im Topf platzen.

Ich schaffe es buchstäblich in letzter Sekunde. Kaum habe ich mich in das Gewirr der Sträucher am Fuß der Bäume geschleppt, als Cato und seine Gefährten auftauchen und auf die Ebene stürmen. Cato ist dermaßen außer sich, dass es fast ulkig sein könnte – es gibt also tatsächlich Menschen, die sich die Haare ausreißen und mit den Fäusten auf den Boden hauen –, wenn ich nicht wüsste, dass sein Zorn mir gilt und dem, was ich ihm angetan habe. Hinzu kommt, dass ich ganz in der Nähe bin und nicht weglaufen oder mich verteidigen kann, und deshalb ängstigt es mich über die Maßen. Ich bin froh, dass die Kameras mich in meinem Versteck nicht aus der Nähe zeigen können, denn ich kaue wie wahnsinnig auf den Nägeln. Ich nage die letzten Reste des Nagellacks ab und versuche, nicht mit den Zähnen zu klappern.

Der Junge aus Distrikt 3 hat Steine in die Trümmer geworfen und den anderen offenbar verkündet, dass alle Minen ausgelöst worden sind, denn jetzt gehen die Karrieros zu der zerstörten Pyramide.

Cato hat die erste Phase seines Wutanfalls überwunden. Er lässt seinen Zorn nun an den qualmenden Überresten aus und tritt gegen mehrere Behälter. Die anderen Tribute stochern in dem Durcheinander herum und suchen nach etwas, das sie retten können, aber vergebens. Der Junge aus Distrikt 3 hat seine Aufgabe zu gut gemacht. Dieser Gedanke kommt offenbar auch Cato, denn er wendet sich dem Jungen zu und brüllt ihn an. Der Junge aus Distrikt 3 dreht sich noch schnell um und rennt los, als Cato ihn von hinten in den Schwitzkasten nimmt. Ich sehe, wie Catos Armmuskeln sich anspannen, als er den Kopf des Jungen mit einem Ruck zur Seite dreht.

So schnell geht das. Der Junge aus Distrikt 3 ist tot.

Die beiden anderen Karrieros versuchen Cato zu beruhigen. Man sieht ihm an, dass er zurück in den Wald will, aber sie deuten die ganze Zeit zum Himmel, was mich erst wundert, doch dann begreife ich: *Natürlich. Sie denken, derjenige, der die Explosion ausgelöst hat, ist tot.* Sie wissen nichts von den Pfeilen und den Äpfeln. Sie vermuten, dass die Sprengfalle falsch eingerichtet war und dass der Tribut, der ihre Vorräte in die Luft gejagt hat, dabei umgekommen ist. Der fällige Kanonenschuss wäre im Lärm der Folgeexplosionen leicht zu überhören gewesen. Die Leichenteile des Diebs von einem Hovercraft entfernt worden. Sie ziehen sich ans andere Ufer des Sees zurück, damit die Spielmacher den Körper des Jungen aus Distrikt 3 bergen können. Und warten.

Dann wird wohl eine Kanone abgeschossen. Ein Hovercraft erscheint und nimmt den toten Jungen mit. Die Sonne taucht hinter den Horizont. Die Nacht bricht herein. Am Himmel sehe ich das Wappen und weiß, dass die Hymne eingesetzt haben muss. Einen Augenblick ist es dunkel. Sie zeigen den Jungen aus Distrikt 3. Sie zeigen den Jungen aus Distrikt 10, der heute Morgen gestorben sein muss. Dann wieder das Wappen. Jetzt wissen sie es also. Der Bomber hat überlebt. Im Licht des Wappens sehe ich, wie Cato und das Mädchen aus Distrikt 2 ihre Nachtsichtbrillen aufsetzen. Der Junge aus Distrikt 1 entzündet einen Ast und im Fackelschein sehe ich die grimmige Entschlossenheit auf ihren Gesichtern. Die Karrieros brechen auf in den Wald, um zu jagen.

Das Schwindelgefühl hat nachgelassen, und während mein linkes Ohr immer noch taub ist, habe ich im rechten ein Klingeln, was mir ein gutes Zeichen zu sein scheint. Aber es hätte keinen Sinn, mein Versteck zu verlassen. Sicherer als hier am Tatort kann ich gar nicht sein. Wahrscheinlich denken sie, der Bomber hat zwei bis drei Stunden Vorsprung. Trotzdem dauert es lange, bis ich mich zu rühren wage.

Als Erstes krame ich meine eigene Brille hervor und setze sie auf. Es beruhigt mich ein bisschen, dass wenigstens einer meiner Jägersinne funktioniert. Ich trinke ein wenig und wasche das Blut aus meinem Ohr. Aus Angst, Fleischgeruch könnte unerwünschte Raubtiere anlocken – frisches Blut ist schon schlimm genug –, bereite ich eine ordentliche Mahlzeit aus dem Gemüse, den Wurzeln und den Beeren, die Rue und ich heute Morgen gesammelt haben.

Wo mag meine kleine Verbündete sein? Hat sie es zurück zum Treffpunkt geschafft? Macht sie sich Sorgen um mich? Wenigstens hat der Himmel gezeigt, dass wir beide am Leben sind.

An den Fingern zähle ich die überlebenden Tribute ab. Der Junge aus 1, beide aus 2, Fuchsgesicht, beide aus 11 und 12. Nur noch acht. Im Kapitol geht es jetzt bei den Wetten bestimmt hoch her. Sie werden Porträts über uns alle bringen. Wahrscheinlich auch Interviews mit unseren Freunden und Familien. Es ist lange her, dass ein Tribut aus Distrikt 12 es unter die letzten acht geschafft hat. Und jetzt sogar zwei. Allerdings macht Peeta es nicht mehr lange, wenn Cato recht behält. Nicht dass er die Wahrheit für sich gepachtet hätte. Hat er nicht soeben seine gesamten Vorräte verloren?

252

Mögen die vierundsiebzigsten Hungerspiele beginnen, Cato, denke ich. *Mögen sie richtig beginnen.*

Ein kalter Wind ist aufgekommen. Ich will nach meinem Schlafsack greifen, aber da fällt mir ein, dass ich ihn ja bei Rue gelassen habe. Ich wollte noch einen aus dem Lager der Karrieros mitnehmen, aber wegen der Minen und allem, was dann passiert ist, habe ich es vergessen. Ich fange an zu zittern. Da es sowieso nicht ratsam scheint, in der Nacht auf einem Baum zu schlafen, grabe ich unter den Sträuchern eine Mulde und bedecke mich mit Blättern und Kiefernnadeln. Ich friere immer noch. Ich lege mir die Plastikplane über den Oberkörper und stelle den Rucksack so hin, dass er den Wind abhält. Schon ein bisschen besser. Jetzt kann ich das Mädchen aus Distrikt 8 ein wenig verstehen, das damals in der ersten Nacht ein Feuer gemacht hat. Heute bin ich es, die die Zähne zusammenbeißen und bis zum Morgen durchhalten muss. Mehr Blätter, mehr Kiefernnadeln. Ich ziehe die Arme in die Jackenärmel und die Knie an die Brust. So schlafe ich irgendwann ein.

Als ich die Augen öffne, sieht die Welt ein wenig gebrochen aus und es dauert eine Weile, bis ich begreife, dass die Sonne schon hoch am Himmel steht und die Brille meine Sicht zersplittert. Ich setze mich auf und nehme sie ab, als ich irgendwo am See jemanden lachen höre. Ich erstarre. Das Lachen ist verzerrt, aber die Tatsache, dass ich es überhaupt bemerkt habe, bedeutet, dass ich offenbar mein Gehör wiederfinde. Ja, mein rechtes Ohr kann wieder hören, obwohl es noch immer klingelt. Und mein linkes Ohr, nun ja, das hat wenigstens aufgehört zu bluten.

Ich spähe durch die Büsche und befürchte, die Karrieros

könnten zurück sein und mich hier auf unbestimmte Zeit festsetzen. Nein, es ist Fuchsgesicht, sie steht im Schutt der Pyramide und lacht. Sie ist schlauer als die Karrieros, sie findet in der Asche sogar noch ein paar nützliche Dinge. Einen Metalltopf. Eine Messerklinge. Es verblüfft mich, dass sie so guter Laune ist, aber dann wird mir klar, dass auch sie jetzt, da die Vorräte der Karrieros vernichtet sind, plötzlich eine Chance hat. Genau wie wir anderen. Einen Augenblick lang erwäge ich, mich zu zeigen und sie als zweite Verbündete gegen die Meute zu gewinnen, verwerfe die Idee dann aber. Etwas an ihrem listigen Grinsen sagt mir, dass ein Bündnis mit Fuchsgesicht irgendwann mit einem Messer in meinem Rücken enden würde. So gesehen wäre jetzt die Gelegenheit, sie zu erschießen. Aber da horcht sie auf. Sie hat etwas gehört; nicht mich, denn sie wendet das Gesicht in die andere Richtung, zum Abhang, und rennt schnurstracks in den Wald. Ich warte. Niemand, nichts ist zu sehen. Was immer es war – wenn Fuchsgesicht es für gefährlich hielt, ist es vielleicht auch für mich Zeit, hier wegzukommen. Außerdem möchte ich Rue unbedingt von der Pyramide erzählen.

Da ich keinen Anhaltspunkt habe, wo die Karrieros suchen, erscheint mir der Weg zurück durch den Bach so gut wie jeder andere. Ich laufe los, den gespannten Bogen in der einen Hand, ein Stück Grusling in der anderen, denn jetzt habe ich Hunger, und zwar nicht nur auf Blätter und Beeren, sondern auf Fett und Eiweiß. Der Weg zum Bach verläuft ereignislos. Dort angekommen, fülle ich meine Flasche auf und wasche mich, wobei ich mich besonders um das verletzte Ohr kümmere. Dann marschiere ich bergauf, immer durch den Bach. An einer Stelle entdecke ich Stiefelabdrücke im Uferschlamm. Die Karrieros waren hier, aber das muss schon länger her sein. Die Abdrücke sind tief, weil der Schlamm weich war, doch inzwischen hat die heiße Sonne sie fast getrocknet. Bisher habe ich kaum auf meine eigenen Spuren geachtet, ich habe mich auf meinen leichten Gang verlassen und bin davon ausgegangen, dass die Kiefernnadeln die Spuren verdecken. Jetzt ziehe ich die Stiefel aus und gehe barfuß durchs Bachbett.

Das kühle Wasser erfrischt meinen Körper und weckt die Lebensgeister. Ich schieße zwei Fische, leichte Beute in dem langsamen Gewässer, und während ich weitergehe, esse ich den einen roh, obwohl ich gerade erst den Grusling verspeist habe. Den zweiten hebe ich für Rue auf.

Das Klingeln im Ohr wird immer schwächer, bis es schließlich ganz verschwunden ist. Regelmäßig fasse ich an mein linkes Ohr und versuche herauszufinden, warum es keine Geräusche mehr einfängt. Sollte es sich gebessert haben, so merke ich jedenfalls nichts davon. An die Taubheit im Ohr kann ich mich nicht gewöhnen. Es fühlt sich so an, als wäre ich aus dem Gleichgewicht geraten und auf der linken Seite wehrlos. Regelrecht blind. Immer wieder drehe ich den Kopf zur verletzten Seite und versuche mit dem rechten Ohr die Mauer des Nichts auszugleichen, die dort ist, wo noch gestern stetig Informationen flossen. Je länger es dauert, desto geringer meine Hoffnung, dass diese Verletzung je wieder heilen wird.

Als ich zu der verabredeten Stelle komme, bin ich mir sicher, dass niemand hier gewesen ist. Von Rue keine Spur, nicht auf dem Boden und nicht in den Bäumen. Das ist merkwürdig. Sie müsste längst zurück sein, es ist schon Mittag. Zweifellos hat sie die Nacht irgendwo in einem Baum verbracht. Etwas anderes blieb ihr kaum übrig, ohne Licht, während die Karrieros mit ihren Nachtsichtbrillen durch den Wald stapften. Außerdem war das dritte Feuer, das sie entzünden sollte – darauf habe ich gestern Abend ganz vergessen zu achten –, am weitesten von dieser Stelle hier entfernt. Wahrscheinlich ist sie einfach nur vorsichtig, was den Rückweg angeht. Mir wäre lieber, sie würde sich beeilen, denn ich will hier nicht allzu lange herumhocken. Ich würde den Nachmittag gern nutzen, um in höheres Gelände zu gelangen und unterwegs zu jagen. Aber im Grunde bleibt mir nichts anderes übrig, als zu warten.

Ich wasche das Blut aus Jacke und Haar und säubere meine Wunden, die immer mehr werden. Die Verbrennungen sehen schon viel besser aus, aber ich salbe sie trotzdem ein. Ich muss jetzt vor allem verhindern, dass sie sich entzünden. Dann esse ich den zweiten Fisch. In der Sonne würde er sich sowieso nicht lange halten und es dürfte kein Problem sein, für Rue noch mehr zu schießen. Wenn sie nur endlich auftauchen würde.

Mit meinem einseitigen Gehör fühle ich mich auf dem Boden zu verwundbar, deshalb erklimme ich einen Baum und warte dort. Falls sich die Karrieros zeigen, könnte ich von hier aus prima auf sie schießen. Langsam wandert die Sonne weiter. Ich versuche mir die Zeit zu vertreiben. Kaue Blätter und lege sie auf meine Stiche, die abgeschwollen, aber immer noch empfindlich sind. Kämme mit den Fingern mein feuchtes Haar und flechte es. Schnüre die Stiefel wieder zu. Kontrolliere den Bogen und die verbliebenen neun Pfeile. Raschele probeweise mit einem Blatt an meinem linken Ohr, aber ohne Erfolg.

Trotz Grusling und Fisch grummelt mein Magen. Ich weiß, dass es für mich ein hohler Tag werden wird. So nennen wir in Distrikt 12 einen Tag, an dem man sich so vollstopfen kann, wie man will, und trotzdem nicht satt wird. Dass ich nichts zu tun habe, als im Baum zu sitzen, macht es noch schlimmer, deshalb beschließe ich nachzugeben. In der Arena habe ich ja einiges an Gewicht verloren, ich brauche ein paar zusätzliche Kalorien. Und seit ich Pfeil und Bogen habe, bin ich viel zuversichtlicher geworden.

Langsam knacke ich eine Handvoll Nüsse und esse sie. Meinen letzten Kräcker. Den Hals des Gruslings. Das ist gut, weil es dauert, bis ich ihn ganz abgenagt habe. Zum Schluss noch einen Gruslingflügel, dann ist der Vogel Vergangenheit. Aber wie gesagt, es ist ein hohler Tag und deshalb träume ich trotzdem von noch mehr Essen. Vor allem von den dekadenten Speisen, die uns im Kapitol aufgetischt wurden. Hühnchen in Orangen-Sahne-Soße. Kuchen und Puddings. Brot mit Butter. Nudeln in grüner Soße. Lammeintopf mit Backpflaumen. Ich sauge ein paar Minzeblätter aus und befehle mir, mich damit zufriedenzugeben. Minze ist gut, weil wir zu Hause nach dem Mittagessen oft Pfefferminztee trinken, sodass mein Magen jetzt denkt, die Essenszeit ist vorbei. Theoretisch zumindest.

Hoch oben in meiner Astgabel, in der wärmenden Sonne, Minzeblätter im Mund, Pfeil und Bogen in Reichweite ... so entspannt wie jetzt war ich noch nie, seit ich die Arena betreten habe. Wenn nur Rue auftauchen würde und wir verschwinden könnten. Je länger die Schatten werden, desto unruhiger werde ich. Am späten Nachmittag beschließe ich, mich auf die Suche zu machen. Zumindest kann ich zu der Stelle gehen, wo sie das dritte Feuer entzünden wollte, und nachsehen, ob sich dort Hinweise auf ihren Verbleib finden.

Bevor ich aufbreche, streue ich ein paar Minzeblätter rings um unser altes Lagerfeuer. Da wir sie ein Stück entfernt gesammelt haben, wird Rue verstehen, dass ich hier war. Den Karrieros werden sie nichts sagen.

In weniger als einer Stunde bin ich an der Stelle, wo wir das dritte Feuer machen wollten. Ich merke sofort, dass etwas schiefgegangen sein muss. Das Holz ist fein säuberlich aufgestapelt, fachmännisch mit Zunder gestopft, aber es wurde nie in Brand gesteckt. Rue hat das Feuer vorbereitet, ist aber nicht mehr zurückgekommen. Irgendwo zwischen der zweiten Rauchsäule, die ich gesehen habe, bevor ich die Vorräte in die Luft gejagt habe, und dieser Stelle ist sie in Schwierigkeiten geraten.

Ich sage mir, dass sie noch am Leben ist. Oder etwa nicht? Kam der Kanonenschuss, der ihren Tod verkündete, womöglich in den frühen Morgenstunden, als selbst mein gutes Ohr noch zu angeschlagen war, um ihn zu hören? Wird ihr Bild heute Abend am Himmel erscheinen? Nein, ich weigere mich, das zu glauben. Es gibt hundert andere Erklärungen. Vielleicht hat sie sich verlaufen. Oder sie ist auf Raubtiere gestoßen oder auf einen anderen Tribut, Thresh etwa, und musste sich verstecken. Was auch geschehen ist, ich bin mir fast sicher, dass sie irgendwo zwischen dem zweiten Feuer und dem nicht entzündeten hier festsitzt. Etwas sorgt dafür, dass sie nicht vom Baum herunterkann.

Ich werde dieses Etwas zur Strecke bringen.

Nach dem untätigen Herumsitzen am Nachmittag ist es eine Erleichterung, etwas zu tun. Leise schleiche ich durch die Schatten, die mir Schutz bieten. Aber ich sehe nichts Verdächtiges. Nirgendwo Anzeichen für einen Kampf, keine Stelle, an der die Nadeln auf dem Boden aufgewühlt wären. Als ich kurz stehen bleibe, höre ich es. Ich muss den Kopf zur Seite drehen, weil ich mir nicht sicher bin, aber da ist es wieder. Rues Viertonlied aus dem Mund eines Spotttölpels. Die Melodie, die bedeutet, dass es ihr gut geht.

Ich grinse und gehe auf den Vogel zu. Nicht weit davon nimmt ein anderer Vogel die wenigen Töne auf. Rue hat sie ihnen vorgesungen und das ist noch nicht lange her. Sonst hätten sie schon längst wieder ein anderes Lied angestimmt. Ich schaue hinauf in die Bäume und suche nach einem Lebenszeichen von ihr. Ich schlucke und singe leise zurück, damit sie weiß, dass sie gefahrlos zu mir kommen kann. Ein Spotttölpel wiederholt meine Melodie. In diesem Augenblick höre ich den Schrei.

Den Schrei eines Kindes, eines jungen Mädchens, und außer Rue gibt es in der Arena niemanden, der einen solchen Schrei ausstoßen könnte. Ich renne los, obwohl ich weiß, dass es eine Falle sein könnte, dass drei Karrieros darauf lauern könnten, sich auf mich zu stürzen, aber ich kann nicht anders. Wieder höre ich einen schrillen Schrei, diesmal ist es mein Name: »Katniss! Katniss!«

»Rue!«, rufe ich zurück, damit sie weiß, dass ich in der Nähe bin. Das heißt aber auch, *sie* wissen, dass ich in der Nähe bin, und hoffentlich reizt sie das Mädchen, das ihnen die Jägerwespen auf den Hals gehetzt und unerklärlicherweise elf Punkte bekommen hat, genug, um sie von Rue abzulenken. »Rue! Ich komme!«

Als ich auf die Lichtung stürze, liegt sie hoffnungslos in einem Netz verfangen auf dem Boden. Sie hat gerade noch Zeit, ihre Hand durch eine Masche zu strecken und meinen Namen zu sagen, dann bohrt sich der Speer in ihren Körper.

18

Der Junge aus Distrikt 1 stirbt, bevor er den Speer wieder herausziehen kann. Mein Pfeil dringt tief in seinen Hals ein. Er fällt auf die Knie und verkürzt die Zeit, die ihm noch bleibt, indem er den Pfeil herauszieht und an seinem eigenen Blut erstickt. Ich bin schon wieder schussbereit und ziele bald hierhin, bald dorthin, während ich Rue zurufe: »Sind da noch mehr? Sind da noch mehr?«

Nein, nein, sagt sie mehrmals, bevor ich es höre.

Rue hat sich auf die Seite gerollt, sie krümmt sich um den Speer in ihrem Körper. Ich stoße den Jungen von ihr fort und befreie sie mit dem Messer aus dem Netz. Ein Blick auf die Wunde genügt, um zu wissen, dass meine Heilkräfte hier nichts ausrichten können. Und wahrscheinlich nicht nur meine. Die Speerspitze steckt bis zum Schaft in Rues Magengrube. Ich gehe vor ihr in die Hocke und starre hilflos auf die tief eingedrungene Waffe. Es ist sinnlos, nach tröstenden Worten zu suchen, ihr zu sagen, dass sie wieder gesund wird. Sie ist nicht dumm. Sie streckt die Hand aus und ich greife danach wie nach einem Rettungsanker. Als wäre ich es, die sterben muss, und nicht Rue.

»Hast du die Lebensmittel in die Luft gejagt?«, flüstert sie.

»Bis auf den letzten Krümel«, sage ich.

»Du musst gewinnen«, sagt sie.

»Das werde ich. Für uns beide werde ich jetzt gewinnen«, verspreche ich. Ich höre die Kanone und schaue auf. Der Schuss muss dem Jungen aus Distrikt 1 gelten.

»Geh nicht fort«, sagt Rue und umklammert meine Hand.

»Natürlich nicht. Ich bleibe hier bei dir«, sage ich. Ich rücke näher heran und ziehe ihren Kopf in meinen Schoß. Zärtlich streiche ich ihr die kräftigen dunklen Haare hinters Ohr zurück.

»Sing«, sagt sie so leise, dass ich es kaum höre.

Singen?, denke ich. *Was denn singen?* Ich kenne ein paar Lieder. Kaum zu glauben, aber auch bei uns zu Hause hat es einmal Musik gegeben. Mein Vater hat mich mit seiner außergewöhnlichen Stimme immer angesteckt, doch seit seinem Tod habe ich nicht mehr viel gesungen. Nur wenn Prim sehr krank ist. Dann singe ich ihr die Lieder vor, die sie schon als Baby mochte.

Singen. Die Tränen schnüren mir die Kehle zu, meine Stimme ist heiser von Rauch und Erschöpfung. Aber wenn es Prims … nein … Rues letzter Wunsch ist, dann muss ich es wenigstens versuchen. Das Lied, das mir einfällt, ist ein einfaches Wiegenlied, mit dem wir unruhige, hungrige Babys in den Schlaf singen. Ich glaube, es ist schon alt, sehr alt. Vor langer Zeit in den Hügeln entstanden. Mein Musiklehrer hat es als Berglied bezeichnet. Der Text ist leicht und beruhigend und er verspricht, dass morgen alles besser sein wird als in dieser schrecklichen Zeit, die wir heute nennen.

Ich räuspere mich, schlucke schwer und singe:

Auf dieser Wiese unter der Weide,
Ein Bett aus Gras, ein Kissen wie Seide.
Dort schließe die Augen, den Kopf lege nieder,
Wenn du erwachst, scheint die Sonne wieder.

Hier ist es sicher, hier ist es warm,
Hier beschützt dich der Löwenzahn.
Süße Träume hast du hier und morgen
erfüllen sie sich.
An diesem Ort, da lieb ich dich.

Rues Augen haben sich mit einer leisen Bewegung geschlossen. Ihre Brust bewegt sich kaum merklich. Meine Kehle gibt die Tränen frei, sie rinnen mir über die Wangen. Doch ich muss das Lied für sie zu Ende singen.

Auf dieser Wiese, im tiefen Tal,
Ein Blättermantel, ein Mondenstrahl.
Dort vergiss den Kummer, leg beiseite die Sorgen,
Fortgespült sind sie am Morgen.

Hier ist es sicher, hier ist es warm,
Hier beschützt dich der Löwenzahn.

Die letzten Zeilen sind fast nicht zu hören.

Süße Träume hast du hier und morgen
erfüllen sie sich.
An diesem Ort, da lieb ich dich.

Alles ist ruhig und still. Dann, fast unheimlich, nehmen die Spotttölpel mein Lied auf.

Einen Augenblick sitze ich da und sehe zu, wie meine Tränen auf ihr Gesicht tropfen. Die Kanone für Rue wird abgefeuert. Ich beuge mich vor und drücke ihr die Lippen auf die Schläfe. Langsam, als wollte ich sie nicht wecken, lege ich ihren Kopf wieder auf den Boden und lasse ihre Hand los.

Jetzt wird von mir erwartet, dass ich das Feld räume. Damit sie die Leichen einsammeln können. Es gibt ja auch keinen Grund, hierzubleiben. Ich drehe den Jungen aus Distrikt 1 auf den Bauch, nehme seinen Rucksack und den Pfeil an mich, der sein Leben beendet hat. Dann schneide ich die Träger von Rues Bündel durch – ich weiß, dass sie gewollt hätte, dass ich es an mich nehme –, lasse den Speer jedoch in ihrem Bauch. Wenn eine Waffe in einem toten Körper steckt, wird sie mit in das Hovercraft befördert. Mit einem Speer kann ich nichts anfangen, je eher er die Arena verlässt, desto besser.

Aber ich kann den Blick nicht von Rue wenden, kleiner denn je liegt sie da, ein Tierbaby, zusammengerollt wie in einem Nest. Ich bringe es nicht über mich, sie einfach so zu verlassen. Sie hat alle Qualen überstanden, aber sie sieht so wehrlos aus. Es wäre unangebracht, den Jungen aus Distrikt 1 zu hassen, der im Tod doch auch so verletzlich wirkt. Ich hasse das Kapitol, das uns allen dies antut.

Gales Worte fallen mir ein. Seine wirren Reden gegen das Kapitol erscheinen mir jetzt nicht mehr ohne Sinn, ich kann sie nicht länger abtun. Rues Tod hat mich gezwungen, mich meinem eigenen Zorn über die Grausamkeit zu stellen, über das Unrecht, das sie uns antun. Aber hier fühle ich mich noch

264

ohnmächtiger als zu Hause. Es gibt keine Möglichkeit, es dem Kapitol heimzuzahlen. Oder?

Da fällt mir ein, was Peeta damals auf dem Dach gesagt hat: *»Ich wünsche mir nur, mir würde etwas einfallen, wie … wie ich dem Kapitol zeigen kann, dass sie mich nicht besitzen. Dass ich mehr bin als eine Figur in ihren Spielen.«* Und zum ersten Mal verstehe ich, was er meint.

Ich möchte hier und jetzt etwas tun, das sie beschämt, das sie zur Verantwortung zieht und ihnen zeigt, dass jeder Tribut etwas hat, das sie nicht bekommen werden, was sie auch tun und wozu sie uns auch zwingen. Dass Rue mehr war als eine Figur in ihren Spielen. Und ich auch.

Ein paar Schritte entfernt im Wald wachsen wilde Blumen. Vielleicht nur Unkraut, aber ihre Blüten haben wunderschöne Formen in Lila, Gelb und Weiß. Ich pflücke einen ganzen Armvoll und gehe zurück zu Rue. Langsam, Stiel für Stiel, schmücke ich ihren Körper mit den Blüten. Verdecke die hässliche Wunde. Bekränze ihr Gesicht. Webe ihr leuchtende Farben ins Haar.

Das müssen sie zeigen. Und falls sie die Kameras doch lieber abwenden, müssen sie zumindest zeigen, wie die Leichen abgeholt werden, und dann werden alle sie sehen und wissen, dass ich das getan habe. Ich trete zurück und schaue Rue ein letztes Mal an. Wie sie so daliegt, könnte sie auch auf der Wiese aus dem Lied liegen und schlafen.

»Leb wohl, Rue«, flüstere ich. Ich lege die drei mittleren Finger meiner linken Hand an die Lippen und strecke sie zu ihr. Dann gehe ich fort, ohne mich umzuschauen.

Die Vögel verstummen. Irgendwo stößt ein Spotttölpel den

265

Warnruf aus, der das Hovercraft ankündigt. Ich weiß nicht, woher der Vogel es weiß. Er hat wohl bessere Ohren als wir Menschen. Ich bleibe stehen, schaue nach vorn, nicht zurück. Bald aber hebt der allgemeine Gesang der Vögel wieder an und ich weiß, dass sie fort ist.

Ein anderer Spotttölpel, dem Anschein nach ein Jungvogel, landet auf einem Zweig vor mir und trällert Rues Melodie. Mein Lied und der Warnruf waren für diesen Anfänger noch zu neu, aber Rues kleine Melodie hat er sich angeeignet. Die Melodie, die mir verkünden sollte, dass sie in Sicherheit war.

»Sicher und wohlauf«, sage ich, während ich unter dem Ast hindurchgehe. »Jetzt müssen wir uns nicht mehr um sie sorgen.« Sicher und wohlauf.

Ich habe keine Ahnung, wohin ich gehen soll. Das kurze Heimatgefühl, das ich diese eine Nacht mit Rue hatte, ist verschwunden. Meine Füße tragen mich hierhin und dorthin, bis die Sonne untergeht. Ich habe keine Angst, bin nicht mal wachsam. Was mich zur leichten Beute macht. Aber ich würde jeden töten, der mir über den Weg läuft. Ohne mit der Wimper zu zucken und ohne das leiseste Zittern der Hand. Mein Hass auf das Kapitol hat meinen Hass auf meine Gegner kein bisschen verringert. Besonders auf die Karrieros. Sie wenigstens kann ich für Rues Tod bezahlen lassen.

Aber es taucht niemand auf. Wir sind nicht mehr viele und die Arena ist groß. Bald werden sie irgendeinen Trick aus dem Hut ziehen, um uns zusammenzutreiben. Doch für heute ist genug Blut geflossen. Vielleicht bekommen wir sogar ein bisschen Schlaf.

Ich hieve gerade meine Bündel auf einen Baum, um dort

mein Lager aufzuschlagen, als ein silberner Fallschirm heruntergesegelt kommt und vor meinen Füßen landet. Das Geschenk eines Sponsors. Aber warum jetzt? Ich bin ganz gut versorgt. Vielleicht hat Haymitch meine Niedergeschlagenheit bemerkt und versucht mich ein bisschen aufzuheitern. Oder ist es etwas für mein Ohr?

Ich öffne den Fallschirm und finde einen kleinen Laib Brot. Keiner von den feinen weißen wie im Kapitol. Es ist sichelförmig, aus dunklem Rationsgetreide, mit Körnern bestreut. Ich erinnere mich an die Lektion über die unterschiedlichen Brote in den einzelnen Distrikten, die Peeta mir im Trainingscenter gehalten hat. Dieses Brot stammt aus Distrikt 11. Behutsam hebe ich den noch warmen Laib auf. Was muss es die Bewohner von Distrikt 11 gekostet haben, die sich nicht einmal selbst ernähren können? Wie viele von ihnen mussten sich das bisschen Geld vom Mund absparen, um zur Sammlung für diesen einen Laib Brot beizutragen? Es war für Rue bestimmt, ganz sicher. Aber anstatt das Geschenk zurückzuziehen, als sie starb, haben sie Haymitch ermächtigt, es mir zu geben. Als Dankeschön? Oder weil sie wie ich Schulden nicht gern unbeglichen lassen? Wie dem auch sei, dies ist eine Premiere. Ein Geschenk für einen Tribut aus einem anderen Distrikt.

Ich schaue nach oben und trete in die letzten Sonnenstrahlen. »Ich danke dem Volk aus Distrikt 11«, sage ich. Sie sollen wissen, dass ich weiß, woher es kommt. Dass der volle Wert ihres Geschenks erkannt wurde.

Gefährlich hoch klettere ich in den Baum, nicht um mich in Sicherheit zu bringen, sondern um mich so weit wie möglich vom heutigen Tag zu entfernen.

Mein Schlafsack befindet sich ordentlich aufgerollt in Rues Bündel. Morgen werde ich die Vorräte sichten. Morgen werde ich einen neuen Plan machen. Aber heute Nacht kann ich mich nur noch festschnallen und kleine Bissen von dem Brot essen. Es ist gut. Es schmeckt nach Heimat.

Bald erscheint das Wappen am Himmel und die Hymne erklingt in meinem rechten Ohr. Ich sehe den Jungen aus Distrikt 1, Rue. Für heute Abend ist das alles. *Jetzt sind wir noch sechs*, denke ich. *Nur noch sechs.* Mit dem Brot in der Hand schlafe ich ein.

Manchmal, wenn alles ganz schlimm ist, schenkt mein Gehirn mir einen schönen Traum. Einen Ausflug in den Wald mit meinem Vater. Eine Stunde mit Prim bei Sonnenschein und Kuchen. Heute Nacht schickt es mir Rue, die, noch immer blumenbedeckt, hoch oben in einem Meer von Bäumen sitzt und mir beizubringen versucht, wie man mit den Spotttölpeln spricht. Ich sehe keine Anzeichen von Wunden, kein Blut, nur ein fröhlich lachendes Mädchen. Mit einer hellen, melodischen Stimme singt sie Lieder, die ich noch nie gehört habe. Immer weiter. Die ganze Nacht hindurch. Zwischendurch gibt es eine Tiefschlafphase, in der ich die letzten Töne ihrer Musik hören kann, obwohl Rue zwischen den Blättern verschwunden ist. Als ich ganz aufwache, fühle ich mich einen Augenblick getröstet. Ich versuche die friedvolle Stimmung des Traums festzuhalten, aber sie entgleitet mir rasch und lässt mich trauriger zurück denn je.

Eine Schwere erfüllt meinen Körper, als würde flüssiges Blei durch meine Adern fließen. Mir fehlt der Wille, die einfachsten Aufgaben anzugehen, irgendetwas anderes zu tun, als hier zu liegen und durchs Blätterdach zu starren. Mehrere Stunden lang liege ich reglos da. Auch diesmal ist es der Gedanke an Prims besorgtes Gesicht, wie sie mich zu Hause vor dem Fernseher anschaut, der mich aus meiner Lethargie reißt.

Ich erteile mir eine Reihe von einfachen Befehlen: »Jetzt stehst du auf, Katniss. Jetzt musst du was trinken, Katniss.« Mit langsamen, mechanischen Bewegungen komme ich den Befehlen nach. »Jetzt musst du die Bündel sortieren, Katniss.«

Rues Bündel enthält meinen Schlafsack, ihren fast leeren Wasserbeutel, eine Handvoll Nüsse und Wurzeln, etwas Kaninchen, ihre Ersatzsocken und ihre Zwille. Der Junge aus Distrikt 1 hat mehrere Messer, zwei Reservespeerspitzen, eine Taschenlampe, einen kleinen Lederbeutel, ein Erste-Hilfe-Set, eine volle Flasche Wasser und eine Packung Trockenobst. Eine Packung Trockenobst! Ausgerechnet, bei der Auswahl, die er hatte. Welch Zeichen extremer Arroganz. Wozu auch Essen mitnehmen, wenn man so viel im Lager hat? Wenn man seine Feinde so schnell töten wird, dass man zu Hause ist, ehe sich der Hunger meldet? Ich kann nur hoffen, dass die anderen Karrieros ebenso wenig vorgesorgt haben und jetzt vor dem Nichts stehen.

Aber apropos, mein eigener Vorrat neigt sich ebenfalls dem Ende zu. Ich esse den Rest von dem Brotlaib aus Distrikt 11, dazu das letzte Stück Kaninchen. Wie schnell das Essen verschwindet. Ich habe nur noch Rues Wurzeln und Nüsse, die Trockenfrüchte von dem Jungen und einen Streifen Rindfleisch. *Jetzt musst du jagen, Katniss,* sage ich mir.

Gehorsam verstaue ich die Vorräte, die ich mitnehmen möchte, in meinem Rucksack. Nachdem ich vom Baum heruntergeklettert bin, verstecke ich die Messer und Speerspitzen des Jungen unter einem Stapel Steine, damit niemand sie wegnimmt. Durch das Herumwandern gestern Abend habe ich die Orientierung verloren, aber ich versuche, grob die Richtung zum Bach einzuschlagen. Als ich an Rues drittem, nicht entzündetem Feuer vorbeikomme, weiß ich, dass ich auf dem richtigen Weg bin. Kurz darauf entdecke ich eine Schar Gruslinge, die in den Bäumen hocken, und ehe sie sichs versehen, habe ich drei von ihnen erlegt. Ich kehre zu Rues Feuer zurück und zünde es an. Der starke Rauch ist mir egal. *Wo bist du, Cato?*, denke ich, während ich die Vögel und Rues Wurzeln brate. *Ich warte hier auf dich.*

Wo mögen die Karrieros jetzt sein? Entweder zu weit weg, um mich zu finden, oder zu sicher, dass es eine List ist, oder ... Kann das sein? Haben sie Angst vor mir? Natürlich wissen sie, dass ich Pfeil und Bogen habe, Cato hat gesehen, wie ich sie der toten Glimmer abgenommen habe. Aber haben sie schon eins und eins zusammengezählt? Wissen sie, dass ich die Vorräte in die Luft gejagt und ihren Kumpel getötet habe? Möglicherweise halten sie Thresh für den Täter. Wäre es nicht wahrscheinlicher, dass er Rues Tod rächt und nicht ich? Wo sie doch aus demselben Distrikt stammen? Nicht dass er sich je für sie interessiert hätte.

Und was ist mit Fuchsgesicht? War sie in der Nähe, als ich die Vorräte hochgejagt habe, und hat alles mit angesehen? Nein. Als ich sie am nächsten Morgen ertappte, wie sie lachend in der Asche stocherte, sah sie aus, als hätte ihr jemand eine nette Überraschung bereitet.

Sie werden wohl kaum denken, Peeta hätte das Signalfeuer

270

angezündet. Cato geht davon aus, dass Peeta so gut wie tot ist. Auf einmal würde ich Peeta gern von den Blumen erzählen, die ich auf Rue gelegt habe. Ihm sagen, dass ich jetzt verstehe, was er mir auf dem Dach mitteilen wollte. Falls er die Spiele gewinnt, wird er mich vielleicht in der Nacht des Siegers auf der Großbildleinwand sehen, wenn die Höhepunkte der Spiele noch einmal gezeigt werden. Der Sieger hat einen Ehrenplatz auf der Bühne, umringt von seinem Team.

Aber ich habe Rue versprochen, dass ich dort sitzen würde. Für uns beide. Und das erscheint mir noch wichtiger als mein Schwur gegenüber Prim.

Zum ersten Mal glaube ich, dass ich eine Chance habe. Dass ich gewinnen kann. Nicht nur wegen meiner Pfeile und weil ich die Karrieros mehrmals überlistet habe, auch wenn das dazu beiträgt. Als ich Rues Hand hielt und zusah, wie das Leben aus ihr wich, da ist etwas passiert. Ich bin jetzt fest entschlossen, sie zu rächen, ihren Verlust unvergesslich zu machen, und das kann ich nur, indem ich gewinne und mich selbst damit unvergesslich mache.

Ich brate die Vögel in der Hoffnung, dass jemand auftaucht und versucht zu schießen, aber vergeblich. Vielleicht schlagen sie sich irgendwo da draußen gegenseitig die Köpfe ein. Was mir sehr recht wäre. Seit dem Gemetzel am Füllhorn war ich sicher öfter auf dem Bildschirm zu sehen, als mir lieb ist.

Irgendwann packe ich mein Essen ein und gehe zurück zum Bach, um meinen Wasservorrat aufzufüllen und ein bisschen zu sammeln. Doch dann befällt mich wieder die trübe Stimmung von heute Morgen, und obwohl es noch früh am Abend ist, klettere ich auf einen Baum und bereite mein Nachtlager.

Ich durchlebe wieder die Ereignisse des gestrigen Tages. Immer wieder sehe ich, wie Rue durchbohrt wird, wie mein Pfeil sich in den Hals des Jungen senkt. Ich weiß überhaupt nicht, weshalb ich einen Gedanken an den Jungen verschwende.

Dann wird es mir klar … Er ist der erste Mensch, den ich getötet habe.

Neben anderen Statistiken, die eingeblendet werden, damit die Leute ihre Wetten platzieren können, zeigen sie für jeden Tribut auch immer die Anzahl der Tötungen. Wahrscheinlich rechnen sie mir den Tod von Glimmer und dem Mädchen aus Distrikt 4 an, weil ich das Nest auf sie habe fallen lassen. Aber der Junge aus Distrikt 1 war der erste Mensch, den ich gezielt getötet habe. Zahllose Tiere haben ihr Leben durch meine Hand verloren, aber erst ein Mensch. Ich höre Gale sagen: »Wo ist der Unterschied?«

Was den Akt angeht, so ist er erstaunlich ähnlich. Ein gespannter Bogen, ein abgeschossener Pfeil. Aber das ist auch schon alles. Ich habe einen Jungen getötet, von dem ich nicht mal den Namen weiß. Irgendwo weint jetzt seine Familie um ihn. Seine Freunde wollen mein Blut sehen. Vielleicht hatte er eine Freundin, die fest daran geglaubt hat, er würde zurückkommen …

Aber dann denke ich an Rues reglosen Körper und ich kann den Jungen aus meinen Gedanken verscheuchen. Zumindest für den Moment.

Der Himmel schweigt, offenbar ein ereignisloser Tag. Keine Toten. Ich frage mich, wie viel Zeit sie uns lassen, bis die nächste Katastrophe uns wieder zusammentreibt. Falls es heute Nacht passiert, möchte ich vorher ein wenig geschlafen haben. Ich bedecke mein gutes Ohr, um die nervtötende Hymne auszublenden, aber dann höre ich Fanfaren und setze mich gespannt auf.

Für gewöhnlich ist das nächtliche Totengeläut die einzige Art von Kommunikation mit der Außenwelt. Doch ab und zu erklingen Fanfaren, gefolgt von einer Durchsage. Meistens ist es die Einladung zu einem Festmahl. Wenn die Nahrung knapp ist, laden die Spielmacher die Spieler zu einem Bankett an einem Ort ein, den alle kennen, wie zum Beispiel das Füllhorn – ein Ansporn, zusammenzukommen und zu kämpfen. Manchmal gibt es dann tatsächlich ein Festmahl, manchmal liegt aber auch nur ein Laib altbackenes Brot da, um den sich die Tribute schlagen müssen. Wegen des Essens würde ich nicht hingehen, aber es könnte die ideale Gelegenheit sein, ein paar Konkurrenten zu erledigen.

Claudius Templesmiths Stimme dröhnt auf uns herab und gratuliert den sechs Übriggebliebenen. Er hat kein Festmahl in petto. Er sagt etwas sehr Verwirrendes. Die Spielregeln sind geändert worden. Eine Regeländerung! Das allein ist schon verrückt, denn Regeln, die diesen Namen verdient hätten, gibt es eigentlich keine. Abgesehen davon, dass man in den ersten sechzig Sekunden die Scheibe nicht verlassen darf, und von dem unausgesprochenen Verbot, einander zu verspeisen. Die neue Regel besagt, dass beide Tribute aus demselben Distrikt zu Siegern erklärt werden, falls sie die beiden letzten Überlebenden sind. Claudius macht eine Pause, als wüsste er, dass wir nicht ganz mitkommen, und wiederholt die Änderung noch einmal.

Langsam erfasse ich, was das bedeutet. Zwei Tribute können

dieses Jahr gewinnen. Wenn sie aus demselben Distrikt stammen. Beide dürfen leben. Wir beide dürfen leben.

Bevor ich mich zurückhalten kann, rufe ich laut Peetas Namen.

Teil 3
Der Sieger

19

Ich schlage mir die Hände vor den Mund, aber da ist es schon heraus. Der Himmel wird schwarz und ich höre ein Froschkonzert. *Dummkopf!*, schelte ich mich. Wie konnte ich nur so was Dummes tun! Starr warte ich darauf, dass die Angreifer durch den Wald toben. Dann fällt mir ein, dass kaum noch welche übrig sind.

Peeta, der verwundet wurde, ist nun mein Verbündeter. Die Zweifel, die ich ihm gegenüber hatte, sind schlagartig ausgelöscht. Wenn jetzt noch einer von uns den anderen töten sollte, würde er bei der Rückkehr in Distrikt 12 behandelt wie ein Aussätziger. Wäre ich jetzt Zuschauer, würde ich die Tribute verabscheuen, die sich nicht sofort mit dem Tribut aus ihrem Heimatdistrikt verbünden würden. Abgesehen davon ist es nur vernünftig, sich gegenseitig zu beschützen. Und in meinem Fall – schließlich sind wir das tragische Liebespaar aus Distrikt 12 – ist es eine absolute Notwendigkeit, wenn ich die Sympathien der Sponsoren nicht verlieren will.

Das tragische Liebespaar … Peeta muss die Masche die ganze Zeit durchgehalten haben. Weshalb sonst hätten die Spielmacher diese noch nie da gewesene Regel einführen sollen, dass plötzlich zwei Tribute die Chance haben zu gewinnen? Offenbar ist unsere »Liebesgeschichte« beim Publikum so gut angekommen, dass es den Erfolg der Spiele gefährden würde, wenn sie zum Scheitern verurteilt wäre. Was bestimmt nicht mein Verdienst ist. Ich habe Peeta nicht getötet, aber das ist auch schon alles. Doch was immer er in der Arena getan hat, es muss die Zuschauer davon überzeugt haben, dass er mich damit retten wollte. Als er den Kopf schüttelte, damit ich nicht zum Füllhorn rannte; sich Cato entgegenstellte, damit ich fliehen konnte. Selbst dass er gemeinsame Sache mit den Karrieros gemacht hat, diente meinem Schutz. Wie es aussieht, war Peeta zu keinem Zeitpunkt eine Gefahr für mich.

Bei diesem Gedanken muss ich lächeln. Ich lasse die Hände sinken und halte das Gesicht ins Mondlicht, damit die Kameras es ganz bestimmt einfangen.

Wer ist dann noch übrig, vor dem ich mich fürchten muss? Fuchsgesicht? Der Junge aus ihrem Distrikt ist tot. Sie ist allein unterwegs, nachts. Und ihre Strategie bestand bisher darin, auszuweichen, nicht anzugreifen. Selbst wenn sie meine Stimme gehört hat, glaube ich eigentlich nicht, dass sie mehr unternehmen wird, als zu hoffen, dass ein anderer mich umbringt.

Dann ist da noch Thresh. Na gut, der ist eine echte Bedrohung. Aber seit Beginn der Spiele habe ich ihn kein einziges Mal zu Gesicht bekommen. Mir fällt ein, wie alarmiert Fuchsgesicht am Ort der Explosion war, als sie ein Geräusch hörte. Aber sie hat sich nicht zum Wald umgedreht, sondern in die entgegengesetzte Richtung. Zu dem Teil der Arena, der in unbekannte Tiefen abfällt. Ich bin fast sicher, dass es Thresh war, vor dem sie weggerannt ist, und dass dies sein Reich ist. Von dort könnte er mich nie hören, und selbst wenn – ich sitze viel zu weit oben, als dass jemand von seiner Statur mich erreichen könnte.

Bleiben noch Cato und das Mädchen aus Distrikt 2, die jetzt bestimmt die neue Regel feiern. Abgesehen von Peeta und mir sind sie die Einzigen, die davon profitieren. Soll ich nun vor ihnen weglaufen, nur auf den Verdacht hin, sie könnten gehört haben, wie ich Peetas Namen rief? *Nein*, denke ich mir. *Sollen sie ruhig kommen*. Sollen sie kommen, mit ihren Nachtsichtbrillen und ihren schweren Körpern, unter denen die Äste brechen. Schön in Reichweite meiner Pfeile. Aber ich weiß, dass sie das nicht tun werden. Schon bei Tag haben sie sich nicht in die Nähe meines Feuers gewagt, also werden sie bei Nacht bestimmt nicht riskieren, in die mögliche Falle zu tappen. Wenn sie kommen, dann bestimmen sie die Bedingungen – nicht, weil ich ihnen meinen Aufenthaltsort verrate.

Bleib, wo du bist, Katniss, und schlaf ein bisschen, befehle ich mir, obwohl ich mich jetzt zu gern auf die Suche nach Peeta machen würde. *Morgen wirst du ihn finden*.

Ich schlafe, aber am nächsten Morgen bin ich besonders vorsichtig. Auf einem Baum wollten die Karrieros mich vielleicht nicht angreifen, doch aus dem Hinterhalt könnten sie mich garantiert überfallen. Bevor ich hinunterklettere, bereite ich mich gut auf den Tag vor, frühstücke ausgiebig, packe den Rucksack, mache meine Waffen fertig. Aber auf dem Boden scheint alles friedlich und unberührt.

Heute werde ich übervorsichtig sein müssen. Die Karrieros können sich denken, dass ich versuchen werde, Peeta zu finden. Vielleicht warten sie auch, bis ich es geschafft habe, bevor sie angreifen. Falls er tatsächlich so schwer verwundet ist, wie Cato denkt, werde ich uns beide allein verteidigen müssen, ohne Unterstützung. Aber wenn Peeta wirklich außer Gefecht gesetzt ist, wie kann er dann so lange am Leben geblieben sein? Und wie soll ich ihn bloß finden?

Ich versuche, mir alles ins Gedächtnis zu rufen, was Peeta je gesagt hat und was mir einen Anhaltspunkt für ein mögliches Versteck geben kann, aber es klingelt nicht. Also versuche ich mich an den letzten Augenblick zu erinnern, als ich ihn im Sonnenlicht glitzern sah und er mir zubrüllte, ich solle wegrennen. Als Nächstes erschien Cato mit gezücktem Schwert. Und nachdem ich weg war, hat er Peeta verwundet. Aber wie konnte Peeta ihm entkommen? Vielleicht hat ihm das Jägerwespengift weniger ausgemacht als Cato. Vielleicht konnte er deshalb fliehen. Aber auch er war gestochen worden. Wie weit konnte er da kommen, verletzt und mit Gift im Blut? Und wie hat er all die Tage seitdem überlebt? Wenn die Wunde und die Stiche ihn nicht getötet haben, müsste er inzwischen schon verdurstet sein.

Und da habe ich plötzlich eine erste Ahnung, wo er sich aufhalten könnte. Ohne Wasser kann er nicht überlebt haben. Das weiß ich noch von meinen ersten Tagen hier. Er muss sich irgendwo in der Nähe einer Wasserquelle versteckt halten. Da wäre der See, doch das halte ich für unwahrscheinlich, weil zu nahe am Lager der Karrieros. Es gibt ein paar von Quellen gespeiste Tümpel. Aber da wäre man eine allzu leichte Beute. Und dann ist da noch der Bach. Der von Rues und meinem Lager bis hinunter zum See fließt und noch weiter. Am Bach könnte er den Ort wechseln und trotzdem immer in der Nähe des Wassers bleiben. Wenn er durchs Wasser läuft, verwischt er alle Spuren. Und Fische gibt es reichlich.

Jedenfalls kann ich am Bach mal anfangen.

Um meine Feinde zu verwirren, mache ich ein Feuer mit viel grünem Holz. Selbst wenn sie sich denken, dass es nur ein Trick ist, werden sie hoffentlich annehmen, dass ich mich in der Nähe versteckt halte. In Wirklichkeit mache ich mich auf die Suche nach Peeta.

Gleich nach Sonnenaufgang ist der Morgendunst verdampft und mir schwant, dass dieser Tag heißer als sonst werden wird. Das Wasser an meinen nackten Füßen ist angenehm kühl. Während ich flussabwärts gehe, überlege ich, ob ich Peetas Namen rufen soll, lasse es dann aber. Ich werde ihn mit meinen Augen und dem einen guten Ohr finden müssen – oder er muss mich finden. Aber er kann sich ja denken, dass ich nach ihm suche, oder? Er wird mir wohl nicht zutrauen, dass ich die neue Regel ignoriere und für mich bleiben will. Oder? Sein Verhalten ist schwer vorauszusagen und unter anderen Umständen würde ihn das möglicherweise interessant machen. Im Moment bedeutet es lediglich ein weiteres Hindernis.

Schon bald komme ich zu der Stelle, an der ich auf meinem Weg zum Lager der Karrieros den Bach verlassen habe. Nirgendwo ein Zeichen von Peeta, aber das wundert mich nicht. Seit dem Zwischenfall mit den Jägerwespen bin ich diesen Abschnitt dreimal gegangen. Wenn er hier in der Nähe wäre, wäre mir bestimmt irgendetwas aufgefallen. Der Bach macht eine Biegung nach links in einen Teil des Waldes, den ich noch nicht kenne. Lehmige, von verschlungenen Wasserpflanzen bedeckte Ufer führen zu großen Felsen; immer riesiger werden sie, bis ich das Gefühl habe, in der Falle zu sitzen. In diesem felsigen Gelände wäre es nicht so einfach, aus dem Bach zu fliehen. Oder Cato und Thresh abzuwehren. Und gerade als ich beschließen will, dass ich völlig auf der falschen Fährte bin, dass ein verletzter Junge kaum in der Lage wäre, an dieser Stelle zum Wasser und wieder hinauf zu gelangen, entdecke ich eine Blutspur, die sich um einen Felsblock herumzieht. Das Blut ist längst getrocknet, doch die verschmierten Linien, die von rechts nach links verlaufen, legen nahe, dass jemand, der möglicherweise nicht ganz bei sich war, versucht hat, sie wegzuwischen.

Ich klammere mich an die Felsen, klettere langsam dorthin, wo das Blut ist, und halte Ausschau nach Peeta. Ich stoße auf weitere Blutflecken, an einem kleben ein paar Fäden, aber nirgendwo ein Lebenszeichen. Ich lasse mich auf die Knie sinken und rufe leise seinen Namen. »Peeta! Peeta!« Ein Spotttölpel landet auf einem verkrüppelten Baum und singt mir nach, sodass ich innehalte. Ich rufe nicht weiter, und während ich zurück zum Bach klettere, denke ich: *Er muss weitergegangen sein. Irgendwo weiter unten.*

Ich habe gerade den Fuß ins Wasser getaucht, als ich seine Stimme höre.

»Bist du hier, um mir den Rest zu geben, Süße?«

Ich fahre herum. Es kam von links, deshalb habe ich es nicht richtig gehört. Und die Stimme war heiser und schwach. Trotzdem, es muss Peeta gewesen sein. Wer sonst in der Arena würde mich »Süße« nennen? Ich suche mit dem Blick das Ufer ab, aber da ist nichts. Nur Lehm, Pflanzen und Felsen.

»Peeta?«, flüstere ich. »Wo bist du?« Keine Antwort. Habe ich es mir nur eingebildet? Nein, ich bin mir sicher, dass es Wirklichkeit war, und es war ganz in der Nähe. »Peeta?« Ich schleiche am Ufer entlang.

»He, tritt nicht auf mich drauf.«

Ich mache einen Satz rückwärts. Seine Stimme kam genau von dort, wo ich meinen Fuß hinsetzen wollte. Aber da ist immer noch nichts. Dann öffnen sich seine Augen, unverkennbar blau zwischen braunem Schlamm und grünen Blättern. Ich ringe nach Luft und da blitzen weiße Zähne auf, weil er grinsen muss.

Eine meisterhafte Tarnung. Von wegen Gewichte durch die Gegend werfen. Peeta hätte sich bei seiner Einzelstunde vor den Spielmachern lieber als Baum anmalen sollen. Oder als Fels. Oder als bewachsenes Lehmufer.

»Mach die Augen noch mal zu«, befehle ich. Er tut es, den Mund auch, und schon ist er wieder verschwunden. Was ich für seinen Körper halte, ist größtenteils unter einer Schicht aus Lehm und Pflanzen verborgen. Gesicht und Arme hat er so gut getarnt, dass sie unsichtbar sind. Ich knie mich neben ihn. »Das viele Tortenverzieren hat sich offenbar gelohnt.«

Peeta lächelt. »Ja, eine Glasur. Das letzte Verteidigungsmittel der Sterbenden.«

»Du wirst nicht sterben«, sage ich bestimmt.

»Sagt wer?« Seine Stimme ist ganz brüchig.

»Ich. Wir sind jetzt ein Team, weißt du«, sage ich.

Er öffnet die Augen. »Hab davon gehört. Nett von dir, dass du dir die Mühe gemacht hast, das zu suchen, was noch von mir übrig ist.«

Ich hole die Wasserflasche heraus und gebe ihm einen Schluck zu trinken. »Wo hat Cato dich erwischt?«

»Linkes Bein. Ganz oben«, antwortet er.

»Du musst in den Bach. Wir müssen dich waschen, damit ich mir deine Wunden ansehen kann«, sage ich.

»Beug dich erst mal kurz runter«, sagt er. »Muss dir was sagen.« Ich beuge mich vor und lege mein gutes Ohr an seine Lippen. Es kitzelt, als er spricht. »Denk dran, wir sind Verliebte, es ist also völlig okay, wenn du mich küsst, falls dir danach sein sollte.«

Ruckartig ziehe ich den Kopf zurück, aber dann muss ich lachen. »Danke, ich werd's mir merken.« Immerhin hat er seinen Humor nicht verloren. Doch als ich ihm in den Bach helfen will, ist alle Leichtigkeit dahin. Das Wasser ist nur gut einen halben Meter entfernt, das kann eigentlich nicht so schwer sein. Ist es aber, denn ich merke, dass Peeta sich ohne Hilfe keinen Zentimeter von der Stelle bewegen kann. Er ist so schwach, dass er nur eins tun kann, nämlich keinen Widerstand leisten. Ich versuche ihn zu schleifen, aber obwohl ich weiß, dass er sich alle Mühe gibt, still zu sein, entfahren ihm spitze Schmerzensschreie. Lehm und Pflanzen scheinen ihn eingeschlossen zu haben und ich muss heftig an ihm zerren, um ihn aus ihren Fängen zu befreien. Jetzt liegt er da, immer noch einen halben Meter vom Wasser entfernt, mit zusammengebissenen Zähnen, während Tränen Furchen durch den Schmutz auf seinem Gesicht ziehen.

»Hör zu, Peeta. Der Bach ist hier sehr flach, ich werde dich hineinrollen, okay?«, sage ich.

»Ausgezeichnet«, sagt er.

Ich hocke mich neben ihn. Was auch passiert, sage ich mir, gib nicht auf, bevor er im Wasser ist. »Bei drei geht's los«, sage ich. »Eins, zwei, drei!« Ich schaffe gerade eine volle Umdrehung, dann zwingt mich der entsetzliche Laut, den er ausstößt, innezuhalten. Jetzt liegt er am Bachufer. Vielleicht ist das sowieso besser.

»Okay, wir ändern den Plan. Wir lassen das mit dem Rollen«, teile ich ihm mit. Denn: Falls ich das überhaupt schaffe, wie soll ich ihn jemals wieder herausbekommen?

»Kein Rollen mehr?«, fragt er.

»Schon fertig. Jetzt wasche ich dich erst mal. Behalt so lange den Wald im Auge, ja?«, sage ich. Ich weiß kaum, wo ich anfangen soll. Er ist so sehr mit Schlamm und Blättermatsch bedeckt, dass ich seine Kleider gar nicht erkennen kann. Hat er überhaupt welche an? Bei dem Gedanken zögere ich einen Augenblick, aber dann mache ich mich ans Werk. In der Arena sind nackte Körper nichts Besonderes, oder?

Ich besitze zwei Wasserflaschen plus Rues Lederbeutel. Ich klemme sie zwischen die Steine im Bach, damit immer zwei gefüllt werden, während ich den dritten über Peetas Körper ausschütte. Es dauert eine Weile, aber irgendwann habe ich genug Schlamm weggespült, um seine Kleider zu erkennen. Vorsichtig öffne ich den Reißverschluss seiner Jacke, knöpfe sein Hemd auf und streife beides ab. Sein Unterhemd ist so sehr mit seinen Wunden verklebt, dass ich es mit dem Messer herausschneiden und wieder Wasser über seinen Körper gießen muss, damit es sich löst. Er hat eine schlimme Brandwunde quer über der Brust und vier Wespenstiche, den unter dem Ohr mitgerechnet. Trotzdem: Ich atme ein wenig auf. Damit werde ich fertig. Ich beschließe, erst den Oberkörper zu versorgen und die Schmerzen ein wenig zu lindern, bevor ich die Verletzung am Bein angehe, die Cato ihm zugefügt hat.

Da es witzlos ist, seine Wunden zu behandeln, solange er in einer Schlammpfütze liegt, lehne ich ihn erst einmal gegen einen Felsen. Da sitzt er nun klaglos, während ich seine Haare und seine Haut vom Dreck befreie. Im Sonnenlicht sehe ich sein bleiches Fleisch, er wirkt gar nicht mehr kräftig und stark. Als ich die Stacheln aus den Wespenstichen ziehe, zuckt er zusammen, aber sobald ich die Blätter auflege, seufzt er erleichtert auf. Während die Sonne ihn trocknet, wasche ich seine verdreckten Kleider und lege sie auf Felsen. Dann creme ich seine Brust mit der Brandsalbe ein. Plötzlich merke ich, wie heiß seine Haut wird. Durch die Schlammschicht und das viele Wasser aus meinen Flaschen habe ich gar nicht bemerkt, dass er hohes Fieber hat. Ich krame in dem Erste-Hilfe-Set, das ich dem Jungen aus Distrikt 1 abgenommen habe, und finde fiebersenkende Tabletten. Wenn die Hausmittelchen meiner Mutter versagen, dann kauft sie genau die gleichen.

»Schluck die«, befehle ich ihm und er nimmt die Arznei gehorsam. »Du hast bestimmt Hunger.«

»Eigentlich nicht. Komisch, aber ich hab seit Tagen keinen Hunger«, sagt er. Als ich ihm ein Stück Grusling anbiete, rümpft er denn auch die Nase und wendet sich ab. Da erst merke ich, wie krank er ist.

»Du musst etwas essen, Peeta«, beharre ich.

»Das kommt doch gleich wieder hoch«, sagt er. Ich kann ihn nur dazu bewegen, ein paar getrocknete Apfelstücke zu sich zu nehmen. »Danke. Es geht mir schon viel besser. Darf ich jetzt schlafen, Katniss?«, fragt er.

»Gleich«, verspreche ich. »Erst muss ich mir dein Bein ansehen.« So behutsam es geht, streife ich ihm Stiefel und Socken ab und ziehe dann ganz langsam die Hose herunter. Ich sehe den Schnitt, den Catos Schwert im Stoff an seinem Oberschenkel verursacht hat, aber trotzdem bin ich nicht auf das gefasst, was mich darunter erwartet. Die klaffende entzündete Wunde, aus der Blut und Eiter sickern. Die Schwellung des Beins. Und am schlimmsten: der Gestank von faulendem Fleisch.

Am liebsten würde ich weglaufen. Im Wald verschwinden, wie damals, als sie den Mann mit den schweren Verbrennungen zu uns brachten. Jagen gehen, während meine Mutter und Prim das tun, wozu mir sowohl das Geschick als auch der Mut fehlt. Aber hier ist niemand außer mir. Ich versuche genauso ruhig zu bleiben wie meine Mutter immer bei den besonders schlimmen Fällen.

»Ziemlich übel, was?«, sagt Peeta. Er beobachtet mich genau.

»Geht so.« Ich zucke die Achseln, als wenn es nichts Besonderes wäre. »Du müsstest mal die Leute aus den Minen sehen, die sie zu meiner Mutter bringen.« Ich verschweige lieber, dass ich immer flüchte, sobald sie etwas Schlimmeres als Schnupfen zu behandeln hat. Ehrlich gesagt bin ich nicht mal gern in der Nähe, wenn jemand hustet. »Erst mal müssen wir sie gut säubern.«

Peetas Unterhose habe ich gelassen, wo sie ist, weil sie nicht zerrissen ist und ich sie nicht über den geschwollenen Oberschenkel ziehen will und, na gut, vielleicht auch weil mir die Vorstellung unangenehm ist, ihn nackt zu sehen. Noch etwas, das mich von meiner Mutter und Prim unterscheidet. Nacktheit lässt sie völlig kalt, ist ihnen überhaupt nicht peinlich. Paradoxerweise könnte an diesem Punkt der Spiele meine kleine Schwester Peeta viel besser helfen als ich. Ich breite meine Plastikplane unter ihm aus, um den Rest seines Körpers zu waschen.

Je mehr Wasser ich über ihn gieße, desto schlimmer sieht die Wunde aus. Abgesehen davon hat sein Unterkörper nicht viel abbekommen, nur einen Wespenstich und ein paar kleinere Verbrennungen, die ich rasch behandeln kann. Aber die klaffende Wunde an seinem Bein ... Was um Himmels willen soll ich damit machen?

»Vielleicht sollten wir sie ein wenig an der Luft lassen und dann ...« Ich verstumme.

»Und dann flickst du sie zusammen?«, sagt Peeta. Er sieht fast so aus, als hätte er Mitleid mit mir; als wüsste er, wie ratlos ich bin.

»Genau«, sage ich. »In der Zwischenzeit isst du das hier.« Ich lege ihm ein paar getrocknete Birnenhälften in seine Hand und gehe zurück zum Bach, um die anderen Kleider zu waschen. Als sie zum Trocknen ausgebreitet daliegen, untersuche ich den Inhalt des Erste-Hilfe-Sets. Kaum mehr als eine Grundausstattung. Mullbinden, Fiebertabletten, Medikamente gegen Bauchschmerzen. Nichts von dem Kaliber, das ich bräuchte, um Peeta zu behandeln.

»Wir müssen ein bisschen improvisieren«, gestehe ich ein. Ich weiß, dass das Wespenkraut gegen Infektionen hilft, also fange ich damit an. Nachdem ich eine Handvoll zerkaute grüne Pampe ein paar Minuten lang in die Wunde gepresst habe, läuft Eiter an seinem Bein herunter. Ich nehme das als gutes Zeichen und beiße fest in meine Wange, denn mein Frühstück droht wieder hochzukommen.

»Katniss?«, sagt Peeta. Ich schaue ihn an und mir ist klar, dass ich ganz grün im Gesicht sein muss. »Wie steht's mit dem Kuss?«, fragt er unhörbar.

Ich pruste los, das Ganze ist so ekelhaft, dass ich es kaum aushalte.

»Stimmt was nicht?«, fragt er ein bisschen zu unschuldig.

»Ich … ich kann das nicht so gut. Ich bin nicht meine Mutter. Ich habe keine Ahnung, was ich hier mache, und Eiter finde ich widerlich«, sage ich. »Ah!« Während ich die erste Ladung Blätter entferne und die zweite auflege, gestatte ich mir aufzustöhnen: »Aaaaah!«

»Wie bringst du es dann fertig zu jagen?«, fragt er.

»Etwas zu töten ist viel einfacher als das hier, das kannst du mir glauben«, sage ich. »Obwohl, wenn mich nicht alles täuscht, töte ich dich gerade.«

»Kannst du dich ein bisschen beeilen?«, fragt er.

»Nein. Halt den Mund und iss deine Birnen«, sage ich.

Nach drei Anwendungen und einem Eimer voller Eiter – so kommt es mir vor – sieht die Wunde besser aus. Die Schwellung ist jetzt so weit zurückgegangen, dass ich erkenne, wie tief Catos Schwert eingedrungen ist. Bis auf den Knochen.

»Und jetzt, Dr. Everdeen?«, fragt er.

»Vielleicht schmiere ich etwas Brandsalbe darauf. Die müsste bei allen Infektionen helfen. Und dann verbinden?« Gesagt, getan. Als die Wunde von einer sauberen weißen Baumwollbinde verdeckt ist, sieht alles nur noch halb so wild aus. Dafür wirkt der Saum seiner Unterhose gegen die sterile Mullbinde schmutzig und infektiös. Ich ziehe Rues Bündel hervor. »Hier, bedeck dich damit, während ich deine Unterhose wasche.«

»Ach, mir ist es egal, ob du mich nackt siehst«, sagt Peeta.

»Du bist wie die anderen in meiner Familie«, sage ich. »Mir ist es nicht egal, kapiert?« Ich drehe mich um und schaue auf den Bach, bis die Unterhose hineinplatscht. Wenn er werfen kann, muss es ihm ein bisschen besser gehen.

»Für jemanden, der so gefährlich ist, bist du aber ganz schön zimperlich«, sagt Peeta, während ich die Unterhose gegen zwei Steine schlage, bis sie sauber ist. »Da hättest du mal Haymitch abduschen sollen.«

Bei der Erinnerung rümpfe ich die Nase. »Was hat er dir denn bisher geschickt?«

»Null Komma nichts«, sagt Peeta. Er verstummt, als der Groschen fällt. »Wieso, hast du was bekommen?«

»Arznei gegen Verbrennungen«, sage ich fast kleinlaut. »Ach ja, und ein bisschen Brot.«

»Ich hab ja schon immer gewusst, dass du sein Liebling bist«, brummt Peeta.

»Ich bitte dich, er hält es noch nicht mal im selben Raum mit mir aus«, sage ich.

»Weil ihr genau gleich seid«, murmelt Peeta. Ich übergehe die Bemerkung, denn jetzt ist nicht der richtige Moment, um über Haymitch herzuziehen, und das ist mein erster Impuls.

Ich lasse Peeta schlafen, solange seine Kleider trocknen, aber am späten Nachmittag wage ich nicht noch länger zu warten. Ich rüttele sacht an seiner Schulter. »Peeta, wir müssen los.«

»Los?« Er scheint verwirrt. »Wohin denn?«

»Weg von hier. Stromabwärts vielleicht. Irgendwohin, wo wir uns verstecken können, bis du dich erholt hast«, sage ich. Ich helfe ihm beim Anziehen, nur die Schuhe lasse ich aus, damit wir durchs Wasser gehen können, und ziehe ihn hoch. Als er das Bein belastet, weicht die Farbe aus seinem Gesicht. »Vorwärts. Du kannst es.«

Aber er kann es nicht. Zumindest nicht lange. Auf meine Schulter gestützt, schafft er vielleicht fünfzig Meter den Bach hinunter, dann droht er ohnmächtig zu werden. Ich setze ihn am Ufer ab, drücke ihm seinen Kopf zwischen die Knie und tätschele unbeholfen seinen Rücken, während ich die Umgebung absuche. Am liebsten würde ich ihn natürlich auf einen Baum verfrachten, aber das ist unmöglich. Doch es könnte schlimmer sein. Ab und zu bilden die Felsen kleine Höhlen. Eine davon peile ich an, sie befindet sich rund zwanzig Meter oberhalb des Bachs. Halb führe ich, halb trage ich Peeta zur Höhle hinauf. Gern würde ich mich nach einem besseren Platz umsehen, aber wir werden mit diesem vorliebnehmen müssen, denn mein Verbündeter ist am Ende. Er ist kreidebleich, keucht und zittert, obwohl es erst ein wenig kühler geworden ist.

Ich bedecke den Höhlenboden mit einer Schicht aus Kiefernnadeln, breite meinen Schlafsack aus und stecke Peeta hinein. Als er es nicht merkt, flöße ich ihm ein paar Tabletten und etwas Wasser ein, aber das Trockenobst verweigert er. Danach liegt er einfach nur da und starrt mich an, während ich versuche, an der Höhlenöffnung aus wildem Wein eine Art Vorhang zu drapieren, um sie zu tarnen. Das Ergebnis ist nicht zufriedenstellend. Ein Tier könnte vielleicht darauf hereinfallen, aber ein Mensch würde im Nu erkennen, dass hier Hände am Werk waren. Frustriert reiße ich ihn herunter.

»Katniss«, sagt er. Ich gehe zu ihm und streiche ihm die Haare aus den Augen. »Danke, dass du mich gesucht hast.«

»Das hättest du doch auch getan«, sage ich. Seine Stirn lodert auf. Als wäre die Arznei völlig wirkungslos. Ganz plötzlich habe ich Angst, er könnte sterben.

»Stimmt. Hör zu, wenn ich es nicht nach Hause schaffe ...«, hebt er an.

»Sprich nicht so. Ich habe den ganzen Eiter doch nicht umsonst rausgelassen«, sage ich.

»Ich weiß. Aber nur für den Fall, dass ich nicht ...«, versucht er es wieder.

»Nein, Peeta, ich will nicht mal drüber reden«, sage ich und lege meine Finger auf seine Lippen, damit er schweigt.

»Aber ich ...«, beharrt er.

Spontan beuge ich mich vor und küsse ihn, jetzt kann er nichts mehr sagen. Das ist wahrscheinlich sowieso überfällig, denn wie er schon richtig bemerkt hat, sollen wir ja völlig ineinander verknallt tun. Es ist das erste Mal überhaupt, dass ich einen Jungen küsse, was wohl irgendeinen Eindruck machen sollte, aber ich merke nur, dass seine Lippen vom Fieber unnatürlich heiß sind. Ich löse mich und packe ihn gut in den Schlafsack ein. »Du wirst nicht sterben. Ich verbiete es. Verstanden?«

»Verstanden«, flüstert er.

Gerade als ich in die kühle Abendluft hinaustrete, segelt der Fallschirm vom Himmel herunter. Hastig öffne ich das Band, denn ich hoffe auf irgendeine richtige Arznei, mit der ich Peetas Bein behandeln kann. Stattdessen finde ich einen Topf heiße Brühe.

Eine deutlichere Botschaft hätte Haymitch mir nicht schicken können. Ein Kuss ist einen Topf Brühe wert. Ich kann sein Knurren fast hören. »Du sollst die Verliebte spielen, Süße. Der Junge liegt im Sterben. Gib mir etwas, womit ich arbeiten kann.«

Und es stimmt ja. Wenn ich will, dass Peeta überlebt, dann

292

muss ich den Zuschauern etwas mehr bieten. Das tragische Liebespaar, das unbedingt zusammen heimkehren will. Zwei Herzen, die im selben Takt schlagen. Romantik.

Da ich noch nie verliebt war, wird das ziemlich schwierig werden. Ich denke an meine Eltern. An meinen Vater, der es nie versäumte, meiner Mutter etwas aus dem Wald mitzubringen. Daran, wie ihre Miene sich immer aufhellte, wenn sie seine Stiefel an der Tür hörte. Und dass sie beinahe aufhörte zu leben, als er starb.

»Peeta!« Ich versuche es in dem besonderen Ton zu sagen, den meine Mutter nur bei meinem Vater anschlug. Er ist schon wieder eingenickt, aber ich küsse ihn wach und er schreckt auf. Dann lächelt er, als wäre er glücklich, wenn er nur daliegen und mich für alle Zeiten anschauen könnte. Das macht er echt gut.

Ich halte den Topf hoch. »Sieh mal, Peeta, was Haymitch dir geschickt hat.«

20 Erst nach langem Zureden, Betteln, Drohen und, jawohl, vielen Küssen gelingt es mir, Peeta die Brühe Schluck für Schluck einzuflößen. Danach lasse ich ihn schlafen und kümmere mich um meine eigenen Bedürfnisse, verschlinge ein Abendessen aus Grusling und Wurzeln, während ich mir den täglichen Bericht am Himmel anschaue. Keine neuen Verluste. Aber dafür haben Peeta und ich den Zuschauern ja einen ziemlich interessanten Tag geboten. Hoffentlich genehmigen uns die Spielmacher eine friedliche Nacht.

Automatisch halte ich nach einem guten Baum für mich Ausschau, bis mir einfällt, dass es damit vorbei ist. Zumindest vorläufig. Ich kann Peeta ja kaum unbewacht am Boden zurücklassen. Sein letztes Versteck am Bachufer habe ich gelassen, wie es war – wie hätte ich es auch tarnen sollen? –, und wir sind nur knapp fünfzig Meter weiter bachabwärts. Ich setze meine Brille auf, lege meine Waffen zurecht und mache mich bereit, um Wache zu halten.

Es kühlt schnell ab, bald bin ich bis auf die Knochen durchgefroren. Irgendwann gebe ich auf und schlüpfe zu Peeta in den Schlafsack. Dort ist es angenehm warm und ich kuschele mich dankbar hinein, bis ich merke, dass es mehr als warm ist; enorm heiß ist es, denn der Schlafsack wirft die Fieberhitze zurück. Ich lege die Hand auf seine Stirn, sie ist heiß und trocken. Ich weiß nicht, was ich tun soll. Ihn im Schlafsack lassen und darauf hoffen, dass die übermäßige Hitze das Fieber besiegt? Ihn herausholen und hoffen, dass die Nachtluft ihn abkühlt? Schließlich befeuchte ich nur eine Mullbinde und lege sie ihm auf die Stirn. Das ist nicht viel, aber für drastischere Maßnahmen fehlt mir der Mut.

Ich verbringe die Nacht halb sitzend, halb liegend neben Peeta, erneuere ab und zu die Binde und versuche, nicht so sehr daran zu denken, dass ich mit ihm zusammen viel angreifbarer bin. An den Boden gefesselt, auf der Hut, mit einem sehr kranken Menschen, um den ich mich kümmern muss. Aber ich habe ja gewusst, dass er verwundet ist. Und habe trotzdem nach ihm gesucht. Ich muss einfach darauf vertrauen, dass es ein richtiger Instinkt war, der mich dazu getrieben hat, Peeta zu suchen.

Als sich der Himmel rosig färbt, sehe ich einen Schimmer von Schweiß auf Peetas Lippen und stelle fest, dass das Fieber besiegt ist. Noch nicht Normaltemperatur, aber doch ein paar Grad weniger. Gestern Abend, als ich die Weinranken gesammelt habe, bin ich auf einen Strauch mit Rues Beeren gestoßen. Ich streife die Früchte ab und vermenge sie im Brühetopf mit kaltem Wasser zu einem Brei.

Als ich in die Höhle zurückkehre, versucht Peeta gerade, sich aufzusetzen. »Ich bin aufgewacht und du warst nicht da«, sagt er. »Ich habe mir Sorgen um dich gemacht.«

Ich muss lachen, während ich ihn wieder hinlege. »Du hast dir Sorgen um mich gemacht? Hast du dich in letzter Zeit mal angeschaut?«

»Ich dachte, Cato und Clove hätten dich vielleicht gefunden. Sie jagen gern nachts«, sagt er, noch immer ernst.

»Clove? Wer ist das?«, frage ich.

»Das Mädchen aus Distrikt 2. Sie lebt noch, oder?«, sagt er.

»Ja, es sind nur noch wir und die beiden und Thresh und Fuchsgesicht übrig«, sage ich. »So nenne ich das Mädchen aus Distrikt 5. Wie geht es dir?«

»Besser als gestern. Hier ist es tausendmal besser als im Schlamm«, sagt er. »Saubere Kleider, Medizin, ein Schlafsack … und du.«

Ach, stimmt ja, die Liebesgeschichte wieder. Ich will seine Wange berühren, aber er nimmt meine Hand und drückt sie an seine Lippen. Ich erinnere mich, dass mein Vater genau dasselbe bei meiner Mutter gemacht hat, und frage mich, woher Peeta das wohl hat. Bestimmt nicht von seinem Vater und der Hexe.

»Keinen Kuss mehr, bevor du nicht gegessen hast«, sage ich.

Wir schaffen es, ihn gegen die Wand zu lehnen, und gehorsam schluckt er den Beerenbrei, den ich ihm löffelweise reiche. Nur den Grusling verweigert er wieder.

»Du hast nicht geschlafen«, sagt Peeta.

»Mir geht's gut«, sage ich. Aber die Wahrheit ist, dass ich erschöpft bin.

»Schlaf du jetzt. Ich halte Wache. Wenn was passiert, wecke ich dich«, sagt er. Ich zögere. »Du kannst nicht ewig wach bleiben, Katniss.«

Er hat recht. Irgendwann werde ich schlafen müssen. Und

wahrscheinlich ist es besser, das jetzt zu tun, da er ziemlich munter wirkt und das Tageslicht uns hilft. »In Ordnung«, sage ich. »Aber nur ein paar Stunden. Dann weckst du mich.«

Jetzt ist es zu warm für den Schlafsack. Ich breite ihn auf dem Höhlenboden aus und lege mich hin, eine Hand auf dem geladenen Bogen, falls ich von jetzt auf gleich schießen muss. Peeta sitzt neben mir, an die Wand gelehnt, das kranke Bein ausgestreckt, die Augen auf die Welt da draußen gerichtet. »Schlaf jetzt«, sagt er sanft. Er streicht mir die Haare aus der Stirn. Anders als die gekünstelten Küsse und Zärtlichkeiten bisher wirkt diese Geste natürlich und tröstlich. Ich möchte nicht, dass er damit aufhört, und er tut mir den Gefallen. Als ich einschlafe, streichelt er noch immer mein Haar.

Zu lange. Ich schlafe zu lange. Als ich die Augen öffne, weiß ich sofort, dass es schon Nachmittag ist. Peeta sitzt neben mir, noch immer in der gleichen Stellung. Ich setze mich auf und fühle mich irgendwie auf der Hut, aber so erholt wie seit Tagen nicht.

»Du solltest mich doch nach ein paar Stunden wecken, Peeta«, sage ich.

»Wozu? Hier ist nichts los«, sagt er. »Außerdem sehe ich dir gern beim Schlafen zu. Dann machst du nicht so ein böses Gesicht. Steht dir viel besser.«

Jetzt mache ich natürlich sofort wieder ein böses Gesicht und er muss grinsen. Da sehe ich, wie trocken seine Lippen sind. Ich lege ihm eine Hand an die Wange. Heiß wie ein Kohleofen. Er behauptet, er habe getrunken, aber die Behälter fühlen sich immer noch voll an. Ich verabreiche ihm noch mehr Fiebertabletten und wache darüber, wie er erst einen, dann noch einen

Liter Wasser trinkt. Dann kümmere ich mich um seine weniger schlimmen Wunden, die Verbrennungen und Stiche, die besser geworden sind. Ich nehme all meinen Mut zusammen und wickele das Bein aus.

Das Herz rutscht mir in die Hose. Es ist schlimmer geworden, viel schlimmer. Zwar ist kein Eiter mehr zu sehen, aber die Schwellung ist größer geworden und die gespannte, glänzende Haut ist entzündet. Da sehe ich die roten Streifen, die das Bein hinaufkriechen. Blutvergiftung. Wenn sie nicht behandelt wird, stirbt er unweigerlich. Die zerkauten Blätter und die Brandsalbe können dagegen nichts ausrichten. Was wir brauchen, sind starke entzündungshemmende Medikamente vom Kapitol. Die Kosten für diese Arzneimittel mag ich mir gar nicht ausmalen. Wenn Haymitch sämtliche Spenden aller Sponsoren zusammennähme, würde es dann reichen? Ich bezweifele es. Die Geschenke werden immer teurer, je länger die Spiele dauern. Was am ersten Tag für eine vollständige Mahlzeit reicht, reicht am zwölften Tag gerade mal für einen Kräcker. Und die Kosten für eine Medizin, wie Peeta sie braucht, wären von Anfang an gewaltig gewesen.

»Also, die Schwellung ist größer geworden, aber der Eiter ist weg«, sage ich mit wackliger Stimme.

»Ich weiß, was eine Blutvergiftung ist, Katniss«, sagt Peeta. »Obwohl meine Mutter keine Heilerin ist.«

»Du musst nur länger durchhalten als die anderen, Peeta. Wenn wir gewinnen, werden sie dich im Kapitol behandeln«, sage ich.

»Ja, das ist ein guter Plan«, sagt er. Aber ich spüre, dass er das vor allem um meinetwillen sagt.

»Du musst essen. Damit du zu Kräften kommst. Ich werde dir eine Suppe machen«, sage ich.

»Mach kein Feuer«, erwidert er. »Das ist es nicht wert.«

»Wir werden sehen«, sage ich. Als ich mit dem Topf zum Bach hinuntergehe, haut mich die Hitze fast um. Ich wette, die Spielmacher lassen die Temperaturen am Tag immer höher steigen und in der Nacht immer tiefer sinken. Aber die Hitze der von der Sonne beschienenen Steine bringt mich auf eine Idee. Vielleicht brauche ich gar kein Feuer zu machen.

Ich setze mich auf einen großen flachen Felsen auf halbem Weg zwischen Höhle und Bach. Nachdem ich einen halben Topf Wasser sterilisiert habe, stelle ich ihn ins direkte Sonnenlicht und lege ein paar eiergroße heiße Steine ins Wasser. Ich würde nie behaupten, dass ich eine tolle Köchin bin. Aber da es bei einer Suppe eigentlich nur darum geht, alles in einen Topf zu werfen und abzuwarten, ist Suppe sozusagen meine Spezialität. Ich zerhacke Gruslingfleisch zu Mus und mische ein paar von Rues Wurzeln darunter. Zum Glück ist beides schon gebraten, sodass es eigentlich nur warm gemacht werden muss. Sonnenlicht und Steine haben das Wasser bereits angewärmt. Ich gebe Fleisch und Wurzeln hinzu, lege frische Steine hinein und mache mich auf die Suche nach Kräutern, mit denen ich das Ganze ein bisschen würzen kann. Bald entdecke ich am Fuß eines Felsens ein Büschel Schnittlauch. Perfekt. Ich hacke ihn ganz klein und gebe ihn in den Topf, tausche noch einmal die Steine aus, lege den Deckel drauf und lasse das Ganze schmoren.

Ich habe ein paar Hinweise auf Wild entdeckt, aber mir ist nicht wohl bei dem Gedanken, Peeta allein zu lassen, um zu jagen. Deshalb stelle ich eine Handvoll Fallen und hoffe auf Glück. Ich frage mich, wo die anderen Tribute sind, wie sie jetzt, da ihre wichtigste Nahrungsquelle in die Luft geflogen ist, zurechtkommen. Wenigstens drei von ihnen, Cato, Clove und Fuchsgesicht, waren darauf angewiesen. Nur Thresh wahrscheinlich nicht. Mein Gefühl sagt mir, dass er wie Rue wissen muss, wie man sich von der Erde ernährt. Ob sie gegeneinander kämpfen? Suchen sie uns? Vielleicht hat uns schon einer ausfindig gemacht und wartet nur auf den richtigen Zeitpunkt für einen Angriff. Die Vorstellung treibt mich zurück in die Höhle.

Im Schatten der Felsen liegt Peeta ausgestreckt auf dem Schlafsack. Obwohl sich seine Miene etwas aufhellt, als ich hereinkomme, sehe ich ihm an, wie elend er sich fühlt. Ich lege ihm einen kühlen Lappen auf die Stirn, doch der Lappen wird heiß, sobald er seine Haut berührt.

»Möchtest du etwas?«, frage ich.

»Nein danke«, sagt er. »Ach doch, warte. Erzähl mir eine Geschichte.«

»Eine Geschichte? Was für eine?«, sage ich. Ich bin keine große Geschichtenerzählerin. Es ist so wie mit dem Singen. Aber hin und wieder schwatzt Prim mir eine ab.

»Irgendwas Aufheiterndes. Erzähl mir vom glücklichsten Tag, an den du dich erinnern kannst«, sagt Peeta.

Ich gebe einen Laut von mir, der halb Stöhnen, halb verzweifeltes Schnauben ist. Eine fröhliche Geschichte? Das ist ja noch schwieriger, als eine Suppe zu kochen. Ich durchforste mein Gedächtnis nach schönen Erinnerungen. Die meisten haben mit Gale und der gemeinsamen Jagd zu tun, aber ich glaube nicht, dass das bei Peeta oder den Zuschauern gut ankommt. Bleibt noch Prim.

»Habe ich dir schon mal erzählt, wie ich an Prims Ziege gekommen bin?«, frage ich. Peeta schüttelt den Kopf und sieht mich erwartungsvoll an. Also fange ich an. Aber vorsichtig. Denn meine Worte werden in ganz Panem übertragen. Auch wenn die Leute zweifellos schon längst eins und eins zusammengezählt haben und wissen, dass ich illegal jage, möchte ich weder Gale noch Greasy Sae oder der Metzgerin und nicht einmal den Friedenswächtern, die bei mir einkaufen, schaden, indem ich öffentlich verkünde, dass auch sie das Gesetz brechen.

Dies ist die wahre Geschichte, wie ich das Geld für Prims Ziege Lady beschafft habe. Es war ein Freitag Ende Mai, der Tag vor Prims zehntem Geburtstag. Gleich nach der Schule gingen Gale und ich in den Wald. Ich wollte unbedingt genug Tauschware haben, um Prim ein Geschenk besorgen zu können. Neuen Stoff für ein Kleid vielleicht oder eine Haarbürste. Mit unseren Fallen hatten wir zwar reichlich Beute gemacht und im Wald spross das Gemüse üppig aus dem Boden, aber mehr als unsere übliche Freitagsausbeute hatten wir trotzdem noch nicht zusammen. Auf dem Rückweg war ich enttäuscht, obwohl Gale sagte, am nächsten Tag würden wir bestimmt mehr Glück haben. Wir ruhten uns eine Weile an einem Bach aus, als wir ihn sahen. Einen jungen Bock, der Größe nach wahrscheinlich ein Jährling. Sein Geweih war gerade erst durchgestoßen, es war noch klein und mit Samt überzogen. Bereit zur Flucht, unschlüssig, was er von uns halten sollte, mit Menschen nicht vertraut. Wunderschön.

Nicht mehr ganz so schön mit den beiden Pfeilen im Körper, einer im Genick, der andere in der Brust. Gale und ich hatten gleichzeitig geschossen. Der Bock versuchte zu fliehen, strauchelte aber, und ehe er sichs versah, hatte Gale ihm mit dem Messer schon die Kehle durchgeschnitten. Einen Moment lang tat es mir leid, etwas so Zartes und Unschuldiges zu töten. Doch dann knurrte mein Magen beim Gedanken an das zarte, unschuldige Fleisch.

Ein Hirsch! Nur drei haben Gale und ich je erlegt. Der erste, eine Ricke, die sich irgendwo eine Verletzung am Bein zugezogen hatte, zählte eigentlich nicht. Wir wollten das tote Tier auf dem Hob anbieten, aber das Tohuwabohu, das wir damit auslösten, sollte uns eine Lehre sein. Die Leute boten auf einzelne Körperteile und versuchten sogar eigenmächtig Stücke abzuhacken. Bis Greasy Sae einschritt und uns mitsamt dem schon arg geschundenen Reh zur Metzgerin schickte. Hier und da waren Stücke aus dem Fleisch gerissen, das Fell war ganz durchlöchert. Obwohl alle anständig bezahlten, war der Wert der Beute deutlich gemindert.

Diesmal warteten wir bis nach Einbruch der Dunkelheit und schlüpften in der Nähe der Metzgerei durch den Zaun. Obwohl wir bekannte Jäger waren, wäre es nicht klug gewesen, mit einem siebzig Kilo schweren Hirsch am helllichten Tag durch die Straßen von Distrikt 12 zu gehen, als wollten wir die Beamten mit der Nase darauf stoßen.

Die Metzgerin, eine kleine stämmige Frau namens Rooba, öffnete auf unser Klopfen hin die Hintertür. Mit Rooba feilscht man nicht. Sie nennt einen Preis, den man annehmen oder ablehnen kann, aber es ist ein fairer Preis. Wir nahmen ihr Angebot für den Bock sofort an und sie legte noch ein paar Hirschsteaks drauf, die wir nach dem Schlachten abholen konnten. Weder Gale noch ich hatten je so viel Geld auf einmal in Händen gehabt, selbst als wir es durch zwei geteilt hatten. Wir beschlossen, niemandem etwas zu sagen und unsere Familien am Abend des nächsten Tages mit dem Fleisch und dem Geld zu überraschen.

So und nicht anders habe ich das Geld für die Ziege verdient, aber Peeta erzähle ich, ich hätte ein altes Silbermedaillon meiner Mutter verkauft. Das tut niemandem weh. Dann nehme ich die Geschichte am Nachmittag von Prims Geburtstag wieder auf.

Gale und ich gingen zum offiziellen Markt auf dem Platz, damit ich die nötigen Materialien für das Kleid kaufen konnte. Während ich mit den Fingern über eine dicke blaue Baumwollbahn strich, fiel mir etwas auf. Ein alter Mann mit einer kleinen Ziegenherde, die er auf der anderen Seite des Saums hält. Seinen richtigen Namen kenne ich nicht, jeder nennt ihn nur den Ziegenmann. Seine Gelenke sind geschwollen und verdreht, und sein trockener Husten verrät, dass er lange Jahre in den Minen verbracht hat. Aber er hat Glück gehabt. Irgendwie hat er dabei genug gespart, um diese Ziegen zu kaufen, und nun hat er auf seine alten Tage etwas zu tun und muss nicht nur darauf warten, dass der Hunger kommt. Er ist schmutzig und ungehobelt, aber seine Ziegen sind sauber und ihre Milch ist reichhaltig, vorausgesetzt, man kann sie sich leisten.

Eine der Ziegen, eine weiße mit schwarzen Flecken, lag in einem Wagen. Warum, sah man sofort. Irgendein Tier, vermutlich ein Hund, hatte ihr eine schlimme Verletzung an der Schulter zugefügt und die Wunde hatte sich entzündet. Es sah schlimm aus, der Ziegenmann musste sie stützen, wenn er sie melkte. Aber mir kam sofort der Gedanke, dass ich jemanden kannte, der sie heilen könnte.

»Gale«, flüsterte ich. »Ich möchte Prim diese Ziege schenken.«

In Distrikt 12 kann der Besitz einer Ziege ein Leben ändern. Die Tiere ernähren sich von praktisch allem, die Weide ist ein perfekter Futterplatz und sie geben bis zu vier Liter Milch am Tag. Die man trinken, zu Käse verarbeiten oder verkaufen kann.

»Sie ist ziemlich schwer verletzt«, meinte Gale. »Wir sollten sie uns genau ansehen.«

Wir gingen hinüber und kauften uns einen Becher Milch. Dann stellten wir uns zu der Ziege, als ob wir mäßig interessiert wären.

»Lasst sie in Ruhe«, sagte der Mann.

»Wir gucken nur«, sagte Gale.

»Na, dann beeilt euch mal. Sie kommt nämlich bald zur Metzgerin. Keiner will ihre Milch, und wenn, dann nur für den halben Preis«, sagte der Mann.

»Was zahlt die Metzgerin für sie?«, fragte ich.

Der Mann zuckte die Achseln. »Das werdet ihr gleich erfahren.« Ich drehte mich um und sah, dass Rooba quer über den Platz auf uns zukam. »Gut, dass du kommst«, sagte der Ziegenmann, als sie bei uns war. »Das Mädchen hier hat ein Auge auf die Ziege geworfen.«

»Ach, die ist doch schon vergeben«, sagte ich gleichgültig.

Rooba musterte mich, dann sah sie die Ziege finster an. »Ist sie nicht. Schau dir die Schulter an. Ich wette, das Tier ist schon halb verfault, da kann ich nicht mal mehr Wurst draus machen.«

»Was?«, sagte der Ziegenmann. »Wir hatten eine Abmachung.«

»Wir hatten eine Abmachung über ein Tier mit ein paar Bissstellen. Aber nicht so was. Verkauf sie dem Mädchen hier, wenn sie so dumm ist und sie nimmt«, sagte Rooba. Als sie davonging, zwinkerte sie mir zu.

Der Ziegenmann war wütend, aber seine Ziege wollte er immer noch loswerden. Es dauerte eine halbe Stunde, bis wir uns auf den Preis einigten. Unterdessen hatten sich Leute um uns geschart, die ihre Kommentare abgaben. Falls die Ziege überlebte, hätten wir ein sehr gutes Geschäft gemacht; würde sie sterben, wäre ich nur mein Geld los gewesen. Die Leute sprachen sich für das eine oder das andere aus, aber ich nahm die Ziege.

Gale bot an, sie nach Hause zu tragen. Wahrscheinlich war er ebenso gespannt wie ich auf Prims Gesicht. In einem Anfall von Übermut kaufte ich ein rosafarbenes Band und knotete es der Ziege um den Hals. Dann liefen wir nach Hause.

Prims Gesicht war unbeschreiblich, als wir mit der Ziege hereinkamen. Sie hatte ja schon damals wegen der schrecklichen alten Katze geweint, die sie unbedingt retten wollte. Sie war so aufgeregt, dass sie gleichzeitig weinte und lachte. Meine Mutter war skeptisch, als sie die Wunde sah, aber dann machten sie sich gemeinsam ans Werk, zermahlten Kräuter und redeten der Ziege gut zu, damit sie das Gebräu trank.

»Wie du«, sagt Peeta. Ich hatte fast vergessen, dass er auch noch da ist.

»Oh nein, Peeta. Die beiden können Wunder bewirken. Die Ziege hatte keine Chance zu sterben, selbst wenn sie gewollt hätte«, sage ich. Aber dann beiße ich mir auf die Zunge, als ich merke, wie das in Peetas Ohren klingen muss, denn er liegt im Sterben und ist auf meine unkundigen Hände angewiesen.

»Keine Bange. Ich will's gar nicht«, witzelt er. »Erzähl weiter.«

»Das war's schon. Ich weiß noch, dass Prim in dieser Nacht partout mit Lady auf einer Decke neben dem Feuer schlafen wollte. Kurz bevor sie einschliefen, hat die Ziege Prims Wange geleckt, als ob sie ihr einen Gutenachtkuss geben wollte«, sage ich. »Sie war ihr schon verfallen.«

»Trug sie denn noch das rosa Band?«, fragt er.

»Ich glaub schon«, antworte ich. »Warum?«

»Ich versuche es mir nur vorzustellen«, sagt er nachdenklich. »Ich verstehe, warum dich dieser Tag glücklich gemacht hat.«

»Na ja, ich wusste, dass die Ziege eine kleine Goldgrube werden würde«, sage ich.

»Ja, natürlich. Genau das hab ich gemeint, nicht etwa die große Freude, die du deiner Schwester gemacht hast, die du so sehr liebst, dass du dich bei der Ernte an ihrer statt gemeldet hast«, sagt er trocken.

»Die Ziege *hat* sich bezahlt gemacht. Um ein Vielfaches«, antworte ich überlegen.

»Na, die konnte ja auch gar nicht anders, nachdem du ihr das Leben gerettet hast«, sagt Peeta. »Ich beabsichtige übrigens, dasselbe zu tun.«

»Wirklich? Was hast du mich noch mal gekostet?«, frage ich.

»Eine Menge Ärger. Aber keine Sorge, du kriegst es zurück«, sagt er.

»Du redest dummes Zeug«, sage ich. Ich befühle seine Stirn. Das Fieber steigt immer weiter. »Dabei fühlt es sich ein bisschen kühler an.«

Der Klang der Fanfaren scheucht mich auf. Im Nu bin ich auf den Beinen und an der Höhlenöffnung, denn ich will keine Silbe verpassen. Es ist mein guter Freund Claudius Templesmith, und wie ich erwartet habe, lädt er uns zu einem Festmahl ein. Aber wir sind nicht besonders hungrig und im Geist schlage ich die Einladung schon aus, als er sagt: »Moment noch. Ein paar von euch wollen meine Einladung vielleicht nicht annehmen. Aber dies ist kein gewöhnliches Fest. Jeder von euch benötigt etwas ganz Bestimmtes besonders dringend.«

Es gibt etwas, das ich dringend benötige. Etwas, mit dem ich Peetas Bein heilen kann.

»Dieses Etwas könnt ihr bei Sonnenaufgang am Füllhorn finden, in Rucksäcken, die jeweils mit der Nummer eures Distrikts gekennzeichnet sind. Denkt gut darüber nach, ob ihr euch weigern wollt, zu erscheinen. Für einige von euch ist es die letzte Chance«, sagt Claudius.

Das war's, seine Worte verhallen. Ich mache einen Satz, als Peeta mir die Hand auf die Schulter legt. »Nein«, sagt er. »Du wirst nicht dein Leben für mich aufs Spiel setzen.«

»Wer sagt, dass ich das vorhabe?«, erwidere ich.

»Ach, dann gehst du also nicht hin?«, fragt er.

»Natürlich gehe ich nicht hin. Wofür hältst du mich? Glaubst du, ich renne geradewegs in eine Massenkeilerei mit Cato,

Clove und Thresh? Sei nicht dumm«, sage ich und helfe ihm, sich wieder hinzulegen. »Sollen sie es untereinander auskämpfen. Morgen Abend werden wir sehen, wessen Foto am Himmel erscheint, und dann überlegen wir weiter.«

»Du lügst echt schlecht, Katniss. Es ist mir schleierhaft, wie du so lange überleben konntest.« Er äfft mich nach. *»Ich wusste, dass die Ziege eine kleine Goldgrube werden würde. Es fühlt sich ein bisschen kühler an. Natürlich gehe ich nicht hin.«* Er schüttelt den Kopf. »Lass ja die Finger vom Glücksspiel, falls du je in Versuchung gerätst. Du würdest deinen letzten Heller verlieren«, sagt er.

Ich werde rot vor Zorn. »Also gut, ich werde gehen und du kannst mich nicht aufhalten!«

»Ich kann dir aber folgen. Wenigstens einen Teil des Weges. Ich schaffe es vielleicht nicht bis zum Füllhorn, aber wenn ich deinen Namen schreie, dann findet mich bestimmt jemand. Und dann sterbe ich auf jeden Fall«, sagt er.

»Mit dem Bein kommst du keine hundert Meter weit«, sage ich.

»Dann krieche ich eben«, sagt Peeta. »Wenn du gehst, komme ich mit.«

Dickköpfig genug ist er, vielleicht sogar stark genug. Im Wald hinter mir herschreien. Selbst wenn ihn kein Tribut findet, es gibt noch andere Kandidaten. Er kann sich nicht verteidigen. Wenn ich allein gehen wollte, müsste ich ihn in der Höhle einmauern. Aber wer weiß, wie sehr ihn die Anspannung mitnehmen wird.

»Was soll ich tun? Hier sitzen und zusehen, wie du stirbst?«, sage ich. Er muss doch einsehen, dass das nicht geht. Dass die

Zuschauer mich hassen würden. Und ehrlich gesagt, ich müsste mich selbst hassen, wenn ich es nicht mal versuchen würde.

»Ich werde nicht sterben. Ich verspreche es. Wenn du versprichst, dass du nicht hingehst«, sagt er.

Wir sind in einer Sackgasse gelandet. Ich weiß, dass ich es ihm nicht ausreden kann, also versuche ich es erst gar nicht. Ich tue so, als würde ich ihm widerstrebend zustimmen. »Dann musst du aber tun, was ich sage. Dein Wasser trinken, mich wecken, wann ich sage, brav deine Suppe schlürfen, egal, wie abscheulich sie ist!«, fahre ich ihn an.

»Abgemacht. Ist sie schon fertig?«, fragt er.

»Warte hier«, sage ich. Es ist kalt geworden, obwohl die Sonne noch am Himmel steht. Ich hatte recht, die Spielmacher manipulieren die Temperatur. Ich frage mich, wie viele unserer Gegner wohl verzweifelt eine warme Decke benötigen. Die Suppe im Eisentopf ist noch warm. Eigentlich schmeckt sie gar nicht so schlecht.

Peeta isst klaglos und kratzt sogar den Topf aus, um seine Begeisterung zu zeigen. Er schwafelt davon, wie köstlich sie ist, was ermutigend sein könnte, wüsste ich nicht, was Fieber alles bewirken kann. Er redet wie Haymitch, kurz bevor der Alkohol ihn ins Delirium schickt. Ehe er völlig abdreht, gebe ich ihm noch eine Dosis Fiebertabletten.

Während ich zum Bach gehe, um abzuwaschen, kann ich nur an eins denken: Wenn ich nicht zu diesem Fest gehe, wird er sterben. Ein oder zwei Tage kann er noch durchhalten, aber dann wird die Infektion auf sein Herz oder sein Gehirn oder seine Lunge übergreifen und das ist das Ende. Dann bin ich hier ganz allein. Wieder allein. Und warte auf die anderen.

Ich bin so in Gedanken versunken, dass ich fast den Fallschirm übersehen hätte, der neben mir herunterschwebt. Aber dann stürze ich mich auf ihn, ziehe ihn aus dem Wasser, reiße den silbernen Stoff ab und ziehe das Fläschchen heraus. Haymitch hat es geschafft! Er hat das Medikament bekommen – ich weiß nicht, wie, vielleicht hat er eine Schar romantischer Deppen überredet, ihren Schmuck zu verkaufen – und ich kann Peeta retten! Allerdings ist das Fläschchen unheimlich klein. Die Medizin muss sehr stark sein, wenn sie einen Menschen kurieren soll, der so krank ist wie Peeta. In mir regt sich Zweifel. Ich öffne das Fläschchen und rieche daran. Bei dem ekligen süßen Duft legt sich meine Begeisterung schlagartig. Um sicherzugehen, träufele ich einen Tropfen auf meine Zunge. Keine Frage, es ist Schlafsirup. Eine ganz normale Arznei in Distrikt 12. Für ein Medikament billig und hochgradig suchterzeugend. Fast jeder hat schon mal eine Dosis davon genommen. Wir haben auch eine Flasche zu Hause. Meine Mutter verabreicht es bei hysterischen Patienten, wenn sie schlimme Wunden nähen muss, als Beruhigungsmittel oder einfach nur, damit jemand, der starke Schmerzen hat, die Nacht übersteht. Man braucht nur wenig davon. Ein Fläschchen dieser Größe könnte Peeta einen ganzen Tag lang außer Gefecht setzen, aber wozu? Ich bin so wütend, dass ich Haymitchs Geschenk schon in den Bach schmeißen will, als es mir wie Schuppen von den Augen fällt. Einen ganzen Tag? Das ist mehr, als ich brauche.

Ich zerstampfe eine Handvoll Beeren, damit der Sirup nicht so durchschmeckt, und mische sicherheitshalber noch Pfefferminzblätter darunter. Dann gehe ich zurück zur Höhle. »Ich habe dir was Leckeres mitgebracht. Ein Stück den Bach runter habe ich eine neue Stelle mit Beeren gefunden.«

Ohne Zögern öffnet Peeta den Mund für den ersten Happen. Er schluckt ihn hinunter, dann runzelt er die Stirn. »Die sind aber süß.«

»Ja, das sind Zuckerbeeren. Meine Mutter macht daraus immer Marmelade. Hast du die noch nie gegessen?«, sage ich, während ich ihm den nächsten Löffel in den Mund schiebe.

»Nein«, sagt er fast verwundert. »Aber der Geschmack kommt mir irgendwie bekannt vor. Zuckerbeeren?«

»Auf dem Markt bekommt man sie nur selten, weißt du, sie wachsen nur wild«, sage ich. Noch ein Löffel voll geht seinen Weg. Jetzt nur noch einer.

»Sie schmecken so süß wie Sirup«, sagt er und nimmt den letzten Happen. »Sirup.« Seine Augen weiten sich, als er begreift. Ich drücke ihm meine Hand fest auf Nase und Mund und zwinge ihn zu schlucken, statt auszuspucken. Er versucht, das Zeug zu erbrechen, aber zu spät, er verliert schon das Bewusstsein. Während er wegdämmert, sehe ich seinem Blick an, dass ich etwas Unverzeihliches getan habe.

Ich hocke mich auf die Fersen und betrachte ihn halb traurig, halb zufrieden. Eine einsame Beere besudelt sein Kinn. Ich wische sie weg. »Wer lügt hier schlecht, Peeta?«, sage ich, obwohl er mich nicht hören kann.

Macht nichts. Dafür hört mich ganz Panem.

21 In den Stunden, die bis zum Einbruch der Nacht bleiben, sammele ich Steine und versuche nach Kräften, den Eingang zur Höhle zu tarnen. Mühsam ist das, aber nach viel Schwitzen und Hin- und Herschieben bin ich mit meinem Werk ganz zufrieden. Der Gesteinshaufen vor der Höhle unterscheidet sich nicht von den anderen in der Umgebung. Durch eine kleine Öffnung, die von außen nicht zu entdecken ist, kann ich noch zu Peeta hineinschlüpfen. Das ist wichtig, weil ich heute Nacht ja wieder den Schlafsack mit ihm teilen muss. Und falls ich nicht von dem Fest zurückkehre, ist Peeta gut versteckt, aber nicht eingesperrt. Allerdings bezweifele ich, dass er ohne Medikamente noch lange durchhält. Sollte ich bei dem Fest sterben, wird Distrikt 12 wohl nicht den Sieger stellen.

Aus kleinen, grätenreichen Fischen, die in diesem Abschnitt des Baches leben, bereite ich eine Mahlzeit, fülle sämtliche Wasserbehälter und lege meine Waffen zurecht. Ich habe noch neun Pfeile. Ich überlege, ob ich Peeta das Messer dalassen soll, damit er sich verteidigen kann, solange ich fort bin, aber das hat keinen Sinn. Er hat recht, Tarnung ist seine letzte Verteidigung. Ich dagegen kann das Messer womöglich noch gebrauchen. Denn wer weiß, womit ich rechnen muss?

Ich bin mir ziemlich sicher, dass zumindest Cato, Clove und Thresh da sein werden, wenn das Fest beginnt. Bei Fuchsgesicht habe ich Zweifel, denn die direkte Auseinandersetzung ist nicht ihre Stärke. Sie ist noch kleiner als ich und zudem unbewaffnet, es sei denn, sie hätte sich in letzter Zeit Waffen beschafft. Vermutlich wird sie irgendwo in der Nähe lauern und schauen, ob etwas für sie abfällt. Was die anderen drei betrifft … mit denen werde ich alle Hände voll zu tun haben. Mein größter Vorteil ist die Fähigkeit, aus der Distanz zu töten, aber wenn ich den Rucksack mit der Nummer 12 haben will, den Claudius Templesmith erwähnt hat, werde ich mich mitten ins Getümmel stürzen müssen.

Ich schaue zum Himmel und hoffe auf einen Gegner weniger, aber heute Abend erscheint kein Porträt. Morgen wird das anders sein. Kein Fest ohne Tote.

Ich krieche in die Höhle, verstaue meine Brille und rolle mich neben Peeta zusammen. Zum Glück habe ich heute tief und lange geschlafen. Ich muss wach bleiben. Nicht weil ich glaube, dass unsere Höhle heute Nacht angegriffen wird, aber ich darf die Morgendämmerung nicht verpassen.

Kalt ist es diese Nacht, bitterkalt. Als ob die Spielmacher der Arena eine Kaltluftinfusion verpasst hätten – und vielleicht haben sie ja auch genau das getan. Ich liege neben Peeta im Schlafsack und versuche, so gut es geht, seine Fieberhitze aufzunehmen. Komisch, jemandem körperlich so nah zu sein, der einem so fern ist. Peeta könnte ebenso gut im Kapitol oder in Distrikt 12 oder auf dem Mond sein, so unerreichbar ist er. Seit die Spiele begonnen haben, war ich nicht so einsam.

Finde dich damit ab, dass es eine schlechte Nacht wird, sage ich mir. Obwohl ich es nicht will, denke ich die ganze Zeit an meine Mutter und Prim und frage mich, ob sie heute Nacht wohl ein Auge zumachen werden. In dieser späten Phase der Spiele, wenn ein bedeutendes Ereignis wie ein Fest bevorsteht, bleiben die Schulen meist geschlossen. Meine Familie kann entweder die alte Kiste mit dem Grieselbild zu Hause anschalten oder sich zu der Menge auf dem Platz gesellen und auf modernen Großbildschirmen gucken. Zu Hause sind sie unter sich, auf dem Platz erfahren sie Unterstützung. Die Leute werden etwas Nettes sagen und ihnen etwas Essen abgeben, wenn sie es entbehren können. Ich frage mich, ob der Bäcker sie besucht und sein Versprechen gehalten hat, dass meine Schwester immer etwas im Bauch haben soll, zumal Peeta und ich jetzt ja ein Team bilden.

Es dürfte mittlerweile ziemlich hoch hergehen in Distrikt 12. So spät haben wir äußerst selten noch jemanden im Rennen, den wir anfeuern können. Umso mehr werden die Leute wegen Peeta und mir aus dem Häuschen sein – gleich zwei Tribute, und dann auch noch zusammen! Wenn ich die Augen schließe, kann ich mir vorstellen, wie sie vor den Bildschirmen sitzen und uns anfeuern. Ich sehe ihre Gesichter – Greasy Sae und Madge und selbst die Friedenswächter, die mein Fleisch kaufen –, wie sie uns bejubeln.

Und Gale. Ich kenne ihn. Er ruft und jubelt nicht. Aber er schaut zu, die ganze Zeit, bei jeder Wendung, und will, dass ich zurückkomme. Ich frage mich, ob er sich das auch für Peeta wünscht. Gale und ich sind kein Paar, aber was wäre, wenn ich ihm diese Tür öffnen würde? Warum hat er davon gesprochen, dass wir zusammen durchbrennen könnten? Einfach nur, um unsere Überlebenschancen fern der Heimat praktisch zu erwägen? Oder steckte mehr dahinter?

Ich frage mich, wie er die vielen Küsse verdaut.

Durch eine Ritze zwischen den Steinen sehe ich dem Mond auf seiner Bahn über den Himmel zu. Ungefähr drei Stunden vor Tagesanbruch beginne ich mit den abschließenden Vorbereitungen. Ich sorge dafür, dass Peeta Wasser und das Erste-Hilfe-Set neben sich vorfindet. Etwas anderes braucht er nicht, falls ich nicht zurückkehre, und selbst das würde sein Leben nur um kurze Zeit verlängern. Ich schwanke eine Weile, dann ziehe ich ihm die Jacke aus und streife sie über. Er braucht sie nicht. Nicht bei dem Fieber im Schlafsack, und wenn ich tagsüber nicht da bin, um sie ihm auszuziehen, wird er darin geschmort. Da meine Hände schon steif vor Kälte sind, nehme ich Rues Ersatzsocken, schneide Löcher für die Finger hinein und ziehe sie an. Sie helfen immerhin. Ich packe etwas Essen, eine Wasserflasche und Mullbinden in ihren kleinen Beutel, stecke das Messer in den Gürtel und schnappe mir Pfeil und Bogen. Ich bin schon fast auf dem Weg, als mir einfällt, wie wichtig es ist, das tragische Liebespaar zu spielen. Ich beuge mich über Peeta und gebe ihm einen langen, sehnsüchtigen Kuss. Ich stelle mir die tränenfeuchten Seufzer im Kapitol vor und tue so, als würde ich selbst eine Träne fortwischen. Dann quetsche ich mich durch die Öffnung im Gesteinshaufen hinaus in die Nacht.

Mein Atem bildet weiße Wölkchen in der Luft. Es ist so kalt wie zu Hause im November, wie in jener Nacht, als ich mich mit einer Laterne in der Hand in den Wald stahl und mich am verabredeten Ort mit Gale traf. Dann saßen wir aneinandergeschmiegt da, nippten Kräutertee aus in Stoff gewickelten Metallflaschen und hofften, dass im Morgengrauen Wild vorbeikäme. *Ach Gale*, denke ich. *Wenn du mir jetzt nur helfen könntest.*

Ich laufe, so schnell ich es wage. Die Brille ist beachtlich, doch ich vermisse immer noch schmerzlich mein linkes Gehör. Ich weiß nicht, was die Explosion angerichtet hat, aber sie muss irgendetwas ganz tief und irreparabel geschädigt haben. Egal. Falls ich nach Hause komme, werde ich so stinkreich sein, dass ich jemanden bezahlen kann, der für mich hört.

Nachts wirkt der Wald immer anders. Alles ist eigenartig verzerrt, sogar mit Brille. Als wären die Bäume, Blumen und Steine des Tages schlafen gegangen und hätten eine unheilvolle Version ihrer selbst als Platzhalter geschickt. Ich vermeide jede Komplikation, probiere keine neuen Wege aus. Ich folge dem Bach zurück stromaufwärts und dann dem gleichen Weg zurück zu Rues Versteck am See. Nirgendwo deutet etwas auf andere Tribute hin, keine Atemwolke, kein Zittern eines Zweigs. Entweder treffe ich als Erste ein oder die anderen haben sich schon gestern Abend postiert. Es ist noch mehr als eine Stunde hin, vielleicht sogar zwei, als ich ins Unterholz krieche und darauf warte, dass das Blutbad beginnt.

Ich kaue ein paar Minzeblätter, viel mehr verträgt mein Magen nicht. Gott sei Dank habe ich zu meiner noch Peetas Jacke. Sonst müsste ich nämlich hin und her laufen, um mich warm zu halten. Der Himmel färbt sich neblig grau, und von den anderen Tributen ist immer noch nichts zu sehen. Das ist eigentlich nicht überraschend. Sie haben sich alle schon entweder durch Stärke oder Gefährlichkeit oder Schläue hervorgetan. Ob sie annehmen, dass ich Peeta mitgebracht habe? Fuchsgesicht und Thresh wissen wahrscheinlich gar nicht, dass er verletzt ist. Falls sie denken, er gibt mir Deckung, wenn ich den Rucksack holen gehe, umso besser.

Wo ist der Rucksack überhaupt? In der Arena ist es jetzt hell genug, dass ich die Brille absetzen kann. Ich höre die Morgenvögel singen. Wird es nicht Zeit? Eine Sekunde lang packt mich die Panik, ich könnte am falschen Ort sein. Aber nein, ich bin mir sicher, dass Claudius Templesmith das Füllhorn erwähnt hat. Da steht es. Und hier bin ich. Also wo, bitte, ist mein Fest?

Als der erste Sonnenstrahl das goldene Füllhorn erstrahlen lässt, tut sich was auf der Ebene. Der Boden vor der Öffnung des Füllhorns teilt sich und ein runder Tisch mit schneeweißer Decke wird in die Arena hinaufgefahren. Auf dem Tisch thronen vier Rucksäcke, zwei große schwarze mit den Nummern *2* und *11*, ein mittelgroßer grüner mit der Nummer *5* und ein kleiner orangefarbener – ich könnte ihn gut und gern am Handgelenk tragen –, der mit einer *12* gekennzeichnet sein muss.

Kaum steht der Tisch, als eine Gestalt aus dem Füllhorn huscht, sich den grünen Rucksack schnappt und davonrennt. Fuchsgesicht! Sie ist schlau und risikofreudig, das muss man ihr lassen. Da hocken wir anderen noch irgendwo am Rand der Ebene und peilen die Lage und sie hat ihren Rucksack schon. Und uns sind die Hände gebunden, denn keiner will ihr hinterherjagen, solange der eigene Rucksack noch so gefährdet auf dem Tisch steht. Fuchsgesicht hat die anderen Rucksäcke absichtlich dagelassen, denn sie wusste, dass sich sofort jemand an die Verfolgung machen würde, wenn sie einen der anderen stehlen würde. So hätte ich es mal anstellen sollen! Während ich erst überrascht, dann bewundernd, verärgert, neidisch und frustriert bin, schaue ich zu, wie die rote Mähne weit außer Schussweite im Wald verschwindet. Hm. Bisher habe ich immer die anderen gefürchtet, aber vielleicht ist Fuchsgesicht ja der eigentliche Gegner.

Und sie hat mir Zeit gestohlen, denn jetzt muss ich auf jeden Fall als Nächste am Tisch sein. Jeder, der vor mir da ist, kann sich mühelos meinen Rucksack schnappen und sich aus dem Staub machen. Ohne zu zögern, renne ich los. Ich spüre die aufkommende Gefahr, bevor ich sie sehen kann. Zum Glück kommt das erste Messer von rechts angezischt, sodass ich es höre und mit dem Schaft meines Bogens ablenken kann. Ich drehe mich um, spanne den Bogen und ziele mit dem Pfeil direkt auf Cloves Herz. Sie kann sich gerade noch so weit abwenden, um den tödlichen Treffer zu vermeiden, aber die Spitze trifft sie in den linken Oberarm. Pech, dass sie mit rechts wirft, aber sie hält erst einmal inne, um den Pfeil aus dem Arm zu ziehen und die Wunde in Augenschein zu nehmen. Im Weiterrennen lege ich automatisch den nächsten Pfeil in die Sehne ein, wie es nur erfahrene Jäger können.

Ich erreiche den Tisch und meine Finger schließen sich um den winzigen orangefarbenen Rucksack. Mit der Hand schlüpfe ich durch die Träger und zerre ihn über den Arm, denn für jeden anderen Körperteil ist er zu klein, drehe mich um und will wieder schießen, als das zweite Messer meine Stirn trifft. Aus der klaffenden Wunde über der rechten Augenbraue ergießt sich ein Strom über mein Gesicht, nimmt meinem rechten Auge die Sicht, füllt meinen Mund mit dem durchdringenden

318

metallischen Geschmack meines eigenen Blutes. Ich taumele rückwärts und kann den vorbereiteten Pfeil noch grob in die Richtung meiner Angreiferin abschießen. Schon als ich loslasse, weiß ich, dass er danebengeht. Sofort ist Clove über mir, wirft mich auf den Rücken und drückt mit den Knien meine Schultern auf den Boden.

Das war's, denke ich und hoffe um Prims willen, dass es schnell geht. Aber Clove möchte den Moment auskosten. Sie weiß, dass sie Zeit hat. Zweifellos ist Cato in der Nähe und deckt sie, während er auf Thresh und womöglich Peeta wartet.

»Na, wo ist dein Freund, Distrikt 12? Hält er noch durch?«, fragt sie.

Solange wir reden, lebe ich. »Er ist wieder auf den Beinen. Und jagt Cato«, fauche ich sie an. Dann schreie ich, so laut ich kann: »Peeta!«

Clove schlägt mit der Faust gegen meinen Kehlkopf und bringt mich damit sehr wirkungsvoll zum Verstummen. Aber sie schaut schnell nach links und rechts und ich weiß, dass sie zumindest einen Moment lang in Betracht zieht, ich könnte die Wahrheit sagen. Aber da kein Peeta auftaucht, um mich zu retten, wendet sie sich wieder mir zu.

»Lügnerin«, sagt sie grinsend. »Er ist so gut wie tot. Cato weiß, wo er ihn getroffen hat. Wahrscheinlich hast du ihn in irgendeinem Baum festgeschnallt und versuchst, ihn am Leben zu halten. Was ist denn in dem niedlichen kleinen Rucksack da? Das Medikament für Loverboy? Schade, dass er es nie bekommen wird.«

Clove öffnet die Jacke. Eine beeindruckende Messersammlung kommt zum Vorschein. Sorgfältig wählt sie ein fast zierlich wirkendes Exemplar mit einer gemein gebogenen Klinge aus. »Ich hab Cato versprochen, ich würde den Zuschauern eine gute Show bieten, wenn er dich mir überlässt.«

Mit aller Macht versuche ich sie abzuschütteln, aber vergeblich. Sie ist zu schwer und hat mich zu fest im Griff.

»Vergiss es, Distrikt 12. Wir werden dich töten. Genau wie deine mickrige kleine Verbündete ... Wie hieß sie noch? Die immer von Baum zu Baum gehopst ist? Rue? Nun, erst Rue, dann du, und was Loverboy angeht, den überlassen wir einfach der Natur. Na, wie klingt das?«, fragt Clove. »Hm, wo sollen wir anfangen?«

Achtlos wischt sie mit dem Jackenärmel das Blut von meiner Wunde. Einen Augenblick lang mustert sie mein Gesicht, bewegt es hin und her, als wäre es ein Stück Holz und sie müsste sich noch entscheiden, welches Muster sie hineinritzen soll. Ich versuche sie in die Hand zu beißen, aber sie packt meinen Schopf und zwingt mich wieder zu Boden. »Ich denke ...«, schnurrt sie fast. »Ich denke, wir fangen mit deinem Mund an.« Ich presse die Zähne aufeinander, während sie mit der Messerspitze herausfordernd meine Lippen nachzeichnet.

Ich werde die Augen nicht zumachen. Die Bemerkung über Rue hat mich mit Wut erfüllt, so viel Wut, dass ich mir vornehme, in Würde zu sterben. Als letzten Akt des Widerstands werde ich sie so lange anstarren, wie ich sehen kann, was wohl nicht mehr allzu lange der Fall sein wird, aber ich werde sie anstarren, ich werde nicht schreien, ich werde auf meine eigene kleine Weise sterben, unbesiegt.

»Ja, ich denke, du hast für diese Lippen keine Verwendung mehr. Möchtest du Loverboy einen letzten Kuss zuwerfen?«, fragt sie. Ich sammele Blut und Speichel im Mund und spucke ihr ins Gesicht. Sie wird rot vor Wut. »Wie du willst. Fangen wir an.«

Ich wappne mich für die Qual, die nun kommen wird. Doch gerade als ich spüre, wie die Messerspitze in meine Lippe einschneidet, reißt eine gewaltige Kraft Clove von meinem Körper herunter, dann höre ich sie schreien. Im ersten Moment bin ich zu verblüfft, unfähig zu begreifen, was geschehen ist. Hat Peeta mich doch irgendwie gerettet? Haben die Spielmacher ein wildes Tier hereingelassen, damit es noch lustiger wird? Hat ein Hovercraft sie wundersamerweise in die Luft gehoben?

Doch als ich mich auf meine gefühllosen Arme stütze, sehe ich, dass es nichts von alldem ist. Clove hängt einen knappen halben Meter über dem Boden, gefangen in Threshs Armen. Mir stockt der Atem, als ich ihn so hoch über mir sehe, während er Clove wie eine Stoffpuppe hält. Ich hatte ihn schon kräftig in Erinnerung, aber jetzt wirkt er stämmiger und massiger denn je. Womöglich hat er in der Arena sogar noch Gewicht zugelegt. Er wirft Clove auf den Boden.

Als er brüllt, zucke ich zusammen, denn bisher habe ich ihn nur leise vor sich hin murmeln gehört. »Was hast du mit der Kleinen gemacht? Hast du sie umgebracht?«

Clove krabbelt auf allen vieren rückwärts, wie ein verzweifeltes Insekt; sie ist so geschockt, dass sie nicht mal nach Cato ruft. »Nein! Nein, das war ich nicht!«

»Du hast ihren Namen genannt. Ich hab es gehört. Hast du sie umgebracht?« Ein neuer Gedanke spült eine frische Woge der Wut über sein Gesicht. »Hast du sie auch so aufgeschnitten, wie du es bei dem Mädchen hier machen wolltest?«

»Nein! Nein! Ich …« Clove sieht den Stein, ungefähr so groß wie ein Laib Brot, in Threshs Hand und dreht durch. »Cato!«, kreischt sie. »Cato!«

»Clove!« Cato antwortet, aber er ist eindeutig zu weit weg, um ihr zu helfen. Was hatte er vor? Wollte er Fuchsgesicht oder Peeta nachstellen? Oder hat er im Hinterhalt gelegen und auf Thresh gewartet und die Lage völlig falsch eingeschätzt?

Thresh schlägt den Stein mit voller Wucht gegen Cloves Schläfe. Es blutet nicht, aber ich sehe den Eindruck in ihrem Schädel und weiß, dass sie es nicht mehr lange machen wird. Doch noch ist ein bisschen Leben in ihr, ihre Brust hebt und senkt sich rasch, ein leises Stöhnen entfährt ihren Lippen.

Als Thresh mit erhobenem Stein zu mir herumfährt, ist mir klar, dass es keinen Sinn hat, wegzurennen. Und mein Bogen ist leer, der letzte eingelegte Pfeil in Cloves Richtung entschwunden. Ich bin im Blick seiner seltsamen goldbraunen Augen gefangen. »Was hat sie damit gemeint? Dass Rue deine Verbündete war?«

»Ich … ich … Wir haben uns zusammengetan. Haben die Vorräte in die Luft gejagt. Ich habe versucht, sie zu retten, ja. Aber er war zuerst da, Distrikt 1«, sage ich. Wenn er weiß, dass ich Rue geholfen habe, wird er mir vielleicht ein langsames, qualvolles Ende ersparen.

»Und du hast ihn getötet?«, fragt er nach.

»Ja. Ich habe ihn getötet. Und sie mit Blumen bestattet«, sage ich. »Und ich hab sie in den Schlaf gesungen.«

Tränen steigen mir in die Augen. Bei der Erinnerung weichen die Anspannung und der Kampf. Und ich bin überwältigt – von Rue, von dem Schmerz in meinem Kopf, von meiner Angst vor

Thresh und von dem Stöhnen des sterbenden Mädchens ein paar Meter entfernt.

»In den Schlaf?«, sagt Thresh barsch.

»In den Tod. Ich habe gesungen, bis sie starb«, sage ich. »Dein Distrikt ... Sie haben mir Brot geschickt.« Ich hebe die Hand, aber nicht nach einem Pfeil, den ich sowieso nicht zu fassen bekäme. Nur um mir die Nase abzuwischen. »Mach schnell, ja, Thresh?«

Widerstreitende Gefühle spiegeln sich in Threshs Gesicht. Er lässt den Stein sinken und zeigt fast anklagend auf mich. »Dieses eine Mal lasse ich dich laufen. Wegen der Kleinen. Dann sind wir quitt, du und ich. Keine Schulden mehr. Verstanden?«

Ich nicke, denn das verstehe ich. Jemandem etwas zu schulden. Und das schrecklich zu finden. Ich verstehe Thresh, denn wenn er gewinnt, muss er nach Hause in einen Distrikt, der bereits gegen alle Regeln verstoßen hat, um mir zu danken. Deshalb wird er ebenfalls gegen die Regeln verstoßen, um mir zu danken. Und ich verstehe, dass Thresh mir zumindest in diesem Augenblick nicht den Schädel einschlagen wird.

»Clove!« Jetzt ist Catos Stimme viel näher. An dem schmerzvollen Klang erkenne ich, dass er sie am Boden entdeckt hat.

»Du haust jetzt besser ab, Feuermädchen«, sagt Thresh.

Das braucht er mir nicht zweimal zu sagen. Ich rappele mich auf und renne über die festgestampfte Erde davon, weg von Thresh und Clove und Catos Stimme. Erst als ich am Wald bin, drehe ich mich kurz um. Thresh und die beiden großen Rucksäcke verschwinden gerade über den äußeren Rand der Ebene in das Areal, das ich nie gesehen habe. Cato kniet neben Clove, den Speer in der Hand, und fleht sie an, bei ihm zu bleiben.

Gleich wird er einsehen, dass es vergeblich ist, dass sie nicht zu retten ist. Ich stürze in den Wald und wische mehrmals das Blut weg, das mir ins Auge läuft. Ich fliehe wie ein wildes, verletztes Tier. Nach ein paar Minuten höre ich die Kanone und weiß, dass Clove gestorben ist und Cato sich einem von uns beiden an die Fersen geheftet hat. Thresh oder mir. Ich bin voller Schrecken, geschwächt von der Kopfwunde, zitternd. Ich lege einen Pfeil ein, aber Cato kann den Speer fast so weit werfen, wie ich schieße.

Nur eins beruhigt mich. Thresh hat Catos Rucksack mit den Sachen, die er unbedingt braucht. Sehr wahrscheinlich ist Cato also hinter Thresh her, nicht hinter mir. Trotzdem werde ich nicht langsamer, als ich ans Wasser komme. In Stiefeln springe ich hinein und stolpere talwärts. Ich ziehe Rues Socken aus, die ich als Handschuhe benutzt habe, und presse sie gegen die Stirn, um die Blutung zu stillen, aber binnen Sekunden haben sie sich vollgesogen.

Irgendwie schaffe ich es zurück in die Höhle. Ich quetsche mich durch die Felsen. Im gesprenkelten Licht ziehe ich den kleinen orangefarbenen Rucksack vom Arm, schneide ihn auf und lasse den Inhalt zu Boden fallen. Eine kleine Schachtel mit einer Spritze darin. Ohne zu zögern, steche ich die Nadel in Peetas Arm und drücke den Kolben langsam hinunter.

Ich fasse mir an den Kopf und lasse die blutbeschmierten Hände in den Schoß sinken.

Das Letzte, woran ich mich erinnere, ist eine wunderschöne grün-silberne Motte, die auf meinem Handgelenk landet.

22 Das Trommeln des Regens bringt mich langsam zu Bewusstsein. Ich würde so gern weiterschlafen, in einem warmen Kokon aus Decken, im sicheren Zuhause. Undeutlich nehme ich wahr, dass mein Kopf schmerzt. Vielleicht habe ich Grippe und darf deshalb im Bett bleiben, obwohl ich weiß, dass ich schon lange schlafe. Meine Mutter streichelt meine Wange und ich schiebe ihre Hand nicht weg, was ich tun würde, wenn ich wach wäre, damit sie nicht merkt, wie sehr ich mich nach dieser Liebkosung sehne.

»Katniss«, sagt jemand. »Kannst du mich hören, Katniss?«

Ich öffne die Augen und das Gefühl der Sicherheit ist verschwunden. Ich bin nicht bei meiner Mutter. Ich bin in einer dämmrigen, kalten Höhle, meine nackten Füße frieren trotz der Decke. In der Luft hängt der unverkennbare Geruch von Blut. Das abgezehrte, blasse Gesicht eines Jungen gleitet in mein Blickfeld und nach dem ersten Schreck bin ich beruhigt. »Peeta.«

»Hi«, sagt er. »Gut, deine Augen wiederzusehen.«

»Wie lange war ich weggetreten?«, frage ich.

»Ich weiß nicht. Ich bin gestern Abend aufgewacht und da lagst du neben mir in einer entsetzlichen Blutlache«, sagt er. »Ich glaube, die Blutung hat jetzt aufgehört, aber setz dich lieber nicht auf oder so.«

Vorsichtig fasse ich mir an den Kopf und fühle den Verband. Schon von dieser einfachen Bewegung werde ich schwach und mir schwindelt. Peeta hält eine Flasche an meine Lippen und ich trinke gierig.

»Es geht dir besser«, sage ich.

»Viel besser. Was du mir da auch in den Arm gejagt hast, es hat geholfen«, sagt er. »Heute Morgen war mein Bein fast gar nicht mehr geschwollen.«

Er scheint nicht mehr böse zu sein, weil ich ihn mit dem Schlafmittel hereingelegt habe und zum Fest gegangen bin. Vielleicht schont er mich, weil ich so mitgenommen bin, und ich bekomme alles später zu hören, wenn ich mich erholt habe. Aber jetzt im Moment ist er die Liebenswürdigkeit in Person.

»Hast du was gegessen?«, frage ich.

»Ich muss leider zugeben, dass ich drei Stücke von diesem Grusling verschlungen habe, bevor mir klar wurde, dass der vielleicht noch eine Weile vorhalten muss. Keine Sorge, ich halte wieder strikt Diät«, sagt er.

»Nein, das ist gut. Du musst etwas essen. Bald gehe ich auf die Jagd«, sage ich.

»Nicht zu bald, verstanden?«, sagt er. »Jetzt sorge ich mal eine Weile für dich.«

Ehrlich gesagt bleibt mir kaum etwas anderes übrig. Peeta füttert mich mit Gruslingbissen und Rosinen und sorgt dafür, dass ich viel Wasser trinke. Er rubbelt mir die Füße ein bisschen wärmer und wickelt sie in seine Jacke ein, bevor er den Schlafsack wieder bis an mein Kinn zieht.

»Deine Stiefel und Socken sind immer noch nass und bei dem Wetter werden sie auch nicht trocken«, sagt er. Ein Donner rollt und durch einen Felsspalt sehe ich, wie ein Blitz den Himmel erhellt. Durch mehrere Löcher in den Felsen über uns tropft Regen, aber Peeta hat mithilfe der Plastikplane eine Art Schutzdach über meinem Kopf und meinem Oberkörper gespannt.

»Ich frage mich, was dieser Sturm soll. Ich meine, wem gilt er?«, sagt Peeta.

»Cato und Thresh«, antworte ich, ohne nachzudenken. »Fuchsgesicht sitzt irgendwo in ihrem Bau und Clove ... Sie hat mich mit dem Messer verletzt und dann ...« Ich verstumme.

»Ich weiß, dass Clove tot ist. Hab's gestern Abend am Himmel gesehen«, sagt er. »Hast du sie getötet?«

»Nein. Thresh hat ihr mit einem Stein den Schädel eingeschlagen«, sage ich.

»Gut, dass er dich nicht in die Klauen bekommen hat«, sagt Peeta.

Jetzt kommt die Erinnerung an das Fest mit voller Wucht zurück und mir wird elend. »Hat er schon. Aber er hat mich laufen lassen.« Jetzt muss ich Peeta natürlich alles erzählen. Auch all das, was ich für mich behalten habe, weil er zu krank war, um zu fragen, und was ich ohnehin nicht noch einmal durchleben wollte. Die Explosion und mein Ohr und Rues Tod und der Junge aus Distrikt 1 und das Brot. Alles, was zu meiner Begegnung mit Thresh geführt hat und dazu, dass er eine Art Schuld begleichen wollte.

»Er hat dich gehen lassen, weil er dir nichts schuldig bleiben wollte?«, fragt Peeta ungläubig.

»Ja. Das brauchst du nicht zu verstehen. Du hattest immer genug. Wärest du im Saum aufgewachsen, bräuchte ich dir das nicht zu erklären«, sage ich.

»Versuch's gar nicht erst. Ich bin offenbar viel zu beschränkt, um es zu begreifen«, sagt er sarkastisch.

»Das ist wie mit dem Brot. Anscheinend werde ich dir dafür auf ewig etwas schuldig bleiben«, sage ich.

»Das Brot? Was? Damals, als wir Kinder waren?«, sagt er. »Das können wir hiermit ein für alle Mal vergessen. Du hast mich immerhin wieder zum Leben erweckt.«

»Aber du kanntest mich gar nicht. Wir hatten noch nie miteinander gesprochen. Außerdem lässt sich das erste Geschenk immer am schwersten zurückzahlen. Wenn du mir damals nicht geholfen hättest, wäre ich nicht hier«, sage ich. »Warum hast du das überhaupt getan?«

»Warum? Du weißt, warum«, sagt Peeta. Ich schüttele leicht den schmerzenden Kopf. »Haymitch hat recht, du bist nicht leicht zu überzeugen.«

»Haymitch?«, frage ich. »Was hat der damit zu tun?«

»Ach, nichts«, sagt Peeta. »Also Cato und Thresh, was? Ich schätze, wir können nicht darauf hoffen, dass sie sich gegenseitig umbringen.«

Der Gedanke macht mich wütend. »Ich glaube, wir könnten Thresh gut leiden. Zu Hause wäre er unser Freund«, sage ich.

»Dann hoffen wir mal, dass Cato ihn umbringt, damit wir's nicht tun müssen«, sagt Peeta grimmig.

Nein, ich will nicht, dass Cato Thresh tötet. Ich will nicht, dass noch irgendjemand stirbt. Aber so was dürfen Siegertypen natürlich nicht laut in der Arena sagen. Trotz aller Anstrengung spüre ich, wie mir Tränen in die Augen steigen.

Peeta sieht mich besorgt an. »Was ist los? Sind die Schmerzen so schlimm?«

Darauf antworte ich nicht, damit es nur als kurzer Augenblick der Schwäche erscheint und nicht als Kapitulation. »Ich will nach Hause, Peeta«, jammere ich wie ein kleines Kind.

»Du wirst nach Hause kommen. Ich verspreche es«, sagt er und beugt sich vor, um mich zu küssen.

»Ich will jetzt nach Hause«, sage ich.

»Ich sag dir was. Du schläfst jetzt weiter und träumst von zu Hause. Und ehe du es merkst, bist du schon da«, sagt er. »Okay?«

»Okay«, flüstere ich. »Weck mich, wenn ich Wache halten soll.«

»Ich fühle mich gut und ausgeruht, dir und Haymitch sei Dank. Und wer weiß, wie lange es noch so bleibt?«, sagt er.

Was meint er? Das Gewitter? Die kurze Ruhepause, die es uns bringt? Die Spiele an sich? Ich weiß es nicht, aber ich bin zu müde und traurig, um nachzufragen.

Es ist Abend, als Peeta mich wieder weckt. Der Regen ist noch stärker geworden, statt einzelner Tropfen rinnen nun ganze Bäche durch die Felsendecke. Unter den größten hat Peeta unseren Topf gestellt und die Plastikplane so platziert, dass ich vor dem Schlimmsten geschützt bin. Es geht mir etwas besser, ich kann mich aufsetzen, ohne dass mir völlig schwindlig wird, und ich habe einen Bärenhunger. Peeta auch. Er hat mit dem Essen auf mich gewartet und kann es kaum noch aushalten.

Viel ist nicht übrig. Zwei Stücke Grusling, etwas Wurzelbrei und eine Handvoll Trockenobst.

»Sollen wir es rationieren?«, fragt Peeta.

»Nein, wir essen es auf. Der Grusling wird langsam alt und

einen verdorbenen Magen können wir nun wirklich nicht brauchen«, sage ich und teile das Essen in zwei gleich große Häufchen. Wir versuchen langsam zu essen, aber wir sind beide so hungrig, dass alles im Nu verputzt ist. Mein Magen ist nicht im Geringsten zufriedengestellt.

»Morgen gehen wir auf die Jagd«, sage ich.

»Da werde ich keine große Hilfe sein«, erwidert Peeta. »Ich hab mein Lebtag noch nicht gejagt.«

»Ich erlege die Beute und du kochst«, sage ich. »Und du kannst sammeln.«

»Das wär was, wenn es hier einen Brotstrauch gäbe«, sagt Peeta.

»Das Brot, das sie mir aus Distrikt 11 geschickt haben, war noch warm«, sage ich und seufze. »Hier, kau das.« Ich gebe ihm ein paar Minzeblätter und stecke mir auch welche in den Mund.

Man kann die Projektion am Himmel kaum erkennen, aber immerhin sehen wir, dass es heute keine Toten gegeben hat. Cato und Thresh haben es also noch nicht ausgefochten.

»Wo ist Thresh hingegangen? Was ist jenseits der Ebene?«, frage ich Peeta.

»Ein Feld. Schulterhohes Gras, so weit das Auge reicht. Ich weiß nicht, vielleicht ist auch Getreide darunter. Man sieht verschiedenfarbige Flecken. Aber keine Wege«, sagt Peeta.

»Ich wette, dass da auch Getreide wächst. Und ich wette, Thresh kennt sich damit aus«, sage ich. »Bist du mal dort gewesen?«

»Nein. Keiner hatte Lust, Thresh durchs hohe Gras zu verfolgen. Es ist irgendwie unheimlich. Jedes Mal, wenn ich auf das

Feld schaue, denke ich an alle möglichen verborgenen Dinge. Schlangen, tollwütige Tiere und Treibsand«, sagt Peeta. »Alles könnte dort sein.«

Ich sage es nicht, aber Peetas Worte erinnern mich an die Warnungen, wir sollten uns ja nicht jenseits des Zauns um Distrikt 12 wagen. In diesem Moment kann ich nicht anders, als ihn mit Gale zu vergleichen, der in dem Feld nicht nur eine Gefahr, sondern auch eine mögliche Nahrungsquelle sehen würde. So wie Thresh. Nicht dass Peeta ein Schwächling wäre, und dass er nicht feige ist, hat er mehrfach bewiesen. Aber manche Dinge stellt man wohl einfach nicht infrage, wenn es zu Hause immer nach frischem Brot duftet. Gale dagegen stellt alles infrage. Was würde Peeta von den respektlosen Scherzen halten, mit denen wir tagtäglich das Gesetz brechen? Würde ihn das schockieren? Und wie wir über Panem reden? Gales Tiraden gegen das Kapitol?

»Vielleicht gibt es in diesem Feld sogar einen Brotstrauch«, sage ich. »Vielleicht sieht Thresh deshalb besser genährt aus als zu Beginn der Spiele.«

»Oder er hat großzügige Sponsoren«, sagt Peeta. »Ich frage mich, was wir tun müssen, damit Haymitch uns ein bisschen Brot schickt.«

Ich ziehe die Augenbrauen hoch, aber dann fällt mir ein, dass er ja nichts von der Botschaft weiß, die Haymitch uns vor ein paar Tagen geschickt hat. Ein Kuss gleich ein Topf Brühe. Aber damit kann ich ja jetzt schlecht herausplatzen. Wenn ich es aussprechen würde, würde ich die Zuschauer darauf stoßen, dass die ganze Liebesgeschichte nur Show war, um ihre Sympathien zu gewinnen, und dann würden wir gar nichts zu essen bekommen. Irgendwie muss ich die Dinge glaubhaft wieder auf Kurs bringen. Mit etwas Einfachem anfangen. Ich nehme seine Hand.

»Ach, wahrscheinlich hat er schon zu viele Mittel eingesetzt, damit ich dich außer Gefecht setzen konnte«, sage ich verschmitzt.

»Ach, stimmt ja«, sagt Peeta und verschränkt seine Finger mit meinen. »Versuch das nicht noch mal.«

»Sonst?«, frage ich.

»Sonst … sonst …« Ihm fällt nichts Gutes ein. »Ich muss nachdenken.«

»Was ist los?«, sage ich grinsend.

»Das ist los: Wir sind beide noch am Leben. Und jetzt denkst du bestimmt, du hättest richtig gehandelt«, sagt Peeta.

»Hab ich ja auch«, sage ich.

»Nein! Eben nicht, Katniss!« Er hält meine Hand jetzt so fest, dass es wehtut, und er klingt richtig wütend. »Du sollst nicht für mich sterben. Tu mir nie mehr einen solchen Gefallen. Okay?«

Seine Heftigkeit erschreckt mich, aber ich erkenne darin auch eine hervorragende Chance, an Essen zu kommen, also mache ich weiter. »Ist dir schon mal der Gedanke gekommen, dass ich es vielleicht für mich selbst getan habe, Peeta? Vielleicht bist du ja nicht der Einzige, der … der sich Sorgen macht … wie es wäre, wenn …«, stammele ich. Ich kann nicht so gut mit Worten umgehen wie Peeta. Und während ich gesprochen habe, hat mich die Vorstellung, Peeta zu verlieren, erneut getroffen und ich merke, wie sehr ich mir wünsche, dass er nicht stirbt. Nicht nur wegen der Sponsoren. Nicht nur aus Sorge, was bei meiner Rückkehr nach Hause passieren könnte. Nicht nur, weil ich nicht allein sein möchte. Seinetwegen. Ich will den Jungen mit dem Brot nicht verlieren.

»Wenn was, Katniss?«, fragt er sanft.

Am liebsten würde ich die Läden zumachen, diesen Augenblick vor den neugierigen Blicken Panems abschotten. Selbst wenn das bedeutet, dass wir nichts zu essen bekommen. Was ich jetzt fühle, geht niemanden etwas an außer mir.

»Haymitch hat mir geraten, genau um dieses Thema einen Bogen zu machen«, sage ich ausweichend, obwohl Haymitch nie irgendwas in der Art gesagt hat. Wahrscheinlich verflucht er mich gerade, weil ich diesen spannenden Moment verpatze. Aber irgendwie rettet Peeta die Situation.

»Dann muss ich mir den Rest selber denken«, sagt er und rückt näher.

Es ist der erste Kuss, den wir beide ganz bewusst erleben. Ohne dass einer von Krankheit oder Schmerz benebelt oder bewusstlos ist. Kein Kuss mit fieberheißen oder eiskalten Lippen. Es ist der erste Kuss, der in meiner Brust etwas auslöst. Etwas Warmes und Eigenartiges. Es ist der erste Kuss, der mir Lust auf mehr macht.

Aber ich bekomme keinen mehr. Na ja, ich bekomme zwar einen zweiten Kuss, aber nur einen leichten auf die Nasenspitze, denn Peeta ist abgelenkt worden. »Ich glaube, deine Wunde hat wieder angefangen zu bluten. Komm, leg dich hin, es ist sowieso Schlafenszeit«, sagt er.

Meine Socken sind jetzt so trocken, dass ich sie anziehen kann. Ich gebe Peeta seine Jacke zurück. Die nasse Kälte dringt mir sofort in die Knochen ein, wie kalt muss ihm dann sein?

Ich bestehe auch darauf, die erste Wache zu übernehmen, obwohl keiner von uns davon ausgeht, dass bei dem Wetter jemand kommt. Aber er stimmt nicht eher zu, bis ich auch im Schlafsack bin, und ich zittere so sehr, dass Widerstand zwecklos ist. Ganz anders als vorgestern Abend, als Peeta mir Tausende Meilen weit weg vorkam, trifft mich seine Nähe jetzt bis ins Mark. Als wir im Schlafsack liegen, zieht er meinen Kopf hinunter, damit ich seinen Arm als Kissen benutzen kann, der andere bleibt schützend über mir liegen, selbst als er schon eingeschlafen ist. Wie lange hat mich niemand so gehalten. Seit mein Vater starb und ich das Vertrauen in meine Mutter verlor, hat mir kein Arm mehr so ein Gefühl der Geborgenheit gegeben.

Ich liege da und betrachte mithilfe der Brille die Wassertropfen, die auf den Höhlenboden platschen. Regelmäßig und einschläfernd. Mehrmals dämmere ich kurz ein und fahre mit einem Ruck auf, dann habe ich ein schlechtes Gewissen und ärgere mich über mich selbst. Nach drei, vier Stunden kann ich nicht anders, ich muss Peeta wecken, weil ich die Augen nicht mehr offen halten kann. Ihm scheint es nichts auszumachen.

»Morgen, wenn es trocken ist, suche ich uns einen Platz so hoch in den Bäumen, dass wir beide in Ruhe schlafen können«, verspreche ich und schon bin ich eingeschlafen.

Aber der Morgen bringt keine Wetterbesserung. Die Sintflut hält an, als wollten die Spielmacher uns alle davonschwemmen. Der Donner ist so gewaltig, dass er die Erde erschüttert. Peeta schlägt vor, trotzdem nach draußen zu gehen und Nahrung zu suchen, aber ich erkläre ihm, dass das bei diesem Gewitter sinnlos wäre. Er würde keinen Meter weit sehen können und am Ende wäre er nur bis auf die Knochen durchnässt. Er weiß, dass ich recht habe, aber das Knurren in unseren Bäuchen wird langsam quälend.

Der Tag zieht sich hin und es wird Abend, ohne dass das Wetter sich geändert hätte. Unsere einzige Hoffnung ist Haymitch, aber nichts geschieht, entweder aus Geldmangel – alles kostet jetzt Unsummen – oder weil er mit unserer Darbietung unzufrieden ist. Wahrscheinlich Letzteres. Ich würde sofort zugeben, dass wir heute nicht gerade atemberaubend sind. Hungrig, von Verletzungen geschwächt, immer darauf bedacht, dass die Wunden nicht wieder aufbrechen. Zwar sitzen wir aneinandergeschmiegt in unserem Schlafsack da, aber hauptsächlich, um uns warm zu halten. Das Aufregendste, was wir tun, ist ab und zu einzunicken.

Ich bin unsicher, wie wir die Romanze weitertreiben sollen: Der Kuss gestern Abend war schön, aber es wird einiger Vorbereitungen bedürfen, bis es zu einem zweiten kommt. Bei uns im Saum und auch bei den Kaufleuten gibt es Mädchen, die sich auf diesem Gebiet hervorragend auskennen. Ich dagegen hatte nie viel Zeit oder Verwendung dafür. Wie dem auch sei, ein Kuss ist eindeutig nicht mehr genug, denn wenn es so wäre, hätten wir gestern Abend Lebensmittel bekommen. Mein Instinkt sagt mir, dass Haymitch nicht nur Zärtlichkeiten will, er ist auf etwas Persönlicheres aus. So wie damals, als wir fürs Interview geprobt haben und er mich dazu bringen wollte, etwas über mich zu erzählen. Bei mir ist das vergebliche Liebesmüh, im Gegensatz zu Peeta. Vielleicht ist es deshalb das Beste, ihn zum Reden zu bringen.

»Peeta«, sage ich leichthin. »Im Interview hast du gesagt, du würdest schon immer für mich schwärmen. Wann hat das angefangen?«

»Mal überlegen. Am ersten Schultag, glaube ich. Da waren wir fünf. Du hattest ein rotes Karokleid an und deine Haare ... waren zu zwei Zöpfen geflochten, nicht zu einem. Während wir darauf warteten, uns aufzustellen, zeigte mein Vater auf dich«, sagt Peeta.

»Dein Vater? Wieso?«, frage ich.

»Er sagte: ›Siehst du das kleine Mädchen? Ich wollte ihre Mutter heiraten, aber sie ist mit einem Bergarbeiter durchgebrannt‹«, sagt Peeta.

»Was? Das hast du dir ausgedacht!«, rufe ich.

»Nein, die Geschichte ist wahr«, sagt Peeta. »Und ich fragte: ›Mit einem Bergarbeiter? Wieso wollte sie einen Bergarbeiter, wenn sie dich hätte haben können?‹ Und er sagte: ›Weil ... Wenn er singt, dann hören sogar die Vögel auf zu zwitschern und lauschen.‹«

»Stimmt. Das tun sie. Taten sie, meine ich«, sage ich. Bei dem Gedanken, wie der Bäcker seinem Sohn dies erzählt, bin ich verblüfft und gerührt. Zum ersten Mal denke ich, dass meine Abneigung gegen das Singen und die Musik vielleicht gar nicht daher kommt, dass ich es für Zeitverschwendung halte. Vielleicht erinnert mich all das einfach zu sehr an meinen Vater.

»An dem Tag fragte die Lehrerin in der Aula, wer den *Valley Song* kenne. Sofort schoss deine Hand in die Höhe. Sie stellte dich auf einen Schemel und ließ dich singen. Und ich schwöre, draußen verstummten die Vögel«, sagt Peeta.

»Ich bitte dich«, sage ich lachend.

»Nein, echt. Und als du zu Ende gesungen hattest, da wusste ich, dass ich verloren war – so wie es deine Mutter bei deinem Vater gewusst hat«, sagt Peeta. »In den folgenden elf Jahren versuchte ich den Mut aufzubringen, dich anzusprechen.«

»Vergeblich«, füge ich hinzu.

»Vergeblich. So gesehen war es ein Glück, dass mein Name bei der Ernte gezogen wurde«, sagt Peeta.

Erst bin ich einen Augenblick lang auf törichte Weise glücklich, dann bin ich verwirrt. Wir sollen ja all solche Sachen erfinden und spielen, wir wären verliebt, obwohl wir es gar nicht sind. Aber Peetas Geschichte enthält ein paar Körnchen Wahrheit. Die Sache mit meinem Vater und den Vögeln. Und am ersten Schultag habe ich tatsächlich gesungen, obwohl ich mich an das Lied nicht mehr erinnern kann. Und was das rote Karokleid angeht ... Es gab wirklich mal eins, das ich Prim später vererbt habe und das sie nach dem Tod meines Vaters so lange trug, bis es völlig zerlumpt war.

Das würde auch etwas anderes erklären. Warum Peeta Schläge in Kauf nahm, um mir an diesem schrecklichen Hungertag die Brote zu schenken. Aber wenn all diese Details wahr sind ... was ist dann mit dem Rest?

»Du hast ein ... bemerkenswertes Gedächtnis«, sage ich stockend.

»Ich erinnere mich an alles, was mit dir zu tun hat«, sagt Peeta und steckt mir eine Haarsträhne hinter das Ohr. »Nur du hast nicht darauf geachtet.«

»Jetzt schon«, sage ich.

»Hier habe ich ja auch keine Konkurrenz«, sagt er.

Ich möchte weglaufen, die Läden wieder schließen, aber ich

weiß, dass ich es nicht darf. Es ist, als würde ich Haymitchs Stimme hören, die mir ins Ohr flüstert: »Sag es! Sag es!«

Ich schlucke schwer und stoße die Worte hervor: »Du hast nirgendwo Konkurrenz.« Und diesmal beuge ich mich zu ihm hin.

Unsere Lippen haben sich kaum berührt, da lässt uns ein Plumps draußen auffahren. Ich reiße den Bogen hoch, mit schussbereitem Pfeil, aber alles bleibt still. Peeta lugt durch die Felsen und stößt einen Freudenschrei aus. Bevor ich ihn aufhalten kann, steht er draußen im Regen und reicht etwas zu mir herein. Einen silbernen Fallschirm, an dem ein Korb hängt. Ich reiße ihn sofort auf und entdecke ein wahres Festmahl: frische Brötchen, Ziegenkäse, Äpfel und – das Beste von allem – eine Terrine mit dem fantastischen Lammeintopf auf Wildreis. Jenes Gericht, über das ich Caesar Flickerman erzählt habe, es sei das Beeindruckendste, was das Kapitol zu bieten habe.

Peeta windet sich wieder herein, sein Gesicht strahlt wie die Sonne: »Schätze, Haymitch war es endlich leid, uns beim Hungern zuzusehen.«

»Schon möglich«, sage ich.

Aber insgeheim höre ich Haymitch selbstzufrieden, aber auch leicht genervt sagen: »Bravo, Süße, das war's, was ich hören wollte.«

23 Jede Zelle in meinem Körper will, dass ich mich sofort auf den Eintopf stürze und ihn mit den Händen in mich hineinschaufele. Aber Peeta hält mich zurück. »Wir lassen es mit dem Eintopf lieber langsam angehen. Weißt du noch, die erste Nacht im Zug? Von dem schweren Essen war mir ganz schlecht, dabei habe ich damals noch gar nicht gehungert.«

»Du hast recht. Dabei könnte ich das alles auf einmal verschlingen!«, sage ich bedauernd. Doch ich tue es nicht. Wir sind ganz vernünftig. Jeder isst ein Brötchen, einen halben Apfel und eine eiergroße Portion Eintopf mit Reis. Ich esse den Eintopf in ganz kleinen Häppchen – sogar Silberbesteck und Teller haben sie uns mitgeschickt – und genieße jeden Bissen. Als wir zu Ende gegessen haben, schaue ich sehnsüchtig auf das Gericht. »Ich will noch mehr.«

»Ich auch. Weißt du was? Jetzt warten wir eine Stunde, bis es sich gesetzt hat, und dann nehmen wir uns noch eine Portion«, sagt Peeta.

»Abgemacht«, sage ich. »Das wird aber eine lange Stunde.«

»So lang vielleicht auch nicht«, sagt Peeta. »Was hattest du gerade gesagt, bevor das Essen kam? Irgendwas über mich ... Keine Konkurrenz ... Das Beste, was dir je passiert ist ...«

»An das Letzte kann ich mich aber nicht erinnern«, sage ich und hoffe nur, dass die Kameras bei dem schummrigen Licht hier drin meine Röte nicht einfangen können.

»Ach, stimmt. Das habe *ich* ja gedacht«, sagt er. »Rutsch mal, ich friere.«

Ich mache ihm Platz im Schlafsack. Wir lehnen uns an die Höhlenwand, mein Kopf auf seiner Schulter, während er die Arme um mich gelegt hat. Ich spüre, wie Haymitch mich heimlich anstupst, damit ich weiter mitspiele. »Du hast also kein anderes Mädchen mehr angeguckt, seit wir fünf waren?«, frage ich Peeta.

»Oh doch, ich hab alle Mädchen angeguckt. Aber außer dir hat keine einen bleibenden Eindruck hinterlassen«, sagt er.

»Deine Eltern wären bestimmt begeistert, dass dir ein Mädchen aus dem Saum gefällt«, sage ich.

»Kaum. Aber das ist mir herzlich egal. Und falls wir zurückkommen, dann bist du auch gar kein Mädchen aus dem Saum mehr, sondern ein Mädchen aus dem Dorf der Sieger«, sagt er.

Das stimmt allerdings. Wenn wir gewinnen, bekommt jeder von uns ein Haus in dem Stadtteil, der den Siegern der Hungerspiele vorbehalten ist. Vor langer Zeit, in der Anfangszeit der Spiele, ließ das Kapitol in jedem Distrikt ein Dutzend schöner Häuser errichten. In unserem Distrikt ist natürlich nur eins besetzt. In den meisten anderen hat noch nie jemand gewohnt.

Mir kommt ein bestürzender Gedanke. »Aber dann ist Haymitch ja unser einziger Nachbar!«

»Ach, das wird nett«, sagt Peeta und schlingt die Arme fester um mich. »Du und ich und Haymitch. Sehr kuschelig. Pick-nicks, Geburtstage, lange Winterabende vor dem Kamin, an denen wir uns alte Geschichten von den Hungerspielen erzäh-len.«

»Aber er kann mich nicht ausstehen, hab ich dir doch ge-sagt!«, klage ich. Trotzdem, bei der Vorstellung, dass Haymitch mein neuer Kumpel wird, muss ich lachen.

»Nur manchmal. Wenn er nüchtern ist, hat er noch nie etwas Schlechtes über dich gesagt«, sagt Peeta.

»Aber der ist doch nie nüchtern!«, protestiere ich.

»Stimmt. Wen meinte ich bloß? Ach, ich weiß. Cinna. Er mag dich, aber auch nur deshalb, weil du nicht weggelaufen bist, als er dich in Brand gesteckt hat«, sagt Peeta. »Und was Haymitch betrifft … Also, ich an deiner Stelle würde Haymitch ganz aus dem Weg gehen. Er kann dich nicht ausstehen.«

»Meintest du nicht eben noch, ich wäre sein Liebling?«, frage ich.

»Mich kann er noch weniger ausstehen«, sagt Peeta. »Ich glaube, Menschen sind ganz allgemein nicht sein Ding.«

Die Zuschauer werden es spaßig finden, dass wir uns über Haymitch lustig machen. Er ist schon so lange dabei, dass er für manche wie ein alter Bekannter ist. Und nach seinem Hecht-sprung von der Bühne bei der Ernte ist er bekannt wie ein bun-ter Hund. Jetzt wird man ihn schon für Interviews über uns aus dem Kontrollraum gezerrt haben. Wer weiß, was für Lü-gengeschichten er sich bereits ausgedacht hat. Er ist ein wenig im Nachteil; die meisten Mentoren haben einen Partner, einen anderen ehemaligen Sieger, an ihrer Seite, während Haymitch allein bereit sein muss. So ähnlich wie ich, als ich noch allein in der Arena war. Ich frage mich, wie er das durchhält, die Sauferei, die Aufmerksamkeit und den Stress, uns am Leben zu halten.

Lustig. Haymitch und ich verstehen uns überhaupt nicht, aber vielleicht hat Peeta trotzdem recht, dass wir uns ähneln, denn er scheint durch die Wahl des Zeitpunkts, zu dem er mir Geschenke schickt, mit mir zu kommunizieren. Wie damals, als er mir das Wasser vorenthielt und ich plötzlich wusste, dass es nicht mehr weit sein konnte. Oder als mir klar wurde, dass der Schlafsirup nicht dazu dienen konnte, Peetas Schmerzen zu lindern, und wie ich jetzt merke, dass ich die Liebesgeschichte weiterspielen muss. Mit Peeta hat er sich nicht solche Mühe gegeben. Vielleicht denkt er, für Peeta ist ein Topf Suppe nur ein Topf Suppe und weiter nichts, während ich die Fäden sehe, an denen dieser Topf hängt.

Plötzlich ist da ein Gedanke und ich wundere mich, dass er nicht schon längst aufgetaucht ist. Vielleicht, weil ich Haymitch erst seit Kurzem mit einer gewissen Neugier betrachte. »Wie hat er das wohl geschafft?«

»Wer? Was geschafft?«, fragt Peeta.

»Haymitch. Wie hat er es bloß angestellt, die Spiele zu gewinnen?«, sage ich.

Peeta denkt eine Weile darüber nach, bevor er antwortet. Haymitch ist kräftig gebaut, aber kein Muskelprotz wie Cato oder Thresh. Er sieht nicht besonders gut aus. Zumindest nicht so, dass es Sponsorengeschenke geregnet haben kann. Und so mürrisch, wie er ist, kann man sich kaum vorstellen, dass jemand gemeinsame Sache mit ihm gemacht hat. Es gibt nur einen Weg, wie Haymitch gewonnen haben kann, und Peeta spricht es genau in dem Moment aus, als ich selbst zu der Schlussfolgerung gelange.

»Er hat die anderen ausgetrickst«, sagt Peeta.

Ich nicke, dann sage ich nichts mehr dazu. Aber insgeheim frage ich mich, ob Haymitch deshalb lange genug nüchtern bleibt, um Peeta und mir zu helfen, weil er uns für schlau genug hält, dass wir eine Überlebenschance haben. Vielleicht war er nicht immer ein Trinker. Vielleicht hat er anfangs versucht, den Tributen zu helfen. Bis es unerträglich wurde. Es muss die Hölle sein, Mentor für zwei junge Menschen zu sein und dann zuzuschauen, wie sie sterben. Jahr für Jahr für Jahr. Mir wird bewusst, dass das meine Aufgabe sein wird, falls ich je hier rauskomme. Mentorin für das Mädchen aus Distrikt 12. Die Vorstellung ist so abstoßend, dass ich sie von mir wegschiebe.

Eine halbe Stunde ist vergangen, als ich beschließe, dass ich noch etwas essen muss. Peeta ist selbst zu hungrig, um mit mir darüber zu streiten. Während ich zwei weitere kleine Portionen Lammeintopf mit Reis auffülle, erklingt die Hymne. Peeta legt die Augen an einen Felsspalt und schaut zum Himmel.

»Kommt bestimmt nichts heute Abend«, sage ich; der Eintopf interessiert mich eindeutig mehr als der Himmel. »Heute ist nichts passiert, sonst hätten wir die Kanone gehört.«

»Katniss«, sagt Peeta ruhig.

»Was ist? Sollen wir uns auch noch ein Brötchen teilen?«, frage ich.

»Katniss«, sagt er noch einmal, aber ich schenke ihm keine Beachtung.

»Ich schneid einfach eins auf. Aber den Käse heb ich für morgen auf«, sage ich. Peeta starrt mich an. »Was ist?«

»Thresh ist tot«, sagt Peeta.

»Das kann nicht sein«, sage ich.

»Die Kanone muss während eines Donners abgefeuert worden sein, sodass wir sie überhört haben«, sagt Peeta.

»Bist du dir sicher? Draußen regnet es doch wie aus Kübeln. Wie kannst du da irgendwas erkennen?«, sage ich. Ich stoße ihn beiseite und spähe in den dunklen Regenhimmel hinaus. Etwa zehn Sekunden lang sehe ich verzerrt Threshs Bild, dann wird es ausgeblendet. Mir nichts, dir nichts.

Ich lasse mich gegen die Steine sinken und vergesse völlig, womit ich gerade beschäftigt war. Thresh ist tot. Jetzt müsste ich mich freuen, oder? Ein Tribut weniger. Und noch dazu ein mächtiger. Aber ich freue mich nicht. Ich kann nur daran denken, dass Thresh mich hat laufen lassen, dass er mich entkommen ließ wegen Rue, die mit einem Speer im Leib gestorben ist …

»Alles in Ordnung?«, fragt Peeta.

Ich zucke nur die Achseln und drücke die Ellbogen in die Hände, ganz nah am Körper. Ich muss den echten Schmerz begraben, denn wer wettet schon auf einen Tribut, der beim Tod seines Gegners losflennt. Rue war etwas anderes. Wir waren Verbündete. Sie war so jung. Aber niemand wird verstehen, dass ich wegen des Mordes an Thresh trauere. Das Wort lässt mich erstarren. Mord! Gut, dass ich das nicht laut gesagt habe. Damit könnte ich in der Arena kaum punkten. Dafür sage ich: »Es ist nur … Falls wir es nicht schaffen … dann sollte Thresh gewinnen. Weil er mich hat laufen lassen. Und wegen Rue.«

»Ja, ich weiß«, sagt Peeta. »Aber so sind wir Distrikt 12 wieder einen Schritt näher.« Er drückt mir einen Teller mit Essen in die Hände. »Iss. Es ist noch warm.«

Ich esse einen Löffel Eintopf, um zu demonstrieren, dass mich das gar nicht berührt, aber er ist wie Kleister in meinem Mund und ich muss mich mächtig anstrengen, um ihn hinunterzuschlucken. »Das bedeutet auch, dass Cato jetzt wieder hinter uns her ist.«

»Und dass er wieder Vorräte hat«, sagt Peeta.

»Ich wette, er ist verletzt«, sage ich.

»Wie kommst du darauf?«, fragt Peeta.

»Weil Thresh niemals kampflos zu Boden gegangen wäre. Er ist so stark. War, meine ich. Und sie waren auf seinem Gelände«, sage ich.

»Gut«, sagt Peeta. »Je schlimmer Cato verwundet ist, desto besser. Ich frage mich, wie es Fuchsgesicht ergeht.«

»Ach, der geht's gut«, sage ich gereizt. Ich ärgere mich noch immer darüber, dass sie auf die Idee gekommen ist, sich im Füllhorn zu verstecken, und ich nicht. »Wahrscheinlich wird es einfacher, Cato zu erledigen als sie.«

»Vielleicht erledigen sie sich auch gegenseitig und wir können nach Hause gehen«, sagt Peeta. »Aber wir müssen auf jeden Fall bei der Wache aufpassen. Ich bin ein paarmal eingenickt.«

»Ich auch«, gebe ich zu. »Aber heute Nacht nicht.«

Schweigend essen wir zu Ende. Peeta bietet an, die erste Wache zu übernehmen. Ich vergrabe mich neben ihm im Schlafsack und ziehe mir die Kapuze über das Gesicht, um es vor den Kameras zu verbergen. Ich muss jetzt ein bisschen für mich sein, Gefühle zeigen können, ohne dabei beobachtet zu werden. Unter der Kapuze sage ich Thresh still Auf Wiedersehen

345

und danke ihm für mein Leben. Ich verspreche ihm, dass ich ihn nicht vergessen werde und dass ich im Fall meines Sieges etwas unternehmen werde, um seine und Rues Familie zu unterstützen. Dann flüchte ich mich in den Schlaf, mit dem Trost eines gefüllten Bauches und Peetas zuverlässiger Wärme neben mir.

Als Peeta mich später weckt, bemerke ich als Erstes den Geruch von Ziegenkäse. Peeta hält mir ein halbes Brötchen mit sahnigem weißem Belag und Apfelschnitzen als Garnitur hin. »Sei nicht sauer«, sagt er. »Ich musste einfach noch mehr essen. Hier ist deine Hälfte.«

»Oh, lecker«, sage ich und beiße sofort kräftig hinein. Der strenge, fettige Käse schmeckt genau wie der von Prim und die Äpfel sind knackig und süß. »Mmm.«

»In der Bäckerei verkaufen wir Apfelkuchen mit Ziegenkäse«, sagt er.

»Ziemlich teuer, schätze ich«, sage ich.

»Zu teuer für meine Familie. Es sei denn, er ist sehr alt. Wir essen ja fast nur die altbackenen Sachen«, sagt Peeta, während er den Schlafsack hochzieht. Keine Minute später schnarcht er selig.

Hm. Ich dachte immer, Ladenbesitzer hätten ein leichtes Leben. Und es stimmt ja auch, Peeta hatte immer genug zu essen. Aber es hat etwas Deprimierendes, wenn man immer nur altbackenes Brot essen muss, die harten, trockenen Laibe, die keiner kaufen wollte. Da haben wir es besser, das Essen, das ich täglich herbeischaffe, ist so frisch, dass man aufpassen muss, dass es nicht wegläuft.

Irgendwann während meiner Wache hört der Regen auf,

nicht allmählich, sondern schlagartig. Das Trommeln ist verschwunden, ich höre nur noch das Tropfen von den Ästen und das Rauschen des angeschwollenen Bachs unter uns. Ein schöner Vollmond kommt hervor, sodass ich draußen sogar ohne Brille etwas erkennen kann. Ich bin mir nicht sicher, ob der Mond echt ist oder nur eine Projektion der Spielmacher. Kurz bevor ich von zu Hause fortging, war er voll, das weiß ich. Gale und ich sahen ihn aufsteigen, als wir bis in den Abend hinein jagten.

Wie lange bin ich schon fort? Zwei Wochen in der Arena, schätze ich, und dann noch die eine Woche Vorbereitung im Kapitol. Vielleicht hat der Mond seinen Zyklus vollendet. Aus irgendeinem Grund möchte ich unbedingt, dass es mein Mond ist, der, den ich im Wald um Distrikt 12 sehe. Dann hätte ich etwas, woran ich mich in der unwirklichen Welt der Arena, wo man nie weiß, was echt ist und was nicht, festhalten könnte.

Jetzt sind wir noch vier.

Zum ersten Mal erlaube ich mir, ernsthaft über die Möglichkeit nachzudenken, dass ich nach Hause zurückkehre. Ruhmreich. Wohlhabend. In mein eigenes Haus im Dorf der Sieger. Meine Mutter und Prim würden bei mir wohnen. Keine Angst vor Hunger mehr. Eine neue Art der Freiheit. Aber … was dann? Wie sähe mein Alltag aus? Bisher habe ich die meiste Zeit darauf verwendet, etwas zu essen zu beschaffen. Ohne das wüsste ich gar nicht, wer ich bin, was mich ausmacht. Die Vorstellung ist ein bisschen beängstigend. Ich denke an Haymitch mit all seinem Geld. Was ist aus seinem Leben geworden? Er lebt allein, ohne Frau und Kinder, die meiste Zeit betrunken. So möchte ich nicht enden.

Aber du wirst nicht allein sein, flüstere ich mir zu. Ich habe meine Mutter und Prim. Fürs Erste jedenfalls. Und danach ... Ich möchte nicht an das Danach denken, wenn Prim erwachsen ist und meine Mutter nicht mehr lebt. Ich weiß, dass ich niemals heiraten, es nie wagen werde, Kinder in die Welt zu setzen. Denn Sieger zu sein heißt nicht, dass die eigenen Kinder außer Gefahr sind. Die Namen meiner Kinder würden in die Lostrommeln wandern wie alle anderen auch. Und das werde ich niemals zulassen, das schwöre ich.

Irgendwann geht die Sonne auf, ihr Licht schlüpft durch die Ritzen und scheint auf Peetas Gesicht. Wie wird er sich verändern, wenn wir es nach Hause schaffen? Dieser erstaunliche, gutmütige Junge, der sich so überzeugende Lügengeschichten ausdenken kann, dass ganz Panem glaubt, er sei hoffnungslos in mich verliebt – und manchmal glaube ich es sogar selber, das muss ich zugeben. *Zumindest werden wir Freunde sein*, denke ich. Nichts wird etwas daran ändern können, dass wir einander hier das Leben gerettet haben. Und außerdem wird er immer der Junge mit dem Brot sein. *Gute Freunde*. Aber darüber hinaus ... Und jetzt spüre ich, wie Gale im fernen Distrikt 12 mich mit seinen grauen Augen anschaut, während ich Peeta betrachte.

Ich fühle mich unbehaglich. Ich rutsche zu Peeta hinüber und rüttele ihn an der Schulter. Schläfrig öffnet er die Augen, und als er mich entdeckt hat, zieht er mich zu sich herunter und gibt mir einen langen Kuss.

»Wir verschwenden Jagdzeit«, sage ich, als ich mich endlich losreiße.

»Verschwenden würde ich das nicht nennen«, sagt er. Er setzt sich auf und reckt sich ausgiebig. »Sollen wir mit leerem Magen jagen, damit wir mehr Ansporn haben?«

»Im Gegenteil«, sage ich. »Wir schlagen uns den Bauch voll, damit wir durchhalten.«

»Kannst auf mich zählen«, sagt Peeta. Aber dann guckt er doch verwundert, als ich den Rest des Eintopfs mit Reis aufteile und ihm einen ordentlichen Teller reiche. »Das alles?«

»Wir holen es uns heute zurück«, sage ich und dann machen wir uns beide über unsere Teller her. Sogar kalt gehört es zum Besten, was ich je gegessen habe. Ich lege meine Gabel hin und schlecke die letzten Reste der Soße mit den Fingern auf. »Ich spüre richtig, wie Effie Trinket sich bei meinen Manieren schüttelt.«

»Hey, Effie, guck mal!«, sagt Peeta. Er schmeißt seine Gabel über die Schulter und leckt den Teller unter lauten, wohligen Geräuschen sauber. Dann wirft er ihr einen Kuss zu und ruft: »Du fehlst uns, Effie!«

Ich halte ihm den Mund zu, aber ich muss auch lachen. »Stopp! Cato könnte draußen vor der Höhle sein.«

Er schiebt meine Hand weg. »Na und? Ich hab doch dich als Beschützerin«, sagt er und zieht mich an sich.

»Los jetzt«, sage ich verzweifelt und winde mich aus seinem Griff, nicht ohne ihm vorher einen weiteren Kuss gewährt zu haben.

Als wir abmarschbereit draußen vor der Höhle stehen, werden wir wieder ernst. Es ist, als hätten wir in den letzten paar Tagen, geschützt von Felsen und Regen und Catos Auseinandersetzung mit Thresh, eine Auszeit bekommen, so etwas wie Ferien. Obwohl der Tag sonnig und warm ist, spüren wir jetzt beide, dass wir wirklich wieder in den Spielen sind. Die Waffen, die Peeta vielleicht einmal besessen hat, sind längst weg, deshalb gebe ich ihm mein Messer und er steckt es sich in den Gürtel. Meine letzten sieben Pfeile – von den ursprünglichen zwölf habe ich drei für die Explosion und zwei beim Fest geopfert – klappern ein bisschen im Köcher. Ich kann es mir nicht leisten, noch einen zu verlieren.

»Jetzt jagt er uns bestimmt schon«, sagt Peeta. »Cato ist nicht der Typ, der darauf wartet, dass die Beute vorbeikommt.«

»Aber wenn er verletzt ist ...«, hebe ich an.

»Das macht nichts«, unterbricht mich Peeta. »Falls er laufen kann, wird er kommen.«

Durch den Regen ist der Bach zu beiden Seiten mehrere Meter über die Ufer getreten. Wir machen halt, um unsere Flaschen zu füllen. Ich kontrolliere die Fallen, die ich vor ein paar Tagen gestellt habe, aber sie sind leer. Kein Wunder bei dem Wetter. Abgesehen davon habe ich in dieser Gegend kaum Tiere oder Spuren gesichtet.

»Wenn wir Essen wollen, gehen wir lieber zurück zu meinen alten Jagdgründen«, sage ich.

»Wie du meinst. Sag mir nur, was ich tun soll«, sagt Peeta.

»Halt gut Ausschau«, sage ich. »Bleib so lange wie möglich auf den Steinen, damit wir keine Spuren hinterlassen, denen er folgen kann. Und sperr die Ohren für uns beide auf.« Mittlerweile ist mir klar, dass die Explosion mein linkes Gehör für immer zerstört hat.

Am liebsten würde ich durchs Wasser gehen, damit wir überhaupt keine Spuren hinterlassen, doch ich bin mir nicht sicher, ob Peetas Bein der Strömung standhält. Obwohl die Arznei die Infektion besiegt hat, ist er noch immer recht schwach. Wo die Messerklinge in meine Stirn eingeschnitten hat, habe ich Schmerzen, aber immerhin hat es nach drei Tagen aufgehört zu bluten. Trotzdem trage ich einen Verband um den Kopf, falls es durch die Anstrengung wieder anfangen sollte.

Auf unserem Weg den Bach entlang kommen wir an der Stelle vorbei, wo ich Peeta gefunden habe, getarnt mit Unkraut und Schlamm. Dauerregen und Überschwemmung hatten auch ihr Gutes, denn sie haben sämtliche Spuren weggewischt. Und das heißt, dass wir notfalls in unsere Höhle zurückkönnen. Sonst würde ich das nicht riskieren, mit Cato auf den Fersen.

Die Felsblöcke werden zu Steinen und irgendwann zu Kieseln und dann gehen wir zu meiner großen Erleichterung wieder über Kiefernnadeln und sanft abfallenden Waldboden. Zum ersten Mal wird mir bewusst, dass wir ein Problem haben. Wenn man mit einem schlimmen Bein über Felsen klettert, dann geht das natürlich nicht geräuschlos ab. Aber Peeta ist sogar hier, auf dem weichen Nadelbett, laut. Und zwar richtig laut, als würde er mit dem Fuß aufstampfen. Ich drehe mich um und schaue ihn an.

»Was ist?«, fragt er.

»Du musst dich leiser bewegen«, sage ich. »Nicht wegen Cato, aber so verjagst du jedes Kaninchen im Umkreis von fünfzehn Kilometern.«

»Tatsächlich?«, sagt er. »Tut mir leid, das wusste ich nicht.«

Wir gehen weiter und es ist ein klein wenig besser, aber selbst mit nur einem funktionierenden Ohr zucke ich zusammen.

»Kannst du vielleicht deine Stiefel ausziehen?«, schlage ich vor.

»Hier?«, fragt er ungläubig, als hätte ich ihn aufgefordert, barfuß über glühende Kohlen zu laufen. Ich muss mich daran erinnern, dass er mit dem Wald noch immer nicht vertraut ist, dass es für ihn der schaurige, verbotene Ort jenseits des Zauns um Distrikt 12 ist. Ich denke an Gale mit seinem samtweichen Gang. Es ist unheimlich, wie wenig Geräusche er macht, selbst wenn das Laub gefallen ist und es schwierig ist, sich überhaupt zu bewegen, ohne das Wild zu verjagen. Der lacht jetzt bestimmt zu Hause.

»Ja«, sage ich geduldig. »Ich mache das auch. Dann sind wir beide leiser.« Als ob ich Geräusche machen würde. Wir streifen Stiefel und Socken ab. Obwohl es nun etwas besser geht, habe ich den Eindruck, als würde er absichtlich auf jeden trockenen Ast treten, der auf dem Weg liegt.

Unnötig zu erwähnen, dass wir auf dem mehrstündigen Weg zu Rues und meinem alten Lager nichts schießen. Wäre die Strömung im Bach schwächer, könnten wir Fische jagen, aber momentan ist sie noch zu stark. Als wir anhalten, um zu trinken, überlege ich, was wir machen könnten. Am einfachsten wäre es, Peeta hier zurückzulassen und ihn zum Wurzelnsammeln zu verdonnern, während ich jagen gehe. Aber dann hätte er nur ein Messer, um sich gegen den körperlich überlegenen Cato und seine Speere zur Wehr zu setzen. Am liebsten würde ich deshalb versuchen, ihn an einem sicheren Ort zu verstecken, auf die Jagd zu gehen und ihn anschließend wieder abzuholen. Aber mein Gefühl sagt mir, dass ihm das gegen den Strich gehen würde.

»Katniss«, sagt er. »Wir müssen uns trennen. Ich weiß, dass ich das Wild vertreibe.«

»Daran ist nur dein Bein schuld«, sage ich großmütig, denn natürlich ist das nicht das eigentliche Problem.

»Ich weiß«, sagt er. »Wieso gehst du nicht einfach allein los? Zeig mir, welche Pflanzen ich sammeln soll, dann machen wir uns beide nützlich.«

»Und dann kommt Cato und tötet dich.« Ich versuche es freundlich zu sagen, aber es klingt trotzdem so, als hielte ich ihn für einen Schwächling.

Zu meiner Überraschung lacht er nur. »Ach, mit Cato werde ich schon fertig. Schließlich hab ich schon mal gegen ihn gekämpft, oder?«

Oh ja, mit durchschlagendem Erfolg. Du wärst fast in einem Schlammloch verreckt. Das würde ich gerne sagen, aber das geht nicht. Immerhin hat er mir das Leben gerettet, als er sich Cato stellte. Ich versuche es mit einer anderen Taktik. »Wie wär's, wenn du auf einen Baum kletterst und Ausschau hältst, während ich jage?«, sage ich und versuche es so klingen zu lassen, als wäre das eine ganz wichtige Aufgabe.

»Wie wär's, wenn du mir zeigst, was hier essbar ist, und uns etwas Fleisch besorgst?«, sagt er und äfft meinen Tonfall nach. »Geh nur nicht zu weit weg, falls du Hilfe brauchst.«

Ich seufze und zeige ihm ein paar Wurzeln, die er ausgraben kann. Wir brauchen Essen, das ist keine Frage. Mit einem Apfel, zwei Brötchen und einem pflaumengroßen Klecks Käse kommen wir nicht mehr lange aus. Ich werde mich ein kleines Stück entfernen und hoffen, dass Cato weit weg ist.

Ich bringe Peeta einen Vogelruf bei – keine Melodie wie die von Rue, nur einen einfachen zweitönigen Pfiff –, mit dem wir uns mitteilen können, dass alles in Ordnung ist. Zum Glück kann er wenigstens das gut. Ich lasse das Gepäck bei ihm und mache mich auf den Weg.

Ich komme mir vor, als wäre ich wieder elf Jahre alt, nur dass ich jetzt nicht durch den Zaun eingeschränkt bin, sondern durch Peeta. Ich gestehe mir ein Jagdgebiet von zwanzig, vielleicht dreißig Metern im Umkreis zu, doch je weiter ich mich von Peeta entferne, desto mehr belebt sich der Wald plötzlich mit Tiergeräuschen. Beruhigt von Peetas regelmäßigen Pfiffen, wage ich mich weiter weg und kann bald zwei Kaninchen und ein fettes Eichhörnchen vorweisen. Das ist genug, beschließe ich. Ich kann Fallen stellen und vielleicht ein paar Fische fangen. Zusammen mit Peetas Wurzeln reicht das fürs Erste.

Auf dem kurzen Weg zurück wird mir bewusst, dass wir schon länger keine Signale ausgetauscht haben. Ich pfeife, und als keine Antwort kommt, renne ich los. Im Nu bin ich beim Gepäck, neben dem ein ordentlicher Stapel Wurzeln aufgehäuft wurde. Die Plastikplane ist auf dem Boden ausgebreitet, darauf liegen Beeren in der Sonne. Aber wo ist er?

»Peeta!«, rufe ich panisch. »Peeta!« Es raschelt im Gebüsch, ich drehe mich um und hätte ihn um ein Haar mit einem Pfeil durchbohrt. Gott sei Dank ziehe ich den Bogen in letzter Sekunde hoch, und der Pfeil geht in einen Eichenstamm zu seiner Linken. Er macht einen Satz rückwärts und schleudert eine Handvoll Beeren in hohem Bogen ins Laub.

Meine Angst verwandelt sich in Ärger. »Was machst du da? Du solltest hierbleiben, nicht im Wald herumrennen!«

»Ich hab diese Beeren unten beim Bach gefunden«, sagt er, offensichtlich verwirrt über meinen Ausbruch.

354

»Ich hab gepfiffen. Warum hast du nicht zurückgepfiffen?«, fahre ich ihn an.

»Ich hab's nicht gehört. Wahrscheinlich ist das Wasser zu laut«, sagt er. Er kommt zu mir und legt mir die Hände auf die Schultern. Erst da merke ich, dass ich zittere.

»Ich hab gedacht, Cato hätte dich getötet!«, schreie ich fast.

»Nein, mir geht's gut.« Peeta schlingt die Arme um mich, aber ich gehe nicht darauf ein. »Katniss?«

Ich schiebe ihn fort und versuche, meine Gefühle zu ordnen. »Wenn zwei Leute ein Signal verabreden, bleiben sie nah beieinander. Und wenn einer nicht antwortet, dann ist er in Schwierigkeiten, klar?«

»Klar!«, sagt er.

»Gut. Genau das ist nämlich mit Rue passiert und dann durfte ich ihr beim Sterben zusehen!«, sage ich. Ich wende mich von ihm ab, gehe zum Gepäck und öffne eine neue Wasserflasche, obwohl in meiner noch etwas drin ist. Aber ich bin noch nicht so weit, ihm zu verzeihen. Ich sehe das Essen. Brötchen und Äpfel sind unberührt, aber vom Käse hat jemand genascht. »Und du hast ohne mich gegessen!« Nicht dass es mir wichtig wäre, ich suche nur irgendwas, worüber ich mich ärgern kann.

»Was? Nein, hab ich nicht«, sagt Peeta.

»Ach so, dann haben wohl die Äpfel den Käse gegessen?«, sage ich.

»Ich weiß nicht, wer oder was den Käse gegessen hat«, sagt Peeta langsam und bestimmt, als versuchte er, nicht die Geduld zu verlieren, »aber ich war's nicht. Ich war unten am Bach und hab Beeren gepflückt. Möchtest du welche?«

Ich hätte schon gern welche, aber ich will nicht zu schnell

einlenken. Ich gehe hin und betrachte sie. Solche Beeren habe ich noch nie gesehen. Oder doch. Aber nicht in der Arena. Das sind nicht Rues Beeren, obwohl sie so ähnlich aussehen. Es sind auch keine von denen, die ich im Training kennengelernt habe. Ich beuge mich vor, hebe ein paar auf und drehe sie zwischen den Fingern hin und her.

Ich höre die Stimme meines Vaters: »Die nicht, Katniss. Niemals. Das sind Nachtriegel. Du bist tot, bevor sie in deinem Magen ankommen.«

In diesem Augenblick ertönt die Kanone. Ich fahre herum, denn ich erwarte, Peeta auf dem Boden zusammenbrechen zu sehen, aber er hebt nur die Brauen. Das Hovercraft erscheint hundert Meter entfernt. Das, was von Fuchsgesichts ausgezehrtem Körper übrig ist, wird nach oben befördert. Ihr Haar schimmert rötlich im Sonnenlicht.

Ich hätte darauf kommen müssen, als ich den fehlenden Käse bemerkte ...

Peeta nimmt mich am Arm und schiebt mich zu einem Baum.

»Rauf mit dir. Er wird gleich hier sein. Wir haben bessere Chancen, wenn wir von oben gegen ihn kämpfen.«

Ich bremse ihn, plötzlich ganz ruhig. »Nein, Peeta, du hast sie auf dem Gewissen, nicht Cato.«

»Was? Ich hab sie doch seit dem ersten Tag nicht mehr gesehen«, sagt er. »Wie sollte ich sie getötet haben?«

Statt einer Antwort halte ich ihm die Beeren hin.

24 Es dauert eine Weile, bis Peeta begreift, was geschehen ist. Ich erzähle ihm, wie Fuchsgesicht das Essen aus dem Haufen der Vorräte gestohlen hat, bevor ich ihn in die Luft jagte; wie sie versucht hat, immer gerade genug zum Überleben zu nehmen, ohne dass es jemandem auffiel; und wie sie schließlich davon ausging, dass die Beeren genießbar wären, da wir sie ja offenbar selbst essen wollten.

»Ich frage mich, wie sie uns gefunden hat«, sagt Peeta. »Mein Fehler, schätze ich, wenn ich wirklich so laut bin, wie du sagst.«

Wir sind ungefähr so schwer zu verfolgen wie eine Herde Kühe, aber ich versuche freundlich zu sein. »Sie ist sehr schlau, Peeta. Oder war es. Bis du sie ausgetrickst hast.«

»Aber nicht mit Absicht. Das ist irgendwie ungerecht. Ich meine, wir beide wären auch tot, wenn sie die Beeren nicht zuerst gegessen hätte.« Er unterbricht sich. »Nein, natürlich, wären wir nicht. Du hast sie erkannt, nicht wahr?«

Ich nicke. »Bei uns heißen sie Nachtriegel.«

»Schon der Name klingt irgendwie unheimlich«, sagt er. »Tut mir leid, Katniss. Ich hab wirklich geglaubt, es wären die gleichen, die du mal gesammelt hast.«

»Du brauchst dich nicht zu entschuldigen. Immerhin sind

wir damit wieder einen Schritt näher an zu Hause, nicht wahr?«, sage ich.

»Ich entsorge mal den Rest«, sagt Peeta. Sorgfältig sammelt er die Beeren in der blauen Plastikplane und geht damit in den Wald, um sie wegzuwerfen.

»Warte!«, rufe ich. Ich krame nach dem Lederbeutel, der einmal dem Jungen aus Distrikt 1 gehört hat, und fülle eine Handvoll Beeren hinein. »Wenn sie Fuchsgesicht getäuscht haben, dann täuschen sie Cato vielleicht auch. Falls er uns verfolgt, können wir so tun, als ob wir den Beutel zufällig fallen ließen, und wenn er sie isst …«

»Dann Achtung, Distrikt 12, wir kommen!«, sagt Peeta.

»Genau«, sage ich und befestige den Beutel an meinem Gürtel.

»Jetzt weiß er bestimmt, wo wir sind«, sagt Peeta. »Falls er in der Nähe war und das Hovercraft gesehen hat, dann weiß er, dass wir sie getötet haben, und kommt uns hinterher.«

Peeta hat recht. Das könnte genau die Gelegenheit sein, auf die Cato gewartet hat. Aber selbst wenn wir jetzt fliehen, irgendwann müssen wir das Fleisch doch braten und das Feuer wird unseren Aufenthaltsort verraten. »Komm, wir machen ein Feuer. Jetzt sofort.« Ich fange an, Äste und Gestrüpp zusammenzusuchen.

»Bist du bereit, dich ihm zu stellen?«, fragt Peeta.

»Ich bin bereit, zu essen. Besser, wir braten unser Essen, solange wir Gelegenheit dazu haben. Wenn er weiß, dass wir hier sind, ist das nicht zu ändern. Aber er weiß auch, dass wir zu zweit sind, und nimmt wahrscheinlich an, wir hätten Fuchsgesicht gejagt. Was voraussetzt, dass du wiederhergestellt bist.

Und das Feuer sagt ihm, dass wir uns nicht etwa verstecken, sondern ihn zu uns einladen. Würdest du dich da zeigen?«, frage ich.

»Eher nicht«, sagt er.

Im Feuermachen ist Peeta unschlagbar, er zaubert im klatschnassen Wald eine Flamme hervor. Bald braten Kaninchen und Eichhörnchen über dem Feuer, die Wurzeln habe ich in Blätter eingeschlagen und in die Glut gelegt. Abwechselnd suchen wir Gemüse und halten Ausschau nach Cato, aber wie ich vermutet habe, lässt er sich nicht blicken. Als das Essen fertig ist, verstaue ich das meiste, bis auf ein Kaninchenbein für jeden, das wir im Gehen verspeisen.

Ich möchte tiefer in den Wald hinein, einen geeigneten Baum erklettern und dort über Nacht bleiben, aber Peeta ist dagegen. »Ich kann nicht so gut klettern wie du, Katniss, schon gar nicht mit dem Bein, und außerdem glaube ich nicht, dass ich fünfzehn Meter über dem Boden auch nur ein Auge zumachen könnte.«

»Aber im offenen Gelände ist es zu gefährlich, Peeta«, sage ich.

»Können wir nicht zurück zur Höhle?«, fragt er. »Sie ist nah beim Wasser und leicht zu verteidigen.«

Ich seufze. Noch ein paar Stunden durch den Wald laufen – oder besser gesagt trampeln –, um in ein Gebiet zurückzukehren, das wir morgen sowieso wieder verlassen müssen, um zu jagen. Aber ist das zu viel verlangt? Peeta hat den ganzen Tag lang meine Anweisungen befolgt und ich bin sicher, dass er, wäre er an meiner Stelle, mich nicht zwingen würde, die Nacht auf einem Baum zu verbringen. Mir dämmert, dass ich heute nicht besonders nett zu Peeta gewesen bin. Ich habe auf ihm herumgehackt, weil er so laut gelaufen ist, habe ihn angeschrien, als er verschwunden war. Die neckische Liebelei, die wir in der Höhle vorgegaukelt haben, ist unter freiem Himmel verschwunden, unter der heißen Sonne, mit Cato als Drohung über uns. Haymitch hat bestimmt bald die Nase voll von mir. Und was die Zuschauer betrifft ...

Ich recke mich zu ihm hoch und gebe ihm einen Kuss. »Klar. Gehen wir zurück zur Höhle.«

Er sieht erfreut und erleichtert aus. »Das war aber leicht.«

Vorsichtig, um ihn nicht zu beschädigen, ziehe ich den Pfeil aus der Eiche. Diese Pfeile sind jetzt Nahrung, Sicherheit, das Leben selbst.

Wir werfen noch etwas Holz aufs Feuer. So müsste es ein paar Stunden lang qualmen, auch wenn ich bezweifele, dass Cato jetzt irgendwelche Vermutungen anstellt. Als wir den Bach erreichen, sehe ich, dass das Wasser beträchtlich gefallen ist und in seinem alten gemächlichen Tempo vorbeiströmt, weshalb ich vorschlage, durchs Wasser weiterzugehen. Peeta ist mehr als einverstanden, und da er sich im Wasser viel leiser bewegt als an Land, ist die Idee doppelt gut. Trotzdem ist es ein weiter Weg zurück zur Höhle, obwohl es stromabwärts geht und obwohl uns das Kaninchen Kraft gibt. Wir sind beide erschöpft von der heutigen Wanderung und außerdem immer noch unterernährt. Ich habe einen Pfeil in den Bogen eingelegt, für Cato oder falls wir einen Fisch erspähen, aber der Bach wirkt seltsam leblos.

Als wir unser Ziel erreichen, steht die Sonne knapp über dem Horizont und wir können uns kaum noch auf den Beinen halten. Wir füllen unsere Wasserflaschen auf und klettern den kurzen Abhang zu unserem Bau hinauf. Es ist nicht viel, aber in dieser Wildnis ist es für uns das, was einem Zuhause am nächsten kommt. Es ist auch wärmer als ein Baum, denn es bietet ein wenig Schutz vor dem kräftigen Westwind, der aufgekommen ist. Ich bereite ein üppiges Abendessen, aber mittendrin nickt Peeta ein. Nach den Tagen des Nichtstuns fordert die Jagd ihren Preis. Ich weise ihn an, in den Schlafsack zu kriechen, und stelle den Rest seines Essens daneben, damit er weiteressen kann, wenn er wieder wach wird. Er schläft sofort ein. Ich ziehe ihm den Schlafsack bis ans Kinn und gebe ihm einen Kuss auf die Stirn, nicht für die Zuschauer, sondern für mich. Ich bin so dankbar, dass er noch hier ist und nicht tot im Bach liegt, wie ich gedacht hatte. So froh, dass ich Cato nicht allein gegenübertreten muss.

Dem brutalen, grausamen Cato, der mit einer Armbewegung ein Genick brechen kann, der stark genug war, Thresh zu besiegen, und der es von Anfang an auf mich abgesehen hatte. Wahrscheinlich hasst er mich schon, seit ich ihn im Training übertroffen habe. Einer wie Peeta würde das einfach hinnehmen. Aber ich spüre, dass es Cato zur Raserei gebracht hat. Was ja nicht schwer ist. Ich denke an seine lächerliche Reaktion, als er die gesprengten Vorräte entdeckte. Die anderen waren natürlich auch wütend, aber er war völlig außer sich. Ich frage mich, ob Cato womöglich nicht ganz richtig im Kopf ist.

Am Himmel erscheint das Wappen, Fuchsgesicht wird eingeblendet und verschwindet für immer aus der Welt. Peeta hat nichts gesagt, doch ich glaube, es macht ihm zu schaffen, dass er sie getötet hat, so wichtig es auch war. Ich kann nicht behaupten, dass ich sie vermisse, aber bewundern tue ich sie schon.

Hätten sie uns Tribute einem Intelligenztest unterzogen, dann hätte sie bestimmt am besten abgeschnitten. Wenn wir ihr eine Falle hätten stellen wollen, hätte sie garantiert Lunte gerochen und die Beeren nicht angerührt. Es war Peetas Unkenntnis, die sie zu Fall gebracht hat. Ich habe so viel Zeit darauf verwandt, meine Gegner nur ja nicht zu unterschätzen, dass ich vergessen habe, wie gefährlich es ist, sie zu überschätzen.

Womit wir wieder bei Cato wären. Aber während ich bei Fuchsgesicht denke, dass ich verstanden habe, wer sie war und wie sie vorging, ist Cato schwerer zu fassen. Stark und gut ausgebildet ist er, aber intelligent? Ich weiß nicht. Nicht so wie sie. Und Fuchsgesichts Selbstbeherrschung geht ihm völlig ab. Ich glaube, in einem Anfall von Jähzorn könnte Cato leicht sein Urteilsvermögen verlieren. Nicht dass ich mich in dieser Hinsicht überlegen fühlen darf. Ich muss daran denken, wie ich vor lauter Wut den Pfeil in den Apfel im Spanferkelmaul abgefeuert habe. Vielleicht verstehe ich Cato besser, als ich glaube.

Trotz der körperlichen Erschöpfung ist mein Geist hellwach, deshalb lasse ich Peeta weit über unseren normalen Wachwechsel hinaus schlafen. Als ich an seiner Schulter rüttele, ist schon blassgrau der Tag angebrochen. Alarmiert hält Peeta Ausschau. »Ich habe die ganze Nacht geschlafen. Das ist nicht in Ordnung, Katniss. Du hättest mich wecken müssen.«

Ich strecke mich und krieche in den Schlafsack. »Ich werde jetzt schlafen. Weck mich, wenn was Interessantes passiert.«

Offensichtlich ist nicht viel los, denn als ich die Augen wieder öffne, fällt gleißendes, heißes Nachmittagslicht durch die Felsritzen. »Irgendein Zeichen von unserem Freund?«, frage ich.

Peeta schüttelt den Kopf. »Nein, er hält sich auffällig bedeckt.«

»Was meinst du, wie viel Zeit haben wir, bevor die Spielmacher uns zusammentreiben?«, frage ich.

»Hm, Fuchsgesicht ist vor fast einem Tag gestorben, die Zuschauer hatten also genügend Zeit, zu wetten und sich zu langweilen. Schätze, es könnte jeden Moment losgehen«, sagt Peeta.

»Ja, ich hab das Gefühl, heute ist es so weit«, sage ich. Ich setze mich auf und betrachte das friedliche Gelände. »Fragt sich nur, wie sie es wohl anstellen.«

Peeta bleibt still. Darauf gibt es keine rechte Antwort.

»Tja, solange es noch nicht so weit ist, sollten wir den Jagdtag nicht sinnlos verstreichen lassen. Und wahrscheinlich sollten wir so viel essen wie möglich, für den Fall, dass wir in Schwierigkeiten geraten«, sage ich.

Peeta packt unsere Sachen, während ich eine tüchtige Mahlzeit zubereite. Den Rest Kaninchen, Wurzeln, Gemüse, die Brötchen mit dem letzten Käse. Als Reserve behalte ich nur das Eichhörnchen und den Apfel zurück.

Als wir fertig sind, ist nur ein Häufchen Kaninchenknochen übrig. Meine Hände sind fettig, ich habe immer mehr das Gefühl, zu verlottern. Im Saum baden wir zwar auch nicht unbedingt täglich, aber sauberer, als ich es in letzter Zeit bin, sind wir allemal. Abgesehen von den Füßen, mit denen ich ja durch den Bach gelaufen bin, bin ich mit einer Dreckschicht bedeckt.

Als wir die Höhle verlassen, hat das etwas von einem endgültigen Abschied. Irgendwie glaube ich nicht, dass es eine weitere Nacht in der Arena geben wird. So oder so, tot oder lebendig, werde ich heute hinauskommen. Ich gebe den Felsen zum Abschied einen Klaps, dann gehen wir zum Bach hinunter, um uns zu waschen. Ich spüre, wie meine Haut nach dem kühlen Wasser giert. Ich könnte mir die Haare waschen und sie nass nach hinten flechten. Ich frage mich gerade, ob wir vielleicht sogar noch unsere Kleider waschen können, als wir zum Bach kommen. Oder zu dem, was einmal der Bach war. Jetzt ist da nur noch ein ausgetrocknetes Bett. Ich betaste den Grund.

»Kein bisschen feucht. Sie müssen ihn umgeleitet haben, als wir schliefen«, sage ich. Angst vor einer rissigen Zunge, einem schmerzenden Körper und einem wirren Geist wie zu Beginn der Spiele, als ich völlig ausgetrocknet war. Unsere Flaschen und Beutel sind reichlich gefüllt, aber wenn zwei davon trinken, bei dieser Hitze, wird es nicht lange dauern, bis sie geleert sind.

»Der See«, sagt Peeta. »Da wollen sie uns haben.«

»Vielleicht ist noch was in den Tümpeln übrig«, sage ich hoffnungsvoll.

»Wir können nachsehen«, sagt er, allerdings nur mir zuliebe. Ich habe es ja selbst nur mir zuliebe gesagt, denn ich weiß, was wir finden werden, wenn wir zu dem Tümpel zurückkehren, in den ich mein Bein getaucht habe. Ein staubiges, klaffendes Loch. Wir machen uns trotzdem auf den Weg und finden bestätigt, was wir schon wussten.

»Du hast recht. Sie treiben uns zum See«, sage ich. Wo es keine Deckung gibt. Wo ein blutiger Kampf bis zum Tod garantiert ist, ohne dass irgendetwas die Sicht behindert. »Möchtest du geradewegs dorthin oder lieber warten, bis uns das Wasser ausgegangen ist?«

»Lass uns jetzt gehen, solange wir Essen und alles haben. Lass es uns jetzt zu Ende bringen«, sagt er.

Ich nicke. Komisch. Ich habe fast das Gefühl, als wäre es wieder der erste Tag der Spiele. Als wäre ich in der gleichen Situation. Einundzwanzig Tribute sind tot, aber noch muss ich Cato töten. Und war er nicht eigentlich immer derjenige, den es zu töten galt? Jetzt kommt es mir vor, als wären die anderen Tribute nur kleinere Hindernisse gewesen, die uns vom wahren Kampf dieser Spiele abgelenkt haben. Cato gegen mich.

Aber nein, da wartet noch ein Junge neben mir. Er schlingt die Arme um mich.

»Zwei gegen einen. Dürfte ein Klacks werden«, sagt er.

»Wenn wir das nächste Mal essen, dann im Kapitol«, antworte ich.

»Worauf du dich verlassen kannst«, sagt er.

Eine Weile stehen wir da und umarmen uns, spüren einander, die Sonne, das Rascheln der Blätter zu unseren Füßen. Dann lösen wir uns wortlos voneinander und machen uns auf den Weg zum See.

Es stört mich nicht mehr, dass bei Peetas Getrampel Nagetiere davonhuschen und Vögel auffliegen. Wir müssen gegen Cato kämpfen und ich würde es lieber hier tun als in der Ebene. Aber ich bezweifele, dass ich die Wahl habe. Wenn die Spielmacher uns auf offenem Gelände haben wollen, dann werden wir uns in offenem Gelände begegnen.

Wir machen eine kurze Pause unter dem Baum, auf dem mich seinerzeit die Karrieros gefangen gehalten haben. Die Hülle des Jägerwespennests zeugt noch davon, sie ist vom heftigen Regen zu Brei aufgeweicht und dann in der brennenden Sonne getrocknet. Als ich mit der Stiefelspitze an das Nest tippe, zerbröselt es sofort und wird vom Wind davongetragen. Unwillkürlich schaue ich hinauf zu dem Baum, auf dem Rue heimlich gehockt und darauf gewartet hat, mir das Leben zu retten. Jägerwespen. Glimmers aufgedunsener Körper. Die schrecklichen Halluzinationen.

»Lass uns weitergehen«, sage ich. Ich will der Finsternis entkommen, die diesen Ort umgibt. Peeta hat nichts dagegen.

Da wir spät aufgestanden sind, erreichen wir die Ebene erst am frühen Abend. Von Cato keine Spur. Es ist nichts zu sehen als das goldene Füllhorn, das in den schrägen Sonnenstrahlen erglüht. Für den Fall, dass Cato uns so wie Fuchsgesicht überraschen will, gehen wir um das Füllhorn herum, um uns zu vergewissern, dass es leer ist. Gehorsam, als würden wir Anweisungen befolgen, laufen wir hinüber zum See und füllen unsere Wasserbehälter.

Skeptisch betrachte ich die verschwindende Sonne. »Ich möchte nicht nach Einbruch der Dunkelheit mit ihm kämpfen. Wir haben nur eine Brille.«

Sorgfältig gibt Peeta Jodtropfen ins Wasser. »Vielleicht wartet er gerade darauf. Was sollen wir machen? Zurück zur Höhle gehen?«

»Entweder das oder einen Baum suchen. Geben wir ihm noch eine halbe Stunde. Dann suchen wir Deckung«, antworte ich.

Ungeschützt sitzen wir am See. Es hat keinen Sinn mehr, sich zu verstecken. In den Bäumen am Waldrand sehe ich die Spotttölpel umherflattern. Sie werfen einander Melodien zu wie leuchtend bunte Bälle. Ich öffne den Mund und singe Rues Tonfolge. Ich merke, wie sie neugierig innehalten und meiner

Stimme lauschen, ob da noch mehr kommt. In die Stille hinein wiederhole ich die Melodie. Erst einer, dann noch einer trällert die Melodie nach. Dann wird die ganze Welt davon erfasst.

»Genau wie dein Vater«, sagt Peeta.

Meine Finger tasten nach der Brosche an meinem Hemd. »Das ist Rues Lied«, sage ich. »Ich glaube, sie erinnern sich daran.«

Die Musik schwillt an, ich merke wieder, wie großartig sie ist. Während die Töne einander überlagern, fügen sie sich zusammen und bilden eine wunderschöne, überirdische Harmonie. Dank Rue hat diese Melodie die Obstarbeiter in Distrikt 11 jeden Abend nach Hause geschickt. Wer sie wohl anheben wird, frage ich mich, jetzt, da Rue tot ist?

Eine Weile schließe ich die Augen und lausche, gebannt von der Schönheit des Lieds. Dann wird die Musik unterbrochen. Wird abgehackt und unsauber. Misstöne mischen sich in die Melodie. Die Stimmen der Spotttölpel steigern sich zu einem schrillen Alarmschrei.

Wir springen auf, Peeta mit gezücktem Messer, ich schussbereit, da bricht Cato auch schon zwischen den Bäumen hervor und kommt auf uns zugestürzt. Er hat keinen Speer. Seine Hände sind leer, trotzdem rennt er geradewegs auf uns zu. Mein Pfeil trifft seine Brust und wird unerklärlicherweise zur Seite abgelenkt.

»Er trägt irgendeinen Körperpanzer!«, rufe ich Peeta zu.

Gerade rechtzeitig, denn Cato ist fast schon bei uns. Ich nehme all meine Kraft zusammen, aber er rast ungebremst zwischen uns hindurch. Sein Keuchen und der Schweiß, der ihm vom dunkelrot angelaufenen Gesicht rinnt, verraten, dass er schon lange so schnell rennt. Doch er rennt nicht auf uns zu. Er rennt vor etwas weg. Aber wovor?

Ich schaue zum Wald hin und in diesem Augenblick entdecke ich das erste Viech, das sich auf die Ebene stürzt. Aus den Augenwinkeln sehe ich fünf, sechs weitere. Aber da stolpere ich schon blindlings hinter Cato her und ich habe nur einen Gedanken: mich irgendwie zu retten.

25 Mutationen. Ohne Zweifel. Diese hier habe ich zwar noch nie gesehen, aber es ist klar, dass sie nicht auf natürliche Weise entstanden sind. Sie ähneln riesigen Wölfen, doch welcher Wolf kann so auf den Hinterläufen landen und dann mühelos das Gleichgewicht halten? Welcher Wolf scheucht sein Rudel mit einer Bewegung der Vorderpfote vorwärts, als hätte er ein Handgelenk? Das alles erkenne ich aus der Entfernung. Wären sie näher, würde ich garantiert noch viel schaurigere Einzelheiten entdecken.

Cato rennt geradewegs auf das Füllhorn zu, und ohne groß zu fragen, renne ich hinterher. Wenn er das für den sichersten Ort hält, wieso sollte ich es anzweifeln? Ich selbst könnte es vielleicht bis zu den Bäumen schaffen, aber Peeta mit seinem schlimmen Bein würde ihnen bestimmt nicht entkommen … Peeta! Ich berühre schon das Metall am spitzen Ende des Füllhorns, als mir einfällt, dass ich ja Teil eines Teams bin. Er hat fünfzehn Meter Rückstand und humpelt, so schnell er kann, hinterher, aber die Mutationen holen schnell auf. Ich schieße einen Pfeil auf das Rudel ab und erwische einen, doch es sind einfach zu viele.

Peeta deutet auf das Horn. »Rauf, Katniss, rauf!«

Er hat recht. Hier unten kann ich keinen von uns verteidigen. Auf Händen und Füßen erklimme ich das Füllhorn. Die Oberfläche aus purem Gold ist dem geflochtenen Horn nachempfunden, das wir zum Ernten benutzen, deshalb weist sie kleine Unebenheiten und Kanten auf, die mir einigermaßen Halt geben. Aber nach einem Tag in der Arenasonne ist das Metall so heiß, dass ich sofort Brandblasen an den Händen bekomme.

Cato ist ganz oben auf dem Horn, sechs Meter über dem Boden, er liegt auf der Seite und keucht und würgt. Das ist die Gelegenheit, ihn zu erledigen. Ich halte auf halbem Weg inne und lege einen neuen Pfeil ein, aber gerade als ich ihn abschießen will, höre ich Peeta schreien. Ich fahre herum und sehe, dass er die Spitze des Füllhorns erreicht hat, allerdings sind ihm die Mutationen dicht auf den Fersen.

»Raufklettern!«, brülle ich. Peeta müht sich, aber sowohl das Bein als auch das Messer in seiner Hand behindern ihn. Ich schieße den Pfeil in den Rachen der ersten Bestie, die ihre Pfoten auf das Metall setzt. Im Sterben schlägt das Viech um sich und bringt einigen seiner Gefährten tiefe Schnittwunden bei. Erst da sehe ich die Krallen. Zehn Zentimeter lang und rasiermesserscharf.

Peeta ist auf Höhe meiner Füße, ich packe ihn am Arm und ziehe ihn hoch. Dann fällt mir Cato oben ein und ich wirbele herum, aber er windet sich noch immer in Krämpfen und ist offensichtlich mehr mit den Mutationen beschäftigt als mit uns. Unter Husten sagt er irgendwas Unverständliches. Das schnüffelnde, knurrende Geräusch, das die Viecher von sich geben, macht es nicht einfacher.

»Was?«, rufe ich.

370

»Er hat gesagt: ›Können die hier hoch?‹«, antwortet Peeta. Jetzt schaue ich wieder nach unten.

Die Mutationen rotten sich zusammen. Sie richten sich mühelos auf den Hinterbeinen auf, was ihnen etwas unheimlich Menschliches verleiht. Sie haben ein dickes Fell, bei manchen ist es glatt und seidig, bei anderen gelockt, in verschiedenen Farben von Pechschwarz bis – ich kann es nicht anders beschreiben – Blond. Und sie haben noch etwas an sich, etwas, bei dem sich mir die Nackenhaare aufstellen. Aber ich komme nicht darauf, was es ist.

Sie legen die Schnauzen auf das Horn, beschnüffeln und betasten das Metall, kratzen mit den Pfoten darüber und stoßen dann ein schrilles Gejaule aus. Auf diese Weise scheinen sie miteinander zu kommunizieren, denn das Rudel weicht zurück, als wollte es Platz machen. Und dann nimmt einer von ihnen, eine stattliche Bestie mit seidig gewelltem, blondem Pelz, Anlauf und springt auf das Horn. Ihre Hinterläufe müssen ungeheuer kräftig sein, denn sie landet nur drei Meter unter uns, die rosa Lippen über den gefletschten Zähnen zurückgezogen. Einen Augenblick lang hängt sie da und in diesem Augenblick wird mir klar, was mich an den Mutationen so beunruhigt hat. Die grünen Augen, die mich finster anblicken, sind nicht die eines Wolfs oder sonst eines hundeartigen Wesens, das ich schon einmal gesehen hätte. Sie sind eindeutig menschlich. Diese Erkenntnis hat sich kaum gesetzt, als ich das Halsband mit der in Edelsteinen eingefassten Nummer *1* bemerke und die Wahrheit mich mit voller Wucht trifft. Das blonde Haar, die grünen Augen, die Nummer … Das ist Glimmer.

Ich stoße einen spitzen Schrei aus und kann kaum den Pfeil

in der Sehne halten. Ich weiß nur zu gut, dass ich kaum mehr Pfeile habe, und deshalb habe ich so lange gewartet. Ich wollte erst sehen, ob die Viecher klettern können. Aber dann schieße ich doch, obwohl die Bestie auf dem Metall keinen Halt findet und ich das langsame Kreischen der abrutschenden Klauen höre, das sich anhört wie Fingernägel auf einer Tafel. Ich schieße den Pfeil mitten in die Kehle. Der Körper zuckt und schlägt dumpf auf dem Boden auf.

»Katniss?« Ich spüre, wie Peetas Hand meinen Arm packt.

»Das war sie!«, stoße ich hervor.

»Wer?«, fragt Peeta.

Ich bewege den Kopf schnell hin und her, während ich das Rudel mustere, die unterschiedlichen Größen und Farben. Der Kleine mit dem roten Fell und den bernsteinfarbenen Augen ... Fuchsgesicht! Und dort, das aschfarbene Haar und die nussbraunen Augen des Jungen aus Distrikt 9, der starb, als wir um den Rucksack kämpften! Und am schlimmsten von allen, die kleinste, die mit dem dunklen, glänzenden Fell, den riesigen braunen Augen und einem Halsband aus geflochtenem Stroh mit einer *11*. Die Zähne hasserfüllt gebleckt. Rue ...

»Was ist los, Katniss?« Peeta rüttelt mich an der Schulter.

»Das sind sie. Alle sind sie da. Die anderen. Rue und Fuchsgesicht und ... all die anderen Tribute«, stoße ich hervor.

Ich höre, wie Peeta nach Luft schnappt, als er es erkennt. »Was haben sie mit ihnen gemacht? Glaubst du etwa ... Sind das etwa ihre echten Augen?«

Ihre Augen sind meine letzte Sorge. Was ist mit ihren Gehirnen? Haben sie ihnen auch die Erinnerungen der echten Tribute gegeben? Sind sie darauf programmiert worden, unsere Gesichter besonders zu hassen, weil wir überlebt haben, während sie so kaltblütig ermordet wurden? Und die, die wir eigenhändig getötet haben ... Wollen sie nun ihren eigenen Tod rächen?

Ehe ich zu einem Schluss komme, starten die Mutationen einen neuen Angriff. Sie haben sich zu beiden Seiten des Horns aufgeteilt und benutzen ihre kräftigen Hinterläufe, um sich auf uns zu stürzen. Nur wenige Zentimeter von meiner Hand entfernt, schnappen zwei Reihen Zähne zu und dann höre ich Peeta aufschreien, fühle den Ruck seines Körpers. Sein Gewicht und das einer der Bestien drohen mich über die Seite hinunterzuziehen. Hätte er sich nicht an meinen Arm geklammert, läge er jetzt schon unten, aber so muss ich alle Kraft daransetzen, damit wir beide auf dem gebogenen Rücken des Horns bleiben. Und immer mehr Tribute kommen dazu.

»Töte ihn, Peeta! Töte ihn!«, schreie ich, und obwohl ich nicht genau sehe, was vor sich geht, weiß ich plötzlich, dass er das Vieh niedergestochen haben muss, denn der Zug an meinem Arm lässt nach. Es gelingt mir, Peeta wieder aufs Horn zu ziehen, und gemeinsam schleppen wir uns zum oberen Ende, wo uns das kleinere von zwei Übeln erwartet.

Cato ist noch nicht wieder auf den Beinen, aber sein Atem geht langsamer und ich weiß, dass er bald in der Lage sein wird, sich auf uns zu stürzen und uns hinunterzustoßen, in den sicheren Tod. Ich spanne den Bogen, aber der Pfeil erledigt eine Bestie, bei der es sich nur um Thresh handeln kann. Wer sonst könnte so hoch springen? Einen Moment atme ich auf, weil wir endlich oberhalb der Grenze sind, die die Mutationen erreichen können, doch gerade als ich mich wieder Cato zuwenden will, wird Peeta von meiner Seite gerissen. Erst denke ich, das Rudel hat ihn wieder gepackt, als mir sein Blut von oben ins Gesicht spritzt.

Cato steht vor mir, fast am Rand der Hornöffnung, und hält Peeta im Schwitzkasten, sodass er keine Luft mehr bekommt. Peeta krallt sich an Catos Arm fest, aber kraftlos, als wüsste er nicht recht, ob er lieber versuchen soll, zu atmen oder den Blutschwall zu stoppen, der aus dem riesigen Loch schießt, das eine der Bestien in seine Wade gerissen hat.

Ich ziele mit einem der letzten beiden Pfeile auf Catos Kopf, denn ich weiß ja inzwischen, dass sie seinem Rumpf und seinen Gliedmaßen nichts anhaben können: Die stecken in einem hautengen fleischfarbenen Netz, irgendeiner Hightech-Panzerung aus dem Kapitol. War das beim Festmahl in seinem Rucksack? Eine Körperpanzerung gegen meine Pfeile? Tja, an einen Gesichtsschutz haben sie nicht gedacht.

Cato lacht nur: »Wenn du auf mich schießt, fällt er mit mir.«

Das ist wahr. Wenn ich ihn erledige und er nach unten zu den Mutationen fällt, wird Peeta mit ihm sterben. Wir sind in einer Pattsituation. Ich kann Cato nicht erschießen, ohne nicht auch Peeta zu töten. Er kann Peeta nicht töten, ohne zu verhindern, dass ein Pfeil sein Gehirn durchbohrt. Wir stehen da wie Statuen und suchen beide nach einem Ausweg.

Meine Muskeln sind so gespannt, als wollten sie jeden Moment reißen. Ich presse die Zähne so fest aufeinander, dass sie beinahe brechen. Die Mutationen sind verstummt, ich höre nur noch das Pochen des Blutes in meinem guten Ohr.

Peetas Lippen werden blau. Wenn ich nicht schnell etwas unternehme, erstickt er, dann habe ich ihn verloren und Cato wird vermutlich seinen Körper als Waffe gegen mich einsetzen. Plötzlich bin ich mir sicher, dass Cato genau das vorhat, denn er lacht zwar nicht mehr, aber um seine Lippen spielt ein triumphierendes Lächeln.

Wie in einem allerletzten Versuch hebt Peeta die Finger, von denen das Blut aus seinem Bein tropft, und zeigt auf Catos Arm. Doch versucht er nicht etwa, Catos Griff zu lockern, sondern er zeichnet ein X auf Catos Handrücken. Genau einen Wimpernschlag nach mir merkt auch Cato, was das bedeutet, denn das Lächeln auf seinen Lippen erstirbt. Aber diese eine Sekunde ist entscheidend, schon durchbohrt mein Pfeil seine Hand. Er schreit auf und lässt Peeta reflexartig los, der rückwärts gegen ihn stößt. Einen schrecklichen Moment lang denke ich, jetzt stürzen sie beide. Ich hechte nach vorn und bekomme Peeta zu packen, während Cato auf dem blutbeschmierten Füllhorn ausrutscht und hinabfällt.

Wir hören, wie er aufschlägt und die Luft aus seinem Körper entweicht, dann sind die Mutationen über ihm. Peeta und ich klammern uns aneinander und warten auf die Kanone, warten darauf, dass der Wettkampf vorbei ist, dass wir frei sind. Aber es passiert nicht. Noch nicht. Denn dies ist der Höhepunkt der Hungerspiele und die Zuschauer erwarten eine Show.

Ich sehe nicht hin, aber ich höre das Knurren, das Fauchen und das Schmerzgeheul von Mensch und Tier, als Cato es mit dem Rudel aufnimmt. Ich begreife nicht, wie er so lange überleben kann, bis mir der Panzer einfällt, der ihn vom Hals bis zu den Knöcheln schützt, und mir klar wird, dass es eine lange Nacht werden könnte. Cato muss ein Messer oder ein Schwert in seinen Kleidern versteckt haben, denn ab und zu dringt der Todesschrei einer Bestie oder das Geräusch von Metall auf Metall zu uns herauf, wenn die Klinge an das goldene Horn stößt. Der Kampf verlagert sich zur Rückseite des Füllhorns. Offenbar versucht Cato das einzige Manöver, das ihm das Leben retten kann: ans hintere Ende des Horns zu gelangen und zu uns heraufzuklettern. Aber schließlich wird er trotz seiner bemerkenswerten Kräfte und seiner Geschicklichkeit schlicht überwältigt.

Ich weiß nicht, wie lange es gedauert hat, vielleicht eine Stunde, als Cato zu Boden geht und wir hören, wie die Bestien ihn zurück nach vorn zum Füllhorn zerren. *Jetzt machen sie ihn fertig*, denke ich. Aber noch immer ist die Kanone nicht zu hören.

Die Nacht bricht herein, die Hymne erklingt, aber kein Bild von Cato am Himmel, nur ein mattes Stöhnen, das durch das Metall unter uns dringt. Eiskalte Luft weht über die Ebene und erinnert mich daran, dass die Spiele nicht vorbei sind und vielleicht noch wer weiß wie lange weitergehen, und unser Sieg ist immer noch ungewiss.

Ich wende mich Peeta zu und sehe, dass sein Bein noch genauso stark blutet wie vorher. Unsere Vorräte und unser Gepäck sind unten am See, wo wir sie bei unserer Flucht vor den Mutationen zurückgelassen haben. Ich habe keinen Verband, nichts, womit ich den Blutstrom aus seiner Wade stillen könnte. Obwohl ich im beißenden Wind bibbere, ziehe ich erst die Jacke und dann das Hemd aus und schlüpfe dann so rasch wie möglich wieder in die Jacke. Die kurze Zeit ohne Jacke genügt, um meine Zähne wie wild losklappern zu lassen.

Peetas Gesicht wirkt im fahlen Mondlicht grau. Ich sage ihm, er soll sich hinlegen, und untersuche seine Wunde. Warmes, glitschiges Blut rinnt mir über die Finger. Ein Verband wird nicht genügen. Ich habe meiner Mutter ein paarmal dabei zugesehen, wie sie einen Druckverband angelegt hat, und versuche es nachzumachen. Von meinem Hemd schneide ich einen Ärmel ab, wickele ihn zweimal unterhalb des Knies um das Bein und verknote ihn. Weil ich keinen Stock habe, nehme ich den letzten verbliebenen Pfeil, stecke ihn in den Knoten und drehe ihn möglichst oft herum. Es ist riskant – Peeta könnte das Bein dabei verlieren –, aber wenn ich es dagegen abwäge, dass er vielleicht sein Leben verliert, hab ich da eine Wahl? Ich verbinde die Wunde mit dem Rest meines Hemds und lege mich neben ihn.

»Schlaf nicht ein«, sage ich. Ich weiß nicht genau, ob das den Regeln der Heilkunst entspricht, aber ich befürchte, dass er nie mehr aufwachen würde, wenn er einnickt.

»Ist dir kalt?«, fragt er. Er macht seine Jacke auf, ich schmiege mich an ihn, und er schließt die Jacke um uns beide. Es ist ein bisschen wärmer, unsere Körperwärme in einer doppelten Jackenschicht, aber die Nacht ist noch jung. Die Temperatur wird noch weiter fallen. Schon jetzt merke ich, wie das Füllhorn, das glühend heiß war, als ich hinaufgeklettert bin, langsam eiskalt wird.

»Cato kann immer noch gewinnen«, flüstere ich Peeta zu.

»Das glaubst du doch selbst nicht«, sagt Peeta und zieht mir die Kapuze hoch, aber er zittert sogar noch mehr als ich.

Die nächsten Stunden sind die schlimmsten meines Lebens und das will was heißen. Die Kälte wäre schon quälend genug, aber noch schlimmer ist es, Cato zuzuhören, wie er stöhnt und bettelt und schließlich nur noch winselt, während die Bestien sich über ihn hermachen. Schon bald ist mir egal, wer er ist oder was er getan hat, und ich will nur noch, dass sein Leiden ein Ende hat.

»Warum töten sie ihn nicht einfach?«, frage ich Peeta.

»Du weißt, warum«, sagt er und zieht mich noch enger an sich.

Ja, ich weiß es. Kein Zuschauer kann jetzt weggucken. Für die Spielmacher ist es Topunterhaltung, der absolute Höhepunkt.

Immer weiter geht das so und irgendwann kann ich an nichts anderes mehr denken, es überlagert alle Erinnerungen und Hoffnungen, löscht alles aus bis auf das Hier und Jetzt, und ich kann mir kaum noch vorstellen, dass es sich jemals ändern wird. Es wird nie mehr etwas anderes geben als Kälte und Angst und die qualvollen Laute des Jungen, der hier unter dem Horn stirbt.

Peeta nickt nun doch langsam ein und jedes Mal brülle ich seinen Namen, immer lauter, denn wenn er jetzt stirbt, werde ich völlig wahnsinnig. Er kämpft dagegen an, wahrscheinlich mehr um meinetwillen als um seinetwillen, aber es fällt ihm schwer, denn wenn er das Bewusstsein verlöre, könnte er all-dem entfliehen. Doch das Adrenalin, das durch meinen Kör-per gepumpt wird, würde mich davon abhalten, ihm zu fol-gen, deshalb kann ich ihn nicht gehen lassen. Ich kann einfach nicht.

Nur am Himmel, wo sich der Mond langsam vorwärts-schiebt, können wir ablesen, dass die Zeit vergeht. Immer wie-der zeigt Peeta auf den Mond, damit ich sehe, wie er wandert, und manchmal keimt kurz ein Funken Hoffnung in mir auf, bevor die Pein dieser Nacht mich wieder verschlingt.

Endlich höre ich ihn flüstern, dass die Sonne aufgeht. Ich öffne die Augen und sehe, wie die Sterne im fahlen Licht der Dämmerung verblassen. Ich sehe auch, wie blutleer Peetas Gesicht geworden ist. Wie wenig Zeit ihm noch bleibt. Und ich weiß, dass ich ihn zurück ins Kapitol bringen muss.

Die Kanone ist immer noch nicht abgefeuert worden. Ich lege mein gutes Ohr an das Füllhorn und höre Catos Stimme.

»Ich glaube, er ist jetzt näher. Kannst du ihn erschießen, Katniss?«, fragt Peeta.

Wenn er nah an der Öffnung ist, kann ich ihn vielleicht erwischen. So, wie die Dinge liegen, wäre das ein Gnadenakt.

»Mein letzter Pfeil steckt in deinem Druckverband«, sage ich.

»Nimm ihn«, sagt Peeta. Er öffnet den Reißverschluss seiner Jacke und lässt mich hinaus.

Ich befreie den Pfeil und knote den Druckverband so fest zu, wie es mir mit meinen eiskalten Fingern möglich ist. Ich reibe die Hände aneinander, damit das Blut besser fließt. Ich krieche nach oben und beuge mich über den Rand des Horns, unterstützt von Peetas Händen.

Es dauert etwas, bis ich Cato in dem matten Licht und all dem Blut entdecke. Dann gibt das rohe Stück Fleisch, das einmal mein Gegner war, einen Laut von sich und ich erkenne die Stelle, wo sein Mund ist. Ich glaube, das Wort, das er sagen will, ist *bitte*.

Mitleid, nicht Rachsucht lässt mich den Pfeil in seinen Schädel abschießen. Peeta zieht mich zurück, in der Hand den Bogen, der Köcher ist leer.

»Hast du ihn erwischt?«, flüstert er.

Zur Antwort ertönt ein Kanonenschuss.

»Dann haben wir gewonnen, Katniss«, sagt er dumpf.

»Hipp, hipp, hurra!«, bringe ich hervor, aber in meiner Stimme liegt keine Siegesfreude.

Ein Loch tut sich in der Ebene auf und wie auf Kommando springen die verbliebenen Mutationen hinein und verschwinden, als sich die Erde über ihnen schließt.

Wir warten darauf, dass ein Hovercraft Catos Überreste abholt, auf die Siegesfanfaren, die nun ertönen müssten, aber nichts geschieht.

»Hey!«, rufe ich gen Himmel. »Was ist los?« Die einzige Antwort ist das Gezwitscher der erwachenden Vögel.

»Vielleicht liegt es an der Leiche. Vielleicht sollen wir uns entfernen«, sagt Peeta.

Ich versuche mich zu erinnern. Muss man sich von dem letzten getöteten Tribut entfernen? In meinem Hirn ist es zu konfus, ich weiß es nicht genau, aber was sonst könnte der Grund für die Verzögerung sein?

»Okay. Glaubst du, du schaffst es bis zum See?«, frage ich.

»Ich muss es wohl versuchen«, sagt Peeta. Vorsichtig lassen wir uns am spitzen Ende des Füllhorns hinuntergleiten und fallen zu Boden. Wenn meine Glieder schon so steif sind, wie kann Peeta sich überhaupt bewegen? Ich rappele mich als Erste auf und schwenke und beuge Arme und Beine, bis ich das Gefühl habe, dass ich ihm aufhelfen kann. Irgendwie schaffen wir es bis zum See. Ich schöpfe eine Handvoll kaltes Wasser für Peeta und führe eine zweite an meine Lippen.

Ein Spotttölpel stößt den langen, tiefen Pfiff aus und Tränen der Erleichterung treten mir in die Augen, als das Hovercraft erscheint und Cato fortträgt. Jetzt werden sie uns holen. Jetzt können wir nach Hause gehen.

Aber es kommt immer noch keine Antwort.

»Worauf warten die bloß?«, sagt Peeta matt. Durch den fehlenden Druckverband und die Kraftanstrengung, zum See zu gehen, hat sich seine Wunde wieder geöffnet.

»Ich weiß nicht«, sage ich. Was auch der Grund für die Verzögerung ist, ich kann nicht mit ansehen, wie er noch mehr Blut verliert. Ich stehe auf, um einen Stock zu suchen, und finde fast sofort den Pfeil, der von Catos Körperpanzer abgeprallt war. Er tut es genauso wie der andere Pfeil. Als ich mich bücke, um ihn aufzuheben, dröhnt die Stimme von Claudius Templesmith durch die Arena.

»Ich beglückwünsche die letzten beiden Konkurrenten der vierundsiebzigsten Hungerspiele. Die frühere Regeländerung ist zurückgenommen worden. Ein eingehendes Studium des Regelwerks hat gezeigt, dass nur ein Sieger erlaubt ist«, sagt er. »Viel Erfolg, und möge das Glück stets mit euch sein.«

Es folgt ein kurzes Knacken, dann nichts mehr. Ungläubig starre ich Peeta an, während ich die Wahrheit erfasse. Sie hatten nie vor, uns beide am Leben zu lassen. Das alles haben sich die Spielmacher ausgedacht, damit es den dramatischsten Showdown aller Zeiten gibt. Und wie ein Idiot bin ich darauf reingefallen.

»Wenn man es recht bedenkt, kommt es nicht allzu überraschend«, sagt er sanft. Ich sehe zu, wie er unter Schmerzen aufsteht. Wie in Zeitlupe kommt er auf mich zu, seine Hand zieht das Messer aus dem Gürtel und …

Unwillkürlich lege ich den Pfeil in den Bogen ein und ziele

geradewegs auf sein Herz. Peeta hebt die Brauen, und da sehe ich, dass er das Messer schon weggeworfen hat. Platschend landet es im See. Ich lasse den Bogen fallen und mache einen Schritt zurück, während mein Gesicht vor Scham brennt.

»Nein«, sagt Peeta. »Tu es.« Er humpelt auf mich zu und drückt mir die Waffe wieder in die Hand.

»Ich kann nicht«, sage ich. »Ich werde es nicht tun.«

»Tu es. Bevor sie wieder die Mutationen auf uns hetzen oder sonst was. Ich möchte nicht so sterben wie Cato«, sagt er.

»Dann erschieß du mich«, sage ich wütend und halte ihm Pfeil und Bogen hin. »Du erschießt mich und gehst nach Hause und lebst damit!« Während ich es ausspreche, weiß ich, dass ein Tod hier und jetzt das Leichtere wäre.

»Du weißt, dass ich das nicht kann«, sagt Peeta und legt die Waffen hin. »Gut, ich bin sowieso als Erster dran.« Er bückt sich und reißt den Verband vom Bein und zerstört damit die letzte Barriere zwischen seinem Blut und der Erde.

»Nein, du darfst dich nicht selbst umbringen!«, rufe ich. Ich knie mich hin und drücke den Verband verzweifelt zurück auf seine Wunde.

»Katniss«, sagt er. »Ich will es so.«

»Du wirst mich hier nicht allein lassen«, sage ich. Denn wenn er stirbt, werde ich nie nach Hause zurückkehren, nicht ganz. Ich werde den Rest meines Lebens in dieser Arena verbringen und nach einem Ausweg suchen.

»Hör zu«, sagt er und zieht mich auf die Füße. »Wir wissen beide, dass sie einen Sieger brauchen. Das kann nur einer von uns sein. Bitte, sei du es. Für mich.« Und er fängt davon an, wie sehr er mich liebt und dass ein Leben ohne mich nicht lebenswert wäre, aber ich höre ihm gar nicht mehr zu, denn seine vorherigen Worte haben sich in meinem Kopf festgesetzt und wirbeln dort herum.

Wir wissen beide, dass sie einen Sieger brauchen.

Genau, sie brauchen einen Sieger. Ohne einen Sieger würde den Spielmachern die ganze Sache um die Ohren fliegen. Dann hätten sie vor dem Kapitol versagt. Sie könnten sogar hingerichtet werden, langsam und qualvoll, während die Kameras es in jedes Fernsehgerät im Land übertragen.

Wenn Peeta und ich beide sterben würden oder wenn sie glauben würden, wir wollten sterben …

Ich löse den Beutel an meinem Gürtel. Peeta sieht es und er hält mein Handgelenk fest. »Nein, das lasse ich nicht zu.«

»Vertrau mir«, flüstere ich. Einen langen Augenblick schaut er mich an, dann lässt er los. Ich öffne den Beutel und schütte ihm ein paar Beeren in die Hand. Dann nehme ich mir selbst. »Auf drei?«

Peeta beugt sich zu mir und küsst mich einmal, ganz sanft. »Auf drei«, sagt er. Rücken an Rücken stehen wir da, die leeren Hände ineinander verschränkt.

»Halt sie ihnen hin. Alle sollen sie sehen«, sage ich.

Ich strecke die Hand aus, die dunklen Beeren glänzen im Sonnenlicht. Ich drücke Peetas Hand ein letztes Mal, zum Zeichen, zum Abschied, dann beginnen wir zu zählen. »Eins.« Vielleicht irre ich mich. »Zwei.« Vielleicht ist es ihnen egal, wenn wir beide sterben. »Drei!« Es ist zu spät, um mich eines anderen zu besinnen. Ich führe die Hand zum Mund und werfe einen letzten Blick auf die Welt. Die Beeren sind schon zwischen meinen Lippen, als wir die Fanfaren schmettern hören.

Die hektische Stimme von Claudius Templesmith übertönt sie: »Stopp! Stopp! Meine Damen und Herren, es ist mir eine Freude, Ihnen die Sieger der vierundsiebzigsten Hungerspiele präsentieren zu dürfen, Katniss Everdeen und Peeta Mellark! Hier sind sie ... die Tribute aus Distrikt 12!«

26 Ich spucke die Beeren aus und wische mit dem Jackenzipfel meine Zunge ab, damit nur ja kein Saft zurückbleibt. Peeta zieht mich zum See, wo wir uns den Mund ausspülen und dann einander in die Arme fallen.

»Hast du welche geschluckt?«, frage ich ihn.

Er schüttelt den Kopf. »Du?«

»Schätze, dann wär ich jetzt tot«, sage ich. An seinen Lippen sehe ich, dass er etwas erwidert, aber ich kann ihn nicht verstehen, weil die Lautsprecher live den Jubel der Menge im Kapitol übertragen.

Das Hovercraft erscheint über unseren Köpfen und zwei Leitern fahren herunter. Ich lasse Peeta nicht los. Mit einem Arm stütze ich ihn und jeder setzt einen Fuß auf die erste Sprosse der Leiter. Der elektrische Strom hält uns gefangen und diesmal bin ich froh darum, weil ich nicht weiß, ob Peeta durchhält. Da mein Blick nach unten gerichtet ist, kann ich zusehen, wie das Blut ungehindert aus Peetas Bein fließt, während unsere Muskeln unbeweglich sind. Und wie zu erwarten: Kaum dass die Tür hinter uns zugeht und der Strom abgeschaltet wird, bricht Peeta bewusstlos auf dem Boden zusammen.

Meine Finger halten seine Jacke noch immer so fest, dass ich ein faustgroßes Stück schwarzen Stoff herausreiße, als sie ihn fortbringen. Ärzte in sterilem Weiß mit Mundschutz und Handschuhen stehen schon zur Operation bereit und machen sich ans Werk. Blass und still liegt Peeta auf dem silbernen Operationstisch, Schläuche und Kabel hängen kreuz und quer aus ihm heraus und einen Augenblick lang vergesse ich, dass die Spiele zu Ende sind, und sehe die Ärzte als neue Bedrohung, als Meute von Mutationen, die extra dafür entwickelt wurden, ihn zu töten. Entsetzt stürze ich auf ihn zu, aber jemand fängt mich ein und bugsiert mich in einen anderen Raum, eine Glastür schiebt sich zwischen uns. Ich trommele gegen die Scheibe und schreie mir die Lunge aus dem Hals. Niemand beachtet mich, nur ein Diener des Kapitols erscheint in meinem Rücken und reicht mir etwas zu trinken.

Ich sinke zu Boden, mit dem Gesicht zur Tür, und starre verständnislos auf das Kristallglas in meiner Hand. Eiskalter Orangensaft, ein Strohhalm mit weißem Rüschenkragen. Wie unpassend das aussieht in meiner blutigen, dreckigen Hand mit den Schmutzrändern unter den Nägeln und den Narben. Der Duft lässt mir das Wasser im Mund zusammenlaufen, aber trotzdem stelle ich das Glas vorsichtig auf den Boden – etwas so Sauberes, Hübsches macht mich misstrauisch.

Durch die Scheibe sehe ich, wie die Ärzte mit konzentriert zusammengezogenen Brauen fieberhaft an Peeta arbeiten. Ich sehe die Flüssigkeiten, die durch die Schläuche gepumpt werden, betrachte eine Wand mit Anzeigen und Lämpchen, die mir nichts sagen. Ich bin mir nicht sicher, aber ich glaube, sein Herz setzt zweimal aus.

Es ist, als wäre ich wieder zu Hause, wenn nach einer Explosion in den Minen ein hoffnungslos zerfetzter Mensch hereingebracht wird, oder die Frau am dritten Tag der Wehen oder das hungernde Kind, das mit einer Lungenentzündung kämpft. Dann haben meine Mutter und Prim auch diesen Gesichtsausdruck. Jetzt ist es Zeit, in den Wald zu rennen, mich zwischen den Bäumen zu verstecken, bis der Patient gestorben ist und in einem anderen Teil des Saums ein Sarg zusammengezimmert wird. Aber hier halten mich die Wände des Hovercrafts und jene Kraft, die Angehörige bei einem Sterbenden ausharren lässt. Wie oft habe ich sie gesehen, rings um unseren Küchentisch, und gedacht: *Warum gehen sie nicht weg? Warum wollen sie unbedingt bleiben und zuschauen?*

Jetzt weiß ich, warum. Weil sie nicht anders können.

Ich schrecke zusammen, als ich merke, dass jemand mich aus nächster Nähe anstarrt, aber dann begreife ich, dass es mein eigenes Gesicht ist, das sich in der Scheibe spiegelt. Wilde Augen, eingefallene Wangen, mein Haar eine verfilzte Matte. Tollwütig. Verwildert. Irr. Kein Wunder, dass alle auf Abstand gehen.

Als Nächstes merke ich, dass wir auf dem Dach des Trainingscenters landen. Peeta wird fortgebracht, während ich weiter hinter der Tür bleibe. Mit einem gellenden Schrei werfe ich mich gegen die Glasscheibe und sehe flüchtig rosa Haare – das muss Effie sein, ja, Effie, die kommt, um mich zu retten –, als von hinten eine Nadel in mich einsticht.

Als ich aufwache, habe ich zuerst Angst, mich zu bewegen. Die Zimmerdecke schimmert in weichem, gelbem Licht und ich sehe, dass ich in einem Raum liege, in dem nur mein Bett steht. Keine Türen, keine Fenster sind zu sehen. Die Luft riecht irgendwie scharf und antiseptisch. In meinem rechten Arm stecken mehrere Schläuche, die zu der Wand hinter mir führen.

Ich bin nackt, aber die Bettwäsche fühlt sich wohlig auf der Haut an. Probehalber hebe ich den linken Arm über die Bettdecke. Er ist nicht nur vollkommen sauber, auch die Nägel sind zu perfekten Ovalen gefeilt worden, die Brandnarben sind nicht mehr so auffällig. Ich betaste meine Wange, meine Lippen, die runzlige Narbe über der Augenbraue und fahre mit den Fingern durch mein seidiges Haar, als ich erstarre. Ängstlich wühle ich im Haar über meinem linken Ohr. Nein, ich habe mich nicht getäuscht. Ich kann wieder hören.

Ich versuche mich aufzusetzen, aber ein breites Rückhalteband um die Taille lässt mir nur ein paar Zentimeter Bewegungsfreiheit. Panik steigt auf, ich versuche mich hochzuziehen und mich mit der Hüfte durch das Band zu winden. Da wird ein Teil der Wand beiseitegeschoben und das rothaarige Avoxmädchen kommt mit einem Tablett herein. Ihr Anblick beruhigt mich so sehr, dass ich meine Fluchtversuche einstelle. Am liebsten würde ich ihr tausend Fragen stellen, aber ich befürchte, dass ihr schon die kleinste Vertraulichkeit schaden könnte. Offenbar werde ich ja genauestens überwacht. Sie setzt das Tablett über meinen Oberschenkeln ab und drückt einen Knopf, woraufhin ich in eine sitzende Position gehoben werde. Während sie meine Kissen zurechtrückt, riskiere ich eine Frage. Ich spreche sie laut aus, so deutlich es meine eingerostete Stimme erlaubt, damit es nicht geheimniskrämerisch wirkt. »Hat Peeta überlebt?« Sie nickt, und als sie mir den Löffel reicht, drückt sie mir freundschaftlich die Hand.

Dann wollte sie mich wohl doch nicht tot sehen. Und Peeta hat überlebt. Natürlich. Bei der erstklassigen Ausstattung hier. Trotzdem war ich mir bis jetzt nicht sicher.

Geräuschlos schließt sich die Tür hinter dem Avoxmädchen und ich wende mich hungrig dem Tablett zu. Eine Schale klare Brühe, eine kleine Portion Apfelmus und ein Glas Wasser. Das soll alles sein?, denke ich mürrisch. Müsste meine Heimkehrermahlzeit nicht ein wenig spektakulärer ausfallen? Dann aber habe ich schon Mühe, diese karge Mahlzeit aufzuessen. Anscheinend ist mein Magen auf die Größe einer Kastanie zusammengeschrumpft und ich frage mich, wie lange ich eigentlich bewusstlos war, denn am letzten Morgen in der Arena habe ich doch noch mühelos ein ansehnliches Frühstück vertilgt. Gewöhnlich gibt es zwischen dem Ende des Wettkampfs und der Präsentation des Siegers eine mehrtägige Pause, damit das ausgehungerte, verletzte Wrack, zu dem der Mensch geworden ist, wieder zusammengeflickt werden kann. Irgendwo arbeiten Cinna und Portia schon an der Garderobe für unsere Auftritte. Haymitch und Effie arrangieren das Bankett für unsere Sponsoren und besprechen die Fragen für unsere abschließenden Interviews. Zu Hause in Distrikt 12 dürfte ein Chaos ausgebrochen sein, schließlich ist die Willkommensparty, die sie dort für Peeta und mich bestimmt schon organisieren, die erste seit fast dreißig Jahren.

Zu Hause! Prim und meine Mutter! Gale! Sogar bei dem Gedanken an Prims verlotterte alte Katze muss ich lächeln. Bald bin ich zu Hause!

Ich möchte aus diesem Bett raus. Möchte Peeta und Cinna sehen und mehr darüber erfahren, was passiert ist. Warum auch nicht? Mir geht's gut. Doch als ich mich jetzt endgültig aus dem Band winden will, spüre ich, wie aus einem der Schläuche eine kalte Flüssigkeit in meine Adern sickert, und verliere fast augenblicklich das Bewusstsein.

Dies wiederholt sich mehrmals über eine unbestimmte Zeit-spanne. Aufwachen, Essen und Ausgeschaltetwerden, selbst wenn ich keine Anstalten mache, aufzustehen. Es ist, als be-fände ich mich in einem ständigen Dämmerzustand. Nur ein paar Sachen registriere ich. Dass das rothaarige Avoxmädchen nicht wiedergekommen ist, dass meine Narben verschwinden und dass – oder fantasiere ich das? – ein Mann schreit. Nicht mit dem Akzent des Kapitols, sondern im raueren Tonfall mei-nes Heimatdistrikts. Und ich habe unwillkürlich das vage, tröst-liche Gefühl, dass jemand über mich wacht.

Schließlich komme ich wieder zu mir und die Kanülen im rechten Arm sind verschwunden. Das Band um meinen Rumpf ist weg, ich kann mich frei bewegen. Ich versuche mich auf-zusetzen, als mein Blick auf meine Hände fällt und ich stutze: Die Haut ist vollkommen, zart und schimmernd. Die Narben sind spurlos verschwunden, aber nicht nur die aus der Arena, sondern auch die von den vielen Jahren des Jagens. Meine Stirn fühlt sich an wie Seide und sogar nach der Brandwunde an mei-ner Wade taste ich vergebens.

Ich strecke die Beine aus dem Bett, ein bisschen nervös, weil ich nicht weiß, ob sie mein Gewicht tragen werden, aber sie sind stark und zuverlässig. Beim Anblick der Kleidungsstücke, die am Fuß des Bettes liegen, zucke ich zusammen. Es ist die Kluft der Tribute, wie ich sie in der Arena getragen habe. Ich starre die Kleider an, als ob sie Zähne hätten, bis mir einfällt, dass ich in dieser Aufmachung meinem Team gegenübertreten muss.

In weniger als einer Minute bin ich angezogen und zappele vor der Wand herum, wo ich die Tür vermute, auch wenn ich

390

sie nicht sehen kann, bis sie sich plötzlich öffnet. Ich betrete einen weiträumigen, verlassenen Flur, der scheinbar keine weiteren Türen besitzt. Doch da müssen welche sein. Und hinter einer davon muss Peeta sein. Jetzt, da ich bei Bewusstsein bin und mich bewege, überwiegt die Sorge um ihn. Er ist ganz sicher wohlauf, sonst hätte das Avoxmädchen es nicht gesagt. Aber ich muss ihn mit eigenen Augen sehen.

»Peeta!«, rufe ich, weil niemand da ist, den ich fragen könnte. Als Antwort höre ich meinen Namen, aber es ist nicht seine Stimme. Die Stimme macht mich erst ärgerlich, dann ungeduldig. Effie.

Ich drehe mich um und sehe, dass sie allesamt in einem großen Raum am Ende des Flurs warten: Effie, Haymitch und Cinna. Da renne ich los. Möglich, dass eine Siegerin mehr Zurückhaltung, mehr Überlegenheit an den Tag legen sollte, besonders wenn sie weiß, dass sie gefilmt wird, aber das ist mir egal. Ich renne los und werfe mich zu meiner eigenen Überraschung zuerst Haymitch in die Arme. »Gute Arbeit, Süße«, flüstert er mir ins Ohr und es klingt nicht mal sarkastisch. Effie ist den Tränen nahe, tätschelt ununterbrochen meinen Kopf und redet davon, dass sie jedem erzählt habe, was für Goldstücke wir sind. Cinna drückt mich nur ganz fest und sagt kein Wort. Dann fällt mir auf, dass Peeta nicht da ist, und ich werde unruhig.

»Wo ist Portia? Bei Peeta? Er ist wohlauf, oder? Er lebt doch, nicht wahr?«, platze ich heraus.

»Es geht ihm gut. Aber sie wollen euer Wiedersehen bei der Siegesfeier live übertragen«, sagt Haymitch.

»Ach so«, sage ich. Der schreckliche Augenblick, als ich Peeta schon wieder für tot hielt, ist vorüber. »Das würde ich selbst gern sehen, glaube ich.«

»Geh jetzt mit Cinna. Er muss dich fertig machen«, sagt Haymitch.

Ich bin erleichtert, dass ich mit Cinna allein sein werde. Ich spüre seinen beschützenden Arm um meine Schultern, als er mich von den Kameras fortgeleitet, ein paar Gänge entlang zu einem Aufzug, der in die Eingangshalle des Trainingscenters führt. Dann befindet sich das Krankenhaus also tief unter der Erde, noch unter der Turnhalle, wo wir Knotenbinden und Speerwerfen geübt haben. Die Fenster der Eingangshalle sind verdunkelt, hier und da stehen Wachen. Sonst sieht uns niemand dabei zu, wie wir zum Aufzug der Tribute hinübergehen. In der Leere hallen unsere Schritte wider. Als wir in den zwölften Stock hinauffahren, kommen mir die Gesichter all der Tribute in den Sinn, die nie mehr zurückkehren werden, und die Brust wird mir eng und schwer.

Die Aufzugtüren öffnen sich und ich werde von Venia, Flavius und Octavia umringt. Sie sprechen so schnell und überschwänglich, dass ich kein Wort verstehe. Aber die Stimmung ist eindeutig. Sie freuen sich wahnsinnig, mich zu sehen, und ich freue mich auch, wenn auch nicht so sehr wie bei Cinna. Eher so, wie man sich freut, wenn man am Ende eines besonders schweren Tages drei anhängliche Haustiere wiedersieht.

Sie nehmen mich mit in ein Esszimmer, wo ich endlich eine richtige Mahlzeit bekomme – Roastbeef, Erbsen und weiche Brötchen –, auch wenn meine Portionen immer noch strikt rationiert werden. Ein Nachschlag wird mir nämlich nicht gewährt.

»Nein, nein, nein. Sie wollen ja nicht, dass das alles auf der Bühne wieder hochkommt«, sagt Octavia. Heimlich unter dem Tisch steckt sie mir aber doch ein Extrabrötchen zu, um mir zu verstehen zu geben, dass sie zu mir hält.

Wir gehen zurück in mein Zimmer und Cinna verschwindet eine Weile, während das Vorbereitungsteam an mir arbeitet.

»Oh, du hast eine Ganzkörperbehandlung bekommen«, sagt Flavius neidisch. »Deine Haut ist makellos.«

Aber als ich meinen nackten Körper im Spiegel betrachte, fällt mir nur auf, wie mager ich bin. Unmittelbar nach der Arena hab ich zwar bestimmt noch schlimmer ausgesehen, doch meine Rippen kann ich immer noch zählen.

Sie stellen mich unter die Dusche, danach nehmen sie sich Haar, Nägel und Make-up vor. Sie plappern in einem fort, so-dass ich kaum antworten muss, was mir recht ist, denn mir ist nicht nach Reden zumute. Komisch, obwohl sie ununterbro-chen über die Spiele plappern, geht es nur darum, wo sie waren, was sie getan haben oder wie es ihnen ging, während sich dies und das in der Arena ereignete. »Ich hab noch im Bett gele-gen!« – »Ich hatte mir gerade die Augenbrauen gefärbt!« – »Ich schwör's euch, ich wär fast in Ohnmacht gefallen!« Es geht nur um sie, nicht um die sterbenden Jungen und Mädchen in der Arena.

So schwelgen wir in Distrikt 12 nicht in den Spielen. Wir beißen die Zähne zusammen und schauen zu, weil wir müssen, aber wenn sie vorbei sind, versuchen wir so schnell wie möglich zum Alltag zurückzukehren. Um das Vorbereitungsteam nicht zu hassen, blende ich das meiste von dem, was sie sagen, einfach aus.

Cinna kommt herein, über dem Arm ein eher bescheidenes gelbes Kleid.

»Machen wir jetzt nicht mehr auf Mädchen in Flammen?«, frage ich.

»Sieh selbst«, sagt er und zieht mir das Kleid über den Kopf. Sofort bemerke ich die Polster über meinen Brüsten, sie täuschen Kurven vor, die der Hunger meinem Körper gestohlen hat. Ich fasse mir an die Brust und runzele die Stirn.

»Ich weiß«, sagt Cinna, bevor ich Einwände erheben kann. »Aber wenn es nach den Spielmachern gegangen wäre, hättest du eine Schönheitsoperation bekommen. Haymitch hatte einen Riesenkrach mit ihnen deswegen. Schließlich haben sie sich darauf geeinigt.« Er hält mich zurück, bevor ich mein Spiegelbild betrachten kann. »Warte, vergiss die Schuhe nicht.« Venia hilft mir in flache Ledersandalen, dann erst wende ich mich dem Spiegel zu.

Ich bin immer noch das »Mädchen in Flammen«. Der hauchdünne Stoff schimmert zart. Bei der kleinsten Luftbewegung geht ein Kräuseln meinen Körper hinauf. Im Vergleich hierzu erscheint das Wagenkostüm aufdringlich, das Interviewkleid zu gekünstelt. In diesem Kleid erwecke ich den Eindruck, als wäre ich in Kerzenlicht gekleidet.

»Was meinst du?«, fragt Cinna.

»Das ist das beste von allen«, sage ich. Als ich mich vom Anblick des flackernden Stoffs losreißen kann, wartet schon der nächste Schock. Mein Haar ist offen und wird nur von einem schlichten Haarband gehalten. Das Make-up macht mein Gesicht weicher und glättet die scharfen Kanten. Die Nägel sind klar lackiert. Das ärmellose Kleid ist unter den Rippen gerafft, nicht in der Taille, wodurch die Polster fast überdeckt werden. Der Saum reicht bis zu den Knien. Ohne Absätze habe ich meine wahre Größe. Ich sehe einfach nur wie ein Mädchen aus. Ein junges Mädchen. Höchstens vierzehn. Unschuldig. Harmlos. Dass Cinna das hinbekommen hat, obwohl ich soeben die Hungerspiele gewonnen habe, ja, das ist schon schockierend.

Es ist ein wohlbedachtes Erscheinungsbild. Cinna überlässt bei seinen Entwürfen nichts dem Zufall. Ich beiße mir auf die Lippen, während ich versuche, hinter seine Beweggründe zu kommen.

»Ich hätte etwas … Raffinierteres erwartet«, sage ich.

»Ich dachte mir, Peeta würde das hier besser gefallen«, antwortet er vorsichtig.

Peeta? Hier geht es doch nicht um Peeta. Hier geht es um das Kapitol und die Spielmacher und die Zuschauer. Obwohl ich Cinnas Konzept noch nicht durchschaue, erinnert es mich daran, dass die Spiele noch nicht zu Ende sind. Und aus seiner harmlosen Antwort meine ich eine Warnung herauszuhören. Vor etwas, das er nicht einmal gegenüber seinem eigenen Team ansprechen darf.

Wir fahren mit dem Aufzug hinunter auf die Ebene, wo damals das Training stattfand. Es ist üblich, dass die Sieger mit dem Team aus dem Bühnenboden auftauchen. Erst das Vorbereitungsteam, dann die Betreuerin, der Stylist, der Mentor und schließlich der Sieger. Da es in diesem Jahr zwei Sieger mit derselben Betreuerin und demselben Mentor gibt, mussten sie sich etwas anderes einfallen lassen. Wir befinden uns in einem spärlich beleuchteten Areal unterhalb der Bühne. Eine brandneue Metallplatte wurde installiert, um mich hochzufahren. Man sieht noch die kleinen Sägemehlhaufen, riecht die frische Farbe. Cinna und das Vorbereitungsteam ziehen sich zurück, um die eigenen Kostüme anzulegen und ihre Positionen einzunehmen, und ich bleibe allein. In der Dunkelheit sehe ich etwa zehn Meter entfernt eine Behelfswand, hinter der ich Peeta vermute.

Das Lärmen der Menge ist so laut, dass ich Haymitch erst bemerke, als er mich an der Schulter berührt. Vor Schreck mache ich einen Satz. Irgendwie bin ich wohl immer noch halb in der Arena.

»Keine Panik, ich bin's nur. Lass dich mal anschauen«, sagt Haymitch. Ich strecke die Arme aus und drehe mich einmal. »Nicht übel.«

Kein besonders tolles Kompliment. »Aber?«, sage ich.

Haymitchs Blick mustert den muffigen Raum und er scheint einen Entschluss zu fassen. »Nichts aber. Wie wär's mit einmal Drücken und Glückwünschen?«

Eine solche Bitte ist zwar ungewöhnlich für Haymitch, aber immerhin sind wir Sieger. Vielleicht ist einmal Drücken in Ordnung. Doch als ich ihm die Arme um den Hals lege, lässt er mich plötzlich nicht mehr los. Während meine Haare seine Lippen verdecken, flüstert er mir sehr schnell und ganz leise ins Ohr.

»Hör zu. Du bist in Schwierigkeiten. Es heißt, im Kapitol sind sie außer sich, weil du sie in der Arena vorgeführt hast. Sie können es nicht ausstehen, wenn sie ausgelacht werden, und jetzt macht sich ganz Panem über sie lustig«, sagt Haymitch.

Obwohl mich großer Schrecken packt, lache ich, als hätte

Haymitch etwas Witziges gesagt, denn mein Mund ist für die Kameras gut sichtbar. »Und weiter?«

»Du hast nur eine einzige Verteidigungsstrategie, nämlich dass du so total verliebt warst, dass du nicht wusstest, was du tatest.« Haymitch gibt mich frei und rückt mein Haarband zurecht. »Alles klar, Süße?« Das könnte sich auf alles Mögliche beziehen.

»Alles klar«, sage ich. »Hast du Peeta das auch gesagt?«

»Muss ich gar nicht«, sagt Haymitch. »Er macht das ganz von allein.«

»Und ich nicht, oder was?«, sage ich und nutze die Gelegenheit, die knallrote Fliege zurechtzurücken, die Cinna ihm aufgenötigt haben muss.

»Seit wann ist es wichtig, was ich denke?«, sagt Haymitch. »Lass uns jetzt unsere Plätze einnehmen.« Er führt mich auf die Metallscheibe. »Das ist dein Abend, Süße. Genieß ihn.« Er küsst mich auf die Stirn und verschwindet in der Dunkelheit.

Ich ziehe an meinem Kleid und wünsche mir, es wäre länger, damit meine schlotternden Knie bedeckt wären. Irgendwann gebe ich es auf. Ich zittere am ganzen Körper wie Espenlaub. Hoffentlich wird es nur dem Lampenfieber zugeschrieben. Schließlich ist es mein Abend.

Der dumpfe Modergeruch unter der Bühne nimmt mir den Atem. Feuchtkalter Schweiß rinnt mir von der Stirn und ich werde das Gefühl nicht los, dass jeden Augenblick die Bohlen über mir einstürzen und ich lebendig unter den Trümmern begraben werde. Als ich die Arena verließ, als die Fanfaren erschollen, da dachte ich, ich wäre gerettet. Von jenem Augenblick an. Für den Rest meines Lebens. Aber wenn es stimmt, was Haymitch sagt, und warum sollte er lügen, dann war ich noch nie im Leben an einem gefährlicheren Ort.

Das hier ist viel schlimmer, als in der Arena gejagt zu werden. Dort konnte ich sterben und Schluss. Ende der Geschichte. Aber hier könnten Prim, meine Mutter, Gale, die Leute aus Distrikt 12, alle, die mir etwas bedeuten, bestraft werden, falls ich die Komödie von dem liebestollen Mädchen nicht überzeugend spiele, die Haymitch mir so eindringlich ans Herz gelegt hat.

Ich habe also noch eine Chance. Komisch, als ich in der Arena die Beeren hervorholte, dachte ich nur daran, wie ich die Spielmacher überliste, nicht, wie meine Handlungen im Kapitol ankommen würden. Aber die Hungerspiele sind ihre Waffe und keiner soll sie schlagen können. Im Kapitol werden sie nun also so tun, als hätten sie die ganze Zeit alles im Griff gehabt. Als hätten sie das ganze Ereignis gesteuert, bis hin zu dem doppelten Selbstmord. Und das funktioniert natürlich nur, wenn ich mitspiele.

Und Peeta ... Wenn es schiefgeht, wird auch Peeta darunter leiden. Aber was hat Haymitch gesagt, als ich ihn fragte, ob er Peeta die Lage ebenfalls erklärt habe? Damit Peeta versteht, dass er unbedingt so tun muss, als wäre er hoffnungslos in mich verliebt?

»Muss ich gar nicht. Er macht das ganz von allein.«

Was soll das heißen? Dass er mir im Mitdenken wieder mal voraus ist? Und begreift, in welcher Gefahr wir uns befinden? Oder ... dass er bereits hoffnungslos verliebt ist? Ich weiß es nicht. Ich habe noch nicht mal angefangen, meine Gefühle für Peeta zu sortieren. Es ist zu kompliziert. Was ich im Rahmen der Spiele getan habe. Im Gegensatz zu dem, was ich aus Wut auf das Kapitol getan habe. Oder weil es auf die Leute in Distrikt 12 wirken sollte. Oder einfach deshalb, weil es das einzig Vernünftige war. Oder was ich getan habe, weil Peeta mir wichtig war.

All diese Fragen werde ich zu Hause entwirren müssen, in der friedlichen Stille des Waldes, wo niemand zusieht. Bestimmt nicht hier, wo aller Augen auf mich gerichtet sind. Ein Luxus, den ich noch lange nicht genießen werde. Denn jetzt beginnt der gefährlichste Teil der ganzen Hungerspiele.

27 Die Hymne dröhnt in meinen Ohren, dann höre ich, wie Caesar Flickerman die Zuschauer begrüßt. Ob er weiß, wie wichtig es ist, von jetzt an jedes Wort richtig zu wählen? Bestimmt. Ganz sicher wird er uns helfen wollen. Die Menge applaudiert, als die Vorbereitungsteams präsentiert werden. Ich stelle mir vor, wie Flavius, Venia und Octavia herumspringen und lächerliche Verbeugungen machen. Todsicher haben sie keine Ahnung. Dann hat Effie ihren Auftritt. Wie lange hat sie wohl auf diesen Augenblick gewartet? Ich hoffe, sie kann ihn genießen, denn so töricht Effie sein kann, für bestimmte Dinge hat sie einen sicheren Instinkt; sie muss zumindest einen Verdacht haben, dass wir in Schwierigkeiten sind. Portia und Cinna ernten riesigen Jubel – verdientermaßen, denn sie waren genial, ein umwerfendes Debüt. Jetzt verstehe ich, warum Cinna sich für dieses Kleid entschieden hat. Ich soll so mädchenhaft und unschuldig wie möglich wirken. Als Haymitch erscheint, bricht ein Getrampel los, das mindestens fünf Minuten anhält. Immerhin hat er eine Premiere vorzuweisen. Er hat nicht nur einen, sondern zwei Tribute durchgebracht. Was wäre, wenn er mich nicht rechtzeitig gewarnt hätte? Würde ich mich anders verhalten? Die Sache mit den Beeren an die große Glocke hängen, auf Kosten des Kapitols? Nein, ich glaube nicht. Aber gut möglich, dass ich längst nicht so überzeugend wäre, wie ich jetzt sein muss. Jetzt und hier. Denn in diesem Augenblick hebt mich die Scheibe auf die Bühne.

Blendendes Licht. Bei dem ohrenbetäubenden Gebrüll wackelt die Scheibe unter meinen Füßen. Plötzlich ist da Peeta, nur ein paar Meter entfernt. Er sieht so sauber und gesund und schön aus, dass ich ihn fast nicht wiedererkenne. Aber sein Lächeln ist das gleiche, ob im Schlamm oder im Kapitol, und als ich es sehe, stürme ich auf ihn zu und werfe mich ihm in die Arme. Er schwankt rückwärts und verliert fast das Gleichgewicht und da erst fällt mir auf, dass die schlanke Metallvorrichtung in seiner Hand ein Gehstock ist. Er richtet sich auf und wir schmiegen uns aneinander, während die Zuschauer ausflippen. Er küsst mich und die ganze Zeit denke ich: *Weißt du Bescheid? Weißt du, in welcher Gefahr wir schweben?* Zehn Minuten geht das so, dann tippt Caesar Flickerman ihm auf die Schulter, um die Show fortzusetzen, aber Peeta schiebt ihn einfach nur weg, ohne ihn eines Blickes zu würdigen. Die Menge rastet aus. Ob bewusst oder nicht, Peeta gibt ihr wieder einmal genau das, was sie will.

Schließlich trennt Haymitch uns und schiebt uns gutmütig zum Siegerstuhl. Normalerweise ist das ein einziger, verschnörkelter Sessel, auf dem der siegreiche Tribut sitzt und einen Film mit den Höhepunkten der Spiele anschaut, aber da es diesmal zwei Sieger gibt, haben die Spielmacher stattdessen ein rotes Plüschsofa hingestellt. Es ist klein, ein Zweisitzer. Ich sitze ganz nah bei Peeta, fast auf seinem Schoß, aber ein Blick von Haymitch sagt mir, dass das nicht genug ist. Ich kicke meine Sandalen weg, ziehe die Füße hoch und lehne den Kopf an Peetas

Schulter. Automatisch legt er den Arm um mich und ich komme mir wieder vor wie in der Höhle, an ihn geschmiegt, um warm zu bleiben. Sein Hemd ist aus dem gleichen gelben Stoff wie mein Kleid, allerdings hat Portia ihn in eine lange schwarze Hose gesteckt. Und statt Sandalen trägt er ein Paar robuste schwarze Stiefel, mit denen er fest auf dem Boden steht. Hätte Cinna mich auch mal so angezogen, dann käme ich mir nicht so verletzlich vor wie in diesem leichten Kleid. Aber wahrscheinlich ging es genau darum.

Caesar Flickerman macht noch ein paar Gags, dann ist es Zeit für die Show. Sie wird genau drei Stunden dauern und ganz Panem muss zuschauen. Als die Lichter ausgehen und das Wappen auf dem Bildschirm erscheint, wird mir klar, dass ich auf das, was nun kommt, nicht vorbereitet bin. Ich möchte nicht dabei zuschauen, wie meine zweiundzwanzig Mitstreiter sterben. Ich habe genug von ihnen schon einmal sterben sehen. Mein Herz beginnt zu klopfen und ich habe den starken Impuls, zu fliehen. Wie haben die anderen Sieger das bloß ganz allein durchgestanden? Während der Höhepunkte wird regelmäßig in einem Fenster in einer Ecke des Bildschirms die Reaktion des Siegers eingeblendet. Ich denke an die Übertragungen der vergangenen Jahre zurück ... Manche der Sieger sind triumphierend, schleudern die Faust in die Luft, schlagen sich an die Brust. Die meisten wirken wie betäubt. Mich hält nur eins auf diesem Sofa, nämlich Peeta: sein Arm um meine Schulter, während ich mit beiden Händen seine freie Hand umklammere. Natürlich sahen sich die früheren Sieger nicht einem Kapitol gegenüber, das sie zu vernichten versuchte.

Es ist eine Meisterleistung, so viele Wochen in drei Stunden zu packen, besonders wenn man bedenkt, wie viele Kameras auf einmal liefen. Derjenige, der die Höhepunkte zusammenstellt, muss sich für eine Geschichte entscheiden, die er erzählen will. In diesem Jahr wird zum ersten Mal eine Liebesgeschichte erzählt. Peeta und ich haben die Spiele zwar gewonnen, aber es ist trotzdem verblüffend, wie viel Aufmerksamkeit wir von Anfang an bekommen haben. Ich bin ganz froh darüber, weil es die Masche von dem liebestollen Mädchen stützt, mit der ich erklären will, dass ich mich dem Kapitol widersetzen musste. Außerdem hat es den Vorteil, dass wir uns nicht so lange mit den Toten aufhalten.

Die erste halbe Stunde ist den Ereignissen vor der Arena gewidmet, den Ernten, der Wagenparade durchs Kapitol, unseren Trainingsbewertungen und den Interviews. Das Ganze unterlegt mit peppiger Musik, die alles noch schrecklicher macht, weil natürlich fast alle, die auf dem Bildschirm zu sehen sind, mittlerweile tot sind.

In der Arena widmet sich die Sendung zunächst ausgiebig dem Gemetzel am Füllhorn, dann konzentrieren sich die Macher abwechselnd auf die sterbenden Tribute und auf uns. Besonders auf Peeta, denn es ist eindeutig er, der die Romanze trägt. Ich sehe jetzt, was die Zuschauer sehen konnten: wie er die Karrieros über mich täuschte, wie er die ganze Nacht unter dem Jägerwespenbaum wach lag und dann gegen Cato kämpfte, damit ich entkommen konnte, und wie er sogar noch in seinem Schlammloch im Schlaf meinen Namen flüsterte. Gegen ihn wirke ich herzlos – ich weiche Feuerbällen aus, lasse Nester herunterfallen und sprenge Vorräte in die Luft –, bis ich für Rue jagen gehe. Ihr Tod wird in voller Länge gezeigt, wie der Speer sie durchbohrte, mein vergeblicher Rettungsversuch, mein Pfeil durch den Hals des Jungen aus Distrikt 1, Rues letzte Atemzüge in meinen Armen. Und das Lied. Das ganze Lied zeigen sie, jeden einzelnen Ton. In mir fällt eine Klappe und ich bin zu benommen, um irgendetwas zu empfinden. Es ist, als würde ich Fremden bei einer anderen Ausgabe der Hungerspiele zuschauen. Trotzdem bekomme ich mit, dass die Szene fehlt, in der ich sie mit Blumen bedecke.

Klar. Selbst das riecht nach Rebellion.

Es geht weiter mit der Ankündigung, dass zwei Tribute aus demselben Distrikt überleben können; ich bin zu sehen, wie ich Peetas Namen rufe und dann die Hände vor den Mund schlage. Habe ich vorher ihm gegenüber gleichgültig gewirkt, so mache ich das jetzt mehr als wett: Ich suche und finde ihn, pflege ihn gesund, gehe zum Fest, um das Medikament zu holen, und bin sehr freigebig mit meinen Küssen. Objektiv sehe ich, dass die Mutationen und Catos Tod so grauenhaft sind wie je, aber wieder kommt es mir vor, als würde das alles Leuten widerfahren, mit denen ich nie etwas zu tun hatte.

Dann kommt die Szene mit den Beeren. Ich höre, wie die Zuschauer einander ermahnen, still zu sein, weil sie nichts verpassen wollen. Eine Woge der Dankbarkeit gegenüber den Machern der Sendung überkommt mich, weil sie ihren Film nicht mit der Verkündung unseres Sieges enden lassen, sondern mit der Szene, wie ich im Hovercraft gegen die Glastür trommele und Peetas Namen schreie, während die Ärzte ihn zu reanimieren versuchen.

Was meine Überlebenschancen betrifft, so ist das mein bester Auftritt überhaupt.

Die Hymne wird wieder eingespielt. Wir erheben uns, während Präsident Snow höchstpersönlich die Bühne betritt, gefolgt von einem kleinen Mädchen, das ein Kissen mit der Krone trägt. Es ist nur eine Krone und das verwirrt die Leute hörbar – wem wird er sie aufsetzen? –, bis Präsident Snow die Krone verdreht und in zwei Hälften teilt. Die erste legt er lächelnd Peeta um die Stirn. Als er die zweite Hälfte auf meinem Kopf platziert, lächelt er immer noch, aber seine Augen, nur ein paar Zentimeter entfernt, sind so unversöhnlich wie die einer Schlange.

In diesem Augenblick wird mir klar, dass ich, obwohl wir beide die Beeren gegessen hätten, dafür verantwortlich gemacht werde, weil es meine Idee war. Ich bin die Anstifterin. Ich gehöre bestraft.

Es folgen endlose Verbeugungen und Hochrufe. Mir fällt fast der Arm ab, so viel winke ich, als Caesar Flickerman den Zuschauern endlich eine gute Nacht wünscht und sie ermahnt, morgen wieder einzuschalten und die abschließenden Interviews anzuschauen. Als ob sie eine Wahl hätten.

Peeta und ich werden sofort zum Präsidentensitz gebracht, wo das Siegerbankett stattfindet. Zum Essen bleibt uns allerdings kaum Zeit, weil die Würdenträger des Kapitols und die besonders großzügigen Sponsoren sich gegenseitig beiseiteschieben, um mit uns aufs Foto zu kommen. Lauter strahlende Gesichter huschen vorüber, die im Laufe des Abends immer berauschter aussehen. Gelegentlich erhasche ich einen Blick auf Haymitch, der mich beruhigt, oder auf Präsident Snow, der mich in Panik versetzt, aber die ganze Zeit über lache ich und bedanke mich bei den Leuten und lächele für die Fotos. Und ich lasse Peetas Hand kein einziges Mal los.

Die Sonne guckt schon über den Horizont, als wir zurück in den zwölften Stock des Trainingscenters fahren. Jetzt kann ich endlich einmal ein Wort allein mit Peeta wechseln, denke ich, aber Haymitch schickt ihn mit Portia fort, damit sie ihn für das Interview ausstaffiert, und begleitet mich bis vor die Tür.

»Warum darf ich nicht mit ihm reden?«, frage ich.

»Dazu habt ihr alle Zeit der Welt, wenn wir zu Hause sind«, sagt Haymitch. »Geh jetzt schlafen, um zwei hast du Sendung.«

Trotz Haymitchs dauernder Einmischung bin ich entschlossen, Peeta unter vier Augen zu treffen. Nachdem ich mich ein paar Stunden lang hin und her gewälzt habe, schlüpfe ich auf den Flur hinaus. Als Erstes schaue ich auf dem Dach nach, aber da ist niemand. Nach der Feier heute Nacht liegen sogar die Straßen der Stadt weit unter mir verlassen da. Ich gehe kurz zurück ins Bett und beschließe dann, an seine Tür zu klopfen. Als ich versuche, die Klinke herunterzudrücken, stelle ich fest, dass meine Tür von außen abgeschlossen wurde. Zunächst verdächtige ich Haymitch, aber dann macht sich die heimtückische Angst breit, dass das Kapitol mich überwacht und einsperrt. Seit die Hungerspiele begonnen haben, war eine Flucht unmöglich. Doch das hier fühlt sich anders an, viel persönlicher. Als wäre ich wegen eines Verbrechens eingesperrt und wartete auf mein Urteil. Rasch gehe ich zurück ins Bett und tue so, als würde ich schlafen, bis Effie Trinket kommt und verkündet, dass ein weiterer »ganz, ganz großer Tag!« angebrochen sei.

Ich habe fünf Minuten, um eine Schale Eintopf mit Reis zu essen, bevor das Vorbereitungsteam hereinplatzt. »Die Leute waren total begeistert von euch!«, sage ich und dann brauche ich in den nächsten Stunden den Mund nicht mehr aufzumachen. Als Cinna hereinkommt, scheucht er sie raus und kleidet mich in ein weißes, hauchdünnes Kleid und rosa Schuhe. Dann kümmert er sich selbst um mein Make-up, bis ich aussehe, als würde ich zartrosa glühen. Wir reden über dies und das, aber ich habe Angst, ihn etwas wirklich Wichtiges zu fragen, denn nach dem Zwischenfall mit der Tür werde ich das Gefühl nicht los, dass ich ständig überwacht werde.

Das Interview findet im Salon am Ende des Flurs statt. Eine Fläche wurde frei geräumt, das kleine Sofa hineingestellt und mit Vasen voller roter und rosa Rosen umgeben. Nur eine Handvoll Kameras wird das Ereignis filmen. Wenigstens kein Live-Publikum.

Als ich hereinkomme, umarmt Caesar Flickerman mich herzlich. »Meinen Glückwunsch, Katniss. Wie geht's uns denn heute?«

»Gut. Nervös wegen des Interviews«, sage ich.

»Brauchst du nicht. Wir werden uns prächtig unterhalten«, sagt er und tätschelt mir beruhigend die Wange.

»Ich kann nicht gut über mich selbst reden«, sage ich.

»Du kannst gar nichts Falsches sagen«, sagt er.

Und ich denke: *Ach, Caesar, wenn es doch so wäre. Aber gerade jetzt, während wir uns unterhalten, könnte Präsident Snow irgendeinen »Unfall« arrangieren.*

Peeta ist auch da, er sieht sehr gut aus in Rot und Weiß. Er nimmt mich beiseite. »Ich bekomme dich kaum zu sehen. Haymitch scheint darauf aus zu sein, uns voneinander fernzuhalten.«

Richtig ist, dass Haymitch darauf aus ist, uns am Leben zu

407

halten, aber es sind zu viele Ohren um uns herum, deshalb sage ich: »Ja, in letzter Zeit nimmt er seine Verantwortung sehr ernst.«

»Was soll's, das hier noch, und dann fahren wir nach Hause. Dann kann er uns nicht mehr die ganze Zeit bewachen«, sagt Peeta.

Ein Schauer geht durch meinen Körper, aber es bleibt keine Zeit, zu ergründen, warum, denn alles ist bereit. Wir setzen uns ein wenig steif auf das kleine Sofa, doch Caesar sagt: »Na los, kuschele dich an ihn, wenn du magst. Das hat so süß ausgesehen.« Also ziehe ich die Füße hoch und Peeta drückt mich an sich.

Jemand zählt rückwärts und im Nu sind wir wieder live im ganzen Land zu sehen. Caesar Flickerman ist fantastisch, provozierend, witzig oder gerührt, je nachdem. Er und Peeta haben schon wieder den lockeren Plauderton angeschlagen, wie am Abend des ersten Interviews, deshalb lächele ich nur und versuche so wenig wie möglich zu sagen. Ein bisschen reden muss ich natürlich schon, aber sobald ich kann, überlasse ich Peeta das Wort.

Doch irgendwann beginnt Caesar Fragen zu stellen, die ausführlichere Antworten erfordern. »Peeta, von unseren Tagen in der Höhle wissen wir, dass es für dich Liebe auf den ersten Blick war, als du wie alt warst? Fünf?«, hakt Caesar nach.

»Seit ich sie zum ersten Mal gesehen habe«, bestätigt Peeta.

»Aber Katniss, da hast du ja wirklich einiges mitgemacht. Das Aufregendste für die Zuschauer war es wohl, mitzuerleben, wie du ihm verfallen bist. Wann hast du gemerkt, dass du in ihn verliebt bist?«, fragt Caesar.

»Oh, das ist schwierig zu beantworten …« Ich lache matt und starre auf meine Hände. Hilfe.

»Also, ich weiß noch, wann ich es kapiert hab. An dem Abend, als du auf dem Baum saßest und seinen Namen gerufen hast«, sagt Caesar.

Danke, Caesar!, denke ich und nehme die Vorlage an. »Ja, ich glaube, das war es. Wissen Sie, bis dahin habe ich mich, ehrlich gesagt, nicht getraut, über meine Gefühle nachzudenken. Es war alles so verwirrend, und wenn ich mir etwas aus ihm gemacht hätte, wäre es nur noch schlimmer geworden. Aber auf diesem Baum war plötzlich alles anders«, sage ich.

»Was glaubst du, wie das kam?«, hakt Caesar nach.

»Vielleicht … weil es da zum ersten Mal … die Chance gab, dass ich ihn behalten darf«, sage ich.

Hinter einem Kameramann sehe ich Haymitch, der erleichtert schnaubt, und da weiß ich, dass ich das Richtige gesagt habe. Caesar zieht ein Taschentuch hervor und muss eine Auszeit nehmen, so gerührt ist er. Ich spüre, wie Peeta die Stirn an meine Schläfe legt und fragt: »Und, was wirst du mit mir machen, jetzt, wo du mich hast?«

Ich wende mich ihm zu. »Dich irgendwo hinbringen, wo dir nichts passieren kann.« Und als er mich küsst, seufzen die Leute im Studio regelrecht.

Das ist für Caesar das Stichwort, um zu all den Verletzungen überzuleiten, die wir in der Arena erlitten haben, von Verbrennungen über Stiche bis hin zu Wunden. Aber erst als wir auf die Mutationen zu sprechen kommen, vergesse ich, dass wir auf Sendung sind. Als Caesar Peeta fragt, wie er mit seinem »neuen Bein« zurechtkomme.

»Neues Bein?«, sage ich und strecke unwillkürlich die Hand aus, um Peetas Hosenbein hochzuziehen. »Oh nein«, flüstere ich und starre auf die Vorrichtung aus Metall und Kunststoff, die nun sein Fleisch ersetzt.

»Hat dir das niemand gesagt?«, fragt Caesar einfühlsam. Ich schüttele den Kopf.

»Ich hatte keine Gelegenheit dazu«, sagt Peeta mit leichtem Schulterzucken.

»Das ist meine Schuld«, sage ich. »Weil ich den Druckverband gemacht habe.«

»Ja, es ist deine Schuld, dass ich am Leben bin«, sagt Peeta.

»Da hat er recht«, sagt Caesar. »Ohne den Druckverband wäre er mit Sicherheit verblutet.«

Wahrscheinlich stimmt das, aber ich bin trotzdem so geschockt, dass ich Angst habe loszuheulen. Doch da fällt mir ein, dass mir das ganze Land zusieht, deshalb vergrabe ich das Gesicht einfach in Peetas Hemd. Es dauert ein paar Minuten, bis sie mich daraus hervorlocken können, denn dort in seinem Hemd ist es viel schöner, keiner kann mich sehen, und als ich wieder auftauche, stellt Caesar mir keine weiteren Fragen, damit ich mich erholen kann. Er lässt mich in Ruhe, bis die Beeren zur Sprache kommen.

»Katniss, ich weiß, das war gerade ein Schock für dich, aber ich muss das fragen. Als du diese Beeren hervorgeholt hast. Was ging da in dir vor … hm?«, sagt er.

Ich lasse mir ausgiebig Zeit, bevor ich antworte, und versuche, meine Gedanken zu sammeln. Das ist der Knackpunkt, an dem ich entweder das Kapitol herausgefordert habe oder vor lauter Angst, Peeta zu verlieren, so durchgedreht bin, dass

410

ich nicht für meine Taten zur Rechenschaft gezogen werden kann. Jetzt wäre eine große, dramatische Rede fällig, aber alles, was ich herausbekomme, ist ein fast unhörbarer Satz. »Ich weiß nicht, ich … ich konnte einfach den Gedanken nicht ertragen … ohne ihn zu sein.«

»Und, Peeta? Willst du noch etwas hinzufügen?«, fragt Caesar.

»Nein. Ich glaube, das gilt für uns beide«, sagt er.

Caesar macht Schluss und dann ist es vorbei. Alle lachen und weinen und umarmen sich, aber ich bin immer noch unsicher, bis ich bei Haymitch bin. »Okay?«, flüstere ich.

»Perfekt«, erwidert er.

Ich gehe zurück in mein Zimmer, um meine Siebensachen zu packen, aber ich finde nur die Brosche mit dem Spotttölpel, die Madge mir geschenkt hat. Jemand hat sie mir nach den Spielen ins Zimmer gelegt. In einem Wagen mit getönten Scheiben werden wir durch die Straßen gefahren, der Zug wartet schon. Wir haben kaum Zeit, um uns von Cinna und Portia zu verabschieden; in ein paar Monaten werden wir sie wiedersehen, auf unserer Tour durch die Distrikte zu den Siegesfeiern, mit denen das Kapitol die Leute daran erinnert, dass die Hungerspiele nie ganz vorbei sind. Wir werden eine Menge nutzloser Plaketten umgehängt bekommen und alle müssen so tun, als fänden sie uns großartig.

Der Zug fährt los und wir tauchen in die Nacht des Tunnels ein. Erst als er hinter uns liegt, tue ich meinen ersten Atemzug in Freiheit seit der Ernte. Effie begleitet uns nach Hause und Haymitch natürlich auch. Wir bekommen ein riesiges Abendessen und setzen uns schweigend vor den Fernseher, um uns die Wiederholung des Interviews anzuschauen. Mit jeder Sekunde, in der wir uns vom Kapitol entfernen, denke ich mehr an zu Hause. An Prim und meine Mutter. An Gale. Ich ziehe mich zurück, um mein Kleid gegen ein schlichtes T-Shirt und eine Hose einzutauschen. Während ich langsam und gründlich das Make-up abwasche und mein Haar zu dem üblichen Zopf flechte, beginne ich mich in mich selbst zurückzuverwandeln. Katniss Everdeen. Ein Mädchen aus dem Saum. Das im Wald jagt. Auf dem Hob Geschäfte macht. Ich starre in den Spiegel und versuche mich zu erinnern, wer ich bin und wer ich nicht bin. Als ich mich wieder zu den anderen geselle, fühlt sich der Druck von Peetas Arm auf meiner Schulter fremd an.

Als der Zug kurz anhält, um aufzutanken, dürfen wir aussteigen und ein bisschen frische Luft schnappen. Es besteht keine Notwendigkeit mehr, uns zu bewachen. Peeta und ich spazieren am Gleis entlang, Hand in Hand, aber jetzt, da wir allein sind, weiß ich nicht, was ich sagen soll. Er bleibt stehen und pflückt mir einen Strauß Wildblumen. Als er sie mir überreicht, muss ich mich sehr anstrengen, erfreut auszusehen. Er kann ja nicht wissen, dass die rosa-weißen Blumen die Blüten wilder Zwiebeln sind und mich sofort an Gale erinnern, mit dem ich sie immer gesammelt habe.

Gale. Bei der Vorstellung, ihn in ein paar Stunden wiederzusehen, habe ich ein dumpfes Gefühl im Bauch. Warum nur? Ich komme zu keinem rechten Schluss. Ich weiß nur, dass ich mich fühle, als hätte ich einen Menschen belogen, der mir vertraut hat. Oder sogar zwei. Bis jetzt bin ich damit durchgekommen, wegen der Spiele. Aber zu Hause wird es keine Spiele geben, hinter denen ich mich verstecken kann.

»Was ist?«, fragt Peeta.

»Nichts«, sage ich. Wir gehen weiter, bis ans Ende des Zugs und noch weiter, wo selbst ich ziemlich sicher bin, dass in den kümmerlichen Sträuchern längs des Gleises keine Kameras versteckt sind. Aber die Worte wollen immer noch nicht kommen.

Ich zucke zusammen, als Haymitch mir die Hand auf den Rücken legt. Selbst jetzt, in diesem Niemandsland, spricht er mit gedämpfter Stimme. »Gute Arbeit, ihr beiden. Macht im Distrikt so weiter, bis die Kameras weg sind. Dann müssten wir durch sein.« Ich schaue ihm nach, als er zum Zug zurückgeht, und meide Peetas Blick.

»Was hat er damit gemeint?«, fragt Peeta.

»Das Kapitol. Der Trick mit den Beeren hat ihnen nicht besonders gefallen«, platze ich heraus.

»Was? Wovon redest du?«, fragt er.

»Das war zu aufsässig. Deshalb hat Haymitch mich in den vergangenen Tagen gecoacht. Damit ich es nicht noch schlimmer mache«, sage ich.

»Dich gecoacht? Mich aber nicht«, sagt Peeta.

»Er wusste, dass du clever genug bist und schon alles richtig machen würdest«, sage ich.

»Aber ich wusste doch gar nicht, dass da etwas war, das man richtig machen könnte«, sagt Peeta. »Du willst mir also sagen, die letzten Tage und wahrscheinlich auch … in der Arena … Das alles war nur eine Strategie, die ihr beide ausgeklügelt habt?«

»Nein. In der Arena konnte ich doch gar nicht mit ihm sprechen, oder?«, stammele ich.

»Aber du wusstest, was er von dir erwartet, nicht wahr?«, sagt

413

Peeta. Ich beiße mir auf die Lippen. »Katniss?« Er lässt meine Hand los und ich mache einen Schritt seitwärts, als müsste ich das Gleichgewicht halten.

»Es ging nur um die Spiele«, sagt Peeta. »Alles, was du getan hast.«

»Nicht alles«, sage ich und klammere mich an meine Blumen.

»Und wie viel, bitte sehr? Oder nein, vergiss es. Die eigentliche Frage ist doch, was davon übrig bleibt, wenn wir nach Hause kommen«, sagt er.

»Ich weiß nicht. Je mehr wir uns Distrikt 12 nähern, desto verwirrter bin ich«, sage ich. Er wartet auf weitere Erklärungen, aber es kommen keine.

»Na, dann sag Bescheid, wenn du es rausgefunden hast«, sagt er. Der Schmerz in seiner Stimme ist fast greifbar.

Jetzt weiß ich auch endgültig, dass meine Ohren wiederhergestellt sind, denn trotz des lärmenden Dieselmotors höre ich jeden seiner Schritte zurück zum Zug. Als ich wieder einsteige, hat Peeta sich schon in sein Abteil zurückgezogen. Auch am nächsten Morgen sehe ich ihn nicht. Als er sich das nächste Mal blicken lässt, fahren wir schon durch Distrikt 12. Er nickt mir zu, seine Miene ist ausdruckslos.

Ich würde ihm gern sagen, dass das nicht gerecht ist. Dass wir Fremde waren. Dass ich alles getan habe, um zu überleben, damit wir beide in der Arena überleben. Dass ich nicht erklären kann, wie ich zu Gale stehe, weil ich es selbst nicht weiß. Dass es keinen Sinn hat, mich zu lieben, weil ich sowieso niemals heiraten werde und er mich irgendwann nur hassen würde. Dass es nicht entscheidend ist, ob ich etwas für ihn empfinde oder nicht, weil ich niemals zu einer solchen Liebe fähig sein werde, die zu einer Familie und Kindern führt. Und er? Wie kann er das, nach allem, was wir durchgemacht haben?

Ich würde ihm auch gern sagen, wie sehr ich ihn jetzt schon vermisse. Aber das wäre nicht fair.

Also stehen wir schweigend da und sehen zu, wie wir in unseren schmuddeligen kleinen Bahnhof einfahren. Durchs Fenster sehe ich, dass überall auf dem Bahnsteig Kameras aufgebaut sind. Sie können es alle kaum erwarten, unsere Heimkehr zu sehen.

Aus dem Augenwinkel sehe ich, wie Peeta die Hand ausstreckt. Unsicher schaue ich ihn an. »Noch einmal? Für die Zuschauer?«, sagt er und er klingt nicht wütend. Er klingt hohl und das ist noch viel schlimmer. Schon entgleitet mir der Junge mit dem Brot.

Ich ergreife seine Hand und halte sie fest, wappne mich für die Kameras und fürchte mich schon vor dem Moment, wenn ich sie wieder loslassen muss.

ENDE DES ERSTEN BUCHES